Titelbild: „Wann?“, Tara Mandel
Nastassja's Grafik: Ya'ara-Nastassja Rullik

Tara Mandel

VOM WAHNSINN UMZINGELT -

**Die Familie,
der Lockdown - und ich**

© 2024 Tara Mandel
Verlag: BoD · Books on Demand GmbH,
In de Tarpen 42, 22848 Norderstedt
Druck: Libri Plureos GmbH, Friedensallee 273,
22763 Hamburg
ISBN: 978-3-7597-9483-3

Für die Kinder dieser Erde

Inhaltsverzeichnis

TEIL 2 - Die Prüfung
(Herbst 2020 – Sommer 2021)

Wer ueber gewisse Dinge den Verstand nicht verlieret,
der hat keinen zu verlieren.

Gotthold Ephraim Lessing
Emilia Galotti, Graefin Orsina, 4. Aufzug, 7. Auftritt

TEIL 1

Die Verunsicherung
(Frühjahr 2020 – Sommer 2020)

Die Zugfahrt

Die Tage in Berlin sind voller Eiszapfen, kalt, glitzernd und wunderschön. Nächte im Wohnzimmer, dem Café mit den alten Möbeln und barocken Spiegeln. Ich treffe Robert und Lore und Anna und Elena und Suse und Helena und Jochen, und für alle meine Freunde würde der Platz hier nicht reichen. Ich habe den dicken dunkelblauen Pullover an, wir sprechen nicht über vergangene Zeiten und nicht über die Zukunft. Ob ich jetzt schon ahne, dass ich sie nicht so bald wiedertreffen würde?

Tagsüber bummle ich ahnungslos an Designergeschäften und Delikatessenläden des neuen Prenzlauer Bergs vorbei und denke wehmütig an unsere Zeit im Hinterhaus. Was geschehen ist, war unwiederbringlich vorbei, und das liegt nicht an uns oder an der Geschichte, sondern an dem, was kommen wird. Später schicken wir uns manchmal noch Nachrichten. Ob ich mal schnell seinen neuen Song anhören und was dazu sagen könnte, wie das neue Bild ist, ob bei uns das Leben auch so stressig ist. Ob wir einsam sind, fragen wir uns gegenseitig nicht. Wir sehnen uns nur alle nach jemandem, und wissen nicht, wer das ist. Vielleicht nach uns selbst.

Ich sehe mich noch mit Nathaniel in Dresden über die

Brücke auf die Hofkirche zulaufen im frostigen Gegenwind. Er ist sechs Jahre alt, weigert sich, eine Mütze anzuziehen, seine Haare sind noch kurz, und er ist so jung. Wenn wir ahnen würden, wie frei wir noch sind und dass die Welt, wie wir sie kennen, stillstehen wird, auf unbestimmte Zeit. Dass wir uns alle nicht wiedersehen, sich unsere Blickwinkel verschieben, wir selbst uns kaum wiedererkennen, Freundschaften sich auflösen und sich neue bilden, dass wir mehr denn je auf uns selbst angewiesen sind, wir gute Gemeinschaft brauchen werden und sie ein Geschenk ist, weil wir gerade das nicht kultiviert haben – wer weiß das schon?

Jedenfalls fahre ich in diesem Februar 2020 von Berlin gen Südwesten zurück mit drei Kindern, und es ereignet sich folgende, im Nachhinein absurde Begebenheit: Eine junge Frau begleitet einen Blinden, der sich als freier Radiomoderator vorstellt, auf einer Zugreise. Er weiß in sämtlichen Lebensbereichen Bescheid, ist überall dabei, kennt Politiker, Konzerte und reist, so scheint es mir, in ganz Europa herum. Die junge Frau mit dunklem Pony aus Süddeutschland, genau genommen aus Koblenz, kommt gerade aus China, weil sie Eventmanagerin ist und eine Großveranstaltung organisiert hat. Dort erfährt sie von einer gefährlichen Krankheit. Ich habe auch schon davon gehört, denke aber – ich weiß nicht, warum – sofort an die Schweine- und die Vogelgrippe; Erkältungen mit Tiernamen, die kommen, Aufregung verursachen und wieder gehen, ohne dass jemand noch ein Wort darüber verliert, woher und weshalb Propaganda Menschen in Panik versetzt. Und schließlich verebbt alles wieder, ohne dass es aufgeklärt wird, und es versinkt in Vergessenheit.

Die Eventmanagerin jedenfalls fliegt von China nach Deutschland zurück und versucht, kaum in Koblenz angekommen, sich einer ärztlichen Untersuchung zu unterziehen, um herauszufinden, ob sie sich angesteckt hat oder nicht. Und ich höre dies, wie gesagt, nur, weil sie die Geschichte ihrem blinden Reisebegleiter in einem ICE-Großraumwagen laut erzählt. Aber weder Ärzte noch Gesundheitsamt sind bereit, ihr einen Termin zu geben: Denn die Behörden wissen nicht, wie sie die Person ohne Symptome testen und, vor allem, wie sie eine solche Behandlung bei der Krankenkasse abrechnen sollen. Sie wird also nicht untersucht und ihre Bedenken werden aus Kostengründen nicht beachtet.

Und ich bin mit den Kindern und mit ihr in einem Großraumwagen gefahren, und wir atmen eine Luft miteinander ein! In Frankfurt steigt sie mit ihrem blinden Reisebegleiter aus und geleitet ihn zum anderen Bahnsteig, wo er nach Düsseldorf und sie wenige Minuten später nach Koblenz weiterfahren.

Später denke ich immer wieder an diese Begebenheit und bin mir sicher, das wird mir keiner glauben, wenn ich das erzählen würde. Es würde mir als Angeberei ausgelegt werden. Ich frage mich: Hat diese junge Frau vielleicht die Krankheit von einem Fledermausmarkt aus China mitgebracht? Oder ist das eher unwahrscheinlich? Kennen andere auch Chinareisende und denken von ihnen: ‚Ah, der oder die hat es mitgebracht?‘ Die Fledermausversion kommt mir, kaum hatte ich sie vernommen, absurd vor. Aber warum nicht, was ist nicht alles in unserer Welt abstrus?

Die Frage, die ich mir immer wieder stelle, ist: ‚Gehört diese Frau zum Narrativ, oder steht sie eher draußen, oder hängt sie dazwischen? Was bedeutet diese Begegnung für mich, und warum denke ich später noch so häufig an sie?‘

Wieder zuhause

Mit einigen Stunden Verspätung kommen wir wieder in Saarbrücken an. Ich fühle mich, als ob ich lange weg gewesen wäre, und weiß intuitiv: Diese Reise hat mich verändert! Unser Leben davor war kaum wiederzuerkennen, obwohl es keinen offensichtlichen Grund dafür gibt.

Die Kinder trendeln hinter mir her. Immer, wenn wir von einer Reise zurückkehren und wir in den sachlichen und zweckmäßigen Bahnhof einrollen, wird den Kindern schlagartig bewusst, dass sich die Ferien zum Ende hin neigen, und sie bald wieder in der Schule erscheinen müssen. Immerhin ist es im Saarland etwas wärmer als in Dresden und es bleibt länger hell.

Auf dem Bahnsteig vermissen wir Igor. Wir haben zwar nichts Konkretes vereinbart, aber normalerweise holt er uns immer vom Bahnhof ab, diesmal aber nicht. Verunsichert gehen wir im Bahnhof auf und ab. Vielleicht haben wir ihn verpasst?

Als ich ihn anrufe, höre ich nur das leere Tuten in der Leitung. Zögernd gehen wir zur Bushaltestelle und stehen noch eine Viertelstunde im Regen. Saarbrücken ist zwar wärmer als Dresden, aber dafür nasser. Spaßeshalber nenne ich es 'englisches Wetter'. Es fühlt sich nicht behaglich, sondern fremd an. Ebenso die Bahnhofstraße, die nach dem Krieg rasch hochgezogen worden war und bei der sich ein Betonklotz an den anderen reiht. 'Wo bleibt die Ästhetik im Land der Dichter und Denker?', frage ich mich immer wieder, wenn ich sie durchquere. Als wir zu Hause ankommen, stürmen die Kinder auf das Haus zu, die Treppe hinauf zur Wohnung. Sie haben schon Sturm geklingelt, als ich mit dem Koffer und beiden Rucksäcken oben ankomme. Genau als ich meinen Fuß auf den Treppenabsatz setze, wird die Tür aufgerissen. Igor steht verschlafen im Türrahmen: „Sagt mal, habt ihr keinen Schlüssel mit?" Er reißt mir die Mütze vom Kopf: „Du siehst bescheuert aus mit dem Ding." Ich schlucke, soll das die Begrüßung sein? Um keinen Krach zu provozieren, frage ich jetzt nicht, ob er etwa den ganzen Tag geschlafen hat. Die anstehende Frage beantwortet sich allerdings von selbst: „Bin gerade erst aufgestanden. Ich habe mich mal von euch erholt, aber ohne euch ist alles nichts." Dabei zieht er erst die Kinder und dann mich in seine Arme und gibt mir einen langen Kuss. Ich verliere mich fast in der Umarmung und weiß, dass ich hier zu Hause bin, aber gleichzeitig umschlingen mich seine Arme so fest, dass ich befürchte, meine Freiheit, das Reisen und den Kontakt zu anderen Menschen zu verlieren.

4

Da Igor auch nichts eingekauft hat, bestellen wir eine Partypizza und holen uns damit einen Bonus bei den Kindern.

Als sie im Bett sind, sitzen wir noch lange zusammen. Aber das Beisammensein hat sich verändert: Es stellt sich nicht die Vertrautheit von vorher ein. Ich schiebe es darauf, dass ich so lange nicht verreist war und es uns demzufolge schwerfällt, uns wieder anzuwärmen. Mir fällt auf, dass er mich immer wieder unterbricht, wenn ich von den Freunden in Berlin oder den Begegnungen mit meiner alten Familie spreche.

Er wirkt wie jemand, der viel zu lange geschlafen hat und trotzdem aus einem unbestimmten Grund, den er selbst nicht kennt, nervös ist.

Besonders schräg wird es, als ich ihm von der jungen Frau, der Chinareisenden, und ihren gescheiterten Bemühungen, sich untersuchen zu lassen, erzähle. Er tut es mit der Bemerkung ab, dass ihn belanglose Reiseerlebnisse mit Fremden einfach nicht interessieren. Beachtlicherweise stellt er auch nicht den Zusammenhang zu seinem Thema her. Übergangslos beginnt er nun von der neuen, sich schnell ausbreitenden Krankheit zu erzählen, die er genauso wie ich mit Schweine- und Vogelgrippe früherer Jahre assoziiert. Wie ein Taschenspielertrick, der, kaum hatte er Schrecken eingejagt, schon wieder als ‚zu heiß gekocht' abgetan werden würde.

Allerdings, und das ist auch das Bemerkenswerte von Anfang an, sitzen wir da und sprechen über etwas Unerhebliches so, als wäre es von Belang. Vielleicht, weil alle darüber sprechen, vielleicht, weil es etwas Neues ist. Vielleicht, weil wir etwas mit gemeinsamem Nenner finden müssen, um uns anzunähern und deshalb auf etwas zugreifen, was in aller Munde ist.

Die Sachen außerhalb von einem selbst haben auch etwas Gutes, Verbindendes, gesetzt den Fall, die Unterhaltenden stimmen in ihrer Meinung darüber überein. Aber warum wir damit gedanklich beschäftigt werden, das leuchtet uns auf Anhieb nicht ein.

Wir wissen aber an diesem Abend, dass wir keine Angst

davor haben, selbst dann nicht, wenn wir davon befallen werden würden – und dass wir auch dieses Hochgekochte, Hitzige überstehen werden.

Mit dieser gemeinsamen Übereinstimmung überwältigt uns eine die Fremdheiten überbrückende, vereinigende Nacht. Wir fliegen kometengleich durch den Sternenhimmel und kommen da draußen beieinander an.

In den darauffolgenden Tagen sehen wir auf den Monitoren die aufgeklappten Weltkarten und die darin aufploppenden Inzidenzwerte, die eine rasante Verbreitung behaupten.

Aber Moment mal: Wir sehen die wachsenden Zahlen, aber wir haben keinen Vergleich zu anderen Krankheiten und deren expansiven Aggressionen! Die wachsenden Zahlen bedeuten eigentlich nichts, weil sie keinen Zusammenhang ergeben. Interessanterweise betrifft es, von China ausgehend, die westlichen Industrienationen. Sollen das auch wieder Hinweise auf eine ausufernde Lebensweise und ungesunde Ernährung sein? Oder Überbevölkerung?

Da der Alltag sich wieder ankündigt, gehe ich diesen Fragen nicht nach. Außerdem weiß ich: Nicht alles, wovor gewarnt wird, muss gleich gefährlich sein, manches erledigt sich binnen weniger Monate von selbst. So denke ich jedenfalls.

Schulstart

Um in die Schule zu kommen, in der ich als Lehrerin arbeite, muss ich zweieinhalb Stunden durch die Gegend reisen, dreimal umsteigen inklusive halbstündigen Wartens, wenn es auch mit dem Auto nur zwanzig Minuten dauert. Aber ich habe keinen Führerschein. Es ist meine erste Stelle nach dem Referendariat; die Schüler in der Pubertät spüren meine Unsicherheiten.
Eine Schülerin, die sich immer eifrig meldet, wirkt an jenem Morgen still und in sich gekehrt. Zu Beginn des Unterrichts

beginnt sie, heftig zu weinen. Spontan denke ich an ein Familienunglück, sie sieht wirklich sehr verzweifelt aus. Ich gehe zu ihr an den Tisch und frage sie behutsam, ohne die Aufmerksamkeit anderer auf sie zu lenken, ob sie sich mir anvertrauen will. Natürlich habe ich Respekt vor der direkten Ansprache, denn ich weiß nicht, ob etwas kommt, womit ich vielleicht nicht umgehen kann.

Sie schluchzt und schnäuzt sich. „Wir können nicht in die Skifreizeit fahren", erklärt sie kurz und bündig. Ich habe mit allem gerechnet, aber nicht damit. Anstatt etwas zu erwidern, stehe ich verdutzt und unschlüssig am Tisch. Sie bemerkt meine Unsicherheit und hakt nach. „Die Jugendherberge in Frankreich, wo wir hinfahren wollen, hat abgesagt wegen dieser komischen neuen Krankheit, die so gefährlich sein soll."

Ich weiß nicht, was sie mit dieser Skifahrt verbindet, aber das ist die erste Einschränkung, von der ich höre, und die wird nicht die einzige bleiben.

Nach dem Unterricht treffe ich die Schulleiterin im Sekretariat und berichte ihr von diesem Vorfall. Sie schüttelt den Kopf und meint, sie befürchte, wenn die Leute sich auf diese Angst- und Panikwelle einließen, den 'Worst Case'. Dieses Wort höre ich zum ersten Mal. Später soll es zur geläufigen Redewendung werden, das ahne ich aber noch nicht. Auf mein skeptisches Gesicht hin meint sie: „Stellen Sie sich mal vor, es wird diskutiert, die Schulen und Betriebe zu schließen! Alle blieben dann zu Hause und wären isoliert." Sie schüttelt nochmal den Kopf und zeigt damit an, dass in ihrem nunmehr fast sechzigjährigen Leben nichts so Spektakuläres passiert ist wie das, was man jetzt in den Medien diskutiert.

Ich grinse und bin mir sicher: Das ist ein schlechter Medienscherz, um den Nervenkitzel und damit die Einschaltquoten zu erhöhen. Es ist eine Spekulation, die nie, niemals eintreten wird. Denn das würde der Wirtschaft das Genick brechen, und die steht obenan. Wer soll Gewinne erzeugen, wenn alle zu Hause bleiben? Und was soll das für eine

Krankheit sein, der die Menschen solch eine Gefährlichkeit abnehmen würden, die sie daran hindert, ihren gewohnten Tätigkeiten nachzugehen und sich gar einsperren zu lassen?

Vielleicht reagieren die Franzosen etwas über. Es wird sich wieder einrenken.

Als ich aus dem Sekretariat auf den Flur trete, begegne ich einem Mann im Nadelstreifenanzug, der den Koffer eines Handlungsreisenden trägt und ja, sein Haar ist auch mit Pomade zurückgestrichen und er sieht nicht wie ein Lehrer aus. Durch die Tür höre ich, wie er Masken im Auftrag des Ministeriums an Schulen verteilt und in Eile ist. Maskenverkleidung an der Schule, ich höre wohl nicht recht! Ich kenne sie bisher nur aus dem OP-Saal.

Manchmal denke ich, mich wundert gar nichts mehr.

Im Nachhinein denke ich aber: Es wäre besser gewesen, wenn ich mich immer wieder aufs Neue gewundert hätte, wenn ich verwundbar geblieben wäre. Vielleicht hätte ich dann in der französischen Herberge angerufen und gesagt: „Es ist unsinnig, den Kindern wegen einer Erkältung das Skifahren zu versagen. Die Vorsicht steht in keinem Verhältnis zu der Freude, die den Kindern entrissen wird, und mit etwas Zuversicht und Vertrauen wird keiner zu Schaden kommen." Und zur Schulleiterin hätte ich von Anfang an sagen können: „Den 'Worst Case' können wir verhindern, wenn wir sagen, da spielen wir nicht mit, wir lassen die Schulen offen. Wir gehen unter Menschen, wir tun wie jeden Tag unser Bestes."

Und genau dann wäre der pomadisierte Vertretermann ausgelacht worden. Er wäre von der Sekretärin mit der Bemerkung: „Mensch, Junge, such' dir mal einen anständigen Job", einfach nach Hause geschickt worden.

Wir hätten so viel tun können, wenn wir nichts anstehen gelassen hätten. Aber leicht süffisant und mit Nonchalance denke ich: 'Mir egal, soll der Laden doch mal in sich zusammenfallen und wir bleiben alle mal zu Hause. Das wäre eine Chance. Und es kann nicht ewig so weitergehen. Vielleicht kommen wir dann alle zur Besinnung und vor allem zu uns selbst. Wir würden mit uns, unseren Jobs, den Kindern und der Schule ganz anders umgehen. Vielleicht wäre eine solche Generalzäsur ein rettender Eingriff, damit wir alle unser Verhalten ändern.'

Ich weiß nicht warum, aber ich denke es einfach und mir kommt das Motiv der 'Umkehr' aus dem Alten Testament in den Sinn, wo Gott beziehungsweise er durch seine Propheten die Menschen zur Besinnung sich und seiner Schöpfung gegenüber aufruft. Was ich aber nicht bedenke, ist: Wenn diese Einkehr zwangsweise von außen gewaltsam verordnet wird, kommt sie nicht aus den Menschen selbst und wird dann möglicherweise nicht automatisch die gewünschte Änderung hervorrufen.

Vielleicht werden die Menschen noch mehr verwirrt und noch irrationaler handeln, wer kann das im Voraus wissen?

Aber soweit denke ich momentan noch nicht. Ich zucke einfach die Schultern.

Die Fahrt wird aufgenommen

Eigentlich geht uns die ganze Sache nichts an, aber entziehen können wir uns auch nicht.

Ich nehme ein Wabern wahr, es liegt in der Luft: „Hast du was Neues gehört? Wie denkst du darüber? Wie wird es weitergehen?", scheint sich alle Welt zu fragen.

Ständig leuchten neue rote Punkte auf der Weltkarte auf. Bald sind sie zu einem roten Korridor angewachsen, der sich durch die gesamte westliche Welt erstreckt. Es kann nicht mehr lange so weitergehen, aber was wird passieren?

Ich erinnere mich noch an den Freitagnachmittag, als wir mit dem Auto im Nieselregen unterwegs sind, um noch einige Besorgungen zu erledigen. Die Scheibenwischer fahren eintönig hin und her. Da kommt in der Elterngruppe der Schule eine Sprachnachricht herein. Eine aufgeregte, aber doch gefestigte Frauenstimme stellt sich als OP-Schwester vor und sie gibt an,

Bekannte in Landratskreisen zu haben und aus dieser Quelle zuverlässig zu wissen, dass in den nächsten Tagen die Geschäfte zumachen werden. Deshalb sollen wir uns mit Lebensmitteln und dem Nötigsten eindecken. Vom Klopapier aber kein Wort. Vielleicht will sie einen seriösen Eindruck erwecken.

Siehst du, es geht voran. Wir beherzigen die Nachricht so gut es geht, kaufen Nudeln und Büchsen; Sachen, die sich lange halten, die wir aber sonst nicht essen. Mir kommt das Spiel komisch vor, aber es gefällt mir auf eine bestimmte Art, denn ich habe seit langem, eigentlich seit meiner Kindheit, das Gefühl, dass etwas passieren wird, was dem regelrechten, gleichmäßigen Vorwärtstreiben einen Stoß versetzen wird. Überproduktion, Müllberge, Prostitution, Kinderarbeit usw. werden einmal stillstehen und einfrieren.

Das Interessante aber ist nicht die Sprachnachricht an sich, sondern der Umgang damit: Einige Mütter melden sich sofort und sagen der Sprecherin, es wäre nicht erwünscht, Panik oder Fehlinformationen in schulinternen Gruppen zu verbreiten. Deshalb wird die Senderin aus der Gruppe verbannt. So schnell geht das. Und was später ein noch größeres Ausmaß erreicht, ist von vornherein da und angelegt.

Ich merke schon hier, dass der Bote schlechter Nachrichten nach wie vor geköpft wird. Dass keiner das Recht besitzen darf, die Ruhe der anderen zu stören. Wer es wagt, fällt raus und wird verstoßen. Jetzt wissen wir, dass die Nachricht ihre Berechtigung hat, wenn wir auch unsere Büchsen nicht notgedrungenermaßen wegen Geschäftsschließungen aufbrauchen müssen. Aber die Frau verfolgt mit ihrer Nachricht ein gutes Anliegen: Sie will die Menschen warnen, und die Kinder schützen. Hat sich später jemand bei ihr entschuldigt? Wurde sie wieder in die Gruppe aufgenommen? Ich glaube nicht. Wir sitzen wie auf dem Pulverfass, während draußen noch alles normal weiterläuft.

Am späten Abend habe ich mich hingelegt, um am Morgen wie üblich die Kinder in die Schule zu bringen und selbst an die Uni zu gehen, wo ich noch eine halbe Stelle als Doktorandin innehabe. Mitten in der Nacht betritt Igor mein Zimmer. Wir wohnen in getrennten Wohnungen, er mit zwei Kindern oben im zweiten Stock rechts und ich im ersten Stock links. Warum das so ist, ist eine andere Geschichte, aber sie wird auch in der kommenden Zeit folgenträchtig sein.

Er steht an meiner Bettkante und schluchzt. Er nimmt meine Hand und zieht an ihr, so dass ich mich setzen und schließlich aufstehen muss. Ich weiß gar nicht, wie mir geschieht. Der Abend ist friedlich verlaufen, die Kinder schlafen schon seit Stunden. 'Bitte jetzt kein Drama!', schießt es mir durch den Kopf. Aber dann sehe ich, wie er zittert und welche Not seinen Blick durchzuckt. „Was ist denn passiert?"

Er kann nicht sprechen und zieht mich am Arm hinauf in seine Wohnung und setzt mich wie eine Puppe auf die Klavierbank, seine Stimme von fortwährendem Schluchzen unterdrückt.

Er habe in einem alternativen Nachrichtensender im Internet einen Bericht gesehen, bei dem die Rede davon sei, dass ein chinesischer Offizier seinen kleinen Sohn verloren habe. Sie hätten das Fieber einfach nicht mehr runterbekommen. Auch seine Frau sei in Mitleidenschaft gezogen worden. Ob auch sie starb, daran kann ich mich nicht mehr erinnern.

Der Offizier selbst sei in die Kaserne eingeladen worden, um weitere Instruktionen hinsichtlich Desinfektion etc. zu empfangen. Als er auf die Toilette gegangen sei, sei er in einem Waschraum gelandet, in dem andere seiner Kollegen isoliert und eingesperrt worden seien. Ihnen fiele die Haut vom Gesicht, und sie brannten hell.

„Jetzt beginnt es, jetzt geht es los!", flüstert Igor. Ich weiß genau, wovon er spricht. Vor zehn Jahren, als unsere Tochter geboren wurde und ich sie stillte, schaute er sich wochenlang kritisch-alternatives Informationsmaterial an. Ihm hatte ein Passant auf der Frankfurter Allee (wir wohnten damals in Berlin) eine DVD in die Hand gedrückt. Er recherchierte nächtelang, ich war sowieso mit dem Baby beschäftigt.

Viele Informationen schiebe ich von mir weg; ich will manches nicht wissen und wahrhaben – immer noch nicht, auch wenn die Anzeichen offensichtlicher werden. Aber einiges leuchtet mir auch ein. Wieso soll ein Flugzeug, das in ein Hochhaus fliegt, mit unverletzter Schnauze auf der anderen Seite wieder rauskommen? Und das zu Zeiten von Photoshop? Wieso gibt es explosionsartige Flammen in den unteren Stockwerken? Wieso findet man den Pass des Flugzeugentführers unversehrt?

Ich weiß, darüber darf man nicht sprechen. Selbst überaus mit logischem Verstand gut ausgestattete und rational denkende Bekannte haben meine Bedenken weggebügelt und wie eine heiße Kartoffel von sich geworfen, schließlich hatte man den Hergang im Fernsehen gesehen.

Igor will die Kinder vorerst bei sich lassen. Die Schule selbst hat ein Schreiben mitgegeben, in dem es heißt, Kinder mit Erkältung sollten zu Hause bleiben.

Ich willige ein, was mich immer noch erstaunt, da ich doch sonst so skeptisch gegenüber seinen alternativen Vorschlägen bin.

Und er drückt fest meine Hand: „Lass uns gemeinsam die Kinder beschützen und zusammenhalten, wie hart es auch wird." Ich willige ein und erwidere seinen Händedruck.

Atem anhalten, stehenbleiben

Wie wir es gemerkt haben, können wir nicht mehr mit Sicherheit sagen.

Es ist nicht ein solch gewaltiger Einschnitt wie damals der Mauerfall: Auch der hatte sich mit den Tausenden, die über Ungarn und die Tschechoslowakei flohen, sprichwörtlich zusammengebraut. Wir wussten, wie auch im März 2020: Es wird etwas passieren, es liegt in der Luft.

Damals standen wir nicht still und fieberten dem Ereignis entgegen. Wir gingen mit Kerzen montags durch die Stadt, sangen Friedenslieder und unterhielten uns schon längst nicht mehr hinter vorgehaltener Hand über die aus unseren Reihen Geflüchteten. Wir wussten, wer einen Ausreiseantrag gestellt hatte, weil Gleichgesinnte sich schnell erkannten und diese Menschen in immer kürzeren Abständen auf die Wache einbestellt wurden.

Am Tag des Mauerfalls kam ich morgens, wie jeden Tag, in die kleine Neubauküche, in der man nur sitzen und sich nicht bewegen konnte. Mein Vater schaute von seinem schwarzen Tee mit Zitrone zu mir auf und sagte ohne Intonation: „Die Mauer ist auf." Und ich sagte zu ihm, was ich mich sonst nie getraut hätte: „Du spinnst."

Als ich in der Schule ankam – ich ging damals in die neunte Klasse – fehlten drei meiner Klassenkameraden. Sie waren mit ihren Familien sofort aufgebrochen, und ihre Plätze blieben leer. Unter ihnen war auch meine Freundin, deren Vater die Steintreppe vom Polizeirevier runtergestoßen wurde, bevor man ihn endlich ziehen ließ. Das Dumme war, dass er sich im Westen, über den er später schockiert war, entkräftet und ausgezehrt das Leben nahm und seine Familie wieder zurück nach Dresden kam. Aber das ist eine ganz andere Geschichte. Aber irgendwie gehört sie auch dazu, genauso wie 9/11.

Diesmal aber, im März 2020, scheint die Sonne, Frühlingsboten rauschen durch die Lüfte und von einem auf den anderen Tag bleiben alle Kinder zu Hause. Wir sitzen zu sechst um den Frühstückstisch. Es gibt Obst und Igor spricht aus, was ich denke: „Es wird nie mehr so sein, wie es früher war."

Durch die Art der medialen Inszenierung ist uns klar, dass es um viel mehr geht als um eine Erkältungskrankheit. Ich denke sofort an 9/11 und weiß, dass 'die Wahrheit' – und hier meine ich Fakten und nicht geisteswissenschaftliche Blickwinkel und Ansichtssachen – schlussendlich sowieso rauskommen wird. Dreist finde ich, dass sie den Mut besitzen, gleich alles bis auf die Grundversorgung lahmzulegen. Aber es soll erstmal für ein paar Wochen sein, man wird ja sehen.

Wenn ich so zurückschaue, bringe ich einiges durcheinander. Zum Beispiel weiß ich nicht mehr, ob wir von Anfang an in Quarantäne sitzen oder erst später.

Absurderweise findet an jenem Morgen bei den turbulenten Gestalten im Haus gegenüber ein Polizeieinsatz statt, zu dem mehrere Wagen mit Blaulicht anrücken und die ganze Straße abgesperrt wird. Irgendwo ganz in unserer Nähe fällt ein Schuss.

Igor beschließt, dass die Kinder vorerst nur in Begleitung von einem von uns beiden aus dem Haus gehen sollen.

Igor ist vom ersten Moment an überzeugt, dass sich die Welt und unser ganzes menschliches Sein transformieren wird, und der Startschuss dazu fällt an diesem Tag.

Am Frühstückstisch sprechen wir über die neue Situation. Wir sollen uns rüsten mit energiespendenden Praktiken, guter Ernährung und, wenn möglich, auch mit Bewegung und frischer Luft. Die Schule und was die da draußen von uns wollen, müssen uns jetzt nicht mehr interessieren. Die Schule ist zu, und wir sollen uns darum sorgen, gut mit uns selber klarzukommen. So sieht das Igor von Anfang an. Ich unterstütze seine Ansicht, die Zeit zu nutzen, bei sich einzukehren, vielleicht auch umzukehren und finde auch die Praktiken, die er vorschlägt, anregend und für die seelische Konstitution wichtig.

Allerdings haben uns die Lehrer vorher Bescheid gegeben, dass sie den Kindern Aufgaben schicken werden, die sie dann zu erledigen haben. Ich finde dieses Experiment aufregend, weil in unserer Familie öfter die Idee von Homeschooling und selbstgesteuertem Lernen kursiert. Wir kommen überein, dass ein guter Tagesrhythmus wichtig ist, damit wir in unserer Kraft bleiben und nicht ins 'Gammeln' rutschen.

Also schlage ich vor, um neun Uhr ein gemeinsames Frühstück mit Obst zu halten. Vorher können sie sich zum Yoga und einem Spaziergang treffen. Dann gemeinsam den von Igor vorgeschlagenen Psalm 91 beten, von dem es heißt, ihn hätte eine

14

Gruppe von Soldaten im ersten Weltkrieg jeden Tag gesprochen – und diese Einheit wäre verschont geblieben. Dieser Psalm würde Schutz verleihen und Kraft spenden:

Gebet in Bedrängnis

Wer unter dem Schirm des Höchsten sitzt und unter dem Schatten des Allmächtigen bleibt, der spricht zu dem HERRN: / Meine Zuversicht und meine Burg, mein Gott, auf den ich hoffe. Denn er errettet dich vom Strick des Jägers und von der verderblichen Pest. Er wird dich mit seinen Fittichen decken, / und Zuflucht wirst du haben unter seinen Flügeln. Seine Wahrheit ist Schirm und Schild, dass du nicht erschrecken musst vor dem Grauen der Nacht, vor dem Pfeil, der des Tages fliegt, vor der Pest, die im Finstern schleicht, vor der Seuche, die am Mittag Verderben bringt. Wenn auch tausend fallen zu deiner Seite / und zehntausend zu deiner Rechten, so wird es doch dich nicht treffen. Ja, du wirst es mit eigenen Augen sehen und schauen, wie den Frevlern vergolten wird. Denn der HERR ist deine Zuversicht, der Höchste ist deine Zuflucht. Es wird dir kein Übel begegnen, und keine Plage wird sich deinem Hause nahen. Denn er hat seinen Engeln befohlen, dass sie dich behüten auf allen deinen Wegen, dass sie dich auf den Händen tragen und du deinen Fuß nicht an einen Stein stoßest. Über Löwen und Ottern wirst du gehen und junge Löwen und Drachen niedertreten. »Er liebt mich, darum will ich ihn erretten; er kennt meinen Namen, darum will ich ihn schützen. Er ruft mich an, darum will ich ihn erhören; / ich bin bei ihm in der Not, ich will ihn herausreißen und zu Ehren bringen. Ich will ihn sättigen mit langem Leben und will ihm zeigen mein

Heil.«

Ab zehn machen wir gemeinsam die erteilten Aufgaben bis zwölf, höchstens eins, dann gibt es Mittagessen. Und im Anschluss daran haben die Kinder Zeit zum Spielen oder sonstigen Einfällen, während wir Coaching-Kurse im Netz oder Yoga machen oder Zeit zur freien Verfügung haben. Natürlich ist im Plan inbegriffen, dass ich auch meine Schüler mit kleinen Aufträgen versorge. Religion steht hinter Mathe zurück, aber Aufmunterungen sind vielleicht wichtiger denn je, denn nicht alle gehen so nonchalant an die neue Situation heran wie wir.

Und ich denke mir: Endlich habe ich Zeit, all die Projekte zu verwirklichen, die ich bislang hinausgeschoben hatte: Ich kann endlich jeden Tag die großen Bilder malen, nach denen mir verlangt. Ich werde Geschichten schreiben und Gedichte und dadurch zu mir selbst kommen. Denn der Mensch – so war ich von Kind auf der festen Überzeugung – ist so sehr bei sich selbst, wie er imstande ist, seinen Träumen zu folgen und sich nicht von seinen Ängsten bestimmen zu lassen. Eigentlich (ich mag dieses Wort nicht, aber es passt an dieser Stelle kein anderes) bin ich Theaterschauspielerin und ich habe notgedrungenermaßen umgeschult – aber das ist eine andere Geschichte. Und mir ist gleich klar, dass ich vielleicht in der kommenden Zeit der Isolation einige meiner Theaterfauxpas reflektieren oder, wie es in der Szene heißt, auflösen können würde, aber dass das Spielen im öffentlichen Raum, worauf das Theater angewiesen ist, nicht mehr aufzuholen sein wird. Ich erhoffe mir insgeheim, dass Stille einkehrt und nach kleinen notwendigen täglichen Pflichtübungen jeder von uns zu sich selbst kommt.

Die Familie ist im Großen und Ganzen einverstanden. Aber, wie gesagt, es wurde nur besprochen, und zwischen Verabredung und Umsetzung ist es noch ein Stück.

Lehrerversammlung

Gleich am ersten Tag des vom Tiefschlaf überzogenen Landes werden wir zur Versammlung einbestellt. Ich bin erst seit Beginn des Schuljahres vertretungsweise an diesem Gymnasium. Ich komme in die Turnhalle. Mich faszinieren die 70er-Jahre-Bauten des Westens, eine Kultur, die eine gewisse Exotik für mich ausstrahlt. Heute gibt es keine Sitzreihen wie sonst, sondern im Raum sind ordentlich Stühle verteilt, mit Abstand dazwischen, wie die Aufstellreihen bei der Olympiade. Wenn man sich mit jemandem unterhalten will, muss man sich zu ihm vorbeugen, was die Kollegen auch eifrig machen. Lehrer sind sehr mitteilungsbedürftig und schwatzhaft; besonders bei den Versammlungen halten sie sich nicht so recht an die 'Unterrichtsdisziplin'.

Die Direktorin wirkt so, als hätte sie ein schlimmer Unfall eingeholt. Sie ist betagt und wurde kommissarisch eingesetzt, weil ihr Vorgänger kürzlich in den Ruhestand gegangen ist.
„Nun ist der 'Worst Case' eingetreten. Der Unterricht findet nicht mehr statt."

Da ist es also wieder, das Unwort des Frühlings 2020: 'Worst Case'. Langsam brennt es sich ein. Ich denke an Giorgio Agambens Ausnahmezustand.

Der Unterricht ist die heilige Kuh der Schule. Der Rat ist teuer. Das Ministerium hat per Rundmail ausrichten lassen, die Lehrer sollten den Kindern Aufgaben schicken, das war's.

„Wie stellen die sich das vor?!? Ein Kind kann doch nicht sechs Stunden allein auf unbestimmte Zeit Aufgaben lösen!"

„Und was soll ich für Sport schicken? Gerade jetzt brauchen sie doch Bewegung! Aber wie soll das gehen, wenn sie die Wohnung nur für 'notwendige Gänge zum Überleben' verlassen dürfen?", ruft der Sportlehrer aus dem Abseits.

„Wenn wir die Aufgaben mit E-Mail verschicken, es mehrere Kinder zu Hause gibt und die Eltern im Homeoffice sind, brauchen viele gleichzeitig den Computer, da ist doch der

Wahnsinn vorprogrammiert!", wirft der Mathelehrer ein.

„Und wie sollen wir die Leistungen messen?", will die geflissentliche Biolehrerin wissen. „Denn Noten brauchen wir auch noch."

„Mal ehrlich, soll ich von jedem Schüler alle Aufgaben kontrollieren? Da sitze ich 24 Stunden am Computer!", stöhnt die Französischlehrerin.

Die besorgte Schulleiterin mahnt zur Ruhe, indem sie beide Arme hebt, was so viel besagt, wie: „Bitte nicht schießen!" Sie deutet an, dass ihr das Chaos klar ist. „Machen Sie das Beste draus, für sich und für die Schüler. Versetzen Sie sich in die Lage der Kinder: Manche sind allein zu Hause, viele sind verunsichert. Erwarten Sie nicht zu viel."

„Das hätte nie passieren dürfen. Alles Wiederholung. Versagen der Politik kennen wir aus jeder Epoche", jammert der Geschichtslehrer.

„So ein Blödsinn! Ich kenne weit und breit niemanden, der dieses Corona hat, geschweige denn jemanden, der daran gestorben ist. Ich habe zwei kleine Kinder zuhause und werde niemanden verrückt machen, am wenigsten mich selbst!", gibt der Sportlehrer lautstark bekannt.

Da bekommt er aber Gegenwind: „Wie berichtet wird, werden zwei Drittel von denen, die hier sitzen, diese Krankheit noch in diesem Jahr bekommen. Das lässt sich exponentiell errechnen. Außerdem, hast du nicht die Bilder der Leichen in Österreich gesehen?", ermahnt der Politiklehrer.

Der Sportler lässt sich nicht beirren: „Schau du mal nicht so viel Fernsehen!"

Bei den Lehrerversammlungen verstecke ich mich hinter den Alpha-Tieren, meistens Männer, und beobachte das Geschehen wie ein Kabarettprogramm.

„Liebe Kollegen, mir ist bewusst, dass Sie alle angespannt sind, halten Sie den Frieden untereinander. Wir wissen zudem nicht, wann wir uns in so einem Rahmen wieder versammeln können. Bleiben Sie gesund, und sorgen Sie gut für sich und ihre

Familie!"

Mit diesen Worten entlässt uns die Direktorin in die unbestimmte „Freiheit".

Neuer Alltag

Am Anfang gehen noch die Videos "Wir bleiben zuhause" rum.

Da gießen die Menschen ihre Blumen und winken sich von den Fenstern zu. Eine italienische Gemeinde erfindet lange Stöcke, an denen die Bewohner ihre Sektgläser befestigen und über Balkone hinweg miteinander anstoßen. Es gibt Tutorials, in denen sinnvolle Tätigkeiten wie Frühjahrsputz, 'Sortiere den Kleiderschrank aus' oder Fastenkuren vorgestellt werden.

Nach der Anfangseuphorie oder -irritation 'Ich male jetzt alle Bilder, die ich schon immer mal malen wollte' kommt der ernüchternde Gedanke, dass der Familienalltag eine gewisse Herausforderung darstellt. Also feilen wir stundenlang am Tagesplan, oder ist das nur in den Zahnrädern meines Kopfes so, die sich darüber verhaken?

Mein Wecker klingelt um sechs, ich koche mir eine Tasse Kaffee, mit einem Glas ausgepresster Zitrone dazu und wanke, noch nicht ganz wach, zum Schreibtisch, klappe den Laptop auf und los geht's: Warum hätte ich auch meine Doktorarbeit unterbrechen sollen? Immerhin bin ich im Homeoffice, ob die Welt nun untergeht oder sich transformiert oder eben nicht.

Ich fertige Exegesen über die Wunder Jesu an. Auf gewisse Weise entführt mich das der schrägen Alltagssituation, schon weil ich das fortsetze, was ich vor anderthalb Jahren zu erforschen angefangen habe, und ich tue es mit Leidenschaft und Begeisterung. Manchmal schleichen sich Gedanken ein, ob es angemessen ist, die 'vorher' angefangenen Dinge fortzusetzen, zu theoretisieren und zu reflektieren. Nicht, dass ich an ihrem Sinn gezweifelt hätte, aber durch die kurzfristigen Erfahrungen mit der noch nie dagewesenen Situation kommt mir die zuvor gewonnene Sichtweise zwar nicht abhanden, aber durcheinander. Ich sehe die Dinge, die scheinbar nichts damit zu tun haben, anders, ich lese die Sekundärliteratur anders. Ich bewege mich fachlich und menschlich auf schwankendem Boden, was die Arbeit nicht einfacher macht. Auch spüre ich einen gewissen Druck auf mir, denn vertrauensvolle Bekannte und nahestehende Zweifler setzen mich nun auf den Prüfstein: „Du als Theologin musst uns doch den Sinn von dem Ganzen erklären können", fordern sie mich heraus. Und ich fühle mich, als hätte ich gar nichts mehr zu sagen. Und unter diesem Damoklesschwert befindet sich nun auch die Doktorarbeit. Außerdem hat der Zeitplan ein Fenster bis 8:30 Uhr zum Schreiben vorgesehen, was mich unter Strom setzt, ohne dass ich mir das eingestehen will.

Pünktlich um halb neun klappe ich den Laptop zu, wechsle die Hose, mache die Fünf Tibeter, den Sonnengruß, die kleine Yogafolge und renne zweimal um den Weiher. Dieses Programm führe ich seit mehreren Jahren täglich durch. Gleich zu Beginn der komischen Zeit schließe ich mit mir einen Pakt: Du bewegst dich, du bleibst nicht sitzen.

Schnell unter die Dusche gesprungen. Zwischen den einzelnen Bewegungsphasen wecke ich rundum alle und jeden Einzelnen mehrmals. „Du kannst jetzt aufstehen." „Es gibt gleich Frühstück." „Die Sonne scheint." „Ein neuer Tag beginnt." Streicheln über Kopf und Wange, Kuss dabei, Krabbeln am Fuß. Um neun wollen wir gemeinsam frühstücken. Hätte ich ahnen können, wie unterschiedlich Menschen zeitliche Verabredungen handhaben? Manchmal überrascht mich Nathaniel, der Siebenjährige, beim Tischdecken und will noch ein Croissant, woraufhin ich schnell nochmal rüber zu Netto springe. Manchmal sitzen alle um neun am Tisch. Nicht selten entspinnt sich dann aber eine Diskussion über das Eingesperrtsein oder den Sinn von Hausaufgaben, die nicht sogleich wieder abgebrochen werden kann. An anderen Tagen sitze ich allein am Kopfende des langen gedeckten Familientisches wie die verlassene Königin in einem absurden Theaterstück. Wenn sie dann eintrudeln, überfalle ich sie nicht mit Ermahnungen, was auch ziemlich zeitaufwendig gewesen wäre, da sie sich nacheinander wie die Perlen an dem Frühstücktisch auffädeln und ich immer wieder von vorn hätte anfangen müssen.

Jeden Morgen bestehe ich aufs Neue darauf, dass es besser sei, zu einer moderaten Zeit aufzustehen, als bis mittags oder noch länger im Bett liegenzubleiben und an den Frühstückstisch zu kommen, wann man will.

Im Nachhinein habe ich den Eindruck, Igor verhandelt jeden Morgen mit sich selbst neu, ob er nun zu einem bestimmten Zeitpunkt den Tag beginnen will oder nicht, da er den Standpunkt einnimmt, jeder soll aufstehen, wenn er wach wird. Und so stellt schon der Morgen eine potentielle Gefahrenquelle dar, sich richtig in die Haare zu kriegen.

Nach dem Frühstück begeben wir uns in die obere Wohnung, setzen uns auf den Teppich in Igors Zimmer und reden kurz über den Tag, manchmal Tagesthemen, dann wieder Vorhaben oder die Vorschläge für das Mittagessen. Im Anschluss daran beten wir den Psalm 91 oder sitzen einfach nur still da. Irgendwie sind die Runden von einer gewissen Befangenheit überschattet. Vielleicht sind wir eine gemeinsame spirituelle Reise einfach nicht gewöhnt, oder einer will es nicht und macht nur mit, um den anderen einen Gefallen zu tun, oder wir sind von den Fragen des Tages schon vom Morgen an besetzt.

Sobald wir damit fertig sind, versuche ich, den Punkt abzupassen, denn ich will um zehn Uhr mit den Kindern zu lernen anfangen. Aber dieser Programmpunkt ist mehreren Hürden ausgesetzt: Einmal haben sich die Kinder schon aus dem Zimmer geschlichen und etwas zu spielen begonnen. Dann interveniert Igor, er verstehe nicht, warum jetzt die Kinder nicht einfach mal machen könnten, was sie wollten. Den Lehrern, die keinen Kontakt zu ihren Schülern haben, merkt man die Verunsicherung an: Einige schicken Berge von Arbeitsblättern, die mehrere Wochen Zeit in Anspruch genommen hätten.

Andere schicken nichts. Die aus dem Boden gestampfte Internetplattform ist nicht sicher zugänglich. Ich könnte hier endlos fortfahren. Oft hat ein Kind zu viel zu tun und das andere nicht, weshalb das erste nicht einsieht, etwas zu tun, wenn das andere nichts tun muss.

„Warum sind Erwachsene so unvernünftig?", fragt mich Nathaniel. „Warum schickt die Lehrerin mir Aufgaben, wenn sie gar nicht weiß, wie es mir geht? Vielleicht schickt sie mir deshalb so viele Aufgaben, weil ihr zu Hause langweilig ist. Sie macht Aufgaben gern. Aber wenn ich sie nicht sehen und nicht mit ihr reden kann und sie mir diese Aufgaben schickt, wo ich oft nicht weiß, was sie von mir will, dann kann ich sie nicht leiden."

Müssen, können, dürfen, wollen. Können, dürfen, müssen, wollen. Dürfen, wollen, müssen, können. Was denn nun?

Wie soll der Unterricht von vier Kindern unterschiedlicher Schulen und Klassenstufen miteinander koordiniert werden?

Die beiden Großen bleiben sich selbst überlassen. Jascha ist in der elften Klasse und er hat seit je her alles selbst gemacht. David hat ohnehin schon eine sehr schwierige Schulbiografie, er ist introvertiert und verträumt.

Jedenfalls will ich mit ihnen keinen Hausaufgabenmarathon durchziehen und stelle es mir so vor, die entsprechenden Aufgaben auszudrucken und ihm bei Fragen zu helfen. Dass dieser Plan auch einer Fehleinschätzung unterliegt, sollte ich bald merken.

Mit Nastassja und Nathaniel will ich 'Schule spielen'. Beide haben erst einen Neustart hinter sich, sie in der fünften Klasse, er ein Erstklässler.

Beide Schulen schicken zunächst per Mail die Aufgaben für die Woche zu, die in den Lehrbüchern zu finden sind. Soweit gut, keine nervenzehrenden Auseinandersetzungen mit dem Drucker, nur Buch, Heft und Stifte. Nathaniels Schule schickt manchmal einen dicken Umschlag mit Arbeitsblättern. Bei

Nastassja fangen viele Fächer in diesem Schuljahr neu an und sie kann mit vielen wenig anfangen. Nathaniel nähert sich dem Lesen und Schreiben, und ich denke mir oft, die Kinder in der ersten Klasse treten wie durch ein Tor in eine ganz neue Welt ein, ein Prozess, der viel Aufmerksamkeit verdient. Deshalb meine ich, dass sie nun besonders Hilfestellung brauchen.

Oft begeben wir uns nicht pünktlich an den Schreibtisch, weil erstmal verhandelt werden muss: Die Kinder sehen nicht ein, warum sie ausgerechnet jetzt was für die Schule machen sollen, das kann man doch in den Nachmittag verschieben oder abends erledigen oder morgen, wann man eben Lust dazu hat. Anfangs lasse ich mich mit gutem Grund nicht darauf ein: Lernen ist anstrengend, weil Lernende sich Unbekanntes aneignen. Die Kinder sollen das in einer von Erwachsenen erfundenen Methodik machen. Oft verstehen sie nicht, was von ihnen gefordert wird. Ich bin der Überzeugung, es soll erledigt werden, wenn man noch die meiste Kraft dafür hat. Igor ist eher dafür, die Kinder, die grundsätzlich lernwillig sind, mal machen zu lassen. Bei einer Familie, die eigens für Homeschooling nach Spanien ausgewandert war, hätten die Eltern nur ein paar Wochen geholfen, danach hätten sich die Jungen bis zum Abitur alles selbst beigebracht. Gerade mit meiner heutigen Erfahrung weiß ich nicht, wie ihnen das gelungen ist.

Im Unterschied dazu sollen die Kinder hier jede Woche ihre Ergebnisse abliefern und nicht erst zum Abitur, das heißt, sie werden durch die Aufgabenverteilung geführt.

Nachdem wir zuerst beschließen, die Aufgaben vor dem Mittagessen zu erledigen, gestalten wir es später freier nach dem Motto 'Du kannst deine Aufgaben machen, wann du willst'.

Wie auch immer, es bleibt ein Kampf.

Wenn ich mit Nastassja Latein lerne, soll Nathaniel mit seinem größeren Bruder ein paar ausgewählte Aufgaben machen. Oft tobt er im Zimmer rum. An einem Tag haben sie Luftballons aufgeblasen und werfen sie hin und her, bis sie platzen. Bei dieser Lautstärke kann Nastassja sich nicht auf Latein konzentrieren und fängt regelmäßig an, mit mir zu diskutieren, wofür man solch eine alte Sprache heute noch gebrauchen kann. Dabei war Latein ihre Wahl, um dem ungeliebten Französisch zu entkommen.

Wenn ich Nathaniel zu mir rufe, hat Nastassja kaum etwas geschafft und er will einfach nicht schreiben. Lieber will er mit seinem Bruder weiterspielen. Die großen Jungs haben erstmal nichts zu tun, weil die Lehrer nichts schicken oder sie auf Anweisungen warten, wie sie per Internet unterrichten sollen. Cool lümmeln sie im Bett herum.

Jedenfalls habe ich das Gefühl, ich springe von einem zum anderen und mache mich einfach nur lächerlich.

Wenn der Mittag erreicht ist, geht die Diskussion los, was es zu essen geben soll.

Ich will etwas Einfaches, Schnelles machen, das auch noch leicht und gesund sein soll, damit wir bald befreit in den Nachmittag starten können. Die Kinder hingegen packen ihre Lieblingsgerichte aus, aber keiner will den anderen gewähren lassen. Nachdem ausgiebig über das Mittagessen verhandelt worden ist, geht die Debatte in die nächste Runde. Nun wird ausgefochten, wer jetzt einkaufen gehen soll.

Ich schnipple, brutzle und koche. Währenddessen höre ich mir Nachrichten auf diversen Kanälen an, den offiziellen und den inoffiziellen. Die einen suchen nach Sicherheit, rufen zur Vorsicht auf, die anderen entlarven die übertriebene Panikmache. Ich versuche mich immer wieder aufs Neue zu verorten, schlüpfe in die Rollen der Sprecher – aber ich komme von dem Trip, dass hier irgendwas nicht stimmt, nicht herunter. Auch nach Wochen kenne ich keinen, der an Corona erkrankt ist.

Beim Mittagessen sitzen wir alle um den Tisch, und Igor präsentiert uns die neuesten Erkenntnisse aus Nachrichten, die er vormittags, in der Homeschooling-Zeit, recherchiert und ausgewertet hat. Seine Ansicht, wir würden in einer gigantischen Simulation, einer sich verselbstständigenden Truman Show leben, verfestigt sich.

Sehnsüchtig wartet er darauf, dass wir nun zusammen Zeit verbringen können, hätte ich doch schon den ganzen Vormittag mit so unsinnigen Sachen wie Hausaufgaben verschwendet.

Leider muss ich ihn enttäuschen: Nachdem ich abgewaschen habe, sind meine Schüler dran, die ich mit Aufgabenblättern zu versorgen habe. Da ich diesen Stoff noch nicht vermittelt habe, sitze ich oft bis weit in den Nachmittag hinein am Schreibtisch. Es geht um das Urchristentum, und mich beschäftigt parallel zu den aktuellen Zeitereignissen, wie es ist, zu einer unterrepräsentierten Minderheit zu gehören. Wie lange kann man als Außenseiter leben? Wie viel ist man bereit zu erdulden, um seine Integrität zu wahren? Was macht in so einer Situation die Gemeinschaft mit Gleichgesinnten aus?

Inwieweit sich die Schüler die Fragen stellen, weiß ich nicht und auch nicht, ob sie sich mit den Aufgaben überhaupt beschäftigen. Manchmal bekomme ich eingescannte Aufgabenblätter.

Es kommt nicht selten vor, dass sich einige Kinder einfach so bei mir melden:

„Liebe Frau Rose, ich bin sehr traurig, dass ich meine Freundin nicht sehen darf. Ihre Eltern verbieten das, obwohl meine es erlauben würden. Deshalb bin ich viel bei meinem Pferd auf der Koppel. Mit dem kann ich wenigstens reden, das hat mich lieb. Deine Fiona"

Die Dünnhäutigkeit und Einsamkeit der Kinder werden mir durch diese Nachricht so richtig bewusst: Ihnen fällt die Decke auf den Kopf; sie verbringen ihre Tage mit verunsicherten Erwachsenen, denen ‘das Wichtigste’ ist, am Schreibtisch zu sitzen und alleine irgendwelche Aufgaben zu erledigen. In dieser Enge können sich viele Kinder nicht an ihre Eltern wenden, weil die Lage angespannt ist, und sie suchen Hilfe bei anderen Vertrauenspersonen, die sie aber nur digital erreichen können.

Ein Junge schreibt mir: „Schule fand ich immer doof. Jetzt würde ich sogar auf das Fußballspiel von FC Bayern München, zu dem mein Papa mit mir fahren will, verzichten, nur um wieder in die Schule zu gehen. Gestern habe ich von neun Uhr bis abends um sechs am Schreibtisch gesessen, und dann waren immer noch nicht alle Aufgaben fertig. Können Sie mal mit Frau Schwarz reden, dass sie uns weniger Aufgaben schickt? Manchmal will ich einfach nur auf dem Trampolin springen, bis alles vorbei ist. Marius"

Da staune ich nicht schlecht. Gerade er hat im Unterricht provoziert und war aufmüpfig gewesen. Wie hoch muss sein Druck sein, dass er sich so vertrauensvoll an mich wendet?

Wenn ich an meinem Schreibtisch fertig bin, will ich nichts mehr hören und sehen, sondern einfach nur raus. Nicht selten kommt es vor, dass ich Igor zum Spaziergang überreden will, aber er hat gerade einen interessanten Artikel über die Sache gefunden; und wir bekommen uns wieder in die Haare, weil er sich unter Druck gesetzt fühlt und ich keine Sekunde länger in der Wohnung bleiben will. Besser wäre, wenn die Kinder oft rausgingen, um frische Luft zu schnappen und sich auszutoben. Oft hebeln sie das mit dem Argument aus, die Umgebung schon zu kennen. Paradoxerweise können sie einige Filme mehrfach hintereinander sehen, aber da müssen sie nicht laufen.

Wenn sie nicht rausgehen, werden sie grillig, necken sich und fangen an zu streiten. Eine Zeitlang sind die Spielplätze gesperrt; an vielen Orten werden sie mit einem Baustellenband markiert: „Betreten verboten!" Man könnte sich beim Spielen unter freiem Himmel gegenseitig anstecken, so krank ist das!

Wo sollen die Kinder hin? Sie tun mir unendlich leid, aber sie machen mich auch aggressiv, weil sie sich meinen 'einfachen' Ideen wie Federballspielen oder einfach mal Rad fahren verweigern. Von Anfang an sitzen sie es einfach aus, und das tut ihnen nicht gut.

Wenn wir – oder meistens ich allein – vom Spaziergang zurückkommen, gehe ich in mein Zimmer, koche mir erstmal einen großen Tee und einen kleinen Kaffee, spiele Klavier, um dann zu meinem eigentlichen Hauptgeschäft überzugehen: Ein Bild zu malen oder an dem begonnenen Roman weiterzuschreiben. Die Qualität geht nicht unbedingt durch die Decke nach diesen durchgetakteten und dennoch unerfüllten Tagen. Ich habe auf diese Weise auch nur circa zwei Stunden Zeit für mich, denn dann ruft die Uhr nach dem Abendbrot.

Mir ist schon nach ungefähr einer Woche klar: Diese vollgestopfte Monotonie halte ich nicht lange aus, aber ich kann weder zu einer Freundin fliehen noch ans Meer, auch nicht die Kinder und die Aufgaben sich selbst überlassen. Am wenigsten bin ich aber bereit, bei meinen Ideen Abstriche zu machen. Das wäre mir wie Aufgeben und Freitod vorgekommen. Aber es macht mich unzufrieden und unruhig, dass ich den Dreh einfach nicht rausfinde, alle Bälle in der Luft zu halten und in einen ruhigen Fluss zu bringen.

Manchmal wird dann vor oder nach dem Abendbrot noch eine schwierige oder vergessene Aufgabe besprochen, das ist der Moment, an dem Igor die Hutschnur reißt: „Könnt ihr nicht mal aufhören mit eurer scheiß Schule! Hier geht die Welt unter und ihr streitet euch über Französischvokabeln! Ich glaube, ihr seid nicht ganz dicht!"

Igors Standpunkt

„Das ist das Ende der alten Zeit, nun löst sich alles auf, was wir gekannt haben."

Dieser bestimmende Satz steht über aller Betrachtung, die danach folgt. Igor ist kein Spinner, er wird nur von anderen als solcher gesehen, weil er einige Informationen mehr hat als sie und immer aus der Reihe tanzt.

Nur zur Erinnerung: Es ist an einem nieseligen Vorabend im Jahre 2012 auf der Frankfurter Allee. Ein junger Mann drückt Igor eine CD in die Hand. Dort werden Fragen aufgerollt: Warum kann ein Flugzeug durch ein Hochhaus mit Stahlträgern fliegen, so dass auf der anderen Seite die Aluminiumschnauze heil rauskommt? Was hat es mit der okkulten Musikindustrie auf sich? Wie beeinflusst Disney das Bewusstsein der Kinder?

Und viele interessante Punkte werden dort angetippt.

Ich finde das aufregend, weil ich, seit ich denken kann, meine Fragen habe, die diese Gesellschaft betreffen und das Leben überhaupt, und manchmal lässt sich keine Verbindung zwischen dem 'So ist es halt' und diesen Realitätsbehauptungen herstellen.

Das Verrückte ist, dass diese Informationen anwachsen wie der süße Brei im Märchen, oder, wer es nicht kennt, wie die Wassermassen im Zauberlehrling. Das Dumme ist, dass ich damals mit einem Neugeborenen im Bett saß, für meine Masterarbeit las und diese auch schrieb, und Igor ständig um die Ecke kam: „Weißt du schon...? Hast du schon von Nestlé gehört? Die kaufen Wasserquellen in Afrika auf!" Und das am laufenden Band. Mir platzt nicht nur der Kopf. Ich wünsche mir schon da – mit meinem Baby auf dem Arm – die Welt wäre eine bessere gewesen.

Diese Informationen entfalten ein Suchtpotential. Er musste auch damals schon immer weiter und tiefer graben und vergisst darüber Zeit, Schlaf und einiges andere. Und gerade das ist es, was uns dann aneinandergeraten lässt. Ich komme mir vor wie die Haushälterin eines Gelehrten einer Geheimgesellschaft, und ich denke von mir, ich habe noch so viel vor in diesem Leben – und dieser Mann raubt mir dafür Zeit und Illusion.

Alle, die mich kennen, wissen, dass ich trotzdem meinen künstlerischen Weg gegangen bin: Ich habe Goethe gelesen, wo ich mich eigentlich um die Schlechtigkeit von Plastikverpackungen informieren sollte; ich habe Bilder gemalt und Gedichte geschrieben, wo ich eigentlich meditieren sollte. Ich habe die Ernährung einfach umgestellt, ohne eine Ersatzreligion daraus zu machen. Ich habe auch ohne Igor verstanden, warum das Theater sich bei seinen Henkern anbiedert und so weiter. Meinen Grundzweifel hat Igor nicht nur bestätigt, sondern mir auch zu Verständnis verholfen, ohne dass ich recherchieren musste.

Eigentlich sollte sich die Welt 2012 von Grund auf

ändern. So war es uns zu Ohren gekommen. Wie und was sollte passieren? Der Unterschied zwischen einer Prophezeiung und einer Tatsache ist, dass sich eine Prophezeiung, Vorhersage oder eine vertrauensvolle Vermutung für ein Geschehnis in der Zukunft befindet und auf der Grundlage von eigenen inneren Gewissheiten bildet. Sie baut auf einer Vermutung auf, aber nicht auf bereits erfolgten Ereignissen, also Fakten und Daten. Das Eintreffen einer Prophezeiung ist daher noch offen, die Möglichkeiten, wie sich die Vorhersage erfüllen könnte, vielfältig.

Ein Ereignis hingegen liegt aufgrund seines Eintretens in der Vergangenheit. Es ist ein Fakt, der von Personen bezeugt wird.

Also haben wir uns geeinigt, wir gehen in die neue Zeit, leben im Übergang von der Welt, wie wir sie kannten und sie nie wieder sein wird. Und nun meinen wir, uns an diesem Punkt zu befinden. Die ganze Sache kommt uns vor wie eine ausgeklügelte Inszenierung zu einem bestimmten Zweck, der nicht aufgehen wird: Lügen werden aufgedeckt, das Gute und Gerechtigkeit für alle Menschen wird sich durchsetzen. Dessen sind wir uns gewiss.

Als es heißt, im öffentlichen Raum werden Masken getragen, sagt Igor: „So ein Ding ziehe ich nicht an! Mein erstes Recht ist es, frei zu atmen!" Da gebe ich ihm unumwunden recht. Außerdem wissen wir, dass Masken nicht viel bringen, an den Seiten kann alles Mögliche durchfliegen, aber es schränkt das Einatmen erheblich ein und beim Ausatmen, einer Form der Entgiftung, bleiben schlechte Partikel unmittelbar darin hängen. Ich muss hier nicht weiter ausholen, dass Bilder von mikroskopierten Bakterienansammlungen etc. gepostet wurden. Allerdings frage ich mich, wie Igor dann zu Nahrungsmitteln kommen will.

In der Folgezeit betritt er den Supermarkt direkt gegenüber von unserem Haus nur in Ausnahmefällen. In einem entfernten Kaufhaus, das wir für besondere Dinge aufsuchen, macht er eine Ausnahme und bedeckt Mund und Nase. Dann rast er im Sturmschritt durch und kommt wie ein Sprinter bei der Kasse an. Er schummelt nicht, wie wir das oft getan haben, indem wir sie schief aufsetzen oder unter die Nase ziehen. Nein, er trägt sie nicht; und wenn, dann trägt er sie ganz.

Er hat sich auch keine Bescheinigung von einem Arzt besorgt. Die Weißkittel kann er nicht leiden: „Schulmedizin schaut nicht den ganzen Menschen an, die brauche ich nicht.", im O-Ton. Er versucht keine Tricks und Schliche. Er lässt es einfach sein. Er tritt eine lange Reise des Verzichts an und das bei dem Umstand, dass er sofort eine Befreiung hätte beantragen können, da er sehr kurzatmig ist und zum Asthmatiker neigt.

Wieso er per Sturmschritt das Geschäft durcheilt in den wenigen Malen, wo er eine trägt, kann ich nur erahnen, nachdem ich einmal selbst krank bin und mich unter diesem 'Schutz' befand. Eine Schlange an der Kasse, und ich wäre fast umgefallen, so sehr fehlte mir der Sauerstoff. Das mal so am Rande.

Dass Igor keine Maske tragen will, bedeutet für uns, dass wir einen Einkäufer weniger haben. Und so müssen wir viele Erledigungen einfach selbst übernehmen und Verzicht üben, wo wir gemeinsam etwas als Familie unternehmen wollen, aber wir nicht gemeinsam hingehen können.

Tagsüber sehe ich ihn nach unserer 'Meditation' am Fenster lehnen, und er scrollt die Nachrichten durch. Ich frage mich nicht nur einmal, ob der Ruheeffekt nicht sofort vernichtet wird.

Zunächst ist das Widersprüchliche, ob nun die Menschen 'mit' oder 'an' Corona gestorben sind. Scheinbar ein Detail, aber ein nicht unerhebliches, weil Langzeiterkrankte, deren Immunität geschwächt ist, die sogar im Sterben liegen, in die Statistik eingepflegt werden.

Später kommt heraus, dass das Foto mit Särgen aus italienischen Bergdörfern, das das dortige Massensterben dokumentieren soll, schon einmal 2003 in einer Zeitung eingesetzt worden ist. Dann wird die Schädlichkeit des Materials der Masken zugegeben und dass der Test nicht zu Diagnosezwecken geeignet ist. Im Vergleich sehen wir, wie andere Länder mit der ganzen Sache umgehen. Wenn wir müde und oft zerstritten am Mittagstisch sitzen, tischt Igor uns die Neuigkeiten auf. Eigentlich geht es nur darum, herauszufinden, was die ganze Sache zu bedeuten hat und wie lange sie noch gehen soll.

Schon früher, als wir noch in Berlin wohnten, hatte er eines Nachts von einer gesichtslosen Stimme geträumt, die ihn beauftragte: „Bring deine Kinder gut durch diese schwere Zeit." Das ist sein Maßstab, was sein Gewissen als 'gut' erachtet; und seine Schlussfolgerungen werden zum Orientierungspunkt für sein Handeln, von dem er nicht abweicht. Und manchmal entstehen gerade dadurch bizarre, wenn nicht gar gefährliche, Situationen.

Ich erinnere mich an einen heißen Sommertag: Die Kinder wollen ins Schwimmbad. Aus irgendeinem Grund tauchen wir gemeinsam da auf. Ich habe im Vorfeld die Tickets elektronisch buchen müssen, worüber Igor sich aufregt. Die Umstellung der analogen Handlungen auf die Digitalisierung bedeutet für ihn eine Einschränkung des menschlichen Austausches. Ich stimme mit ihm überein, aber ich gehe einen Balanceakt zwischen Renitenz und Annahme. Heute will ich den Kindern, die in der Lockdown-Zeit schon zu wenig Abwechslung erlebt hatten, dieses Vergnügen nicht versagen. Zumal es an der Zeit ist, dass Nathaniel schwimmen lernt.

Wir kommen also am Schwimmbad an. Und nun kommt noch heraus, dass dort, unter freiem Himmel, die Pflicht herrscht, sich testen zu lassen. Das Einchecken dauert länger als üblich, da zu den elektronischen Tickets noch die Tests auf Vorhandensein und Gültigkeit kontrolliert werden müssen. Die Schlange steht in der prallen Sonne. Die Menschen, Kinder und Erwachsene haben Masken im Gesicht.

Ich sehe an Igors Gesicht, dass er dieses Theater nicht

mitspielen wird.

Er spricht einen jungen Vater an, ob er nicht wisse, was er seinem Kind antue. Dieser wirkt so, als wüsste er nicht, wovon Igor spricht. Da kommt Igor erst richtig in Fahrt: „Dein Kind hat genauso wie du das Recht, frei zu atmen." Der Maskenträger dreht sich weg. „Wegen eurer Anpassung und Ignoranz wird das freie Leben von mir und meinen Kindern beschnitten." Igor wird laut: „Corona ist ein Intelligenztest, und wer das nicht kapiert, ist schon durchgefallen."

Nun wird der Sicherheitsmann auf ihn aufmerksam. Eine Art Bodybuilder südländischer Herkunft kommt auf ihn zu: „Ey, Alter, mach mal locker, sonst kannst du nicht ins Schwimmbad!" Igor hält die Luft an. Für einen Moment denke ich, sein Gehirn steht still. Mich durchzuckt der Gedanke: „Jetzt schlägt er zu." Die Augen sind starr auf sein Gegenüber gerichtet. Tonlos sagt er: „Sehr geehrter Mann, ich bin ein freier Mensch und habe das Recht, das Schwimmbad, das von unseren Steuergeldern bezahlt wird, zu betreten, und ich bin nicht Ihr Alter!"

Weil Igor etwas entgegnet hat, ruft der Sicherheitsdienst die Polizei.

Inzwischen weinen die Kinder. Sie wollen ins Schwimmbad. Es sind an diesem Nachmittag über dreißig Grad, aber sie stehen zu ihrem Papa. Sie sind hin- und hergerissen.

Die Polizisten kommen in rasantem Tempo angefahren und wenden mit quietschenden Reifen. Gefühlt sind alle Blicke auf unsere Familie gerichtet. Gelassen kurbelt der Dienstmann die Scheibe runter und befragt zunächst Igor als 'Schuldigen', was sich zugetragen hat.

Betont beherrscht schildert Igor die Situation und auch seinen Unmut darüber, dass die Maßnahmen in seinen Augen jeglicher Logik entbehren.

„Ja, aber wir müssen sie einhalten", erwidert der Wachmann. Dies hätte man als Provokation, die das Potential hatte, das Fass zum Überlaufen zu bringen, auffassen können. „Man muss nicht, aber man kann", entgegnet Igor nun scherzhaft.

„Ja, ich weiß, was Sie meinen. Bitte behalten Sie die Nerven! Auch das geht vorbei. Wenn Sie und Ihre Familie von einem Schwimmbadbesuch absehen, werde ich den Fall nicht zur Anzeige bringen und Ihnen auch nicht die Anfahrt in Rechnung stellen."

Igor fühlt sich auf eine bestimmte Art und Weise von ihm verstanden und nickt stumm.

Die Kinder und ich haben im Schatten eines Baumes Zuflucht gesucht. Erleichtert sehen wir die Rücklichter des Polizeiautos.

Eine Frau zischt in Igors Rücken: „Was der Typ seinen Kindern antut."

Nastassja steht auf: „Es ist der beste Papa der Welt, der beschützt uns vor jeglichem Schwachsinn." Und Igor ruft über die Schulter: „Denkt nach! Ihr werdet noch an mich denken!"

Telefonat mit Berlin

Nach ein paar Wochen mit diesem strammen Tagesplan, der selbst Meditieren beinhaltet, bin ich erschöpft und stehe, trotz der täglichen Meditationen, ziemlich neben mir. Nun sitzen wir zu Hause fest, keine Party lenkt uns ab, und wir hätten endlich mal viel Zeit, uns mit und selbst zu beschäftigen. Dennoch habe ich immer zu tun und das Gefühl, dass sich das Karussell auf enger werdendem Raum immer schneller dreht und ich allmählich den Verstand und die Wahrnehmung für das Ringsherum verliere.

Ich hätte alles gegeben, um mit dem Zug über zehn Stunden durch das Land bis ans Meer zu fahren oder eine Party mit Freunden zu feiern oder ins Kino zu gehen. Aber die Lokalitäten sind geschlossen und es gibt Einschränkungen, welche und wie viele Menschen man treffen darf, die sich noch dazu ständig ändern. Darüber kann ich nur den Kopf schütteln, aber das hilft mir nichts.

Einmal am Tag, pünktlich wie Immanuel Kant, gehe ich immer dieselbe Runde, zuverlässig, gleich und abschätzbar. Die Begleitung meiner Familienmitglieder wechselt sich ab. Wir haben vereinbart, einmal am Tag eine große Runde unter freiem Himmel an der frischen Luft zu gehen, um mal rauszukommen und den Gedankenkreislauf zu erfrischen. Wir würden auch dann noch gehen, wenn es verboten worden wäre, denn wir wohnen am Stadtrand mit Bewaldung. Zumindest ich muss raus, sonst weiß ich nicht, was noch passiert. „Wir kennen die Runde schon." „Das ist doch langweilig, ohne Ziel da lang zu gehen." „Den Gefängnisrundgang kann ich mir auch sparen.", höre ich mir an. Wenn ich frage, was sie sonst vorhaben, bekomme ich ein farbloses: „Nichts." Und später nur noch ein Schulterzucken. Ich leide. Ich verstehe einfach nicht, wie man nicht doch das Beste draus machen kann und bilde mir ein, die Kinder eingehen zu sehen wie Primeln.

„Du musst uns so einladen, dass es funktioniert", erwidert Igor und schaut nicht vom Bildschirm auf.

Als wir dann doch gemeinsam losgehen, fällt uns schon nach wenigen Wochen der extrem strahlend blaue Himmel auf. Keine Abgase und kein grauschlieriges Gift verschmieren ihn. Der Flugverkehr ist eingestellt worden, und schon nach wenigen Tagen erholt sich der Himmel vom menschlichen Eingriff. Wir laufen, den Blick ständig nach oben gerichtet, und können es kaum fassen. „So sah der Himmel aus, als ich Kind war!", sagt Igor. „Jetzt wird alles gut!"

Ich wünsche mir nicht nur, dass die Kurzflugreisen eingestellt, sondern jede Reise einer sorgfältigen Prüfung unterzogen werden würde. Natürlich ist mir auch klar, dass meine Freundin Isabella nicht aus Australien nach Europa schwimmen kann, wenn sie ihre Eltern in der Schweiz besuchen will.

Aber irgendwie schwingt von diesem blauen Himmel die Hoffnung auf Besinnung mit und dass auch nicht mehr produziert wird, was Menschen eigentlich nicht brauchen und die Müllberge schrumpfen. Paradiesbilder tauchen vor dem inneren Auge auf und werden von der frischen Luft entfacht.

In die Fenster haben die Kinder Regenbogenbilder geklebt, manche zünden bei Einbruch der Dunkelheit Kerzen an. Kirchenglocken läuten zur Abendstunde, und vielleicht würde alles gut werden, ganz von selbst, durch Einsicht, ohne große Umstellung.

Später sehe ich im Netz die Müllberge, die durch den inflationären Maskengebrauch entstanden sind und die Strände der ärmeren Länder verstopfen, und ich merke auch, dass das alttestamentliche Bundeszeichen des Regenbogens zu allen möglichen Aussagen benutzt werden kann – zu guten wie häufig fragwürdigen, was meine Hoffnung des Anfangs wieder relativiert. Aber das sehe ich in meinem Anflug von Euphorie beim Blick in den strahlend blauen Himmel nicht.

Ich bin so mit der Veränderung beschäftigt, dass ich auch geläufige Situationen nicht mehr richtig einordnen kann. Ständig um Erklärung und Vergewisserung bemüht, treibt sich nicht nur Igor auf sämtlichen Informationskanälen herum.

Eines Abends sitzen wir wieder zusammen da und schauen in die Röhre.

Mitten in der Tagesschau wird der Mann eingeblendet, den jeder kennt. Er gehört der größenwahnsinnigsten Zivilisation der Erde an und spricht mit breitmäuligem Froschlächeln in die Kamera, als müsse er traurige oder kranke Kinder wieder froh machen. In meiner Erinnerung hat er einen violett-legeren Pulli an, und er verspricht, die Welt zu retten, als wäre es für ihn ein Kinderspiel. Aber irgendwas stimmt nicht. Obwohl er schon den Zenit überschritten hat, wirkt er wie ein kleiner Bub. Er verspricht so schnell wie möglich, eine Impfung zu erfinden, die alle retten wird. Das überhöre ich, und mir wird dieser Satz erst später bewusst, als mich Freunde darauf hinweisen und ich diesen Filmausschnitt, dieses bahnbrechende Zitat, immer wieder unter die Nase gehalten bekomme. Ich denke nur, es riecht nach Verdienst, Geld und Macht, aber ich wundere mich nicht, auch nicht, als Igor bereits bei dieser Aussage in lautes Lachen ausbricht. Ich bin wie betäubt, denke an Foucault, wie er 'Diskurs' und Machtpositionen ins Verhältnis zueinander setzt und wundere mich nicht, dass ein Software-Händler medizinische Verantwortung übernehmen will. Auch nicht über den Größenwahnsinn, dass er mit dem Setzen eines Stiches in jedes Menschen Fleisch die Welt wieder gesund machen will. Es ist ein bisschen so, als würde ein Mobiltelefonhersteller nun Torten backen und versprechen, damit den Welthunger zu besiegen.

Ich höre nicht wirklich hin und wundere mich nicht, über nichts mehr, außer über den wirklich blauen Himmel, wie schön er ist. Ich schaue nur gebannt in dieses dreiste Grinsen, dem ich misstraue, seitdem mein Laptop ungefragt ein nächtliches Update über sich ergehen lassen musste und meine Arbeit für Tage lahmgelegt worden war.

Also wundere ich mich nicht und rotiere weiter durch den Alltag auf kleinem Raum. Ich komme auch ein bisschen vorwärts. So male ich gleich in den ersten Wochen Porträts von allen Kindern, übe Klavier, schreibe regelmäßig Gedichte (ein gutes Ventil) und lese einen vierbändigen Roman von Elsa Ferrante.

Igor wirkt von Anfang an zuversichtlich: Es werde sich lösen. Der Irrtum erscheint ihm so offensichtlich und pointiert darauf hinzuweisen, dass die Vergangenheit in die falsche Richtung gelaufen sei. Er sieht eine Art Gericht auf uns zukommen, hier und jetzt zu unseren Lebzeiten, und wir werden in Gerechtigkeit am anderen Ende herauskommen. Er spricht im Grunde genommen aus, wovon ich auch überzeugt bin, aber er sieht es ganz konkret hier und jetzt in komprimierter Zeit, wo ich hingegen mich nicht so festlegen will. Allerdings ist er in der Anfangszeit stark am Suchen nach Hintergründen und Zusammenhängen und stößt im Internet auf Panikmacher, Beschöniger, Wegschauer, Alleskritisierer, Realisten und Spiries. Die Früchte seiner Erkenntnisse teilt er uns bei den gemeinsamen Mahlzeiten sehr ausführlich mit. „Wir sollten daran denken...", so fangen viele Sätze an. Unablässig plädiert er dafür, sich für das Kommende vorzubereiten. Es könnte hart werden, nervlich und auch körperlich. Vielleicht kämen Krankheiten aus Laboren, wie das auch von einigen bei Aids vermutet wurde (bekamen wir sogar an der Uni präsentiert) oder Themen wie Nahrungsknappheit, Stromausfälle etc. könnten auf uns zukommen. Von uns allen setzt er sich am meisten dafür ein, zusammenzuhalten und sich geistig zu stärken.

Auch wenn dieser Ansatz gut ist und andere sich darüber riesig gefreut hätten, dass jemand zu stärkenden, gemeinschaftlichen Aktionen anregt, bekommen wir uns regelmäßig deswegen in die Haare, weil es allen in der Familie schwerfällt, sich verbindlich zu verabreden. Die Kinder belasten Schulchaos und die Hausaufgabensituation sehr, und sie wollen dann nicht noch weitere 'Pflichten' übernehmen, sondern lieber spielen oder am Handy Kontakt zu ihren Freunden halten. Ich würde mich dafür einsetzen, wenn es zu verlässlicheren Absprachen kommen würde und auch die Notwendigkeit, etwas für die Schule tun zu müssen, erkannt worden wäre.

Für mich rücken die Wände zusammen. Rund um die Uhr unter den gleichen Nasen, die immer wieder ihre Befindlichkeiten zu Recht auslassen, nur leider meist an mir: Mal sind die Hausaufgaben zu lang, zu sinnlos in ihren Augen, zu schwer. Mal müssen sie warten, weil das Internet überlastet ist, manchmal stören sie sich gegenseitig oder bekommen sich deshalb in die Haare. Die Frustrationsschwelle ist sehr niedrig und ich versuche, alle Bälle in der Luft zu halten.

Dieser Nachmittagsspaziergang ist mir unglaublich wichtig: Endlich frische Luft!

Wenn weder Igor noch ein Kind mitgeht, habe ich mir nun angewöhnt, mit Freundinnen zu telefonieren. Mit ihnen kann ich mich unbefangen über das Geschehen austauschen.

Eines Tages rufe ich meine Freundin Elena in Berlin an. Wenn wir früher nebeneinanderstanden, kam sie mir wie eine

Riesin vor. Sie ist Coach und Heilpraktikerin und auch ihre Vergangenheit war von Anfängen, Abbrüchen, Umzügen, unbeschwerten Freundschaften wie auch vielen Zerwürfnissen geprägt. Aber sie ist, egal, was passiert, immer unglaublich direkt mit ihrer nüchternen und trockenen Art.

Jedenfalls frage ich sie, was die ganze Sache soll. Sie sagt mir klar und in ganz neuen Tönen, die ich von ihr nicht kenne, dass wir in der Endzeit angekommen sind und das Ganze darauf hinausläuft, dass wir Menschen wahrscheinlich schon bald, vermutlich durch die sogenannte Impfung, die nun gegen diese erfundene Krankheit aus der Schublade gezogen wird, gechippt werden sollen, um kontrolliert werden zu können. So stünde es auch schon in der Bibel, meint sie: „Wer das ‚Malzeichen des Tieres‘ (satanisches Merkmal oder Kennzeichen an der Hand oder Stirn) nicht hat [...], wird dann nicht mehr kaufen oder verkaufen können.", zitiert sie aus Offb. 13,17.

Jeder Theologe, zumindest jeder, den ich kenne, wird sich gegen eine solche wortwörtliche Verwendung des biblischen Textes verwehren. Ich habe das Kapitel selbst nachgelesen und würde die damalige Situation der Jerusalemer Gemeinde, in deren Kontext die Johannesoffenbarung geschrieben wurde, nicht so einfach eins zu eins auf diesen Wahnsinn hier übertragen. Aber ich horche auf. Als die Kinder klein waren, haben wir abends oft Filme geschaut und ich erinnere mich an einen deutschen Fernsehfilm, Anne Ratte-Polle in der Hauptrolle, der davon handelt, dass die Menschen einer Stadt mit einem RFID-Chip versehen und wie bei Big Brother überwacht werden. Wer sich nicht benimmt, bekommt eben kein Geld mehr und fliegt raus. Deshalb weise ich ihre Theorie nicht von der Hand, denn eines ist klar: Sie ist intelligent und alles andere als einfältig und riskiert mit ihren Ansichten Gegenwind; bequem macht sie es sich mit solchen Aussagen mit Sicherheit nicht.

Sie sieht die Situation als so einzigartig an, dass sie ihre Integrität (sie trägt nie eine Maske) mit ihrem christlichen

Glauben begründet und bestärkt.

Ich stelle ihr im Telefonat viele Fragen. Schlussendlich setzt sie den Punkt: „Du hast es doch gestern Abend in der Tagesschau selbst gehört von Mister Superman: Die Pandemie wird so lange andauern, bis allen die Giftspritze verabreicht worden ist. Denkst du nicht, dass die das nicht einfach durchziehen werden, und wenn es nicht so klappt, wie sie es sich vorstellen, dann eben mit militärischer Gewalt? Warte mal, was sie noch alles aushecken. Und dann folge den Geldlinien. Dort wirst du Ursache und Absicht finden."

Ich frage sie, wie sie damit umgehen will. Sie werde vorsorgen, hauptsächlich mental, möglicherweise in einem Entwicklungsland untertauchen, was aber maximal eine vorübergehende Lösung sein könnte, aber definitiv nicht mitmachen, denn: „Wer sich bewährt bis zum Ende, wird die Krone des Lebens empfangen, welche der Herr verheißen hat denen, die ihn lieben." (Jakobus 1,12)

Als ich einhänge, schaudert es mich leicht. Da haben wir nun beides: ein Horrorszenario, Voraussagen von Drangsal, Entbehrung, aber auch Verheißung auf Erfüllung und endgültiger Wende zum Guten.

Mit der Zeit

Längst ist uns klar, dass das hier in ein paar Wochen wieder vorbei ist und wir dann frei leben können. Aber je länger es geht, desto mehr verschieben sich Handlungen und Motivation bis zur Verzerrung hin.

Der Tag hat schon komisch begonnen. Nachdem ich den Laptop zugeklappt habe, wecke ich wie jeden Morgen Igor und die Kinder. Nathaniel, der Jüngste, ist schon seit sieben Uhr auf und hat mich während des Schreibens einiges gefragt, aber essen will er noch nichts. Für mich ist es inzwischen Gewohnheitssache, wegen der Kinder praktisch im On-off-Modus zu schreiben, aber ich kann nicht leugnen, dass es trotz

39

Gewöhnung das Vorwärtskommen bremst.

Wie immer gebe ich Igor und den anderen drei einen Kuss auf die Wange und sage, dass ich mich auf das gemeinsame Frühstück freue. Als ich vom Joggen zurückkomme, ist noch nichts passiert, keiner geduscht, geschweige denn der Tisch gedeckt.

Also starte ich eine weitere Weckrunde, ziehe mich an und bereite das Frühstück vor.

Der Blick auf die Uhr verrät den Zeitverzug: Wie sollen wir um zehn mit den Aufgaben anfangen, wenn es jetzt schon halb ist und alle sich noch anziehen, duschen und frühstücken wollen?

Ich wecke sie nochmal. Schon seit Tagen beobachte ich, dass die Abende länger werden und sich somit der Tag-Nacht-Rhythmus verschiebt. Allmählich kommen alle im Tag an. „Warum sollen wir denn aufstehen? Wir haben doch nichts vor!" Vielleicht hätte ich nicht kontern sollen: „Wir haben doch abgemacht, wann wir frühstücken, die Morgenrunde machen und die Aufgaben erledigen."

„Immer denkst du nur an die Aufgaben!" „Das ist doch kein Grund aufzustehen! Wir haben keine Lust. Außerdem könntest du uns besser wecken!"

„Wir sind hier einfach zu Hause und sollen Aufgaben machen, die sich nicht mal jemand anschaut!" Ich komme mir echt vor wie in einem schlechten Film. Das sind Gefühlsäußerungen, denen keine Argumente standhalten. Um aus der Vorwurf-Nummer rauszukommen, mime ich die Fröhliche, obwohl mein Puls rast, aber ich weiß mir nicht zu helfen, und so frage ich sie, passend zur Situation: „Möchtet ihr heute mal ein Frühstücksei?"

Wie aus einem Mund kommt ein klares, eindeutiges „Ja." Na, geht doch!

Ich hole die Kasserolle aus dem Regal und will gerade sechs Eier im Wasser auf die Herdplatte stellen, als ich kalt von hinten im Genick getroffen werde.

„Ich hätte gern ein Spiegelei!", fordert Nastassja. Das ist nicht das erste Mal, dass sie schon zur ersten Mahlzeit einen Sonderwunsch äußert. Gestern erst hat sie sich einen Tomaten-Mozzarella-Salat bereitet. Eine solche Prozedur kann bei ihr eine ganze Stunde in Anspruch nehmen, ungeachtet dessen, was wir sonst noch vorhaben und was vereinbart ist. Zum Streit kommt es dann, als Nathaniel mal probieren und sie ihm nichts abgeben will. Igor hat eine der vielen beunruhigenden Nachrichten gelesen, ist nervös und fährt dann die Kinder an. Das war gestern.

Zum Spiegelei wäre ich noch bereit gewesen, Nathaniel wünscht sich hartgekochte Eier „wie zu Ostern". Ich verkneife es mir, ironisch nachzufragen, ob er sie bunt bemalt haben will. Aber auch Jascha ist zu keinem Kompromiss bereit. Er will Rührei, so wie er es bei seinen Englandaufenthalten beim Breakfast kennengelernt hat. David will ein Dreiminutenei, so wie immer, ohne Ausnahme.

Ich weiß nicht warum, aber mir steigen Tränen in die Augen. Ich hätte am liebsten das Wischtuch in die Ecke geschleudert und wäre erstmal in Ruhe einen Kaffee trinken gegangen. Igor kommt in die Küche und fragt, was hier los ist. Erleichtert, nun eine vernünftige Unterstützung an die Seite zu bekommen, schildere ich ihm den Fall, dass jeder ein anderes Ei will, es schon spät ist und sprichwörtlich zur Eierei ausarten wird. Aber da habe ich die Rechnung ohne den Wirt gemacht. „Natürlich hat jeder sein Recht auf sein eigenes Ei, wie er es möchte." „Und wer soll das machen?" „Na du, du bist doch die Mama." Und dabei gibt er mir noch einen Klaps auf den Po, womit bei mir die Grenze überschritten ist. Ich sinke auf den Stuhl und mir laufen die Tränen in Bächen runter.

„Ich verstehe dich nicht! Was die Kinder hier mitmachen! Da sind sie eingesperrt, sollen irgendwelche Blätter ausfüllen, und dann können sie noch nicht mal entscheiden, was für ein Ei sie am liebsten zum Frühstück essen wollen!"

Irgendwie kann ich seine Sicht sogar verstehen, aber wer

soll diesen Eieraufwand betreiben? Ich? Ich sehe es einfach nicht ein. Ich sehe eine Sanduhr vor mir und darin zerrinnt mein Leben.

„Dann mach ich ihnen eben jedem sein Ei", meint Igor. So wäre er wieder mal der Held der Kinderaugen. Deshalb reiße ich ihm die Pfanne aus der Hand und mache alle fünf Eier in vier verschiedenen Ausführungen selbst, während die Kinder tobend durch die Wohnung rennen.

„Jetzt entspann dich mal! Wir sind zu Hause, wir haben frei!"

Es hat keinen Sinn zu diskutieren, er sieht die Sache anders als ich. Also setze ich mich mit an den Tisch und schweige.

Igor steht vorzeitig vom Tisch auf, was er sonst nicht macht. „Ich gehe jetzt erstmal spazieren. Wer kommt noch mit?" David schließt sich ihm an.

Die Tür fällt hinter beiden ins Schloss. Wir sitzen am Tisch, keiner traut sich was zu sagen.
Schließlich beginne ich langsam und schweigend abzuräumen und befinde mich unter großer Anspannung. Wenn sie jetzt aufstehen und in ihr Zimmer gehen, kann ich sie nicht mehr zum Lernen bewegen.

„Also, packen wir's an?"
„Aber wir wollen doch vorher noch meditieren!", erinnert mich Nathaniel.

Also setzen wir uns noch einige Minuten im Kreis auf den Teppich. Ich frage die Kinder, ob sie was erzählen möchten, was ihnen besonders auf dem Herzen liegt.

Nathaniel fängt an: „Mir ist so langweilig."
„Was würdest du gern tun?"
„In den Urlaub fahren."

Mir steigen die Tränen in die Augen, denn es kann sein, dass eines Tages beschlossen wird, dass wir das Land nicht mehr verlassen dürfen. Aber ich lasse mir nichts anmerken.

Nastassja räuspert sich, sagt aber nichts. Jascha sagt,

wenn das noch lange geht, dreht er hier durch, er will seine Kumpels sehen und feiern. Ich verstehe ihn gut, will ihn umarmen, aber er wehrt ab. „Ich kenne keinen, der gestorben ist. Toms Mutter arbeitet im Altenheim, die kennt auch keine 'Fälle'. Ich glaube, das ist eine riesige Simulation. Und gerade die Lehrer glauben daran." Natürlich schießt er mit Absicht in meine Richtung, steht auf, zieht sich demonstrativ die Hose zurecht, mit dem Handy in der Hand wie einer vorausahnenden Fernsteuerung und knallt die Tür hinter sich zu. Um ihn brauche ich mich nicht zu kümmern, er sieht zu, dass er seine Aufgaben macht, denn er will nächstes Jahr sein Abitur schaffen. Der Frust liegt bei ihm woanders: Nach Wochen funktioniert der Aufgabenfluss noch nicht, geschweige denn die offizielle Schulplattform, die immer wieder abstürzt. Die Lehrer vereinbaren spontan Online-Unterricht und verschicken die Aufgaben unregelmäßig, was dazu führt, dass er ständig mit seinen Kameraden telefoniert oder schreibt, um sich abzulenken oder herauszubekommen, wo er etwas tun kann. Manchmal hockt er mit der Unterhose auf dem Bett und hört mit abgestellter Kamera einem referierenden Lehrer zu, gibt seine Kommentare ab und spielt gleichzeitig mit dem kleinen Bruder. „Das ist doch kein Leben", denke ich.

Jedenfalls gehen wir, Nastassja, Nathaniel und ich, wie an jedem Tag in mein Zimmer. Zunächst erkläre ich beiden, was wir heute machen werden. Nathaniel soll drei Zeilen „Mama", „Oma" und „Papa" in Großbuchstaben schreiben. Das kann er gut allein schaffen, denke ich, und damit hat er mindestens eine halbe Stunde zu tun, denn Schreibenlernen ist richtig Arbeit und dauert sehr lange.

Mit Nastassja will ich die Lateinübungen erledigen. Im Lehrbuch sind Geschichten aus dem alten Rom, in welchen Häusern die Menschen lebten, was sie aßen und wie sie die Spiele besuchten. Ich kann nicht leugnen, dass ich dafür nie eine Schwäche hatte.

Jedenfalls sollen wir vor die Nomen Artikel setzen. Nastassja mokiert sich über den Kleidungsstil der Römer: „Männer in Kleidern, komisch."

Im Nebenzimmer hören wir Jaschas Hanteln klappern. Er hätte seine Aufgaben erledigt, aber wenn keine bei ihm ankommen oder die Plattform wieder überlastet ist, muss er sich anders beschäftigen. Seit Tagen kommt er mir vor wie ein Raubtier im Käfig, und mir fällt „Der Panther" von Rilke ein:

Der Panther
Im Jardin des Plantes, Paris

Sein Blick ist vom Vorübergehn der Stäbe
so müd geworden, dass er nichts mehr hält.
Ihm ist, als ob es tausend Stäbe gäbe
und hinter tausend Stäben keine Welt.

Der weiche Gang geschmeidig starker Schritte,
der sich im allerkleinsten Kreise dreht,
ist wie ein Tanz von Kraft um eine Mitte,
in der betäubt ein großer Wille steht.

Nur manchmal schiebt der Vorhang der Pupille
sich lautlos auf -. Dann geht ein Bild hinein,
geht durch der Glieder angespannte Stille -
und hört im Herzen auf zu sein.

Rainer Maria Rilke, 6.11.1902, Paris

Während er die Hanteln stemmt, stöhnt er. Die Geräusche tragen nicht unbedingt zur Konzentration der Geschwister bei.

Ich erkläre Nastassja gerade den Unterschied zwischen Subjekt und Prädikat, da sie diese Formen in einfachen lateinischen Sätzen markieren soll. Sie sieht nicht ein, wieso sie Vokabeln oder Konjugation erlernen soll, also fällt es ihr schwer, die grammatikalischen Formen voneinander zu trennen.

Zwischendrin fragt mich Nathaniel, warum Jascha Sport machen darf und nicht schreiben muss. Leicht gereizt, antworte ich ihm, dass er gern Aufgaben machen würde, aber keine bei ihm angekommen sind.

Nathaniels Augen ziehen sich zu einem Schlitz zusammen: „Das glaube ich dir nicht."

Also schicke ich ihn zu Jascha mit der Bitte, er möge die Aufgaben mit ihm erledigen. Er stöhnt noch mehr und missmutig gibt er dem Kleinen Anweisungen.

Nun kann ich mich voll und ganz auf Nastassja konzentrieren, denke ich. Wir übersetzen gerade einen Satz: 'Cornelius reitet das Pferd.' „Hä, das verstehe ich nicht!", stöhnt sie. „Da steht: 'Cornelius reitet der Pferd.' Das ist Blödsinn."

„Nein, da steht doch 'Cornelius reitet das Pferd'."

„Aber -us ist die Endung für 'der'."

„Ja, im Deutschen heißt es 'das Pferd' und im Lateinischen ist es männlich."

„Das stimmt aber nicht, es gibt auch Stuten. Wussten die Römer das nicht, oder sind sie auf Stuten mit Absicht nicht geritten?"

„Bei uns heißt der Sammelbegriff doch auch 'der Hund' und nur in speziellen Fällen wird die weibliche Form genutzt."

„Mama, du verstehst überhaupt nichts. Das ist doch eine Sache des Gefühls. Man kann nicht Pferde mit Hunden vergleichen. Hunde stinken und Pferde nicht."

„Jedenfalls heißt es übersetzt 'Cornelius reitet das Pferd'. Halte dich doch jetzt bitte nicht an so einer Kleinigkeit auf."

„Eine Empfindung ist keine Kleinigkeit. Ich stimme damit nicht überein, und deshalb werde ich es nicht hinschreiben. Ich schreibe hier nichts mehr hin. Warum soll ich eine Sprache übersetzen, die mir nicht gefällt?"

„Nastassja, bitte, jede Sprache hat ihre Eigenheiten. Schreib es bitte so hin, du willst doch fertig werden."

„Nein, ich will gar nichts mehr, du ... du dumme

Lehrerin." Und damit erhebt sie das Buch, steht auf und schleudert es gegen mich. Eine Ecke des Hardcovers trifft mich und zieht mir einen Striemen vom Wangenknochen zum Mundwinkel, ich kann froh sein, dass es mich nicht im Auge getroffen hat. Automatisch schießen mir die Tränen in die Augen.

Ich höre nur noch die Tür knallen, und schon ist sie weg. Ich setze mich verloren auf das Bett und lasse den Schock erstmal abfließen.

Als ich mich beruhigt und einen Kaffee getrunken habe, gehe ich zu Jascha ins Zimmer.

Mit Sicherheit haben sie den Streit im Nachbarzimmer gehört. Jascha hat Nathaniel hochgehoben und an die Fitnessstange gehängt, den Stuhl drunter weggezogen und sich immer weiter von ihm entfernt. Der Kleine zappelt mit den Beinen. Ich pflücke ihn wie einen Apfel ab. Er ist wütend. Die Verzweiflung des Jüngsten, mit dem Schabernack getrieben wird. Und so rennt er los, um dem übermächtigen Riesen, seinem Bruder, in den Hintern zu treten.

„Nun habe ich Zeit für dich", beruhige ich und will ihn in den Arm nehmen. Er wendet sich, noch zornig auf seinen Bruder, ab. Ich stehe etwas verloren im Zimmer herum und sehe mich um:

Die beiden haben eine halbe Zeile geschrieben, ein Viertel davon der große Bruder.

Ich atme tief durch und sehe dem Treiben eine Weile zu.

„Nathaniel, lass uns jetzt die Aufgaben zu Ende machen, dann gibt's Mittagessen."

Er sieht mich schief von unten an, verschränkt die Arme. Eine Weile gehen meine Überredungsversuche weiter mit dem Ergebnis, dass er sich in seinem Hochbett unter der Decke versteckt.

Nach dem Vormittag kann man gar nichts machen. Das Problem dabei ist, dass die Aufgaben für jeden Tag bemessen sind, dann das doppelte Pensum anfällt und am Freitag

46

abgegeben wird, so oder so.

In dem Moment kommt Igor im Sturmschritt in meine Wohnung gerast: „Was machst du mit meinen Kindern? Kannst du mal bitte aufhören, sie mit dieser scheiß Schule zu quälen?" Dabei kommt er ganz nah auf mich zu und sieht mich mit stechenden Augen an.

Ich atme tief ein und will etwas erwidern, aber meine Wortkiste ist wie leergefegt.

„Ich will von dir jetzt gar nichts hören. Geh' in dich und denk nach, was jetzt wichtig ist", schreit er mich an.

Ich halte seinem Blick stand, habe aber das Gefühl, dass mein Körper fest wie eine Mauer wird, die in Zeitlupe zerbröselt. Langsam geht er rückwärts, mich im Blick behaltend, aus der Wohnung. Ich höre, wie Nathaniel hinter ihm herschleicht.

Als die Tür ins Schloss gefallen ist, boxe ich mit aller Gewalt mein Kopfkissen. Dann schreie ich wie eine Verrückte, ziehe in Windeseile meine Schuhe an und renne aus der Wohnung.

Ich will nur noch weg. Lange stehe ich auf der Autobahnbrücke und sehe hinunter, dann renne ich weiter in den Wald. Dort fühle ich mich winzig und klein unter den riesigen grünen Baumwipfeln. Jeder Meter wird zu einer Herausforderung, aber ich schleppe mich weiter. Manchmal sinke ich auf den modrigen Waldboden und werfe die nassen Blätter in die Luft. Kurze Zeit später schreie ich durch die Wipfel in den Himmel: „Was soll werden? Wie soll es weitergehen?"

Wald

Ich renne im Wald nicht um mein Leben, sondern mein Leben rennt mit mir.

Ich fühle die Bäume mich umstellen, und am Ende der Allee ist kein Ziel.

Warum spiele ich eigentlich das Schulspiel mit? Wäre es jetzt nicht an der Zeit, alles niederzulegen und nichts mehr zu tun? Sich nur noch vorzubereiten auf eine mögliche Zukunft, den mentalen und physischen Ausstieg zu planen?

Warum will ich überhaupt, dass meine Kinder etwas lernen, und was sollen sie lernen?

Um sie auf ein Leben im Dienst dieser Gesellschaft vorzubereiten? Erstmal sollen sie sich selbst entwickeln. Oder habe ich Angst vor Repressalien von exekutiver Gewalt oder Ausschluss aus dieser Gesellschaft? Was oder wer ist diese Gesellschaft überhaupt?

Meinen Beobachtungen zufolge bin ich zu dem Schluss gekommen, dass jeder Mensch lernen möchte, Lernen aber ein Durchbrechen eigener Grenzen, das Überschreiten der Komfortzone ist. Dieser Akt ist oft anstrengend, unbequem, mühsam. Erwachsene können da nicht mitreden, weil sie nicht wie Kinder so viel in so kurzer Zeit lernen, vielmehr verlassen sie sich auf Gelerntes und Gewohntes. Deshalb plädiere ich dafür, Kindern höchsten Raum und Aufmerksamkeit beim Wachsen zu schenken und sie frei zu lassen.

„Jeder muss lernen können, was er will", höre ich in letzter Zeit oft. „Bedingt", sage ich. Denn jeder Mensch, auch ein Kind, folgt Ideen und seinem Geist, aber auch seiner Lust, seinem Trieb, und der vermeidet bekanntlich Anstrengung. Wenn jeder nur lernt, wozu er Lust hat, zahlt er den Preis, dass er nicht weit kommt.

Außerdem bin ich der Beobachtungen von Kindern nach der Überzeugung, dass jedes Lernen seine Zeit hat, bzw. es günstige Lebensphasen dafür gibt. Das hat auch Erikson, der eigentlich Künstler war, in seinen 'Lebensaufgaben' so formuliert. Und wenn man dem Einmaleins oder der Mühsal der ungeübten Hand für das Schreiben ausweicht ... Mit fünfzig lernt man es viel schwerer als mit sechs, und vielleicht nicht mehr. Ich habe kürzlich eine Zahl gesehen, die angibt, wie viele Analphabeten in Deutschland leben und war erschrocken, wie viele es sind. Recherchieren Sie bitte selbst, falls es Sie interessiert. Ich habe einen Bericht einer Analphabetin gelesen,

48

die beschreibt, mit welchen einfachen Alltäglichkeiten einer, der nicht lesen und schreiben kann, nicht zurechtkommt und wie sie die Schriftsprache unbedingt lernen wollte, um mit ihren eigenen Kindern mithalten zu können.

Kinder wachsen schnell und entwickeln sich rasant. Wenn nun die anderen Kinder brav und mit Quälerei die Aufgaben, von den Eltern angetrieben, erledigen und ausgerechnet meine nicht, dann müssen sie mit zehn nachholen, was die anderen schon mit sieben können. Sie werden sich ausgeschlossen fühlen und die Neugier zu lernen wird einer Abneigung Platz machen.

Diese Gedanken denke ich und kann sie nicht in dieser Familie, die grundsätzlich gegen „diese Schulen" ist, äußern. Als merkten sie, was ich sagen will, würgen sie mich schon beim Atemholen ab.

Wie sinnvoll höhere Mathematik in der Oberstufe ist, darüber lässt sich sicherlich streiten und ob man ein Mathe-Abi-Wissen braucht, um englische Literatur zu studieren, da mögen die Geister sich scheiden. Ich jedenfalls habe weder im Theater noch in der Literatur mehr als das Rechenwissen der Grundschule gebraucht.

Aber ich bin trotzdem der festen Überzeugung, dass es auch in Stillezeiten nicht schadet, wenn die Denkmuskeln ein bisschen gefordert werden. Jedenfalls hat man in Zeiten von Handy und Co. den Eindruck, dass sie bei manchen Menschen kaum noch gebraucht werden oder besser brauchbar wären. Die Folgen sind alberner Spaß, Langeweile, Genusssucht bis zu Krankheit, Konsum, Grobheit, Verlust von Wahrnehmungs- und Differenzierungsfähigkeit und sogar Intuition. Wollen wir das? Großgewachsene Körper, die nur noch daddeln, schlafen und essen können?

Ich will so etwas definitiv nicht. Deshalb setze ich mich für gezieltes Lernen bei Experten ein.

Ich komme aus dem Land, das es heute nicht mehr gibt. Ich bin fraglos in die Schule gegangen, weil das bei uns so war.

Das hat auch niemand hinterfragt. Und die Schule war nicht mein Spiel-, sondern mein Lern- und Übungsplatz. Sie hat mir nicht immer Spaß gemacht, ich gebe es zu. Oft fand ich sie langweilig. Außerdem wurde sie wie jede Schule benutzt, die Ideologie und Wertmaßstäbe der Gesellschaft an das Kind zu bringen und bei uns, im Sozialismus, trieb das seltsame Blüten wie die der „Immer-bereit-Pioniere" und der zurechtgebogenen Geschichtsschreibung. Außerdem fand der Unterricht frontal statt. Wir haben mehr eingeübt als dass wir kreativ waren.

Aber was ich später in Relation mit anderen sah: Ob es nun Grundrechnen bis zum Abitur, die Elemente, Gesetzmäßigkeiten von Elektrizität, Rechtschreibung und Grammatik, Epochen der Kunst- und Kulturgeschichte und damit ein Überblick über das menschliche Gewordensein war – wir wussten Bescheid. Wir waren Experten im Tafelwerk der Elemente, der Französischen Revolution, der klassischen Literatur, vornehmlich Goethe, Schiller mit Bezug zur Antike, in Arten und Gattungen; Werken und Knopf annähen konnten wir auch, Jungen wie Mädchen.

Eine Spannbreite, für die ich später ausgelacht wurde, weil ich nicht mit der Sesamstraße aufgewachsen bin.

Noch nach Jahren und Jahrzehnten konnten wir uns durch diese Art von Bildung in der Welt einbringen und verorten und tappten nicht im Dunkeln. Und erst viele, viele Jahre später war ich dankbar, was uns dort mitgegeben wurde.

Mit den dort erlernten Fähigkeiten schrieb ich selbst Gedichte, malte ich, angeregt vom Expressionismus. Ich konnte kreativ sein, weil ich Fertigkeiten eingeübt hatte, die das ermöglichten.

Ich weiß nicht, ob ich auf die Idee gekommen wäre, selbst zu schreiben, wenn ich nicht Anregung durch Schreiben, Schrift und Literatur bekommen hätte. Ich glaube es nicht.

Außerdem verschafft Lernen Erfolgserlebnisse schon dadurch, dass eine Erweiterung stattfindet und ein Prozess in Gang gesetzt wird.

50

Die ganze Familiendebatte hat mich feststehende Ansichten wie „Bildung ist wichtig" usw. hinterfragen und neu denken lassen. Ich bin nicht der Meinung, dass durch das Erlernen der Schriftsprache die Intuition minimiert wird, aber sie verändert sich – die Reichweite nicht nur kognitiven, sondern auch geistig-affektiven Erfassens wird größer. Vielleicht schreibe ich noch mal ein Buch über das Lernen und die Bildung an sich.

Wichtig ist wohl die innere (oder in der Fachsprache) 'intrinsische' Motivation. Wie kann diese hervorgerufen und gestärkt werden?

Meiner Beobachtung nach erfolgt Lernen über Beziehung: Ein gutes Verhältnis zwischen Lehrer und Schüler ist wichtig, aber ich habe auch bemerkt, dass Kinder lieber in der Gruppe lernen, sich besser von Älteren etwas erklären lassen und gern mitmachen, was ihre Freunde tun.

All diese lapidaren 'Weisheiten' scheinen in der Lockdown-Zeit vergessen worden zu sein. Natürlich ist es völliger Schwachsinn, Kinder sich zu Hause durch irgendwelche vorgegebenen Papierberge fressen zu lassen. Es kommt nicht von ungefähr, dass die Suizidrate von Kindern und Jugendlichen massiv angestiegen ist, die Psychologiepraxen so lange Wartelisten haben, bei Seelsorgetelefonen das Besetzzeichen erklingt, gar nicht zu sprechen vom Handykonsum und dem damit verbundenen veränderten Denken und Kommunikationsverhalten. Von dieser Warte her nahm Igor einen sehr gesunden Standpunkt ein: Wieso sollen Kinder sich gerade in dieser Zeit noch mit Schulaufgaben rumquälen? Lieber sollen sie draußen spielen oder was machen, was ihnen wirklich Freude bringt, um gewappnet zu sein gegen Einsamkeit und Angst.

Diese Gedanken kreisen mir auf diesem Waldritt durch Kopf und Herz – ich komme aus der Gedankenschleife nicht mehr raus. Ein paar Stunden bin ich auf einem Plateau umhergewandert, mir ist kein Mensch begegnet. Langsam und allmählich höre ich zaghafte Vogelstimmen. Die Natur lebt scheinbar weiter, ohne zu ersticken.

Nun muss ich einen Hügel runtergehen. Der Weg ist mit Geröll übersät. Ich gerate ins Schlittern und Straucheln, ich halte mich an den Grashalmen fest, um nicht abzurutschen. Mit Müh' und Not komme ich in der Ebene an. Durch die Wiesen und Felder, an den Obstbäumen vorbei, spaziere ich nach Hause.

Je näher ich der Wohnung komme, desto heftiger bekomme ich Herzrasen.

Halten die mich jetzt für verrückt? Wird die Diskussion, wie wir jetzt mit der Schule umgehen wollen, erst recht losgehen? Werden wir erst mal gar nicht mehr miteinander reden, weil es keinen Sinn macht und jeder auf seinen verfestigten Positionen verharrt?

Schon im Treppenhaus kommt mir Jascha entgegen und umarmt mich fest. Ebenso Nathaniel: Er ruft immer wieder: „Mami, meine Mami."

Igor kommt aus seinem Zimmer gestürmt und nimmt mich fest in den Arm: „Mach das nie wieder! Die Jungs haben dich schon zwei Stunden lang gesucht! (...) Bitte lass uns gemeinsam die Kinder gut durch diese Zeit bringen." Ich drücke mein Gesicht in seine Schulter und nicke.

Zu Mittag gibt es Spaghetti mit Tomatensoße und Käse – wie immer an solchen Tagen oder bei Notfällen.

Fenster

Mit der Zeit habe ich begriffen, dass ein so regelmäßiger Tagesablauf mit dieser Familie einfach nicht funktioniert. Stundenweise warte ich, wenn sie von einer Tätigkeit zur anderen hüpfen, dass sie endlich mit ihren Schulaufgaben anfangen. Ich stehe in Bereitschaftshaltung für etwas, das verdrängt wird. Es ist wirklich faszinierend. Manchmal ist es morgens mein erster Gedanke: „Wird es heute dazu kommen und wenn ja, wann?" Diese Gedanken steigern sich mit der Zeit zu Panikattacken; die habe aber nur ich. Dabei leistet mir meine

52

Schwester Gesellschaft, die für ihre Kinder ein Lapbook nach dem anderen bastelt und mit ihrem Mann regelmäßig Krach bekommt, weil er, wenn er von der Arbeit kommt, die Wohnung im Chaos vorfindet und nicht verstehen kann, wie so etwas passiert, schließlich sei sie doch den ganzen Tag zuhause. Dass sie aber für die Kinder, es sind vier an der Zahl, Frühstück anrichtet, Aufgaben erledigt, Streit schlichtet, Mittagessen kocht, einkaufen geht, Wäsche legt und zwischendurch noch die Aufgaben macht, auf die Kinder oft keine Lust haben, das sieht er nicht. Er weigert sich auch, Arbeitsblätter auszudrucken. Die müsse die Schule schon selber schicken. Dafür wolle er nicht Druckertinte verschwenden und Geld ausgeben. Unter solchen Umständen dürften nicht noch zusätzliche Kosten und Aufwand entstehen.

Manchmal denke ich dann an Igor: Ist es wirklich so, dass die Kinder in die Schule gehen, um in eine bestimmte Bahn gepresst zu werden? Um zu lernen, Blätter auszufüllen wie eine Steuererklärung oder einen Ämterbescheid? Ich will es nicht wahrhaben. Ich will, dass meine Kinder so viel Freude am Lernen haben wie ich. Aber bei mir kam das auch viel später und beruhte auf einer freiwilligen Entscheidung und auf guten Beziehungen zu ein paar wenigen Lehrern.

Auf die trockene Papierart haben sie jedenfalls keine Lust.

Ich erinnere mich an eine Situation, darin lud die Mathelehrerin von Nathaniel zum Onlineunterricht ein. Die Hürde besteht schon darin, dass einige Kinder keinen Zugang zu einem Computer haben. Ich setze mich an den Tisch und klappe den Laptop auf. Aber Nathaniel will sich nicht zeigen, er schämt sich, so vor der Kamera präsentiert zu werden. Im Hintergrund sieht man die Wohnungen der einzelnen Kinder. Sie wirken in den Bildschirmfenstern winzig und irgendwie bizarr. Die junge Lehrerin begrüßt sie, und man merkt ihr deutlich an, dass sie berührt ist, weil sie ihre Schüler nun nach Wochen, wenn auch nur digital, wiedersieht. Ich erinnere mich noch genau: Sie begrüßt jedes Kind mit seinem Namen und fragt jeden, wie es ihm geht. Jedes Kind – ich finde es so absurd, dass ich es mir genau merke – sagt: „Ja, es geht mir gut." Auch auf die Frage, ob sie mit den Aufgaben klarkämen, antwortet ein jedes: „Ja, es geht gut." Kein Kind kommt ins Erzählen, alle wirken wie ganz weit weg. Nathaniel versteckt sich unter dem Tisch, weil er nicht in seinem Zuhause gesehen werden will. Das war seine von der Außenwelt und Schule unberührte Welt.

Erst da komme ich auf die Idee, dass für Menschen, aber insbesondere für Kinder, der Kontext enorm wichtig ist. Schule steht für Aufgaben lösen, Rechnen, Schreiben, mit Kindern spielen. Zuhause steht für enge Beziehungen zu Mama, Papa, den Geschwistern, für Freizeit und im eigenen Reich spielen. Mir kommt es immer mehr so vor, als könnten Kinder die eine Welt mit der anderen nicht vermischen. Sobald sie zuhause sind, haben sie mit Aufgaben nichts mehr zu tun. Dem widerspricht freilich, dass sie sonst Hausaufgaben machen. Aber die sind angebunden an Situationen, an einen Rhythmus von innen und außen, und ihr Gelingen hängt sehr stark von der Beziehung zur Lehrerin und dem Gleichklang mit den anderen Kindern ab.

„Vielleicht", denke ich, „kommt ihnen diese Zeit wie Isolation vor." Wie auch immer, Nathaniel bleibt auf meinen Füßen unter dem Tisch sitzen, so lange, bis die seltsame Session vorbei ist. Als ich zuklappe, krabbelt er unter dem Tisch hervor und bemerkt treffend: „Bescheuert. Denken die jetzt, wir sind kleine Computerfenster? Entweder wir spielen wieder zusammen, oder ich bleibe einfach bei dir", womit er mir einen Kuss gibt. „Aber mit den Aufgaben brauchst du gar nicht erst wieder anfangen. Papa sagt, jetzt wird alles anders. Du wirst es sehen. Vielleicht muss ich nicht mehr in die Schule gehen und wir bleiben immer zusammen."

Vor mir zieht sich schon wieder eine dunkle Wand von Panikwolken zusammen, aber ich sage einfach mal nichts. Ich nehme ihn in den Arm und drückte ihn an mich.
Wir werden hier lebend wieder rauskommen, dessen bin ich mir

sicher.

Unerwarteter Besuch

Irgendwie geht es weiter. Ich kann es kaum ertragen, wenn viel Zeit mit Langeweile verbraten wird. Mittlerweile ist ein regionales Internetportal entstanden, bei dem die Kinder ihre Aufträge runterladen sollen. Da kommen sie manchmal rein, dann wieder nicht. Also kann man auch mit ruhigem Gewissen die Ausrede anbringen: „Ich bin nicht reingekommen.", und niemand kann etwas sagen. Außerdem muss man die Materialien ausdrucken, aber die Werbeagenturen haben geschlossen, und einen Drucker haben wir wegen seiner Verstopfungen schon vor Jahren abgeschafft. Also müssen wir die Nachbarn bemühen, was aber streng genommen in den echt harten Monaten schon illegal ist.

Die Kinder schlafen länger, bleiben abends länger wach. Der Tag rutscht nach hinten. So wird am Morgen ständig diskutiert, ob die Aufgaben nicht erst mittags oder nachmittags oder abends und am Abend, ob sie nicht morgen oder übermorgen gemacht werden könnten.

Wenn am Ende der Woche die Abgabe naht, sehe ich mich rückblickend unter dem Lichtkegel der Küchenlampe sitzen. Sorgsam sehe ich die Aufgabenblätter des Erstklässlers, der Fünftklässlerin, des Achtklässlers durch. Wenn sie nur ein Drittel ausgefüllt haben, ergänze ich noch ein Stück, so dass wir mindestens zwei Drittel abgeben können.

Schule ist ein so perfides zusammenhängendes System mit Bewertung und subtilen Gedanken übereinander. Ich will nicht, dass sie von meinen Kindern schlecht denken. Ich will nicht, dass einer von ihnen, der mein Kind nicht erlebt, mit meinem Kind schimpft. Ich will mein Kind vor Ablehnung, Abwertung, Ausgrenzung schützen.

Also nehme ich den Stift und schreite zur Tat. Vor mir liegt das Arbeitsblatt der ersten Klasse mit „Mama", „Oma" in

Druckbuchstaben, rechts neben mir ein Schmierblatt. Sorgfältig wie ein Urkundenfälscher imitiere ich die krakelige Schrift des Siebenjährigen. Es ist nicht einfach, meine Hand verkrampft. Ich muss es erst lernen, wieder so aufzudrücken und über die Zeilen zu malen, als wäre ich ganz am Anfang. Stundenlang sitze ich da und fülle Blätter aus, schneide Figuren aus, klebe ein, bastle und switche so zwischen den Klassenstufen und Fächern hin und her. Igor habe ich gesagt, ich lese noch für die Dissertation.

Während ich unter die Lampe gebeugt sitze wie in einem Edward-Hopper-Bild, klingelt es. Wer kann das sein? Es ist schon spät! Die Kinder haben zu meiner Wohnung doch einen Schlüssel! Ich öffne die Tür. Im Lichtkegel der Hauslampe steht eine Freundin von mir, die ich schon seit Monaten nicht gesehen habe. Sie schaut mich ernst mit ihren eisblauen Augen an und flüstert: „Das Handy habe ich im Auto gelassen." In meinem Blick entdeckt sie mit hoher Wahrscheinlichkeit ein Fragezeichen, und sie schaut die Treppe hinauf und flüstert noch leiser, so dass ich es kaum verstehen kann: „Habt ihr Informanten im Haus?"

Ich lache und schüttele den Kopf: „Du kannst auch ganz normal reden."

„Weißt du, da gibt es Nachbarn, die hängen den ganzen Tag am Fenster oder hinter der Tür und verpfeifen die Nachbarn."

„Nein, hier ist das nicht so."

Zaghaft tritt sie näher und wir umarmen uns. Mir steigen die Tränen in die Augen. Seit Wochen rotiere ich hier, ohne unbefangen einen anderen Menschen zu spüren. Alles getrennt und abgeschnitten. Und sie nimmt mir das Wort aus dem Mund: „Ich habe es in der Wohnung nicht mehr ausgehalten. Ich musste einfach mal jemanden anderen sehen."

Ich bitte sie rein und setze Kaffeewasser auf, sie bemerkt den Koriander darin und stört sich nicht daran, dass der Kaffee nur aufgegossen ist – wie früher.

Auch ihre Kinder, die im Alter meiner Großen waren,

sind der unheilvollen Situation des Homeschoolings ausgesetzt. Das Mädchen ist in der elften Klasse und war immer die Beste, so eine Art Überflieger. Außerdem trägt sie eine schwere Gesundheitsgeschichte mit sich herum, da sie im Kleinkindalter fast an einem Nierenversagen gestorben war. Aber Carina schlägt sich durch, ehrgeizig und akribisch steuert sie auf das Abi zu und erledigt eifrig die Aufgaben. „Dieses Abi kann sie später mit Sicherheit nicht mehr gebrauchen." Ich schaue Daria an. „Ist doch offensichtlich, dass dieser Laden hier zusammenklappt, und dann gelten auch die alten Abschlüsse nicht mehr." So richtig vorstellen, was sie meint, kann ich mir das nicht, aber ich lasse es erstmal so stehen.

Ihr Junge geht in die achte Klasse, bis dato auch Klassenbester, ist aber weitaus pragmatischer veranlagt. „Dan macht nur das Nötigste. Er lädt sich die Aufgaben runter und beginnt damit am Freitag nach dem Mittagessen, um sie dann um 20 Uhr hochladen zu können."

Ich reiße die Augen auf. Ist natürlich auch clever: „Und was macht er mit den anderen Tagen in der Woche?"

„Er hängt hab, zockt, schreibt mit seinen Kumpels, ist nachts wach, schläft lange. Ich lasse sie einfach machen. Was soll ich mich da aufreiben? Ich will wissen, was hier los ist! Damit habe ich genug zu tun."

Sie recherchiert bis in die Morgenstunden, schläft täglich nur drei, vier Stunden, weil sie einfach nicht runterkommt. „Die Schulen werden sie bald abschaffen, wirste sehen. Vor allem euch Lehrer. Dass sie jetzt über das Internet lehren, ist erst der Anfang, wirste sehen. Und dann werden sie uns einen Stich verabreichen mit einem Chip und darüber werden sie dann kontrollieren, wer die Aufgaben macht und wer nicht, wer was einkauft, wer in seiner Wohnung jemanden trifft, wirste sehen." Und so redet Daria, als würde aus ihrem Mund ein endloses Band Wahrheitsmüll quellen. Wenn jemand in hoher Geschwindigkeit auf mich einredet, kann ich nicht mehr denken. Ich höre dann zu und komme nicht dazwischen. Sie hat viel zu sagen. Mir scheint, sie hat schon seit Tagen niemanden mehr getroffen. Was sie sagt, sei belegbar, sagt sie. 'Aber es ist bedrückend', denke ich. So verrückt es ist, dass sie da ist, so schön ist es.

In den nächsten Monaten wird sie mich mit ihrem recherchierten Material versorgen. Wir sehen uns nicht oft, weil sie sich mit Igor immer wieder in die Haare kriegt. Einiges, was ich kaum für möglich gehalten hätte und mir wie ein schlechter Science-Fiction vorkommt, wird eintreten: Sie lädt mich ein, mit zu Demos zu kommen! Sie seien erst hundert Leute, die sich regelmäßig treffen, und sie zeigt mir einen Videoausschnitt, wo sie eine Rede hält. Ich sehe Bekannte, auch eine mir bekannte Sängerin ist dabei und eine Tänzerin. Ich gehe nicht auf die Straße, weil ich nicht gesehen und in eine Schublade gesteckt werden will. Sie sagen, wer demonstriert sei rechtsradikal. 'Mich mit denen in eine Ecke stecken zu lassen, kann ich mir nicht leisten', denke ich.

Als die Tür ins Schloss fällt, setze ich mich erstmal ruhig hin und trinke einen Tee. Dabei fällt mir ein, dass ich noch die Aufgaben der Kinder einscannen und hochladen muss. Jedes Mal denke ich: „Das mache ich noch schnell", um dann wieder erstaunt darüber zu sein, dass es schon wieder eine Stunde und mehrere Flüche gedauert hat.

Igor fragt mich natürlich, wo ich wieder so lange geblieben sei. Als ich ihm den Grund nenne, fragt er mich, ob ich nichts Wichtigeres zu tun hätte. Das frage ich mich auch und denke: 'Du A!', sage aber nichts.

Irgendwie kann ich mich im Nachhinein am meisten an die Szenen mit Menschen und die herausragenden Episoden erinnern, aber ich habe in der Zeit viele Bilder gemalt, die mich immer noch begleiten. Ich habe einen Malstil entwickelt, bei dem ich frei erfinde und sehr konzentriert bin. Wenn ich den Pinsel in die Farbe tauche, versinke ich, und die Kraft des Ausdrucks nimmt mich mit sich mit. Sie trägt mich hinaus in das tiefe Innere, und ich verschwimme in mir und baue mich neu auf.

Malen ist mir nie leichtgefallen, es erfordert eine hohe Konzentration, ein verdichtetes Bei-sich-sein. Aber im Gestalten kann ich wirklich fliegen.

Manchmal dachte ich: 'Wer weiß, vielleicht gibt es uns in zwei Jahren nicht mehr, wenn das hier so weitergeht, und dann möchte ich wenigstens gelebt haben, was ich wollte. Einmal will ich mir treu sein und meine feste Überzeugung besteht darin, dass ich alles durchstehen kann und noch mehr zu mir selbst komme, wenn ich mache, was ich von innen heraus wirklich will.'

Institutsbibliothek

Wieder werden die Laptops eingeschaltet. Irgendwie ist das Bildschirmlicht oder die Ausleuchtung schlecht. Der Gedanke: 'Alle altern schneller, wenn sie zu Hause bleiben', schießt mir durch den Kopf. Auch wenn sie sich gewaschen, gekämmt und ordentlich angezogen haben, wirken sie abgeschlafft und unkonzentriert.

Obwohl die Schulen geöffnet werden und unter seltsamen Bedingungen wieder ihren Betrieb aufnehmen, bleibt die Uni vorerst geschlossen, genauso wie die Theater, Galerien, Musiksäle und die Kaufhäuser. In Erwartung baldiger Präsenzveranstaltungen müssen Absprachen getroffen werden. Insgesamt erscheinen sechs Männer und schauen aus ihrem eigenen Bildschirmfenster. Da ich nur Mitarbeiterin bin, fast die Jüngste, beschließe ich, mich dezent zurückzuhalten. Die Professoren beklagen einstimmig die geringe Beteiligung der Studierenden bei der Online-Lehre. Gerade bei jungen Erwachsenen wäre es doch zu erwarten, dass sie selbstständig für ihr Fortkommen sorgten. Die Bildschirme werden zu Beginn einer Lehrveranstaltung eingeschaltet, Studierende melden sich nur stimmlich an, und dann sitzt der Dozent vor seinem Bildschirm, sieht sich und eine Reihe von Fenstern mit Initialen. Manche haben noch ein Bild von sich hinzugefügt, das sie beim Sport oder mit ihrem Hund zeigt.

Aus datenschutzrechtlichen Gründen müssen sie ihre Gesichter nicht zeigen. Aber es gibt bei den Seminaren immer zwei, drei Studierende, denen es nichts ausmacht, die keine Befindlichkeiten zeigen, die am besten mitarbeiten und dann die besten Klausurergebnisse erzielen. Manche leere Bildschirme werden mit ihrem Namen, den darauf hindeutenden Initialen angesprochen und aus der gähnenden dunklen Leere kommt kein Ton. Sind sie mit dem Hund spazieren gegangen und haben den Laptop einfach sich selbst überlassen?

Alle Dozierenden sind sich einig, dass die Online-Lehre eine provisorische Übergangslösung bildet und nicht von Dauer sein kann. Außerdem könne man so auch keine interaktiven Übungen machen, geschweige denn ein Seminargespräch, denn davon lebten die Univeranstaltungen.

Sie unterhalten sich sehr konkret, und ich höre zu.

Nun verabreden sie, dass jeder, der in seinem Büro arbeite, auf dem Gang eine Maske tragen solle. Kontakt sei möglichst zu vermeiden. Bald würden sogenannte Hygienespender aufgestellt, Aufkleber an Türen und auf Bänken mit der C-Warn-App angebracht.

Wie bitte? Ich traue meinen Ohren nicht. Wo bleibt da die akademische Logik?

Niemand solle sich in den Hallen des Wissens gefährden usw.

Aber hatte denn keiner von ihnen – sie sind Wissenschaftler und Theologen! – kritische Rückfragen bezüglich der unlogischen Verordnungen und Handhabungen?

Oder ist es vielleicht doch so, dass viele von ihnen ihren Titel durch Anpassung erworben haben? Sind sie so in ihr Fachgebiet vertieft, dass sie das große Ganze nicht mehr sehen? Fragen, die alle ein Quäntchen Wahrheit enthalten. Als die Bildschirme ausgehen, fühle ich mich fehl am Platz und bin etwas ratlos, was ich unter diesen Umständen mit meinen Fragen und Gedanken anfangen soll.

In besonderen Fällen darf nun die Bibliothek besucht

werden, denn die Forschung muss weitergehen. Dafür muss man sich mit einer E-Mail anmelden, damit gewährleistet ist, dass nicht zwei Besucher zusammen in einem Raum sind. Auch ein bisschen seltsam, denn die Institutsbibliothek ist ein ziemlich großer Raum, in dem man sich sehr gut aus dem Weg gehen kann.

Am Dienstag war es dann so weit: Ich muss ein Buch zurückbringen und nach zwei weiteren schauen. Mir fehlen meine sogenannten Stöberstunden, die mich immer auf neue Gedanken bringen. Voller Vorfreude wippe ich die Treppe hinunter, klopfe an der Eingangstür. Das abzugebende Buch wird mir von einem Studierenden mit Mundschutz abgenommen. Seltsam, er muss sich doch nicht operieren lassen und ist doch nur allein in der Bibliothek!

Betreten darf ich die Räume nicht. Um ein Buch abzuholen, hätte ich die Signatur per Mail vorab bestellen müssen.

Also das nächste Mal bitte mit vorheriger Signaturliste per Mail, dann würden mir die gewünschten Bücher rausgesucht werden. Gut zu wissen.

Falls das ersehnte Buch nicht im Quarantäneregal läge!

Wie bitte?

Es gibt nun ein Quarantäneregal. Zurückgegebene oder überhaupt angefasste Bücher müssten dort zwei Wochen liegenbleiben, bis sie wieder zur Hand genommen oder ausgeliehen werden dürften. Sicherheitshalber.

Mir ist weder zum Heulen noch zum Lachen zumute. Perplex und mit offenem Mund starre ich den Hiwi an. Ich bin so sprachlos, dass ich weder fragen kann, ob das ernst gemeint ist oder ob sie nicht von der neuen Studie der Übertragungswege, in denen Bücher definitiv nicht aufgeführt sind, gehört hätten.

Und auch nicht einer hat da mal kritisch nachgefragt? Wo bin ich denn hier gelandet?

Neustart

Nach langem Warten und einigen Ankündigungen, die dann doch wieder revidiert wurden, ist es endlich so weit. Die größeren Klassen sollen wieder in die Schulen gehen. Die Jüngeren erst später. Dem folgen schlaue Erklärungen, dass sich nicht so viele in den Gebäuden aufhalten sollen. Klassen werden geteilt, eine Gruppe kommt in der ersten Woche, die andere in der zweiten. Im Nachhinein muss ich schon sagen, so oft wie sich die Regeln abwechselten und ihre Begründungen – vielleicht ist Ihnen schon mal aufgefallen, dass man nahezu alles begründen kann, wenn man nur passende Argumente findet, die sich schlüssig anhören – ich kann beim besten Willen nicht mehr genau rekapitulieren, wer, wann, wo, zuerst und danach.

Jedenfalls stecken wir nach anfänglichen Diskussionen mitten in den Hausaufgaben, als plötzlich das Telefon klingelt. Die Schulleiterin aus N ist dran und bittet mich in beinahe entschuldigendem Ton, in einer siebten Klasse einige Stunden Deutsch zu übernehmen, weil die Kollegin einen Mann hat, der vulnerabel (ein Modewort, das so etwas wie 'leicht ansteckend' bedeutet) ist. Ich mache einen Luftsprung. Ich komme hier an zwei Tagen raus und kann endlich andere Menschen sehen! Ich werde mit Bus und Bahn in die kleine, hässliche Industriestadt reisen. Obwohl sie nur 20 km von uns entfernt ist, dauert die Anreise mit den öffentlichen Verkehrsmitteln 2,5 Stunden. Gerade genug, um meine Reiselust zu stillen. Ich werde mit Jugendlichen Grammatik üben, und sie machen mit und diskutieren nicht und werfen mich nicht mit Büchern ab. Ich werde beim Fahren meinen Gedanken freien Lauf lassen und ununterbrochen ein paar Seiten lesen, und niemand wird seinen Kommentar dazu abgeben. Ich werde erst den nächsten oder übernächsten Bus zurück nehmen und ganz gemütlich im Lehrerzimmer einen Kaffee trinken, mit Menschen, die mir zwar nicht nahestehen, aber die freundlich sind und sich zivilisiert benehmen. Ich werde in der Zeit zwischen Ankunft des ersten und Abfahrt des zweiten Busses in die Drogerie gehen und mir einen passenden Nagellack oder Tee aussuchen. Mir fallen so viele Dinge ein, die ich tun werde, und in mir habe ich ein Hochgefühl, als hätte ich eine Weltreise im Lotto gewonnen.

Alle wollen gleich wissen, wer jetzt angerufen hat. Als ich mitteile, dass ich ab jetzt am Dienstag und Donnerstag nach N müsse, wirkt Igor offensichtlich erleichtert. Den Grund dafür hat er mir nie verraten, und ich kann nur Vermutungen anstellen. Vielleicht denkt er einfach: 'Sie kommt besser drauf, wenn sie mal was anderes sieht.' Oder: 'Da haben wir mal ein paar Stunden Ruhe und müssen nichts tun.' Oder: 'Da kontrolliert sie uns nicht mehr.'

Ich setze mich sofort an den Schreibtisch und stöbere in einem Grammatikheft.

Jascha will auch sofort in die Schule gehen, auch wenn er die Maske tragen soll. Ich befürchte Diskussionen, aber Igor lässt ihn kommentarlos gehen.

Als ich zum ersten Mal wieder in die Schule komme, sind dort überall die Wege nach Richtungen so abgetrennt, dass man die Treppe entweder nur runter oder hoch laufen kann, aber niemals entgegengesetzt. Es sieht aus wie in einer total durchgeknallten Flughafensimulation.

Die Schüler müssen die Maske draußen im Freien auf dem Schulhof und im Gang tragen, am Platz dürfen sie den 'Atemschutz' ablegen. Die Flure sind am Boden mit weißen Punkten bestückt, die 1,5 m voneinander angebracht sind, damit die Kinder den Abstand zueinander wahren.

Da stehe ich nun vor einer fremden Klasse. In jeder Bank sitzt nur ein Kind, der Stuhl daneben ist frei. Sie sitzen versetzt, vordere Reihe links, hintere rechts – so wie in einem Schachbrettmuster. Obwohl wir uns nicht kennen, erzählen sie mir offenherzig, dass sie froh sind, wieder in die Schule gehen zu können. Sie hätten nie gedacht, dass ihnen die Schule so fehlen würde. Es wäre so langweilig zu Hause gewesen und so öde, die Aufgaben allein erledigen zu müssen. Manche berichten von

Verzweiflungsschüben, wenn sie länger als sechs Stunden auf diese Weise zugebracht hätten. Einer erzählt, er wäre dann fast einen ganzen Tag auf seinem Trampolin im Garten herumgesprungen, er habe keine Geschwister und sei ganz allein. Die Eltern seines Freundes wollten nicht, dass er ihn besuche, wegen der Ansteckungsgefahr. Ich gebe mich interessiert, aber manchmal bin ich so mitgenommen von diesen Erzählungen, dass ich viel Kraft aufwenden muss, um nicht vor der Klasse in Tränen auszubrechen.

„Und wir kennen immer noch keinen, der an dieser Käferkrankheit gestorben ist", ruft ein rothaariger Junge aus der letzten Reihe.

„Doch, mein Onkel ist daran gestorben, erst vorige Woche", piepst ein bezopftes Mädchen aus der ersten Reihe.

„Ja, dein Onkel war vorerkrankt und wegen was anderem im Krankenhaus, und daran ist er gestorben." Und so geht es hin und her. Als der Tumult abgeebbt ist, gehen wir zur Tagesordnung 'Grammatik' über. Ich will mich hier nicht zu weit aus dem Fenster lehnen, aber ein solides Handwerk wie z.B. Grammatik oder eine bestimmte Rechentechnik kann ein Pendant zu Alltagssorgen und eine erholsame Entspannung sein. Die Kinder denken nun über Komposita, die Schreibweise von 'das' oder 'dass' nach, es gibt klare Rückmeldung mit Begründung, man kann die Aufgaben sogar zusammen erledigen und fühlt sich, in den meisten Fällen zumindest, selbstwirksam. Denn wenn sie zuhause das zu komplizierte Blatt anschauen und von Mutter oder Vater angeschrien werden, weil die nun auch vermehrt Sorgen haben, dann sind sie dem ohnmächtig ausgeliefert. Hier haben sie nun Kommunikation, Gesellschaft und Aufgaben, die sie bewältigen können.

Es klingelt. Alle setzen wie selbstverständlich die Masken auf und stellen sich im Abstand von 1,5 m an der Tür auf. Es kommt mir wie eine absurde Stummfilminszenierung vor. Je näher wir dem Schulhof kommen, fangen einige Jungen an, den Schritt zu beschleunigen und die Gruppe gerät durcheinander.

Vom anderen Ende des Ganges ruft eine Lehrerin: „Abstand einhalten!" Ich denke: 'Man kann's auch übertreiben.'

Auf dem Hof verteilen sich die Kinder in kleinere Grüppchen. Meist stehen sie im Kreis, nicht zu dicht aufeinander. Ich beobachte sie und mir scheint, einige haben wirklich Angst vor der Käferkrankheit und wollen deshalb die Regeln genau einhalten. Andere befolgen sie aus Dankbarkeit, wieder mit Gleichaltrigen zusammen sein zu können. Wieder andere wirken stark verunsichert und wollen nicht aus dem Rahmen der Gruppe fallen.

Leonie rennt plötzlich über den Schulhof. Sie hat eine Freundin aus einer anderen Klasse entdeckt und beide fallen sich in die Arme. Eine aufsichtsführende Lehrerin stürzt von der anderen Seite des großen Platzes auf die Umarmenden zu: „Werdet ihr wohl auseinandergehen! Haltet den Abstand ein!", bellt sie im Befehlston. Die Mädchen weichen erschrocken auseinander. Ich eile ihnen zu Hilfe.

Halb schuldbewusst, halb verständnislos erklären sie, sich beständig ins Wort fallend, dass sie sich nun über die ganzen Wochen nicht sehen konnten, weil das Mädchen, dessen Namen ich nicht kannte, auch während der ganzen Zeit ihre Wohnung nicht verlassen durfte, „um die Oma zu schützen". Die Lehrerin hört kaum zu oder hat den Sinn der Aussage nicht verstanden. Maßregelnd und programmatisch setzt sie die Mädchen davon in Kenntnis, dass sie die Regeln einzuhalten hätten, und die bestünden nun darin: „Wenn ihr euren Platz verlasst, müsst ihr die Maske tragen und, vor allem, überall Abstand halten." Als sie von den Ausgeschimpften keinen von ihr erwarteten Widerspruch erhält, fügt sie gedankenverloren hinzu: „Und wenn ihr euch unbedingt in den Arm nehmen wollt, dann trefft euch doch bitte in eurer Freizeit. Da könnt ihr doch machen, was ihr wollt." Damit dreht sie sich auf dem Absatz herum und verlässt den Brennpunkt. Nicht nur in den Augen der Mädchen, sondern auch in denen der Umstehenden sehe ich Fragezeichen und ein Junge fängt laut an zu lachen. „Ist man denn in der Schule ansteckender als zu Hause, oder glaubt die selber nicht an die Regeln?" Ich zucke mit den Schultern und schüttle den Kopf. Wenn man mit Kindern Umgang hat, kann man vieles sagen und meinen, aber man darf sich nicht in Widersprüche verstricken, denn das merken sie sofort und legen es einem als Machtanmaßung aus, womit sie in den meisten Fällen auch richtig liegen.

Ein paar Wochen später, als ich mal wieder im Lehrerzimmer bei einem gemütlichen Kaffee sitze, treffe ich einen Bekannten, mit dem ich das Referendariat durchlitten habe. Wir begrüßen uns wie alte Indianer, die schon eine Wegstrecke miteinander zurückgelegt haben, stumm und mit festem Händedruck. Mit düsterer Miene teilt er mir mit, dass er gerade von einer Beerdigung komme. Seine ehemalige Fachleiterin, Frau Costadadez, sei nach nur einer Woche Krankenhausaufenthalt mit nur knapp über fünfzig gestorben. Sie hinterließe eine Tochter im Alter von 14 Jahren und einen Mann. Vorwitzig wie ich bin, fragt ich natürlich: „Woran ist sie denn gestorben?" So, als ob ich es wissen müsse, verdreht er die Augen und presst zwischen den Zähnen hindurch: „An der Käferkrankheit natürlich!" Ich weiß nicht, warum das so natürlich ist. Wenn gestorben wird, kann man an allem Möglichen sterben. Diese moderne Käferkrankheit wird doch jetzt nicht die anderen Unpässlichkeiten und körperlichen Katastrophen, mit denen gestorben werden kann, vom Markt verdrängen?

Statt es einfach so hinzunehmen und die Miene einer silbergrauen Beileidskarte aufzusetzen, entblöde ich mich, noch nach den genaueren Umständen zu fragen. Sven erzählt mir, dass sie schon seit Jahren angeschlagen gewesen sei und besonders seit dem Herbst an Lungenkrebs gelitten habe. Da sie an der Grenze gewohnt habe, habe sie auch in ihrem Bezirk wählen gehen müssen und da habe sie es sich dann geholt. Sie hätte keine Luft mehr bekommen, wäre beatmet worden und so weiter, das volle Programm eben.

Ich erinnere mich an ihre samtig blauen Augen und ihre weiche Ausstrahlung. Ich versinke in dem Bewusstsein, jemanden relativ Jungen zu kennen, der nun gestorben war, da wir seit Monaten in den Medien mit dem Tod umgeben sind. Und ich stelle fest, dass die Käferkrankheit sie hinweggerafft hatte, nachdem sie durch die andere Krankheit schon geschwächt worden war.

In dieser Zeit öffnet die Uni auch wieder für Lehrveranstaltungen in Präsenz, aber vorsichtig. Der Großteil der Lehre erfolgt weiterhin digital. Ich zweifle an meiner Lehrkompetenz. Immer wieder ertappe ich mich bei dem Gefühl, in ein schwarzes Loch hineingezogen zu werden. Die Studenten zeigen sich am Bildschirm in der Regel nicht. Wenn ich dann meine PPT zeige, mit ihnen dazu ins Gespräch gehen will und Fragen stelle wie: „Wie würden Sie das in der Praxis anwenden, Frau Kurz?", kommt oft gar keine Antwort aus dem Off. In meiner Naivität hake ich nochmal nach. Wieder keine Antwort. Bin ich also doch der Entertainer vor einem leeren Bildschirm? Ist Frau Kurz mit dem Hund spazieren und Frau Schmidt sitzt im Café, während der Laptop einfach munter weiterläuft und die fleißigen Studentinnen simuliert? Die Klausurergebnisse bestätigen den Eindruck. Es lässt sich eine Korrelation zwischen gezeigtem Gesicht und Punktestand herstellen.

Die Lehre bleibt erstmal aus Sicherheits- und Vorsichtigkeitsgründen im digitalen Loch, denn den Studenten könne nicht zugemutet werden, mit den öffentlichen Verkehrsmitteln an die Uni zu fahren. Außerdem hatten sich einige von ihnen in ihre Heimatstädte zurückgezogen. Sie hielten den Lockdown nicht in der engen Studibude aus, sondern kehrten lieber wieder zu den Eltern zurück. Aber – und jetzt kommt die für die Forschung bahnbrechende Mitteilung: Die Universitätsbibliothek werde wieder öffnen, aber im Flughafenmodus mit aufgeklebten Richtungen und ohne Cafeteria. Gut, das ist schon mal ein Schritt in die richtige Richtung.

Unterschlupf

Ich bin immer pünktlich. Das gefällt mir. Pünktlich zu sein, heißt für mich, auf den Punkt zu kommen. Ich bin so erzogen worden und die Pünktlichkeit ist ein Instrument der Verlässlichkeit. Ich weiß genau, was ich vorhabe, und wann es vorbei ist. Ich bewege mich in einem abgesteckten Rahmen und weiß, wann mich was erwartet. Besonders und ausgerechnet am Theater geht es ohne Pünktlichkeit gar nicht: Pünktlich in der Maske erscheinen, pünktlich zur Probe, natürlich pünktlich zur Vorstellung, Pünktlichkeit im Rhythmus der einzelnen Repliken des Textes.

Pünktlichkeit. Die Kehrseite der Medaille ist, vor allem wenn man sich so viel vornimmt wie ich, dass man Zyklen oft nicht beenden kann, weil man schon wieder unterwegs zur nächsten Verabredung ist.

Und nun, dachte ich, würde es sich mit Eintreten der Käferkrankheit nivellieren, aber weit gefehlt: Ich habe auf engstem Raum in kürzester Zeit noch mehr Organisation als jemals zuvor. Mein Zeitplan ist durch die Aufgaben der Kinder, meine Tätigkeiten und das Essen so eng gestrickt, dass ich oft das Verlangen habe, einfach auszubrechen. Nicht nur abzuhauen, sondern das Netz der Verpflichtungen einfach zu zerreißen. Aber es ist mir bis zum Ende nicht gelungen, kein kleines Bisschen. Aus meiner Sicht liegt es daran, dass die Kinder einfach nicht mehr wollen und können, aber sie wissen nicht, was es ist, sie fallen einfach in ein Loch. „Ach, lass doch die Kinder einfach sich selbst sein", riet eine ältere Freundin ohne Kinder. Klar, in der Vorstellung schon. Aber Kinder wollen Anschluss und Aufmerksamkeit. Und wenn es auf diesem Planeten noch Beziehungsmenschen gibt oder Herzmenschen, dann sind es die Kinder. Kinder wollen nicht allein auf einem Teppich sitzen und warten, wie die Zeit vergeht. Kinder wollen auch nicht nur in den eigenen vier Wänden mit immer den gleichen Familienmitgliedern zusammen sein. Aber Kinder können in einer so nebulösen Situation nicht sagen: „Ich will das anders! Ich will jetzt reiten oder Quad fahren!" Meistens können sie es in der Ödnis nicht. Und gleichzeitig schreiben die Lehrer E-Mails, wenn die Aufgaben nicht vollständig sind. Also nivelliere und rotiere ich, während Igor versucht, alles Ungesunde und Bösartige von uns weg zu bellen, was zur Folge hat, dass ich einige offizielle Sachen wie Hausaufgaben heimlich unter der Hand und hinter dem Rücken der Familie erledige, um alle Beteiligten vor Unannehmlichkeiten und Ärger zu schützen.

Als ich mal wieder rotiere – und mir war tatsächlich entfallen, in welchem Zeitfenster ich mich wieder verheddert habe – klingelt es unvermutet. Fast ein bisschen genervt öffne ich die Tür und da steht sie: meine beste Freundin.

Wir haben uns gefühlt seit Jahren nicht mehr gesehen. Wir waren beide beim selben Theater engagiert, ganz am Anfang. Bei ihr ist es – und sie ist wirklich eine großartige Schauspielerin – immer weiter gegangen. Sie hat für den steilen Weg nach oben auf Kinder verzichtet und lebt in einer längeren Beziehung zu einem an Jahren, aber nicht an Tollkühnheit älteren Mann.

Ich stürme im Treppenhaus auf sie zu, so dass ich bald die Treppe hinunterfliege. Mein Netz der Pünktlichkeit hat sich aufgelöst und ich fliege ihr in die Arme.

„Besuch? Und du hier?"

Sie hält mich fest und ich zittere. Ich halte sie fest, sie hängt an meinem Hals und vibriert. Ich verstehe nicht recht, was hier los ist: Sie ist von uns beiden immer die Souveränere, die (fast) alles im Griff hat. Nur einmal habe ich sie außerhalb der Bühne weinen sehen, während sie mich damals aus einer Krise und der nächsten rettete. Ich kenne sie nur so: Sie glänzt auf der Bühne, wird bewundert, berührt die Menschen mit ihrem Spiel und nicht nur zum Schein. Sie gibt an Herzenswärme alles und rettet mich als unglücklichen Dramafall durch die ersten Jahre am Theater. Und jetzt zittert sie.

Aber sie ist es wirklich! Ihr Geruch ist der gleiche – der feine, nach Amber und Vanille.

„Was hast du?", frage ich etwas gestelzt. „Ist was passiert?" Sie schluchzt einfach weiter und lässt mich nicht los. Um den Aufenthalt im zugigen Flur nicht unnötig zu verlängern, ziehe ich sie sanft in die Wohnung und führe sie zum Küchentisch. Glücklicherweise habe ich am Mittag ein bisschen aufgeräumt, denn sie ist doch so ordentlich. Mit: „Ich koche dir erstmal einen Tee", nehme ich die Initiative in die Hand. Zu meiner Überraschung entgegnet sie: „Du kannst mir auch gleich einen Rotwein aufmachen und einen Aschenbecher hinstellen." Ich glaube, ich höre nicht recht! Sie trinkt vielleicht einmal im halben Jahr was (eine ganz exklusive Besonderheit am Theater) und raucht einmal in der Woche eine Damenzigarette, wenn sie mit Freunden unterwegs ist oder zu Premieren. Das ungewöhnliche Verlangen am frühen Nachmittag irritiert mich. Vor allem ist beängstigend, dass sie nichts sagt.

„Ist was mit Jochen passiert?"

Sie schüttelt mit dem Kopf und bläst die Backen auf, wie ich es auch noch nie bei ihr gesehen habe, denn dafür ist sie normalerweise zu vornehm: „Nein, der sitzt in seiner Berliner Wohnung, die er brav nicht mehr verlässt. Und weil ich mit Bus und Bahn bei ihm anreisen müsste, empfängt er mich nicht bei sich. Das sei zu gefährlich, sagt er, wenn er sich anstecke." Gerade er würde mit der Sache locker umgehen, hätte ich eingeschätzt, aber so kann man danebenliegen.

Ich stehe etwas unschlüssig in der Küche rum, denn Rotwein gehört nicht zu meinem Repertoire. „Willst du einen Sekt?"

Ohne die Antwort abzuwarten, knallt der Korken jäh ans Fenster. Ich merke sofort, es passt nicht. Jetzt ist nicht der Moment, ein lang ersehntes Wiedersehen zu feiern.

Wir sitzen übers Eck, sie nippt in langen Abständen manchmal am Glas.

Ich warte, dass sie mich endlich über ihr Hiersein aufklärt, es kommt aber nichts.

Aus unmittelbarer Nähe sehe ich sie genau an, ohne dass

sie es bemerkt, weil sie mir nicht direkt gegenübersitzt und in sich zusammengesunken ist. Sie wirkt, als hätte sie kaum den Weg hierhergeschafft. Ich ertappe mich bei dem Gedanken, dass sie früher mal so eine elegante Person gewesen war. Unüblicherweise hängen ihr die Haare strähnig ins Gesicht, nicht wie sonst trägt sie eine seidige Bluse mit Blumenmuster, sondern verschwindet in einem grauen Strickpulli, der gar nicht zu ihr passt. Irgendetwas muss vorgefallen sein, was sie tief getroffen hat. Vielleicht war ihr einer bei der Probe an die Wäsche gegangen? Wir sitzen so etwa eine halbe Stunde schweigend zusammen. Dann nimmt sie plötzlich das noch fast volle Sektglas, kippt es in einem Zug runter, stellt es geräuschvoll auf dem Tisch ab und wischt sich wie eine Bäuerin mit dem Handrücken den Mund ab.

Bevor ich sie nochmal zum Sprechen auffordern kann, beginnt sie von selbst:

„Wir können die neue Produktion nicht anfangen zu proben. Wir dürfen nicht, die Theater sind geschlossen." Als ob das noch nicht zu mir vorgedrungen wäre!

„Weil ich nur einen Stückvertrag nach dem anderen bekomme, bezahlen sie nichts mehr."

„Wie, nichts mehr?"

„Ja, nichts mehr!"

„Aber du hast doch einen Vertrag."

Sie bläst die Backen auf. „Vertrag! Pfff. Die bekommen selber kein Geld mehr, weil sie nichts produzieren."

„Und jetzt sitzt du ohne Geld da? Du kannst gern hierbleiben, bei uns ist immer Platz und es gibt auch was zu essen."

„Nein, darum geht's gar nicht. Jochen hat mir sofort was überwiesen und deckt auch die laufenden Kosten, bis ich an Geld rankomme. Wie das klingt! Wie bei einem Banküberfall!" Und sie kichert vor sich hin, wie ich sie von früher kenne. Von früher, als ob zwischen jetzt und damals eine Zäsur wäre.

„Ich musste mich zum ersten Mal in meinem Leben

arbeitslos melden und die finanzielle Soforthilfe für Selbstständige beantragen.“

Ich nicke und begriff: Das frisst innerlich an ihr. „In unserem Metier, besonders Schauspieler, sind so viele arbeitslos oder 'frei', da brauchst du dich nicht zu schämen“, versuche ich sie zu trösten.

„Erklär du mir nicht das Schauspielerleben, du Feigling. Du hast das Handtuch geschmissen, bevor es ernst wurde!“ Ich zucke, von ihrer Vehemenz überwältigt, zusammen. So kenne ich sie gar nicht. Ich unternehme nicht den Versuch, mich zu rechtfertigen. Nach zahlreichen unbeantworteten Bewerbungen war das nur folgerichtig, dass ich mich neuorientierte. Und das fiel mir schwer genug.

„Ich war beim Arbeitsamt“, wiederholt sie sich. „Komm, setz dich hierhin. Du bist jetzt ich. Und ich bin diese Frau.“ Dabei packt sie mich beim Oberarm und zieht mich hoch, schiebt mich beinahe gewaltsam zu dem anderen Stuhl, der ihr direkt gegenübersteht und drückt mich an der Schulter nieder. Ich denke, was ist das denn? Ihre Handgriffe tun weh, ich traue mich kaum noch, einen Mucks von mir zu geben. Sie setzt sich mir frontal gegenüber und beginnt zu spielen.

„Was haben Sie gemacht, bevor Sie sich hier angemeldet haben?“ Sie lässt mir keine Lücke, sondern redet einfach, die Antwort voraussetzend, weiter.

„Ach, Schauspielerin wollte ich auch mal werden. Wie jedes kleine Mädchen. Was gedenken Sie denn zu tun, um aus Ihrer Arbeitslosigkeit herauszukommen? Sie wollen warten, bis Sie wieder Theater spielen können? Mein Gott, sind Sie weltfremd! Die Pandemie kann noch viele Jahre dauern. Wollen Sie so lange NICHTS tun? ... Sie müssen sich schon bemühen, eine Arbeit, die Sie machen können, zu finden ... Oder sind Sie sich als Schauspielerin zu fein dafür? Wissen Sie, putzen kann jeder. Viele Schauspieler schicken wir auch ins Callcenter, weil die so eine eingebildete Stimme haben, vorrangig für Inkassobüros sind sie hervorragend einsetzbar ... Käme das für

Sie in Frage?" Hier hält sie inne und schlägt mit der Faust auf den Tisch, so dass die Gläser kurz hüpfen. Meines fällt um und zerbricht.

„Ich war so überfahren von dieser ..." – sie suchte nach Worten und dann ringt es sich voller Verachtung aus ihr heraus – „... Schlampe! Plattgedrückt wie eine Briefmarke kam ich mir vor ... 'Und da verlor auch ich den Glauben. Ich bin die Möwe, weiter nichts'", zitiert sie Čechov, und sie zittert wieder, und die Tränen rinnen wie Sturzbäche über ihre Wangen.

„Nein, nein, das können die doch nicht machen! ... Das können die doch nicht einfach mit mir machen! ... Ich habe doch alles für diesen Beruf gegeben! Was können die denn außer am Schreibtisch sitzen und Macht ausüben? ... bin ständig umgezogen, habe von so wenig Geld gelebt ... 'Kind, auch du hättest reich heiraten können bei deinen wunderbaren Anlagen'", äfft sie ihre Mutter nach. „Habe in verschwitzten Kostümen gesteckt, mir blaue Füße getanzt. Habe ich darüber gejammert? Im Gegenteil, ich bin da durch! Und jetzt?!?"

Sie ist längst aufgestanden, um den Tisch herumgekommen und legt den Kopf in meinen Schoß.

„Die hatten versprochen, meinen Antrag schnell zu bearbeiten. Das ist jetzt sechs Wochen her! Wie gesagt, Jochen bringt mich durch, das ist nicht das Schlimmste. Aber ich gehe Kreise in der Wohnung und fange schon an, laut mit Jochen oder der vom AA-Amt zu reden, und ich weiß nicht, wie lange das noch dauern soll, bis wir wieder spielen können. Zu Jochen kann ich nicht fahren, der will keinen reinlassen, weil er Angst hat. Der hat zu viel ferngesehen. Für ihn wäre es auch fatal, wenn er sich anstecken würde. Und also bin ich zu dir gekommen, weil ich wusste: Du bist zu Hause, dich kann ich treffen." Mit diesen Worten hebt sie das Gesicht und sieht mich an.

„Ich darf dich doch treffen, oder?" Und dabei klammert sie sich fest an meine Oberschenkel, so dass ich mir vorkomme wie im Schraubstock.

„Na klar, du kannst bei mir sein", und ich streiche ihr

über den Kopf. Ihr Haar ist weich wie das eines Kindes.

In diesem Moment wird an der Tür der Schlüssel reingesteckt, eigentlich untypisch für diese Tageszeit so zwischen den Mahlzeiten. Nathaniel kommt tagsüber nicht mehr so oft zu mir und er begründet es damit, dass ich nichts anderes mehr im Kopf hätte als seine Schulaufgaben, weil ich ihn immer wieder daran erinnere, bis er sie erledigt hat.

Er stürmt in die Küche. Helena richtet sich auf. Er geht geradewegs auf sie zu und umarmt sie. Das Erstaunliche daran ist, dass er sie erst zweimal in seinem jungen Leben gesehen hat. „Ich freue mich, dass du meine Mama besuchst. Sie hat schon lange auf dich gewartet!", und dabei zwinkert der Schelm mir zu. „Hast du was Süßes für mich?" Als ich den Kopf schüttle, rennt er wieder los.

Igor kommt herunter: „So eine Überraschung!", und er drückt Helena fest die Hand und stellt keine Fragen, wofür ich ihm sehr dankbar bin. An seinem Gesicht sehe ich, dass er Helenas Zustand bemerkt.

„Also Ladies, wenn wir jetzt schon mal Besuch haben, schlage ich vor, einen Spaziergang in die Stadt zum Markt zu machen."

„Wo willst du denn hin?", will ich wissen. „Es hat doch alles zu!"

„Ach, wir finden schon etwas, einen Stand oder so. Vielleicht hat ja die Rigatoni-Bude auf."

So fröhlich habe ich ihn schon seit Wochen nicht erlebt. Die Kinder wollen nicht mitkommen, also ziehen wir zu dritt los. Als wir in der Stadt ankommen, wirkt der Marktplatz wie ausgestorben.

Helena schaut sich um und kichert vor sich hin: „Ich weiß wirklich nicht mehr, wie ich es hier ausgehalten habe. Es wirkt wie eine Puppenstube."

Sehgewohnheiten verändern sich. Sie wohnt schon länger in Köln, und da sind die Größenverhältnisse andere.

Igor stakst mit seinen spitzen Schuhen über den Markt.

Die Leute kennen ihn vom Sehen, aber es sind keine Leute da, die von seiner auffälligen Erscheinung Kenntnis nehmen.

Ich weiß nicht, ob ihn die Leere oder Helenas Kommentar verärgert hatte, jedenfalls beschleunigt er seinen Schritt. An der Ecke zu seinem ehemaligen Stammcafé kommt in einem Affenzahn ein Mercedes um die Ecke gesaust, den Karl, der Besitzer, steuert. Er bremst, vielleicht muss er noch was aus der 'Tante Vera' holen. Er steigt aus, grüßt Igor über die Schulter und hat es offensichtlich eilig. Igor ruft ihm hinterher: „Karl, würdest du uns einen Kaffee machen?"

Der gibt erstaunt zurück: „Hi, Igor, alles gut? Du weißt doch, dass wir geschlossen haben."

„Na, wenn ihr die Scheiße mitspielt."

„Wovon quatschst du überhaupt?"

„Glaubst du etwa daran? Oder ist dir jetzt, wenn du nichts tun kannst, weil die es dir verbieten, in den Sinn gekommen, wovon der alte Igor seit zwanzig Jahren redet?"

Karl will seinen Weg fortsetzen und holt schon den Schlüssel raus.

„Du machst uns jetzt einen Kaffee!"

„Nee, mache ich nicht und du gewinnst Leine, wenn du schon wieder so unterwegs bist."

„Ach, weißt du was, Karl, du hast all die Jahre einfach nur so alternativ getan. Aber eigentlich bist du ein angepasster Spießer, der einfach nur seine Pfründe retten will. Wenn alle Kneipiers hier am Mark aufmachen und einfach diese Verordnungen, die übrigens weder Rückgrat noch Bestand haben, ignorieren würden, dann wäre das alles nicht passiert."
Karl schüttelt den Kopf.

„Weißt du was, die Käferkrankheit ist einfach ein Intelligenztest und weiter nichts."

Damit lässt er nicht nur Karl stehen, sondern auch wir haben Mühe und Not, hinter ihm herzueilen.

„So kannst du doch nicht mit ihm reden!"

„Klar, kann ich. Wird Zeit, dass der mal begreift: Es geht

um mehr als dass seine Kneipe gut läuft."

„Die läuft doch grade gar nicht. Der hat doch Stress genug."

„Ich sag ja, die Käferkrankheit ist einfach ein Intelligenztest und weiter nichts."

Als ich mit Helena allein bin, meint sie: „Er ist aber ganz schön gereizt."

Spiele

Helena bleibt nicht lange. Obwohl sie die Informationen über die Käferkrankheit für sich selbst bewertet, sprich, die Anordnungen und das damit verbundene menschliche Verhalten in den meisten Fällen 'übertrieben', 'lächerlich', 'ein Stück absurdes Theater' findet, hält sie sich an alle Vorgaben. Sie ist am meisten betroffen von uns allen, denn sie weiß nun nach Jahren des Erfolges nicht mehr, wie es weitergeht. Ihr Boden, auf den sie sich gestellt hat, ist unter ihr weggerissen worden, und irgendwie hält sie sich schwebend.

Jedoch findet sie Igors Auftreten skurril und unmöglich: „Stell dir mal vor, der Mann hat sein Leben lang dieses Café aufgebaut. Wenn er jetzt gegen die Regeln verstößt, steht er am Ende, und zwar selbstverschuldet, so wie ich da. Gut, er hat sogar an die Gefährlichkeit der Käferkrankheit geglaubt, aber das kann man den Menschen nicht verdenken, so wie sie von den Medien eingeschüchtert werden. Igor hat gut reden, der hat ja nichts zu verlieren. Dann kann man es natürlich besser wissen als alle anderen. Wie du es mit dem aushältst, ist mir ein Rätsel. Aber ich habe dich schon vor der Hochzeit gewarnt." Und so redet sie munter fort, aber wenn Igor um die Ecke kommt oder wir gemeinsam essen, schweigt sie beharrlich. „Damit es keine Diskussionen gibt", rechtfertigt sie ihr Verhalten.

So wie ich den Goethe'schen Osterspaziergang wiederhole, mir ein Blumenkleid anziehe und mich von Jascha vor den Forsythiensträuchern filmen lasse und es hochlade.

Dann schaue ich minutenweise, ob einer meiner alten Freunde es sieht oder ich 'Daumen hoch' bekomme. Aber irgendwann wird mir auch das zu blöd. Mir fällt auf, dass ich gerade viel in meiner Vergangenheit hänge. Vor allem will ich wissen, wie DU damit umgehst. Aber sehr bald stelle ich fest, dass DU es wahrscheinlich nicht begriffen hast und ich loslasse, bis ich Dich schließlich ganz vergesse. Als mir das auffällt, bemerke ich es mit einem Aufflackern, weil ich doch sonst jeden Tag an Dich denke, du mir nach Jahren noch oft im Traum erscheinst, und je mehr wir vom Wahnsinn umzingelt bleiben, relativiert sich auch das, was zwischen uns gewesen ist.

Jedenfalls bin ich mit Helena beschäftigt. Ich widme mich ihr ganz, weil ich das Gefühl habe, von ihr wirklich gebraucht zu werden. Nicht für irgendwelche Hausaufgaben, die sowieso keiner machen will und für die ich dann noch beschimpft werde.

Ich lasse es mal schleifen. Wenn Helena noch schläft, tippe ich an meiner Doktorarbeit, wenn sie aufsteht, mache ich ihr ein schönes Frühstück mit gedecktem Tisch, Orangensaft, Kaffee mittelstark, Croissants. Das tut mir gut, weil ich ihr was zurückgeben kann; hatte sie mich selbst schon öfters verwöhnt. Außerdem freut sie sich jeden Morgen über den gedeckten Tisch, die frischen Blumen. Unsere Sessions dauern bis in den frühen Mittag, danach schließt sich ein Spaziergang an und wir reden über alles, wirklich über alles.

Nach knapp drei Tagen reist sie ab. Es liegt nicht nur an Igor. Sie merkt schnell, dass der Urlaub bei mir und den Kindern ihr Problem nicht löst. In ihrer Getriebenheit reist sie wieder nach Köln, in der Hoffnung, bei ihr klingelt es und es steht einer von der Dramaturgie mit einem frischen Textbuch vor der Tür und sie kann sich beim Auswendiglernen der nächsten Rolle vergnügen.

Als sie losfährt, bringe ich sie zum Zug und sehe ihm nicht nur so lange nach, bis ihre Hand verschwindet, sondern er nicht mehr zu sehen ist.

Als ich dastehe, fühle ich mich ganz leer.

Sehr bedächtig kehre ich zu Fuß nach Hause zurück. Eigentlich will ich die Kinder nach den Hausaufgaben fragen, um die ich mich in diesen Tagen mit Helena nicht gekümmert habe. Und ich sinne nach, wie ich es am besten anstellen soll. Aber kaum zu Hause eingetroffen, kommt mir Nathaniel entgegengerast. „Mami, Mami, Nastassja ist weg. Sie ist schon vor zwei Stunden in die Gartenanlage und das Wiesengebiet losgegangen. Sie kommt einfach nicht wieder. Papa macht sich große Sorgen und will sie suchen gehen."

Ich schätze die Tragweite richtig ein: Eigentlich sollten sich meine Kinder nicht außerhalb der Sichtweite des Hauses aufhalten, und nun so etwas!

Kaum sind wir in der Wohnung angekommen, klingelt es Sturm. Ich erkenne sie gleich am Klingeln. Atemlos stürzt sie die Treppe hoch: „Mami, David muss mit mir mitkommen, ich habe was Großartiges gefunden, er muss mir helfen!"

Also geht sie mit dem größeren Bruder wieder los.

Als sie nach einer Stunde wiederkommen, staunen wir nicht schlecht: Sie haben zwei aussortierte Autoreifen gefunden, jeder rollt einen vor sich her.

„Wo wollt ihr denn damit hin?"

„Mami, wir bauen im Garten eine Schaukel!"

In der Tat befestigt sie die Autoreifen mit dicken Seilen an der Teppichstange. Ich schaue ihr vom Küchenfenster zu. Sie tariert mit Akribie, Geduld und Genauigkeit die Seile so aus, dass der Reifen gerade genug hängt und sich nicht verziehen kann.

Danach sitzt sie stundenlang und schaukelt, erst schleudert sie sich schwungvoll in die Lüfte, dann lässt sie sich baumeln und träumt vor sich hin. Viele Kinder der Siedlung kommen und wollen alle mal schaukeln. Sie kennen so ein selbst erfundenes Pendel nicht, und es ist der Renner.

Manchmal kommen die Kinder mit zu uns nach oben und trinken Saft. Einmal beobachte ich Nastassja dabei, wie sie pro Schaukelrunde, die sie auf zwei Minuten festgelegt hat, von den

Kindern zwanzig Cent verlangt.

Nach den Hausaufgaben frage ich sie heute nicht mehr. Ich denke, sie hat mit der Unternehmung einiges für das Leben gelernt.

Übergangsweise

Die Kinder gehen nun in einem veränderlichen Rhythmus zur Schule. Das liegt daran, dass die Klassen halbiert wurden. So gehen sie drei Tage und sind dann wieder zwei zuhause und nächste Woche umgekehrt. Oder sie gehen eine Woche und die andere nicht.

In den „Schulwochen" erledigen sie ihre Aufgaben, erwähnen andere Kinder, vergleichen sich mit ihnen und nehmen die Anforderungen der Lehrer ernst. Sind sie wieder zuhause, hat es den Anschein, als würden sie auf etwas warten, und sie wissen oft stundenlang nichts mit sich anzufangen. Die Schulstrecke der Kinder gleicht einer Achterbahnfahrt oder einer Rushhour im Stop-and-go-Verkehr.

Da sich die Gegebenheiten ständig wandeln, auch mal das eine Kind, dann wieder das andere zuhause ist, wird unsere Fähigkeit, sich spontan auf die Situation einzustellen, sehr gefordert. So hüpfen wir von einem Provisorium zum nächsten und verdichten die Hoffnung auf eine grundlegende Änderung der Zustände.

Als wieder alle regelmäßig wochenlang im Einsatz sind, habe ich einen Termin mit Jaschas Deutschlehrer, den ich von der Uni kenne. Als ich das Gebäude betrete, denke ich, ich wäre in einem simulierten Flughafengelände gelandet: Überall sind die Gänge mit richtungsweisenden Pfeilen beklebt, Absperrungen geben an, wo man langgehen soll und wo man es nicht darf. Auf dem Schulhof sind weiträumig Punkte angebracht, auf denen Jugendliche in der Pause einzeln stehen dürfen, damit der Abstand gewahrt bleibt. Dann stehen sie jeder auf seinem Punkt und schreiben sich mit dem Handy

Nachrichten. Es sieht wie ein soziales Experiment aus. Paradoxerweise fahren sie morgens in gefüllten Bussen zur Schule. Ich weiß nicht, ob das vorher niemand bedacht hat. Es sieht wie ein soziales Experiment aus. Komischer hätte eine Situation nicht sein können.

Hygienespender sind überall aufgestellt. Ich wasche mir einmal die Hände damit, weil ich (fast) alles ausprobiere und nicht nur drüber lese. Als es auf der Haut brennt und die Hände sich trocken anfühlen, entscheide ich mich lieber für Wasser aus der Leitung.

Auf den Toiletten sind laminierte Schilder angebracht, auf denen steht, man solle sich die Hände zwanzig Sekunden lang waschen und gut reiben.

In diesen Zeiten können keine Schulfeste stattfinden, weil das sogenannte Fingerfood, also Häppchen, die man mit den Fingern greifen, durch die Luft balancieren und einfach so in den Mund stecken kann, nicht erlaubt sind. Alles Verzehrbare muss in Folien eingepackt werden. Das nimmt nicht nur die von uns trainierte Spontanität, zum Umweltschutz komme ich noch.

Anders als Jascha, der sich durchschlängelt, geht es Carina, Daria's Tochter. Sie besucht ebenfalls das ehrwürdige Gymnasium mit langem Renommee und nun ergibt sich Folgendes: Carina ist nicht mal eine Streberin, sie ist einfach intelligent und immer die Beste, interessiert, wissbegierig, belesen. Sie ist großgewachsen, keine Tussi. Auf ihren Erfolg bildet sie sich nichts ein und hilft anderen gern.

Ich sehe sie noch auf Darias Arm, als sie ein paar Tage alt war und schrie. Und jetzt überragt sie mich – nicht nur ein bisschen. In unserer Berliner Zeit haben wir uns kaum gesehen. Später erfuhr ich, dass sie mit drei Jahren einem Nierenleiden fast erlag, etliche Krankenhausaufenthalte hinter sich hatte, und einmal war es wohl ziemlich knapp gewesen. Daria ist sehr beredt und erzählt gern, wie sie von einem Spezialisten zum anderen rannte, um das Kind zu retten, sie schließlich aber, quasi in letzter Instanz, eine spirituelle Technik im Krankenhaus anwandte, mit der sie erwirkte, dass Carina nicht starb und von da an als geheilt galt. Jahrelang mussten noch die Blutwerte regelmäßig kontrolliert werden, und im Sport darf sie einiges nicht mitmachen und muss besonders ernährt werden.

Als nun die Maskenzeit beginnt, geht Daria los und besorgt ihr ein Attest, weil sie es nicht riskieren will, dass Carina wegen Sauerstoffmangel irgendwelche Rückfälle erlebt, und dieses wird ihr anstandslos zugestanden.

Als Carina versucht, in die Schule zu gehen, hat sie in den öffentlichen Verkehrsmitteln einiges durchzustehen. Natürlich kennen fremde Mitfahrende ihren Gesundheitszustand nicht, aber als sie aufgefordert wird, die Maske aufzusetzen, zeigt sie bereitwillig ihr Attest. Nicht selten kommt es vor, dass sie angepöbelt wird. Einmal muss sie aussteigen; sie wird einfach aus der Bahn gedrängt von Menschen, die plötzlich so regelversessen sind, dass es ihren Verstand gekostet zu haben scheint.

In der Schule setzt sich die Hetzjagd – und ich greife nicht gern zu solchen hochdramatischen Begriffen – fort. Sie sitzt allein in ihrer Bank. Die anderen Mädchen tuscheln. Carina ist von ihrer Mutter über Unsinn und Hintergründe informiert worden und obwohl sie ihr vertraut, lässt sie sich nichts anmerken. Sie opponiert nicht, erledigt ihre Schulaufgaben, hält sich an die Regeln, aber die Maske trägt sie als Einzige nicht. Mit Sicherheit macht sie eine ganze Menge mit, aber sie beschwert sich nicht.

Durch indirekte Bemerkungen will das Umfeld sie zur Anpassung zwingen. Als es einmal in der Straßenbahn wieder zu einem heftigen Wortwechsel kommt, entschließt sich Daria, Carina von nun an zuhause zu unterrichten, wie im Lockdown auch. Sie begründet es mit Carinas Gesundheitszustand. Es benötigt einige Anläufe und Erklärungen, bis der Schulleiter diese Ausnahme genehmigt. Das Material soll sie am Schulportal abholen. Oft kommt sie umsonst zur Schule, um Sachen abzuholen.

Ich kürze es hier ab: Obwohl Carina fleißig ist und lernt wie zuvor, sackt sie ab. Ihr Durchschnitt verschlechtert sich innerhalb eines Jahres um eine Note vor dem Komma – bei gleicher Motivation. Sie ist einfach draußen, weil sie das Spiel nicht mitspielt.

Eine Zeitlang zappelt sie noch wie ein Frosch, doch dann spricht Daria das Schlusswort: Sie lässt für Carina die Fachhochschulreife mitten in der zwölften Klasse ausstellen – und Schule ade. Carina will das nicht. Daria argumentiert, dass die Fachhochschulreife erheblich besser wäre als das noch zu bestehende Abitur. Und sie beschimpft die Schule als indoktrinierendes Verbrechersystem, dass sich an dieser Stelle mal wieder geoutet hat.

Eine Weile macht das Carina nichts aus. Dann beginnt sie eine Ausbildung zur Rechtsanwaltsfachangestellten. Schon nach Wochen ist sie die rechte Hand ihres Chefs, der auch eine sehr kritische Ansicht und zunehmend Fälle vertritt, die durch die Krankheitsumstände zu Schaden gekommen sind.

Schließlich fällt die Anwaltssekretärin aus, weil sie die Injektion nicht vertragen hat. Nun übernimmt Carina zuverlässig und vorbildlich ihre Aufgaben, für die sie erst ausgebildet wird. Es hätte so gut sein können! Aber in der Berufsschule erlebt sie den gleichen Spießrutenlauf wie am Gymnasium und muss aufgrund nicht feststellbarer Leistungen wegen der Konsequenz, sich nicht testen zu lassen und die Maske nicht tragen zu können, abgehen.

Später macht sie ein verlängertes Praktikum in einer Buchhandlung.

Jascha hingegen nutzt die Situation auf bizarre Weise. Als man nicht außer Haus gehen und sich nicht mit anderen treffen darf, will er plötzlich mit Kumpels Mathe üben. Sie lernen sie gemeinsam in der Gruppe. An manchen Nachmittagen kommen sie zu viert zusammen, später lernt er mit Lara allein. Eine solche Session dauert einen ganzen Nachmittag, manchmal bis in den

Abend hinein.

Zu einer solchen Matheübungseinheit gehört noch ein gemeinsames Essen, das Lara jedes Mal ausrichtet und die Jungs (ich glaube, es waren nur Jungs und sie) ordentlich verwöhnt mit Vor-, Haupt- und Nachspeise.

Ich kann es mir so richtig vorstellen, wie sie, als draußen alles geschlossen ist und sie keine Möglichkeit haben, auszugehen, Restaurant spielen. Jascha besucht mit Lara den gleichen Kurs in Mathe und monatelang wetteifern sie um Bestnoten. Beide schaffen oft die Eins. Auf diese Weise zwischen Ehrgeiz, Lebenslust und Regelübertretung kommen sie zusammen und die Beziehung steht unter einem guten Stern.

Als die Kinder wieder in die Schule gehen, kommt etwas Ruhe rein, weil sie Abwechslung haben. Wir reiben uns wegen der Unregelmäßigkeit auf: Alles ist starr vorgegeben, aber es ändert sich willkürlich permanent.

Obwohl die Grundschulkinder relativ in Ruhe gelassen werden, heißt es plötzlich, sie müssten jetzt auch Masken tragen. Ich weiß noch, dass sich mein Herz zusammenkrampft: Hier ist die Grenze überschritten, und ich begreife die Grausamkeit der Idee 'Schulpflicht'. In diesem Namen kann man alles verordnen, und die Eltern sind gezwungen, mitzuspielen. Ein Regelverstoß kann bittere Konsequenzen wie übermäßige Kontrolle durch Behörden nach sich ziehen. Weil die Kinder der empfindlichste Punkt der Eltern sind, kann man sie über die Kinder weiter in die Enge treiben. Ein Umschwung ist nur möglich, wenn alle zur gleichen Zeit am gleichen Strang ziehen. Das ist aber nicht der Fall, hier zeigt es sich besonders deutlich. Lehrer und Erzieher drängen in den öffentlichen Medien darauf, „Kinder besonders zu schützen", wovon sich die Eltern vereinnahmen lassen. Kinder, schützt eure Großeltern! Manche Lehrer melden sich zu Wort, da sie einen so systemrelevanten Beruf hätten, müssten auch sie besonders geschützt werden. Sie stünden immerhin an der Virenfront!

Ich bitte die Lehrerin meines jüngsten Sohnes, mich anzurufen. Als ich „Nummer privat" lese, weiß ich: Jetzt ruft sie mich an. Lehrer rufen immer mit unterdrückter Nummer an. Das habe ich nie verstanden. Damit man sie nicht zurückruft? Oder ihre Nummer nicht heimlich bei einem Werbeforum oder der Lottogesellschaft abgibt? Es ist unpersönlich und kalt.

Wie auch immer, als ich abhebe, kann ich nicht sprechen, weil mir die Tränen in Augen und Hals steigen. Frau Kluge will wissen, worum es geht. Das Dumme ist nur, dass ich kaum sprechen kann, weil ich losheule.

Sie räuspert sich am anderen Ende der Leitung. „Wie kann ich Ihnen helfen?", hakt sie nach, was mich nur noch mehr in Verzweiflung stürzt. Plötzlich schlägt sie einen mütterlichen Ton an: „Nun beruhigen Sie sich erstmal. Ich weiß, wir leben in einer verrückten Zeit, und da liegen die Nerven blank." Obwohl sie nur Allgemeinplätze von sich gibt, wirkt sie wie Kamillentee auf mich. Wenn ich auch denke: 'Sie wird alle meine Vorbehalte aushebeln, weil sie einfach nur die Regeln erfüllt, wie alle anderen Lehrer sonst auch', fasse ich mir Mut und beginne zu reden. Ich mache es kurz: „Frau Kluge, wir hatten kaum Zeit, uns kennenzulernen, die Kinder waren schon nach einem halben Jahr im Lockdown. Ich bin froh, dass sie wieder in geregelten Bahnen was lernen, denn es war schwer genug, sie zuhause an die Aufgaben zu bringen. Aber jetzt sollen sogar die Jüngsten mit einer Maske dasitzen. Das bricht mir das Herz, ich weiß nicht, was ich machen soll."

Stille in der Leitung. Ich wundere mich schon und denke, sie hätte bei meinem Schwall aufgelegt, ohne dass ich es gemerkt habe.

„Frau Rose, ich denke genauso wie Sie. Ich würde mein Kind unter diesen Umständen nicht mehr in die Schule bringen – ich habe gut reden, meiner ist erst drei Jahre alt. Ich sage es Ihnen ehrlich: Ich weiß auch nicht, wie ich unter diesen Umständen unterrichten soll."

Ihre Ehrlichkeit überrascht mich und bringt mich in

Verlegenheit.

„Und was machen Sie jetzt?"

Ich höre in der Leitung förmlich die Schultern zucken.

„Wissen Sie, es ist nicht einfach. Ich könnte jetzt sagen, ich setze die Maske auch nicht auf. Das hat ein Kollege von mir gemacht. Was denken Sie, wo der jetzt ist? Suspendiert. Mit statuierten Exempeln hat man die aufrichtigen selberdenkenden Kollegen eingeschüchtert. Ich kenne übrigens auch die Studien, die klar aufzeigen, was diese Kunststoffdinger anrichten ... Wenn ich sage, bei mir bleibt die Maske aus, ich will euer Gesicht sehen, verschüchtere ich die ängstlichen Kinder, die jetzt noch mehr Angst vor dem Virus von zuhause eingeimpft bekommen haben. Wenn ich mich krankschreiben lasse, kommen Ihre Kinder noch mehr durcheinander, weil sie dann von mehreren Kollegen vertreten werden und nicht in Ruhe lernen können. Wissen Sie, mir sind Ihre Kinder nicht egal."

„Und was wollen Sie jetzt machen? Das ist sicher auch nicht einfach für Sie."

„Durchhalten, so gut es geht."

„Und was heißt das?"

„Nun, ich werde sicher zwischendurch frische Luft schnappen, aber ohne den Ängstlichen auf die Füße zu treten. Ich werde, jetzt ist Frühling, den Unterricht so oft es geht, nach draußen verlagern, und dann gibt es keinen Grund mehr für die Maske. So denke ich mir das jetzt!"

„Können Sie mit der Schulleitung oder dem Ministerium reden? Von dem kommt doch dieser Wahnsinn."

„Das würde ich gern an Sie delegieren, wir Lehrer sind das letzte Glied in der Reihe. Wenn die Eltern sich beschweren, am besten viele, dann ist es wichtig; bei uns nicht."

„Gut." Ich bedanke mich für ihre Offenheit und bin mir nicht sicher, ob sie mich zu einem Standpunkt provoziert oder sie sich selbst endlich einmal Luft gemacht hat und ich ihr vertrauen kann.

Ich nehme mir vor, im Ministerium anzurufen.

Nachdem ich mehrfach versucht habe, im Ministerium zu der Frau durchzudringen, die das verordnende Schreiben unterzeichnet hat und ich mich, wie so oft, in einer Hotlineschleife aufgehängt habe, überlege ich mir, ob es sich um schlechte Organisation oder absichtliche Verwirrung handelt. Ich stelle mir vor, wie ich ins Ministerium rase, das Fahrrad in die Ecke knalle, blitzschnell anschließe und bei der Infotheke mein Anliegen vorbringe. Mit Händen und Füßen erkläre ich den Empfangsdamen, dass ich die Frau sprechen will, die verantwortlich dafür ist, dass Grundschulkinder stundenlang Masken tragen sollen. Sie schauen sich ungläubig an, tuscheln und tun so, als wäre es das Normalste von der Welt. Außerdem müsse man mit der besagten Verantwortlichen einen ordentlichen Gesprächstermin vereinbaren, sie sei nicht so einfach zwischen Tür und Angel zu sprechen. Und eine solche Vereinbarung könne aufgrund von Kontaktbeschränkungen, Terminfluten und Terminstau erst in frühestens drei Monaten zustande kommen. Ich schnappe nach Luft und rufe: „Bis dahin ist mein Kind schon erstickt!" Die stets um Freundlichkeit bemühten Damen zucken die Schultern und schauen mich an wie eine Verrückte.

Also dem Ministerium einen Blitzbesuch abzustatten, würde wenig bringen.

Als ich mich genügend echauffiert habe, entdecke ich auf dem Schreiben der verantwortlichen Regelverbreiterin eine private Handynummer, mit „in dringenden Fällen" versehen. Wie kommt diese denn auf ein offizielles Schreiben? Ich gehe draußen spazieren. Unter einem der schönen alten Parkbäume fasse ich mir schließlich ein Herz und wähle die angegebene Nummer.

Auf der anderen Seite meldet sich eine Frau mit freundlicher Stimme: „Sie wünschen, bitte?", tönt sie mir entgegen, als ob ich tatsächlich noch einen Wunsch frei hätte. Weil sie das so unverfänglich und einladend tut, aktiviert ihr Tonfall mein Wunschregister:

„Ich wünsche mir, dass alle Kinder keine Masken mehr tragen müssen", hätte ich mich beinahe sagen gehört, und vielleicht wäre der Fall so ganz schnell geregelt gewesen: Der Frau wäre der Groschen gefallen, sie hätte den 'Beschluss von oben' einfach auf eigene Faust revidiert. Ich hätte schnell aufgelegt, und alle Kinder wären befreit gewesen. Sie hätte sich dann selbst als die Erlöserin hinstellen können.

Aber stattdessen höre ich mir zu, wie ich mich erstmal lange und umständlich mit meinem auswendig gelernten Lebenslauf, der etwas daher macht, weil er so viele Umwege bereithält, aufsage. Erst als ich zu dem Kapitel komme, in dem ich ihr vermittele, dass ich auch Lehrerin bin, wird ihr Zuhören aufmerksamer. Und da setze ich noch einen drauf: „Wissen Sie", sage ich, „meine Schüler sind in der Oberstufe, und ich kann manchmal Stepptanz auf dem Tisch aufführen, aber sie schlafen fast ein, weil sie so erschöpft sind. Wie soll das erst werden, wenn nun die Jüngsten eine Maske tragen? Die sind doch noch im Wachstum, die müssen doch frei atmen können!" Meine Stimme wird dringlicher und mir wird bewusst, dass ich einfach nur daran erinnere, dass Kinder frei atmen können. Es ist schon reichlich absurd, dass man über solche Selbstverständlichkeiten reden muss.

Die Frau erklärt mir die Notwendigkeit, von steigenden Inzidenzen, den gefährdeten Großeltern und Lehrern. Ich weiß, da kann ich mit der Normalität nicht durchdringen. Also versuche ich es anders. Ich erinnere sie daran, dass wir im Frühling sind und es durchaus die Möglichkeit von einem sogenannten 'Klassenzimmer im Grünen' – ich sehe eine Schule in Afrika vor mir, in der die Kinder draußen lernen – und offenen Fenstern gibt.

Sie wirkt wie erblüht und fängt an, von alternativen Unterrichtsformen zu schwärmen, mehr Sport, Wandertage und Exkursionen. Dann wird sie nachdenklich und denkt laut: „Wissen Sie, wie lange das dauert, bis das sicherheitstechnisch genehmigt werden würde?"

Genau hier ist meine Chance, die ich leider verpasse. Ich hätte ihr sagen müssen, dass die Maske dem Arbeitsschutz nicht entspricht, nicht länger als zwanzig Minuten getragen werden darf und es keinen Grund gibt, warum Kinder, die Studien zufolge nicht als Überträger gelten, sie verpflichtend tragen müssen.

Aber ich sage nur: „Ich möchte nicht, dass Kinder hinter Masken versteckt werden."

Sie erwidert höflich: „Das verstehe ich und ich hoffe, es dauert nicht lange. Ich würde mir mehr so engagierte Eltern und Lehrer wünschen wie Sie. Haben Sie einen schönen Tag."

Ohne abzuwarten, ob ich noch etwas zu sagen hätte, hängt sie ein.

Im Sommer

Der Sommer kommt. Auch in dieser Zeit.

Igor und ich schleichen umeinander herum wie Hund und Katze. Er ist frustriert, dass es nicht schnell genug zu Ende geht, und er setzt sich selbst unter Druck. Es sei eine Zeit des Übergangs und der Reinigung, eine Reise zu sich selbst. Prinzipiell hat er damit Recht. Aber das Leben geht trotzdem weiter, und keiner von uns kann in der Bude sitzen, bis der ganze Spuk vorbei ist.

Die Ferien nahen, und damit bleiben die unangemessenen oder nicht verstehbaren Forderungen aus, weil der Hauptumschlagplatz für uns die Schule ist, der wir nicht ausweichen können oder wollen.

„Wohin wollen wir denn im den Urlaub fahren?", frage ich eines Abends ganz unbefangen. Die Sommerlust weht schon den Lindenblütenduft ins Zimmer und ich sehe eine Wiese vor mir mit einem Wasserfall oder das Meer, je nach dem.

„Was ist denn das für eine Frage!", erwidert er, ohne den Blick vom Bildschirm zu heben. „Schau mal, was da abgeht, die Franzosen gehen auf die Straße!"

Ich sehe mich schon den Sommer hier sitzen und die Kinder, denen langweilig wird, in einer Gegend bespaßen, in der ich jeden Winkel kenne.

Wie automatisiert sehe ich auf dem Bildschirm eine volle Straße. Ich freue mich, lasse es aber nicht zu, weil ich jetzt das Reisethema besprechen will.

„Wo willst du denn hinfahren, jetzt mitten im Krieg? Auch wenn dir die Bomben nicht um die Ohren fliegen, müsst ihr begreifen, dass ihr mitten an der Front steht. An eurer eigenen Front, an der jeder dort hingestoßen wird, wo er was zu klären hat."

„Ja, aber..."

„Weich mir nicht aus. Du weißt genau, wovon ich spreche. Den Beweis siehst du, wie es zwischen uns ist, wie es sich zugespitzt hat. Mir kommt es vor, wir ziehen am gleichen Tau, aber in entgegengesetzte Richtungen. Was denkst du denn, was passiert, wenn wir zwei Wochen aufeinanderhocken, womöglich noch in der Fremde? Da wäre es doch besser, wir machen den Partnerschaftskurs über Liebe; in drei Wochen kannst du so viele Probleme lösen, weil du danach eine Andere bist..."

Wie wenn man verschwommen sieht, so höre ich nur noch ein Rauschen. Wenn ich jetzt etwas entgegensetze, beschwöre ich den Streit förmlich hinauf. Ich muss diplomatisch sein, und das kann ich am allerwenigsten, besonders wenn ich mich unter Druck gesetzt fühle.

„Wir können uns für einen Kurs entscheiden, und dann nehmen wir den mit in den Urlaub."

„Dass du nicht von deinem Urlaubstrip runterkommst!"

„Jetzt, wo die Maßnahmen für eine Zeitlang ausgesetzt sind, müssen wir losfahren."

„Ja, und dann bin ich in einem Ausland, und dann ändert sich wieder was, und ich komme in Quarantäne und nicht mehr hier rein."

Ich hyperventiliere. Vielleicht ist das jetzt die letzte

Chance, noch einmal hier rauszukommen. Vielleicht verschärfen sich die Regeln, und niemand darf sein Land, seine Region verlassen, und wir sitzen hier fest. „Niemand hat die Absicht, eine Mauer zu errichten." Und hinter dieser Mauer bin ich aufgewachsen und zeitlebens habe ich Angst, eingesperrt zu werden. Die Worte sind nun andere, die Verheißungen, die Versprechen, die Lügen, aber sie klingen verdammt ähnlich. Ich kann es ihm nicht verständlich machen. Ich gebe auf, zucke mit den Schultern und sage kaum hörbar: „Du kannst ja hierbleiben, aber ich muss fahren. Ich will meinen Vater sehen, und ich werde auch nach Berlin fahren. Ich will weit weg – nach Hause."

Und damit war mal wieder ein Abend gelaufen.

An einem Sommerabend sitze ich im Hinterhof und Daria kommt einfach so vorbei. Es ist schon ein riesiger Fortschritt, sich nicht mehr vor den Nachbarn verstecken zu müssen.

„Du musst mit nach Berlin kommen, da ist eine Demo. Es ist wichtig, dass wir jetzt alle aufstehen und was machen." Ich schaue sie an, als würde sie mir eine Expedition zum Mond vorschlagen. Auf diese Idee bin ich von selbst schon gekommen, ich halte es aber für unwahrscheinlich, dass es was bringt. Sie kommt ins Reden ohne Punkt und Komma, ich komme kaum dazwischen. Seit dem Frühjahr würden welche ‚von uns' sich schon hier vor dem Theater treffen. Die Hauptregel sei, friedlich zu bleiben, aber klar zu zeigen, die angesagte Richtung nicht mitzumachen. Allein eine Theatergruppe, die einen Ausdruckstanz aufführt mit weiß geschminkten Gesichtern, Masken und Verzweiflungsschreien, regt sie auf. „Wir müssen sachlich bleiben. Nur so können wir gewinnen." Und bei den Polizisten habe sie sich bedankt, ihnen sogar eine Rose geschenkt, weil sie gewährleisteten, dass es friedlich blieb. „Die sind auch von uns, die haben auch Familien und Kinder, die jetzt in der Schule mit der Maske sitzen müssen. Die haben uns vor der Antifa beschützt, die regelmäßig am Samstag eine Gegendemo aufführt und mit Hasstiraden die Stimmung

90

hochkochen lässt. „Klar sind wir rechtsradikale Verschwörungs-theoretiker, esoterische Aluhutträger! Das wird man hier, wenn man Bedenken gegen Willkür anmeldet, wenn man Fragen stellt, wenn man Verordnungen durch seriöse Studien belegt haben will. Ich hätte nie gedacht, dass ich mal so in die Ecke gedrängt werde! Und als Künstler sowieso. Aber weißt du, ich will einfach sagen, was ich denke und Fragen stellen. Das ist mein Recht. Wer das hier nicht checkt, diese Verarsche, der wird es später noch merken oder zu spüren bekommen. Das dauert hier nicht nur ein paar Monate, und dann ist es wieder wie früher. Nichts wird, wie es war, da können sie uns erzählen, was sie wollen. Es zu merken, ist einfach nur eine Sache der Intelligenz."

„Sagt Igor auch", lache ich.

„Na klar! Dass der es sofort durchschaut hat, war mir auch klar; der sagt das schon seit Jahren!"

Nachdem sie sich verabschiedet hat, stehe ich noch eine Weile nachdenklich in der Tür. Und wenn ich am Samstag auf den Platz vor dem Theater gehen würde und mich würde jemand sehen und mich in die rechtsradikale Ecke stecken? Schon die Vorstellung nimmt mir den Atem. Nichts war mir verhasster als das, wie wir als Kinder gebrieft wurden und was ich wegen meiner Herkunft erlitten habe. Da stehe ich überhaupt nicht drüber. Ich komme mir feige vor, denn auch ich hätte schon längst aufstehen müssen mit den anderen, aber ich habe zu viel zu verlieren: Was wäre, wenn ich erkannt werden würde? Wenn ich deshalb nicht mehr unterrichten dürfte? Dann wäre die ganze Quälerei mit dem doppelten Studium und diesem unsagbar kräftezehrenden Referendariat völlig umsonst gewesen. Schon der Gedanke bringt mich fast um. Aber wie weit kann ich gehen? Was lasse ich mir gefallen?

Diese Fragen machen mich nervös, weil ich sie nicht genau beantworten kann.

Am geschlossenen Theater, an dem ich gespielt habe, steht auf einem großen Banner: „Wir sind gegen Verschwörung". Damit wollten sie sich gegen sogenannte

91

Verschwörungstheoretiker, Querdenker und Maskenkritiker abgrenzen. Zu mehr Intelligenz hat es leider nicht gereicht! Gegen Verschwörung (also gegen einen bösartigen Plan einiger Verschworener) sind sogenannte Verschwörungstheoretiker und Querdenker ja auch! Ein Verschwörungstheoretiker zu sein, bedeutet ja eigentlich nur, die Theorie in Erwägung zu ziehen, dass etwas sich um eine Verschwörung handeln könnte, dass etwas hinterhältig geplant statt z. B. natürlich entstanden sein könnte und deshalb erstmal noch kritisch zu bleiben und weiter zu forschen.) Auch ein Grund, warum es gut ist, dem Theater den Rücken gekehrt zu haben. Sie sind aufgrund ihrer Abhängigkeit von Fördergeldern zu devot, dass ihnen nichts anderes übrigbleibt, als angepasst zu sein. Als wäre das Gehirn mit dem Spieltrieb ausgeschaltet worden. Paradoxerweise verlieren so viele darstellende Künstler ihre Jobs, kämpfen um das Überleben, beantragen Notfall-Hilfen, um ihre Miete bezahlen und sich etwas zu essen kaufen zu können. Mit den Anträgen geht vieles schief. Als sich die Künstler in den sozialen Netzwerken beschweren und Überlebenshilfeschreie loslassen, müssen sie sich sagen lassen, sie wären nicht „systemrelevant". Spätestens da hätte der Groschen fallen müssen. Was sagt das über ein Land aus, das seine Künstler als nicht zur Gesellschaft dazugehörig erklärt?

Aber das ist gut so, auch da wissen wir nun, woran wir sind. Aber nur wenige von ihnen durchschauen es.

Bei meinen ziellosen Streifzügen durch die Gegend entdecke ich in den Auslagen des Buchgeschäftes ein Sachbuch eines Biologen: Corona-Impfstoffe: Rettung oder Risiko? (Clemens Arvay ist heute tot. Er wurde seit Veröffentlichung dieses Buches in den sozialen Medien verunglimpft und in seiner Forschertätigkeit nicht mehr in Ruhe gelassen, so dass er sich schließlich das Leben nahm.)

Ich fange an zu lesen oder besser: Fakten zum Argumentieren zu sammeln. Hier erfahre ich, dass die

Entwicklung einer Impfung 'normalerweise' an die acht Jahre dauert und mehrere Testphasen und Tierversuche durchläuft. Auch werden dort die verschiedenen Injektionsmethoden vorgestellt. Das Verfahren für den zu entwickelnden Stoff sei neu, die Risiken nicht abzuschätzen. Acht Jahre, das sind eine lange Zeit. Warum spricht man jetzt von einem möglichst baldigen Mittel? Und haben wir nicht in der Schule gelernt, dass Impfen den Zweck erfülle, Immunität zu erreichen, also nie wieder von der Krankheit angesteckt werden zu können, wie das bei Windpocken, Mumps, Masern der Fall sei? Jedenfalls steigert das Buch meine Skepsis. Die Frage in mir wird lauter, wieso nicht in ein Medikament investiert wird, das in einem Krankheitsfall helfen kann, warum das überhaupt nicht zur Diskussion steht, und warum so wenige Menschen sich das fragen.

Dann sehe ich ein Buch des Virologen Sucharit Bhakdi, in dem er über die Dissonanzen und Fragwürdigkeiten von Entwicklung und Statistiken in diesem Zusammenhang spricht. Langsam bekomme ich ganz einfache, fast plumpe Gedanken: Folge dem Geldfluss, und du erkennst die Absicht dahinter. Sollte es so simpel sein? Ging es hier auch wieder nur um Geld und Macht?

Aufgewühlt und urlaubsreif fahre ich ins sächsische Heimatland. Mit meinem Vater spreche ich viel über seine Kindheitserlebnisse, die Flucht innerhalb weniger Stunden aus Breslau, heute Wroclaw. Meine Großmutter trat die Reise mit meinem Vater, damals fünfjährig, der hohes Fieber hatte, und ihrer Schwester an. Sie stiegen zwei Tage vor der Bombardierung auf dem Bahnhof in Dresden um, aber das ist eine andere Geschichte. Warum will ich alles plötzlich ganz genau wissen? Warum schaue ich in die dunklen Geschichten hinein? Meine Großmutter war mit einem kranken Kind und ihrer Schwester mitten im Winter obdachlos, auf der Flucht, auf Aufnahme angewiesen. Ich weiß, dass sie eine phantastische Schneiderin war und sich mit dem Umändern von Bettwäsche und Kleidungsstücken durchbrachte. Ich glaube, sie hatte nicht viel Zeit zum Grübeln. In Etappen erfahre ich immer ein Stück mehr: Bei einer Unterkunft, wo sie einquartiert wurden, nahm der Hausherr sie mit zu konspirativen Sitzungen auf dem Dachboden. Sie hörten heimlich BBC, weil sie wissen wollten, wann es endlich vorbei ist. Erst später einmal erwähnte mein Vater, sie habe wochenlang geweint.

Jedenfalls schneide ich das uns alle beherrschende Thema nicht an. Ich bin froh, endlich mal abgelenkt zu sein. Ich ziehe auch keine Parallelen zur DDR. Ich moniere auch nicht unsere täglichen Sorgen wegen des Maskentragens von Kindern.

Ich habe noch meinen Koffer in Berlin und deshalb fahre ich jedes Jahr wieder hin. Vorher werden die Schlafplätze verhandelt. Viele Freunde sind nun ausgeflogen, da man nun endlich reisen kann. Bei der Hitze in diesem Sommer, es hat über 30 Grad, ist eine Fahrt in den Süden nicht nach meinem Geschmack.

Was mich aber viel mehr beeindruckt, ist Folgendes: Gerade Krisen wie diese haben mich neugierig gemacht, wie meine früheren Freunde mit der Situation umgehen.

Jedenfalls muss ich mit Lola noch einiges wegen unserem Berlinbesuch abklären. Sie wohnt seit Jahren in der angesagtesten Gegend Berlins, die früher unser Domizil der Freiheit gewesen war, mit beinahe kostenlosen charmanten Hinterhauswohnungen und Ofenheizung. Spätestens seit den 2000-ern komplett touristisch erschlossen, was zur Folge hat, dass man kilometerweit laufen muss, um etwas halbwegs Bezahlbares, Normales zu essen zu finden.

Wir kommen auf Manuel zu sprechen, der bei ihr um die Ecke wohnt.

„Und wie geht er mit der ganzen Sache um?"

„Ach, was soll ich dir sagen. Er schimpft, dass Ulla noch in ihrem Alter Abenddienste am Theater macht, da sie doch so schwache Lungen hat. Ich glaube, er hat Angst um sie. Aber, weißt du was, als er mir den Schlüssel für seine Wohnung brachte, verlangte er von mir, dass ich, wenn er zu mir kommt, die Maske in meiner Wohnung anziehe."

Ich lache laut los.

„Ja", fährt sie fort, „und als er dann kam, stand er auch mit so einer dicken Maske vor meiner Tür. Und er verlangte, dass ich sofort auch eine anziehe."

„Und das hast du getan?"

„Ja, was sollte ich denn machen. Du weißt, wie sauer er werden kann."

„Lola, das ist deine Wohnung."

„Ja, ich weiß. Aber ich habe die Maske angezogen. Und dann wollte er wieder, dass ich ihm einen Tee koche und auf seinem Schoß sitze."

„Mit Maske?"

„Ja, mit Maske."

Ich sehe das Bild vor mir wie ein Gemälde. Sie sitzt bei ihm auf dem Schoß, beide maskiert, an einem lauen Sommerabend mit offenem Fenster. Ich kann für den Aberwitz keine passenden Worte finden, dieses Bild fliegt einfach aus der Zeit.

Direkt um die Ecke wohnt Jochen, bei dem Helena zu Besuch ist.

Als ich sie im Café treffe, wirkt sie nicht mehr so geknickt wie bei mir am Küchentisch.

„Du bist wieder richtig aufgeblüht!"

„Ja, wir müssen uns nicht mehr hinter diesem Ding vermummen und das heißt, wir können wieder spielen. Seitdem wieder geöffnet wurde, haben wir drei Produktionen hintereinander gemacht, erst mit Maske, dann ohne." Die Maske avanciert in den Erzählungen nun zu einem Bestandteil wie Kaffee mit oder ohne Milch. Wirklich schräg.

„Das musst du mir genauer erklären. Was bedeutet es

denn, Premieren auf Eis legen?"

„Ganz einfach: Wir haben sie produziert, hatten eine hausinterne Premiere und dann im Herbst, wenn hoffentlich Gäste ins Theater dürfen, machen wir eine offizielle Premierenwoche."

„Wie, du spielst dann drei Premieren in einer Woche?"

„Ganz genau."

„Aber ist das nicht viel zu anstrengend?"

„Man wird sehen. Ich weiß noch nicht, wie ich den Text dann behalten und in so kurzer Zeit von einem zum anderen Stück umschwenken soll. Bestimmt leidet die Qualität darunter, aber Hauptsache, wir spielen."

Ich atme tief durch.

„Hauptsache, wir müssen nicht mit Maske spielen. Wir testen uns schon vor jeder Probe und jeder Vorstellung."

Sie hat immer so etwas Bübisches, womit sie mich aus der Reserve lockt: „Ach, komm, man kann doch nicht mit Maske spielen."

„Klar, kann man schon. Denk nur daran, wie wir damals am Staatstheater unter diesen großen Ballonmasken Wilhelm Tell spielten! Außerdem habe ich bei uns in Köln schon Opernsänger mit Maske auftreten sehen und fast die Hälfte des Chores trägt noch eine." Dabei verdreht sie die Augen. „Außerdem, das weißt du doch: Man kann aus allem Kunst machen, sogar aus einer verdreckten Kloschlüssel."

„Na, Hauptsache, der Trompeter trägt keine."

Punkt für mich! Sie lacht und hakt sich bei mir unter:

„Vom Wahnsinn umzingelt, wie meine Tante so schön sagte."

„Und bald unterhalten wir uns auch auf Englisch, außer wenn uns noch eine coolere Sprache einfällt, Thailändisch vielleicht."

„Stell dir mal vor, den Faust auf Thailändisch! Passend für Sie mit dem QR-Code zuhause am Handy abrufbar."

„Außerdem können Sie mit einer App entscheiden, ob Ihr

Faust eine Frau oder ein Mann, jung oder alt, groß oder klein sein soll."

„Mephisto könnte ich mir auch als Frau vorstellen, haben die das nicht sogar in Zürich am Schauspielhaus so gemacht? Mit … wer war das doch gleich? Aber Gretchen kann ich mir nicht als Mann vorstellen. Irgendwie wäre die Liebesgeschichte dann ein Witz."

Die Hitze schwelt gleißend über Berlin. Meistens sitzen Helena und ich in einem Café im Schatten und ziehen dann zum nächsten. Natürlich gesellt sich auch Jochen zu uns. Ganz unüblich zu früheren Treffen will er mir weder die Hand geben, noch mich umarmen.

Das ist schon bezeichnend. Mit der Gestik, der Nähe und Distanz wird nun eine Weltanschauung ausgedrückt. Helena ist bedeutend jünger als er, aber steht (fast) immer über ihm. „Jochi, lass uns doch wenigstens dein Gesicht sehen! Hier draußen kann dir doch nichts passieren." Unwillig legt er sein Gesicht frei. Dabei bleibt offen, ob er die Logik plötzlich erkannt hat, dass es Blödsinn ist, sich an der freien Luft zu 'schützen', oder ob er ihr zuliebe einfach gehorcht, um irgendwelchen Diskussionen aus dem Weg zu gehen.

„Weißt du, wir müssen das Risiko eingehen, wieder frei das Gesicht zu zeigen. Wenn es sich durchsetzt und die Menschen ihre Angst verlieren, wird das Theater wieder öffnen können. Und du willst doch deine Helena wieder auf der Bühne sehen, oder? Und wir kennen niemanden persönlich, der sich infiziert hat. Ja, auch du nicht. Wir kennen nur die schrecklichen Fälle aus dem Fernsehen. Stimmt doch, oder? Und wegen einer Gefahr, die ich nur aus dem Fernsehen kenne, stehe ich seit fast einem halben Jahr nicht auf der Bühne! Übrigens, die Soforthilfe für Künstler ist bei mir noch nicht eingetroffen – nach fünf Monaten noch nicht. Und diese … Frau auf dem Amt werde ich auch nicht anrufen und anbetteln, mal abgesehen davon, dass die Hotline völlig überlastet ist. Mein Kollege Ruben hat schon eine

Kündigung seiner Wohnung im Briefkasten, aber was wollen die denn machen. Er zieht nicht aus. Er würde gern die Miete bezahlen mit ehrlich verdientem Geld oder mit dieser Soforthilfe, weil er zurzeit nicht spielen kann. Aber die kommt eben nicht. Es ist das Spiel mit der Angst. Das müssen die Menschen mal begreifen! Eine Pandemie der Angst in erster Linie. Solche Scherze kann sich nur jemand leisten wie ich, weil ich gesponsert werde. Wahrscheinlich, weil ich blond bin – Glück gehabt. Vielleicht sollten wir Systemrelevanz neu definieren, vielleicht sind das einfach die Blonden. Und du, meine Liebe, musst eben nur deshalb die systemrelevante Lehrerin spielen, weil du eben brünett und klein bist und es dir hast einfallen lassen zu heiraten und gleich vier Gören in die Welt zu setzen! Süß sind sie ja, aber dafür ein solches Opfer bringen! Lehrer brauchen wir wohl, aber die spielen auch nur mit, egal, welches Spiel von ihnen verlangt wird. Jedenfalls bist du eigentlich viel zu begabt für solche Scherze ... Naja, Jochen ist der edle Mäzen der Künstlerin, er verdient eine Ehrenmedaille. Auch wenn er das mit der Vermummung noch nicht so recht verstanden hat, ist er doch für die Kunst verdienstvoll in die Bresche gesprungen. Und darauf sollten wir jetzt anstoßen."

Jochen bestellt drei Sekt, und wir halten die Gläser in die Höhe. „Auf dass wir durchhalten und noch in zehn Jahren so munter und frisch hier sitzen."

Sobald er das Glas ausgetrunken hat, bedeckt er wieder sein Gesicht. Helena zieht die Augenbraue hoch, sagt aber nichts. Jochen hat seit dem Frühjahr nicht mehr gedreht. Drei Filmprojekte sind ihm geplatzt, aber er nimmt es gelassen. Er stammt aus einer reichen Familie, hat in Aktien investiert und muss deshalb nicht von der Kunst leben.

Nach dem Sekt gehen wir in seine großräumige Eigentumswohnung. An der Tür unten passieren wir eine Alarmanlage. Zusammen trägt uns der Fahrstuhl, in dem wir dicht gedrängt stehen, nach oben. Jochen stellt sich, nachdem er aufgeschlossen hat, in die Tür: „Bitte erstmal gleich in die Tür rechts, ins Bad, die Hände desinfizieren.“

Ich halte mich an die strengen Sicherheitsvorkehrungen, aber ich muss ihn das nun fragen: „Sag mal, hast du Angst?“

Ziemlich unwillig und zerrissen, ob er seinen Mund wieder bedecken soll oder nicht (denn er ist zwar in seiner eigenen Wohnung, aber ich, ein Fremdkörper, bin nun auch darin), antwortet er langsam und ziemlich unwillig: „Wir sind doch aufgeklärte Leute. Wir haben gesehen, was in Italien passiert ist, die Berge von Leichen. Wir wollen unsere alten Menschen schützen. Ich habe auch nicht mehr lange, bis ich siebzig bin. Wir wollen einfach, dass es bald vorbeigeht und wir wieder spielen können, und da müssen alle mithelfen und vernünftig sein.“

Mit dieser kurzen Ansprache lässt er mich in der Diele stehen. Für eine Entgegnung hat er keine Zeit, und er ist mit dem Kapitel fertig. Ich weiß nicht recht, ob der eigentliche Grund der Distanzierung nicht eher der ist, dass er jetzt nicht mit Helena allein sein kann, aber ich will mich nicht in Vermutungen verlieren. Jetzt bin ich hier. Links höre ich, wie er sich an den Schreibtisch seines Arbeitszimmers setzt. Dort, sich selbst vor mir in Sicherheit gebracht, setzt er die Maske endlich ab und schaltet CNN ein.

Helena und ich sitzen auf dem Balkon und trinken Weißwein.

Der Sommer ist lang und schön und es ist auch gut, dass wir uns trotzdem aufraffen, in die Schweizer Berge zu fahren. Wir sind wohlbehalten zurückgekommen. Über Igor habe ich mich bisweilen geärgert, weil er auch in der Ferne an sein Tablet gekettet ist und uns informiert. Wie gern wäre ich einfach vor dem Thema mal abgehauen, oder ich hätte ein Informationsfasten veranstaltet. Aber er muss uns schützen und dafür sorgen, dass wir wieder wohlbehalten über die Grenze kommen. Das benutzt er aber, um sämtlichen Informationen nachzugehen. „Durch in-Formationen würden Menschen in Form gebracht werden“, Kommentar von ihm. „Und welche

Form einer annimmt, das liegt in unserer Zeit an den Informationsquellen, die jemand nutzt."

Außerdem nehmen die Demonstrationen weltweit zu.

Mit Isabella tausche ich fast täglich Nachrichten aus. Ihre Situation ist, um es kurz und nicht auf Hochdeutsch zu sagen, beschissen. Sie war mit ihrem Lebensfreund nach Australien ausgewandert und sie hatten eine Tochter bekommen. Er hat einen guten Job und die Welt hätte in Ordnung sein können, wenn da nicht ihre Unzufriedenheit gewesen wäre. Sie will wieder auf die Bühne, aber in Australien gibt es kein Theater oder zumindest keine Anstellung für eine Actress mit Akzent. Nun hatte sie alles Mögliche gemacht: Fotoagentin am Set, Pförtnerin, Vertrieblerin für die Keramik eines behinderten Mannes, unzählige Bewerbungen geschrieben und schließlich eine Sekretärinnenstelle für das neu zu bauende Tennisstadion in Melbourne ergattert. Sie war schon, als die Krise anfing, wund vor Heimweh.

Nun hat sie eine Stelle bei Healthcare; das ist ein gesundheitsfürsorglicher Verein, der sich den Lockdown-Opfern angenommen hat: Gelder werden besorgt für Menschen, die insolvent gegangen sind und Hilfen bereitgestellt für Familien und Menschen, die eine Depression entwickelt hatten.

Wir tauschen Studien aus. Dabei ist es ihr immer ganz wichtig, dass diese von einer seriösen Quelle stammen. Immer wieder fragt sie zurück, ob diese Informationen gesichert sind. Viele Male schreibe ich ihr, dass Kohärenz und Korrelation mit anderen Informationen einen Sinn ergäben, und ich hätte weder Zeit, Interesse noch Kapazitäten, jeder Information in Bezug auf ihre Wissenschaftlichkeit nachzugehen. Außerdem finde ich, ist eine Information nicht unbedingt glaubwürdiger, wenn sie von einer Universität stammt: Gerade Universitäten arbeiten mit Fördergeldern; Politik und Wirtschaft bestimmen oft, was erforscht wird und welche Statistiken gesponsert werden. Das hat schon Michel Foucault mit seinem Diskursbegriff aufgedeckt. Wie dem auch sei, wir waren und sind in regem Austausch, und nun sitzt sie in Australien fest. Sie sitzt nicht nur im Homeoffice, sie darf auch das Land nicht verlassen. Und nicht nur, dass sie ganz unabhängig von der Pandemie Heimweh nach der Schweiz hat. Dort leben auch ihre über achtzigjährigen Eltern, und sie kann nicht hinreisen.

Shit happens!

TEIL 2

Die Prüfung
(Herbst 2020 – Sommer 2021)

Startschuss

Nichtsahnend klappe ich kurz vor Ferienende meinen Laptop auf und finde dort die Einladung zum Schuljahresempfang vom neuen Gymnasium von Herrn Wagner: In vorauseilendem Gehorsam beschließt er für die Schulgemeinschaft das Tragen von Masken gleich zu Beginn des Schuljahres, obwohl noch nichts 'von oben' angeordnet ist. Ich erlebe eine Wechseldusche von heiß zu kalt. Das kann heiter werden! Er begründet das damit, dass die Schüler jugendlich sind, viel auf Partys gehen und weite Strecken mit den öffentlichen Verkehrsmitteln zurücklegen. Und ich bin in der beschissenen Lage, die noch unbekannte Anfängerin zu sein. Igors Rat brauche ich mir gar nicht einzuholen, den kenne ich: „Ich bin integer und setze die Maske nicht auf, weil sie laut Studien nicht schützt, der Mensch ein Gesicht hat, das man sehen soll und der Atem frei fließen muss." Ja, so hätte ich auch am liebsten reagiert, aber dann hätte ich gar nicht erst anzutreten brauchen. Soll ich mich krankschreiben lassen? Wie lange? Atteste stellen die Ärzte schon längst nicht mehr aus; sie fürchten, die Approbation zu verlieren. Und mir ist jeder

Missbrauch zuwider: Ich habe eine einwandfreie Atmung und will niemanden in Schwierigkeiten bringen.

Nach langem Hin und Her und mindestens einer schlaflosen Nacht gehe ich eben zur Schuljahreseröffnung. Herr Wagner ist stets freundlich, korrekt, später sogar witzig und trägt jeden Tag einen dunkelblauen Anzug. Ich mag ihn, aber wir sind so verschieden, dass wir uns im 'normalen' Leben wahrscheinlich nie kennengelernt hätten.

Die Lehrer begrüßen sich wie Freunde, die sich eine Zeitlang nicht gesehen haben. Ich folge dem Schauspiel als Zuschauer, da ich mit ihnen noch nicht vertraut bin. Aber es ergibt sich eine angenehme Atmosphäre. Herr Wagner begrüßt alle, die unversehrt aus dem Urlaub zurückgekommen sind. Er betont, dass schon das letzte Schuljahr einem Truppenübungsplatz im Ausnahmezustand geglichen habe und dass dank der hiesigen Nutzung von Microsoft Teams jede Unterrichtsstunde eins zu eins abgebildet werden konnte, was dazu führte, dass es an dieser Schule nicht so viele Wissenslöcher gebe, die zu stopfen seien und auch nicht so viele Brüche in Biografien wie Schulabbrüche, Wiederholungen oder Depressionen.

Da wir es mit Jugendlichen zu tun hätten, die umtriebig sind – wir waren alle auch mal jung – müssten wir alle dafür sorgen, ihre Motivation zu erhalten, wo es nur ginge und sie unterstützen. Das A und O sei, ihnen zu gewährleisten, in die Schule zu gehen, denn nur der Direktkontakt garantiere ein gutes Lernen und die Gemeinschaft bringe Struktur. Deshalb, und fast entschuldigt er sich dafür, habe er die Maskenpflicht vorzeitig wieder eingesetzt, um wenigstens hier einem Zuhausehocken vorzubeugen, um dem viel zu häufigen Gang in die Quarantäne, was wiederum den Schulbetrieb immer wieder durcheinanderbringt, von vornherein etwas entgegenzusetzen. Aus dieser Sicht kann ich ihn verstehen, und mir ist sein Mut, sich einfach eigene Wege zu überlegen, sehr sympathisch. Aber überlegt er sich auch, was das für junge Menschen bedeutet, wenn sie acht Stunden in der Schule und dann noch anderthalb auf dem Hin- und Rückweg unter der Maske verbringen?

Dann fährt er ziemlich betroffen fort: Ein Bekannter aus Studienzeiten hätte nun C gehabt, es hätte ihn schwer getroffen, tagelang wäre er in der Wohnung verblieben und darauf angewiesen gewesen, dass jemand für ihn einkaufe und ihm das Essen an die Tür stellte. Aber damit nicht genug. Er käme jetzt noch nach Wochen nicht die Treppe herauf, müsste sich nach ein, zwei Stufen immer wieder ausruhen und das, obwohl er so sportlich gewesen sei.

Wir sollen auf jeden Fall auf uns aufpassen und einer unnötigen Ansteckungsgefahr aus dem Weg gehen.

In den Klassen ist das Klima angenehm. Wenn ich das hier schreibe, glaubt mir das wahrscheinlich keiner, aber die Schüler kommen in der Mehrzahl gern in die Schule. Sie sind auf ihr Abitur konzentriert, und unter ihnen herrscht eine kollegiale Stimmung.

Ich habe mir nun folgenden Spruch ausgedacht: „In Erste Hilfe bin ich nicht so gut wie in Deutsch. Also sorgt bitte gut für euch, dass ihr auch genügend Luft bekommt. Wer mal frische Luft braucht, kann gern Bescheid sagen und auf dem Hof eine Runde gehen.“

Es geht, aber es geht auch wieder nicht.

Manche hätten gern ohne Maske dagesessen, ich erkenne sie daran, weil sie den Plastikstreifen so aufsetzten, dass ihre Nase rausschaut. Ich sage nichts. Andere kommen gleich mit dem dickeren Modell, das sind die Ängstlichen. Andere wechseln zwischen den Seiten hin und her.

Mir fällt auf, dass ihre Auffassungsgabe manchmal nicht so hoch ist, was ich auf den eintretenden Sauerstoffmangel zurückführe. Andererseits scheint es manchen nichts auszumachen. Einige drehen während des Unterrichts draußen Runden mit freiem Gesicht und kommen dann wieder rein. Andere halten einfach durch und scheinen die Umstände zu vergessen, weil sie so auf ihr Ziel „Abitur“ konzentriert sind.

Problematisch ist, dass die Unterrichtsgespräche erschwert werden, da wir uns nicht mehr so gut verstehen. Gerade bei etwas anspruchsvolleren Gedankengängen behindert die Maske den Gesprächsfluss.

Die Lehrerkollegen sind sozial, verständnisvoll und kooperativ, besonders wenn es um das Lernen oder um ihr Fach geht. In der Küche wurden Gespräche geführt über den klaffenden Leistungsrückstand, den das lange Homeschooling mit sich gebracht hatte; manche Jugendliche kämen früh nicht mehr aus dem Bett. Aber wegen des erschwerten Atmens werden sie nicht bedauert, nur von den Exoten wie denjenigen Lehrern, die Musik oder Reli unterrichten. Der Sportlehrer weiß nicht weiter: Mit Maske kann er nur Theorie machen, aber das ist auch nicht Sinn der Sache. Einige monieren, dass sie im Direktkontakt, wenn zwanzig oder dreißig Menschen in einem Raum sind, einem hohen Risiko ausgesetzt seien, finden sie. Abstände, die in Supermärkten und Cafés einzuhalten sind, kann man hier gar nicht gewährleisten.

Im Unterschied zu den Schülern können die Lehrer in ihren Freistunden und in der Pause am Platz im Lehrerzimmer die Maske ablegen. Deshalb trage ich sie allenfalls vier Stunden am Stück und danach ist mir oft schwindelig. Das ist aber eine viel geringere Zeitspanne als die der Schüler. Dennoch sind sie geduldig, zuträglich, und bei manchen habe ich das Gefühl, sie stehen irgendwie drüber, so nach dem Motto: Geht auch vorbei.

Freie Fahrt

Ständig wird über Zahlen und Werte spekuliert, immer wieder waren ganze Klassen in Quarantäne. Bei den Oberstufenkursen war das nun besonders brisant. Wenn ein Jugendlicher Corona bekam, wurden ganze Kurse in die Isolation gerissen. Glücklicherweise kommt das an unserer Schule in dieser Zeit nur zweimal vor. Warum gerade wir verschont werden, steht in den Sternen, vielleicht weil wir so ein gutes Klima haben.

Alle, die so eine unfreiwillige Isolation über sich ergehen lassen müssen, besonders die U20-Jährigen, die noch dazu gesund zuhause eingeschlossen sind, drehen regelmäßig am Rad. Manche gehen natürlich, trotz Androhung hoher Geldstrafen, raus. So auch Jascha: „Ja, soll ich denn gesund zuhause sitzen? Mensch, denken die mal dran, dass ich mein Abi mache? Wie soll ich das im Digitalunterricht, der nur manchmal stattfindet, weil die Lehrer das gar nicht schaffen, in Präsenz und dann wieder hybrid und dann noch digital zu unterrichten? Und dann bricht immer wieder die Leitung zusammen, wenn ich schon mal pünktlich aufgestanden bin. Und die können nicht erwarten, dass ich ab acht am Schreibtisch sitze bis nach drei, wenn ich nur in dieses Ding da gucken soll. Hat einer mal an uns, an die Gesunden gedacht?!?" Ohne dass ich was hätte sagen können, war er schon aus dem Haus – natürlich mit Handy.

Igor treibt sich währenddessen mit seinem Handy in der Welt herum. Er schützt die Familie vor dem Unabwendbaren mit dem Handy. Dort kann man in der Außenpolitik erfahren, dass Australien Quarantänelager baut. Menschen, die verreist waren und wieder zurückwollten, müssen erstmal in Quarantäne, bevor sie in ihr Land kommen. Also doch besser nicht mehr verreisen. Fast täglich ein neuer Schock. Aber Igor bleibt unser Leuchtturm: „Es kann nicht mehr lange dauern, dann bricht die Lüge wie ein Kartenhaus zusammen. Nicht nur die Wirtschaft, auch euer Schulsystem, wirste sehen."

Zeitungen belagern immer wieder die Frontseite mit Artikeln, welche Personengruppen vorrangig injiziert werden sollen, wenn die Wunderspritze endlich auf den Markt kommt: Erst müssen die Alten geschützt werden und dann die systemrelevanten Berufe: die Feuerwehrleute, medizinisches Personal, Polizisten und Lehrer.

Sehe ich mich wirklich in dieser Reihe, oder habe ich nicht diesen Beruf ergriffen, weil ich was Sinnvolles machen, Kultur und Geist weitergeben will, nachdem ich mit dem Theater diese Bauchlandung gemacht habe? Die ganze Debatte legt sich wie ein Strick um meinen Hals und dessen Schlinge wird immer enger. Die Frage, warum nicht einfach ein Medikament erfunden wird, stelle ich mir schon lange nicht mehr. Es tost im Ohr, was meine Freundin Elena gesagt hatte: Das Zeichen des Tieres. Und ich schweife manchmal in Gedanken ab, wohin wir auswandern können. Ich bestelle mir ein Taschenbuch, in dem Erlebnisse von Auswanderern geschildert werden, natürlich vor der weltweit umspannenden Situation. Nachdem ich miterlebt habe, wie schwer es bei Isabella war, die – klarer Vorteil zu mir – vier Sprachen fließend beherrscht, bin ich jetzt trotzdem auch notfalls dazu bereit.

Igor, der immer auswandern wollte, besonders um im Süden und am Meer zu sein und die Kinder vor der übergriffigen Schule zu schützen, kommentiert das Buch in meinen Händen: „Ach, jetzt willst du auswandern? Und wohin bitteschön, wo es doch überall ist?"

„Na, die Schweiz wird niemanden zu etwas zwingen. Kannst dir mal die Statistiken anschauen. Dort gab es im vorigen Jahrhundert im Tessin für eine begrenzte Zeit eine Impfpflicht für …, die dann gleich wieder aufgehoben wurde, ansonsten entscheidet das jeder selbst. Oder in einem afrikanischen Land, wo sie Corona in einer Papaya nachgewiesen haben, und das Land seinen eigenen Weg geht."

„Siehst du, wenn du mal in die Gänge kommst, dann aus Angst. Und so wird das nichts. Jetzt, wo es weltweit ist, kannst du auch gleich hierbleiben und es aussitzen."

Wir bekommen uns an diesem Abend so in die Haare, dass ich das Buch mit den Auswandergeschichten zerreiße.

Und dann kommt es, wie es kommen musste: Wir haben bei der Uni unsere Dienstbesprechung mal wieder per Zoom. Dort treffen wir uns nur digital; das ist vernünftig in diesen ansteckenden Zeiten. Völlig im Gegensatz zu den vollen Klassensälen, in denen ich am Vormittag stehe. Warum fällt das keinem auf? Oder anders: Es fällt jedem auf, aber je studierter die Menschen sind, desto mehr denken sie über anspruchsvollere Dinge nach und halten sich im profanen Leben einfach an die Regeln, wahrscheinlich um die Karriereleiter nicht wieder hinunterzufallen, Punkt. Ich gewöhne mir immer mehr an, das Szenario als eine Art Zuschauer zu betrachten, die agierenden Menschen als Theaterfiguren.

„Bei aller Krisenhaftigkeit", hebt Herr Rübig an (es war übrigens derselbe, der befunden hatte, es wäre gut, zurückgebrachte Bücher zwei Wochen im Quarantäneregal zu lagern) „gibt es doch eine gute Nachricht: Heute wurde gemeldet, dass die erste Impfung fertig erfunden wurde und auf den Markt kommt."

Mir wird plötzlich schlecht und das Bild verschwimmt vor meinen Augen.

„Ich hoffe, wir können bald wieder zur Normalität zurückkehren und in vollen Hörsälen sitzen."

Die anwesenden Professoren und Dozenten klatschen Beifall.

Kommt denen das nicht komisch vor? Wissen Sie nicht, dass ein solches Projekt eine Testphase von mehreren Jahren durchlaufen muss? Sind sie so in der Eitelkeit elitären Denkens gefangen, dass sie der Wissenschaft blind vertrauen? Haben sie als sogenannte Geisteswissenschaftler nicht Foucault gelesen und verstanden, wie Machtstrukturen funktionieren? Ein Diskurs entsteht, in welchem die Machthabenden die öffentliche Meinung bilden und anhand von Medien, Schulsystem, Wissenschaftsförderung ihre Interessen durchsetzen, derweil die Menschen glauben, sie würden ihre Meinung demokratisch einbringen können. Man muss sich fragen, wem was nützt.

Die Skepsis gegenüber dem Mainstream und dem Establishment ist doch keine Erfindung von Spinnern der letzten Monate. Und sind wir nicht gerade zu freiem, kritischen Denken aufgerufen worden? Wo ist das jetzt?!? Wieso stellt keiner in diesen öffentlichen Kreisen Fragen? Ich bin reichlich verwirrt und komme mir deplatziert vor, zumal es sich um eine neu entwickelte Art von Impfstoff handelt. Bei der allgemeinen Übereinstimmung der Älteren fasse ich nicht den Mut, meine Skepsis frech in die Euphorie zu platzieren.

Mit klopfendem Herzen rase ich hoch zu Igor und überbringe ihm die Schreckensnachricht. Er nimmt mich in den Arm. In solchen Momenten überragt er mich um ein Vielfaches.

„Das ist doch klar, dass der Menschheit jetzt diese Prüfung gestellt wird. Wir sind uns doch einig, und in mir hast du wenigstens einen Freund, auf den du dich verlassen kannst. Wähle wohl, an welchen Orten du jetzt Energie vergibst, und wo du sie abziehen musst."

Damit ist viel gesagt, aber dennoch alles offen.

Für mich beginnt eine Welle der Angst, die sich schließlich in Panik steigert. Zwar habe ich Igor und, wie sich herausstellt, auch Daria und ein paar wenige andere an meiner Seite. Aber ich habe mich in ein Gefüge hineinbegeben, mir ein gesellschaftliches Leben aufgebaut, das immer fragwürdiger und wackeliger wird.

Gleich am nächsten Tag setzt Herr Wagner eine Dienstbesprechung an.

„Ja, Sie haben die frohe Kunde mit Sicherheit schon in den Medien mitbekommen. Da wir quasi hier an der Front stehen und uns gesundheitlicher Gefahr aussetzen, obliegt es uns, auf der Prioritätenliste ganz nach oben, nach den Vulnerablen und älteren Mitbürgern gesetzt zu werden." Dröhnender Applaus von Fäusten, die auf die Tische im Lehrerzimmer hämmern.

Wie selten sonst spüre ich, wie ich in den Raum kognitiver Dissonanz eingetreten bin, aus dem ich nicht so einfach hinauskomme. Mir ist nicht so einfach nach Aufstehen und Rausrennen, dazu habe ich zu viel gegeben, um hierher zu kommen. Schlagartig sehe ich die durchwachten Stunden von Vorbereitungszeit vor mir und davor die Berge von Karteikarten, die ich für Prüfungen auswendiggelernt habe. Und das soll mir jetzt zum Verhängnis werden?

Ein paar Tage später finde ich ein Papier in meinem Fach, das mich zu einer Priorisiertengruppe privilegiert, die bevorzugt geimpft werden kann. Plötzlich muss ich lachen: Ich bin nun so wichtig, wie ich nie hatte sein wollen. 'Treppenwitz der Geschichte' hatte mal eine Freundin zu solchen Phänomenen gesagt. Den Zettel bewahre ich einige Monate in meiner Mappe auf, trage ihn hin und her, bis er schließlich nichts mehr ist als ein Stück Papier, das ich ruhigen Gewissens aussortiere, weil ich keinen Gebrauch von ihm machen will.

Helena betritt die Bühne

Seit wir uns in Berlin gesehen und für die letzten Jahre wirklich ungewöhnlich viel Zeit miteinander verbracht haben, höre ich ein paar Wochen nichts mehr von ihr.

Ich weiß, sie hat nun Premierenstress. Spielzeiteröffnung und offenes Haus seit so vielen Monaten! Nun sollen auch die geprobten Stücke, die auf 'Eis' gelegen waren, vor dem Publikum zur Aufführung gebracht werden. Ich erhalte Nachrichten, die äußerst knappgehalten sind.

Dienstag: „Bin völlig eingerostet."

Donnerstag (Rundmail): „Erleben Sie das außergewöhnliche Schauspiel, Helena in drei Premieren zu sehen in nur vier Tagen hintereinander!"

Bei dieser Nachricht werde ich nicht schlau, ob sie diese aus Euphorie, wieder spielen zu können oder als Panikauffangprogramm geschrieben hat.

Sonntagvormittag (an mich): „Die ganze Nacht kaum geschlafen, Text fährt Karussell im Kopf, bringe die Sätze aus den verschiedenen Stücken durcheinander. Weiß nicht mehr genau, was wir geprobt haben. Sehr wenig Zeit zur Wiederaufnahme."

Montagabend: „Gute Durchlaufproben, sagt aber nichts. Das Damoklesschwert hängt tief, am Mittwoch ist die erste Vorstellung dran."

Mittwoch: Ein grinsendes Bild eines grünen Ungeheuers aus der Garderobe mit Textbeilage. „Geschminkt bin ich, aber für den Sekt hat es nicht gereicht, immer noch kein Geld angekommen. Vermieter nervt."

Der äußerst wackelige Boden, auf dem sie steht, scheint nachzugeben. Sie soll leisten und sich unter Beweis stellen, fast unmenschliche Forderungen werden an sie gestellt: Drei Premieren pro Woche, das ist einfach purer Wahnsinn. Die Soforthilfen sind wahrscheinlich immer noch nicht ausbezahlt, wahrscheinlich traut sie sich nicht, Jochen nochmal anzupumpen, der Vermieter wartet ihr im Hausflur auf und will die Miete haben. Das steht kein Mensch auf Dauer durch. Später erfahre ich, dass ihr Handy längst abgestellt worden ist, da sie die Rechnungen nicht begleichen konnte. Dabei muss sie doch für weitere Aufträge 'immer bereit' sein. Kontakt kann sie nach draußen über WLAN aufnehmen, und so kontaktiert sie ihre engsten Freunde.

„Soll ich dir Geld schicken?", schreibe ich ihr.

„Nein, lass mal, ich komme vor lauter Stress nicht dazu, es auszugeben. Smiley."

Dabei war sie es in den letzten Jahren gewesen, die mich zum Kaffee eingeladen hatte, als ich weniger als fast nichts hatte, auch ihre schönen Kleider teilte sie mit mir. Sie war wirklich der Mensch, den ich, wie Marlene Dietrich es mal so schön formulierte, auch nachts um vier anrufen kann.

Am Mittwoch höre ich von ihr nichts. Also denke ich: 'Wird schon gut gegangen sein. Sie ist wirklich eine fantastische Schauspielerin, und als ich noch mit ihr spielte, hatte sie ein Angebot nach dem anderen, mehr als sie annehmen konnte.'

Auch der Donnerstag verläuft gut. Als ich mich gegen Mitternacht nach ihr erkundige, schreibt sie sachlich: „'Ungeheuer' und 'Granddame' in trockenen Tüchern, Saal nicht voll (wahrscheinlich haben die Leute noch Angst), aber begeistertes Publikum und starker Applaus. Die Leute sind wieder theaterhungrig geworden."

Auf diese Nachricht hin bin ich erstmal beruhigt. Nun hat sie noch am Samstag die Wiederaufnahme vom 'Kirschgarten' zu spielen, und ich beneide sie insgeheim darum, weil ich auch so gern die Ranjewskaja gespielt hätte.

Umso überraschter bin ich, als mich in der Nacht vom Freitag zum Samstag um zwei Uhr in der Früh ein Handyklingeln aus dem Bett reißt. Noch nie in den letzten zehn Jahren hat mich jemand mitten in der Nacht angerufen. Am anderen Ende höre ich Geräusche, es hört sich wie das Japsen eines Hundes an. Ich rufe: „Hallo, wer ist da?" Wieder dieses Schnaufen und Schluchzen.

Langsam komme ich zu mir und weiß: Nur Helena kann das sein.

„Hey, ich bin's. Helena, sag doch was."

Schluchzen und ein Schrei.

„Helena?"

„Ich bitte dich, verzeih mir."

„Aber wofür denn?"

„Ich bin so ein Idiot. Sie werden mich morgen den 'Kirschgarten' nicht spielen lassen, denn sie denken, ich bin unzurechnungsfähig." Wieder bricht sie in tiefes Schluchzen aus. Ich sitze mittlerweile längst im Badezimmer auf dem Badewannenrand.

„Um Himmels Willen, was ist denn passiert? Du hattest doch heute keine Vorstellung ... Du solltest dich doch ausruhen!"

„Doch, doch. Heute war doch die Premiere, auf die es ankam."

„Verstehe ich nicht."

Wieder Schluchzen und tiefe Verzweiflung. Lautes Naseschnäuzen.

„In Berlin im Café habe ich dir doch erzählt, dass sie mich umbesetzt haben ..."

„Ich erinnere mich dunkel. Aber was ist denn heute passiert?"

„Also, du weißt doch, dass von Fatih Akin das Zwei-Monologe-Stück auf dem Plan stand. Da geht es um ein Paar im mittleren Alter. Sie ist deutlich jünger als er, sie sind über zehn Jahre zusammen. Er verliert seinen Job und treibt sich draußen rum ..."

„Ja, und?"

„Die Frauenrolle darin ist einfach großartig. Ihre Verliebtheit und wie sie seinen Kern immer weiterliebt, obwohl er kaum wiederzuerkennen ist. Er wird auch zu ihr fies, aber sie lässt sich nicht beirren. Gleichzeitig blüht ihre alte Leidenschaft für das Tanzen wieder auf. Also geht sie weiter als Ärztin arbeiten und auch wieder tanzen. Und gerade weil sie ihn liebt, entschwebt sie dann in die Freiheit. Weil da nichts mehr zu machen ist. Ich kann es auch nicht so genau erklären, aber es ist genau meine Rolle."

„Verstehe."

„Und dann hat diese Elisa mit den Klimperaugen meine Rolle bekommen, weil ich schon zu viel zu spielen habe. Die Dramaturgie meint, ich könne es kaum schaffen, diese drei Premieren zu stemmen, und deshalb geben sie Elisa die Rolle. Die hat sich mehrfach in der Kantine darüber ausgelassen über den, wie sie sagte, 'billigen Emanzenscheiß'. Also, was habe ich gemacht?"

„Mit ihr die Rolle geübt?"

„Bist du verrückt geworden, mit dem Püppchen? Die halte ich keine halbe Stunde in meiner Nähe aus!"

„Na, was hast du gemacht?"

Schweigen ... Nach einer längeren zögerlichen Pause: „Ich habe im Lockdown die Rolle von Amelia, so heißt die Figur, gelernt."

„Das ist doch prima."

„Ja, denkst du. Es kam natürlich so, wie es kommen musste. Ich konnte es mir nicht verkneifen, zur Premiere zu gehen. Saß im Parkett, dritte Reihe. Elisa stolperte mehr durch den Text als dass sie überhaupt in den Fluss, geschweige denn, ins Spielen kam. Und dann kam die wunderbare, verwundbare Stelle, als sie Farbe bekennt und den Entschluss fasst, erstmal nur noch zu tanzen. Du musst dir vorstellen, sie ist Ärztin, also ziemlich verkopft und hat nebenbei jahrelang den Haushalt geschmissen, und nun beschließt sie plötzlich, zur Priorität ihres Lebens das Tanzen zu machen. So schön! Das ist so ein mächtiges Sinnbild! Und vergiss bitte nicht, als sie im Theater und ich zuhause das probten, war Lockdown. Da wurde zumindest meine Lust zu tanzen ins Unermessliche gesteigert. Elisa sagte aber den Text auf, als hätte sie keinen Bezug zum Tanzen. An dieser wunderbaren Stelle bleibt Elisa hängen, völlig unfähig, wirklich. Die Souffleuse hilft ihr, flüstert. Aber Elisa hat ein Brett vor dem Kopf. Aus dem Kasten flüstert es lauter und lauter. Ich denke, ich sterbe. Die Souffleuse spricht außerdem Sächsisch. Mir ist, als würde dieses ganze Plädoyer für die Freiheit einfach verhackstückt. Nach etwa drei endlosen Minuten, in denen gar nichts auf der Bühne passiert, bin ich da hoch. Sie steht an der Rampe, auf der Bühne hatten sie einen Caféhaustisch mit einem Wiener Stuhl drapiert. Ich setze mich auf den Stuhl und mache genau dort weiter, wo sie aufgehört hat. Ich bin also der echte Text aus dem Off, die Scheinwerfer leuchten sie an, aber ich spreche. Ich merkte, wie sie sich versteift und dann zu zittern anfängt und schluchzend ab ist. Natürlich stehe ich auf und bewege mich ganz langsam und vorsichtig zur Rampe, während ich weiter im Text bleibe. Ich bin nicht mal aufgeregt, es ist so, als würde ich selbst zum Publikum sprechen, als wären das meine Worte. Etwa fünf Minuten haben sie mich weiterspielen lassen, dann machen sie abrupt das Licht aus und sagen über den Lautsprecher an, es hätte eine Störung gegeben und bitten die Zuschauer, nach Hause zu gehen. Dabei hätte ich es bewenden lassen sollen, aber ich trete an die Rampe und sage den Leuten, dass sie ruhig sitzenbleiben können. Ich habe doch immer meine kleine Taschenlampe mit."

„Und dann?"

„Dann halte ich die kleine Taschenlampe unter mein Kinn und spiele weiter. Bin nochmal hinter zum Tisch, habe mich auf die Tischplatte gesetzt und dann gestellt. Ich sehe wie die

Freiheitsstatue aus ...Plötzlich packen mich zwei Techniker von hinten und transportieren mich einfach ab. Ich wehre mich mit Zappeln. Gott sei Dank bin ich nicht so ausgeklinkt, dass ich jemanden geschlagen hätte. Sie tragen mich direkt in meine Garderobe und setzen mich ab. Ohne ein Wort. Im Nebenzimmer höre ich Elisa heulen. Die hätte doch einfach ihre Rolle richtig proben können, dann wäre sie auch nicht steckengeblieben. Oder sie hätte von Anfang an sagen können, dass das meine Rolle ist. Aber am Theater machen sowieso alle, was ihnen von oben vorgegeben wird. Es gibt nichts Devoteres als Theatermenschen, die sind wie dressierte Affen. Wie ich das hasse! Wer gegen die unausgesprochenen Regeln verstößt, wird ausgeschlossen. Auch die kleinen Fische reden dann nicht mehr mit dir. Aber auf der Bühne große Töne schwingen von Revolution und Gemeinschaft und Freiheit. Das sind genauso falsche Fuffziger wie die bigotten Kirchgänger! Keine Integrität! Oder wie mein Vater immer sagte: 'Keinen Arsch in der Hose.' Und dabei will ich nur spielen! Und gerade hier wollte ich diesen Freiheitsgedanken raus senden! Ich meine, wenn man mal so ein gutes Stück mit so viel Potenzial zu spielen bekommt, dann muss man seine Chance nutzen und etwas sagen! Und genau das habe ich versucht. Und das ging in die Hose."

„Und was hast du dann gemacht?"

„Da saß ich nun in der Garderobe und niemand, ich schwöre dir, niemand kam. Ich traute mich aber auch nicht aufzustehen und auf den Gang zu gehen, geschweige denn nach Hause. Plötzlich hatte ich vor Elisa Angst. Trotz ihres Mädchengesichts kann sie was total Aggressives haben.

Ich saß da ungefähr eine Stunde und schwitzte. Plötzlich bekam ich Durst. Nach ein paar Gläsern Leitungswasser vom Waschbecken, entdeckte ich eine Flasche Sekt unter dem Kostümständer. Ich schlich um sie herum und schließlich an sie heran und köpfte sie. Nicht mal von dem Knall kam jemand angelaufen. Also saß ich an meinem Schminktisch, schaute in den Spiegel und trank Sekt. Als ich schon drei Gläser intus hatte, wurde die Tür aufgerissen. Kunze stand in der Tür und brüllte mich an: 'Wegen Ihnen musste ich extra aus Karlsruhe anreisen! Was bilden Sie sich eigentlich ein? Und was soll der Sekt im Dienst? Wollen Sie nun spielen oder trinken?' Der siezte mich, obwohl wir längstens beim Du waren und sein Gesicht war puterrot. 'Sie gehen jetzt nach Hause und warten auf weitere Anweisungen! Dass das ein Nachspiel haben wird, brauche ich wohl nicht zu betonen.' Damit knallte er die Tür und ließ mich mit der halbausgetrunkenen Flasche Sekt sitzen. Ich hatte Angst, dass nun bald das Licht ausgeschaltet wird und sie mich im Theater einschließen. Am Ende bewege ich mich falsch und die Alarmanalage geht los. Also habe ich mich hinausgeschlichen. Der Pförtner würdigte mich keines Blickes."

„Das war's dann wohl."

„Ja, das war's dann wohl."

Sie klingt tonlos und fast ausgenüchtert. Ich weiß nicht, was ich ihr raten soll. Ich bin viel zu weit weg.

„Leg bitte nicht auf, sonst brennt mir die Sicherung durch."

„Nein, ich gehe wieder ins Bett und lege das Handy neben mein Kopfkissen, gut?"

„Ja ..., am liebsten wäre mir, du wärst hier."

„Ja, das wäre mir auch am liebsten."

Die ganze Nacht ist es im Telefonhörer still. In den frühen Morgenstunden dämmere ich langsam weg, und ich glaube, sie auch.

Home, sweet home

Kurz vor Weihnachten wird die Schule wieder geschlossen. Die Kinder freuen sich, weil sie nicht mehr mit Maske dasitzen müssen. Die Innenstädte sind gespenstisch und leer. Es wird reguliert, wie viele Menschen zusammen Weihnachten feiern dürfen, das wird davon abhängig gemacht, in welchem Verwandtschaftsverhältnis sie zueinander stehen.

Wer sich gegenseitig besuchen will, kann sich immerhin vorher testen lassen. Die Social Networks sind voll von absurden Erfindungen bei 'Verwandtschafts'-Besuchen.

Als das Schuljahr anfing, wollte Nathaniel, dass ich ihm Tinte und Feder für seine Schreibübungen bestellte. Er hat mittlerweile einen Zopf, trägt nur noch Hemden und ein Gilet darüber und setzt sich wie ein Graf an den Tisch, um sich selbst das Schreiben beizubringen. Er versucht, auf diese Weise auch seine Schulaufgaben zu erledigen, aber es dauert mit dieser antiken Technik lange, und das Papier ist so wenig saugfähig und dafür ungeeignet, dass das Blatt von großen auslaufenden Tintenflecken gezeichnet ist. Als er die zu erledigenden Blätter am Ende der Woche abgibt, erhält er die Nachricht seiner Lehrerin, dass es wichtig wäre, dass er die Aufgaben vollständig erledige und bitte mit Bleistift, wie das in der Jahrgangsstufe immer noch die Regel sei. Er stellt die Feder wieder in das Tintenfass und meint, er könne das nicht.

Seine Reaktion darauf ist: „Dann mache ich gar nichts mehr! Es macht so einfach keinen Spaß." Als ich ihn weiter zu den Schulaufgaben, die für diese Woche vorgesehen waren, bewegen will, verkriecht er sich in Davids Bett. Er zieht die Decke bis über seinen Kopf. Erst will ich ihn trösten, aber er verweigert sich komplett. Ich bekomme Herzrasen. Ich will, dass er wieder fröhlich ist und sich an mich schmiegt. Gleichzeitig spüre ich den Druck, der von der Schule ausgeht und sehe mich gezwungen, ihn zu veranlassen, seine Aufgaben zu machen. Igor sitzt am Computer und stöbert wahrscheinlich wieder durch Nachrichten. Jedenfalls kommt er ins Zimmer gestürmt und reißt mich von der Leiter des Hochbetts los: „Lass endlich die Kinder in Ruhe! Wenn sie nicht unterrichtet werden, brauchen sie auch nichts zu machen. Umso besser, dann bekommen sie wenigstens keine falschen Daten beigebracht!"

Meine Entgegnungen sind kleinlaut und diffus, es artet wieder in einer Schreierei aus, ich knalle die Tür.

Seitdem, und das ist bis heute so, schläft Nathaniel in

Davids Bett; wenn ich mit unangenehmen Aufgaben an ihn herantrete, flüchtet er sich zu Igor und setzt sich auf die Klavierbank.

Ich habe das Gefühl, ein Riss geht durch mein Herz. Ich weiß nicht, was ich machen soll.

Die Abende verbringe ich nach wie vor mit Igor. Ich will in seiner Gesellschaft sein, aber wir werden immer mehr wie ein Reißverschluss, der hakt. Ständig denke ich an die Kinder, an meinen Vater, an meine Schwester, an meine Freunde, an die sich heranrollende Impfkampagne. Sorgen drehen in meinem Kopf wie ein Karussell. Igor ist mit Feuer und Flamme dabei, immer wieder zu verkünden, dass wir jetzt in der Zeit leben, auf die er so lange gewartet hat: 'Jetzt wird die Welt eine andere! Jetzt wird aufgeräumt!' Während ich mich verkrümme, expandiert er – wenn auch nur vor seinem Bildschirm, in seinem Zimmer. Von seiner Euphorie werde ich überschüttet; sie steckt mich auch manchmal an wie eine kleine Flamme an einem Räucherstäbchen, die dann wieder erlischt. Mir wollen in dieser Zwangsjacke keine Flügel wachsen. Dass ich gefühlt mein jüngstes Kind verloren habe, trägt erheblich zu meiner düsteren Stimmung bei. Unsere Dissonanzen wirken sich auf die Beziehung aus: Er bleibt oft bis in die Morgenstunden wach, ohne dass er überhaupt merkt, wie die Zeit vergeht. Er hat früh keine Termine, es ist ohnehin alles geschlossen. Und in den Supermarkt geht er auch nicht mehr, weil er aufgrund seiner Neigung zu Asthma keine Maske trägt. Und auch im übertragenen Sinne trägt er keine Maske. Das liebe ich an ihm, aber das wird mir jetzt zum Verhängnis.

Jedenfalls komme ich nahezu jeden Abend zu ihm und setze mich in einen seiner beiden Sessel. Über die Schule können wir nicht reden. Die Erotik soll kommen oder eben nicht. In meiner Traurigkeit und dem sich ausbreitenden Stumpfsinn der Enge spüre ich sie kaum noch. Ich will wissen, wie es steht, wie lange es noch dauert, und er ist informiert.

'In-Formationen dienen dazu, Menschen in Form zu

bringen, hüte sich, wer kann, von wem und aus welchen Quellen er sich informieren lässt.'

So laufen unsere Abende mit vermehrter Häufigkeit ab:

Er redet auf mich ein, immer schneller ... und ich sage nichts, ich bin blockiert.

Mir gehen alle möglichen Gedanken durch den Kopf, aber es kommt nichts über meine Lippen. Wenn ich etwas sagen will, betrifft es etwas, das schon fünf Sätze vorher lag. Die Gedanken springen. Es sind Vorwürfe, die ich entkräften will, aber es gelingt mir nicht, ich komme nicht dazwischen. Wenn ich doch mal hineinpresche in seine Rede, dann werde ich nach spätestens drei Sätzen wieder korrigierend unterbrochen. Ich habe das Gefühl, da besteht kein Interesse zu hören, was ich sage.

Ich trinke Sekt und werde langsam vernebelt. Der Körper tut mir weh von der stundenlang zusammengekauerten Haltung. Warum stehe ich nicht auf und gehe in mein Bett? Weil ich will, dass es gut wird. Weil ich mit ihm ins Bett gehen will. Weil ich auch noch was zu sagen habe, ich spüre es genau, aber ich weiß nicht, was. Wenn ich jetzt aufstehe, müssen wir morgen wieder diskutieren, warum ich nicht dageblieben bin.

Ich bin todmüde und denke, dass es mein ureigenstes Verlangen ist, wochen-, monatelang zu schlafen. Ich könnte Dornröschen sein. Ich stelle mir vor, dass die Welt eine andere ist, wenn ich aufwache, eine ohne Eingesperrtsein, eine ohne Masken und Gefahr.

Es findet sich kein Punkt, keine Zäsur in diesem endlosen Redeband, in dem ich untergehe. Die Wassermassen der Worte schlagen über meinem Kopf zusammen, ich bekomme keine Luft mehr, nicht bei ihm, nicht bei den Kindern, nicht draußen in der Welt.

Von der Müdigkeit rutsche ich in die Verzweiflung. Wie komme ich hier wieder raus? Mir fällt das Bild des Gefangenen ein, der immer wieder den Tropfen auf den Kopf bekommt.

Langsam komme ich in Wut, in Zorn, manchmal deute ich was an, erst zaghaft, dann werde ich zickig, schnippisch. Igor weiß gar nicht, wie ihm geschieht.

In mir will es zerreißen, meine Nerven zerspringen von dem Gerede. Ich denke: Wenn ich jetzt zum Fenster rausspringe, wäre ich draußen.

Aber ich glaube, er würde weiterreden, von Trump, den Impfungen, den Tests, den Demos, den Schlafenden, den Aufgewachten und dem Klopapier. Es dreht sich alles in meinem Kopf, ich würde durch die Luft fliegen, vielleicht wie ein Vogel, wer weiß, aber er würde es nicht bemerken, er ist in seiner Rolle drin.

Ich werde immer kleiner und langsam wird es mir egal, wie lange ich noch hier sitze, vielleicht bis in die Morgenstunden, dann schlafe ich entweder in seinem oder meinem Bett oder auf dem Teppich, vielleicht drei oder zwei Stunden. Und dann fragt mich Nathaniel, ob ich wach bin, denn er will, dass einer da ist, und das bin dann ich.

Ich hasse mich, weil ich den Schwall über mich ergehen lasse. Ich hasse mich, weil ich nichts sage, nichts sagen kann, bin ein Fisch, der unter Wasser nach Luft schnappt, weiter nichts. Ich hasse mich, weil alles, was ich bin, sich nur noch zusammenkrümmt und verschließt.

Irgendwann finde ich die Tür und gehe in mein Bett. Wenn das Liebe sein soll, dann weiß ich auch nicht mehr weiter. Das ist der Moment, in dem ich verstumme, für jetzt, für Tage, für Jahre, wer weiß. In denen ich nur noch stumm was sagen kann, durch Berührungen oder Bilder oder meine Schrift, der geöffnete Mund bringt nichts mehr heraus, nicht mehr in diesem Haus, nicht mehr in dieser Zeit. Manchmal ist mir so, als würde er stumm schreien, dann sausen meine Ohren, ich höre aber nichts.

Eines Morgens, es sind die Fastnachtsferien ... Ich hatte mit Igor zusammen im Bett geschlafen, wie ich das gewöhnlich mache, wenn ich morgens ausschlafen kann. Ich stehe wie immer auf. Nathaniel hat mich vermutlich geweckt, denn die anderen schlafen noch. Wie immer gehe ich zuerst ins Bad, um dann zur Yogaübung überzugehen.

Mein Blick streift den Spiegel. Sieht nicht mein Gesicht heute anders aus? Ich gehe einen Schritt zurück: Mein Augen, die Wangen, das Kinn, der Hals sind aufgedunsen und von einer Art Schuppenschicht überzogen. Es fehlte nicht viel und ich hätte laut losgeschrien. Stattdessen bleibe ich wie angewurzelt stehen, mir treten die Tränen in die Augen. Das bin doch nicht ich! Ich sehe aus wie ein schlechtes Monsterexemplar aus der Hollywoodfabrik. Nathaniel nimmt mein Entsetzen wahr und schmiegt sich an mich, Nastassja wird früher wach als sonst, wie immer, wenn etwas nicht stimmt.

Auch sie nimmt mich in den Arm und fängt gleich an, sich mit den möglichen Ursachen zu beschäftigen: Sie tippt auf Erdnussallergie. Ich wiederum habe ein Petticoatkleid, das ich am Vorabend ungewaschen getragen hatte, im Verdacht.

Igor behandelt mich betont zurückgenommen, vorsichtig und achtsam. An diesem Tag fallen die Nachrichten mal aus, auch die Vorbereitungen und üblichen Verpflichtungen bleiben liegen. Wir unternehmen bei Eiseskälte und Sonnenschein einen Spaziergang. Normalerweise kann er sich ganz gut mit mir sehen lassen, heute aber nicht.

Mich verunsichert das, er aber steht da völlig drüber: „Ich habe dich doch nicht wegen deinem tollen Aussehen geheiratet, zumindest nicht in erster Linie."

Diese Bemerkung zaubert mir ein Lächeln über die Lippen und ich vermute darin sogar einen hohen Wahrheitswert. Er bringt mir auch nicht wie sonst Vorwürfe entgegen, aber er meint, ich hätte mich wohl in der letzten Zeit zu viel aufgeregt und verrückt gemacht. Das sagt er so, als wäre alles in bester Ordnung und ich hätte gar keinen Grund dazu. Ich rege mich aber nicht auf, eher denke ich darüber nach, wann dieser alienartige Zustand wieder aufhört. Und ich will zumindest eine Ahnung von dem Auslöser haben, damit ich in Zukunft vorbeugen kann.

Bei einem Arztbesuch stellt sich heraus, dass mein Körper

die Entgiftung durch Apfelessig, die Daria mir empfohlen hatte, nicht vertragen kann, weil er alles andere als üppig ausgestattet ist. Ich weiß aber auch, dass ich im anhaltenden Zustand von Ungewissheit und Gefahr immer nervöser geworden bin, ich mich von draußen und in der Familie an der Gurgel gepackt und an die Wand gedrückt fühle. Einen Ausweg sehe ich vorerst aber nicht. Alles, was ich tun kann, ist, die Haut mit einer Salbe ohne Alkoholanteil, da ich sonst allergisch auf sie reagiere, zu behandeln und viel zu trinken. Manchmal habe ich das Gefühl, wenn Menschen in bestimmten Lebenslagen nicht weiterwissen, sagen sie: „Viel trinken!"

Nach Tagen angespannter Nerven und juckendem Gesicht, schwillt es wieder ab. Ich denke manchmal an die Redewendung: Mir schwillt der Kamm. Aber der zieht sich wieder zusammen. Die Wut und Aufregung sucht sich dann einen anderen Ort, um weiter zu schwellen.

Ich darf raus

Gerade als die Ferien, die gefühlt auf eine Ewigkeit angelegt waren – und doch keine Ferien waren, denn wir sitzen hier fest – sich dem Ende neigen und das Gesicht aus welchen Gründen auch immer abschwillt, kommt die E-Mail-Nachricht, dass der Unterricht für die Abiturabschlussjahrgänge wieder stattfinden soll. Ich bin erleichtert, denn ich darf die Enklave verlassen. Ich fahre den Restwinter durchgehend mit dem Fahrrad. Im Lehrerzimmer sitzen die Kollegen und schieben sich Stäbchen in die Nase, immer im Doppelpack: Einer testet sich, und der andere schaut zu. Wie eine Partnerübung, ganz einvernehmlich. Das hat auch seinen Sinn, denn der Tester darf dem Getesteten ein Zertifikat ausstellen, mit dem der stolze Besitzer dann zum Friseur, zum Masseur, zur Kosmetikerin gehen kann und später dann auch in Kleider- und Schuhgeschäfte.

„Musst du nicht zum Friseur?"

„Ich gehe nie zum Friseur. Außerdem ..." Ich will noch sagen, dass ich nicht verstehen kann, warum ich plötzlich meine Gesundheit nachweisen soll. Ich sehe eine Gesellschaft vor mir, die für sämtliche Aktionen einen bestimmten Test verlangt: Einen Gesundheitstest, einen HIV-Test vor dem Sex, einen Bonitätstest vor einem mittleren Kauf, einen Ehrlichkeitstest vor sämtlichen Interaktionen. Wo kommen wir da hin? Wir verlieren das Vertrauen, wenn wir uns auf Tests verlassen.

Und warum wird nicht darüber diskutiert, einen allgemeinen Intelligenztest mit Erfassung menschlicher Werte für alle einzuführen, besonders in Führungspositionen?

Oder ist es doch besser, den Wert einen Menschen nicht an Messungen festzumachen? Und wie soll eine adäquate Messung aussehen?

Ich will meinen inneren Gedankenkreislauf im Ethikunterricht anschneiden, aber die Jugendlichen befinden sich maskiert auf der Zielgerade zum Abitur und sind nur schwer zu solchen Grundsatzdiskussionen zu bewegen. Ich sehe in vielen Stunden nur eine müde Masse von Schülern vor mir, die es gut findet, endlich wieder unter Menschen gehen zu können, von einer echten Person unterrichtet zu werden und nicht von einem Bildschirm. Sie verkraften viel, Hauptsache, sie können in die Schule gehen.

„Erst jetzt in den letzten Wochen habe ich gemerkt, wie wichtig die Schule für mich immer war." „Ich hätte nie gedacht, dass ich mal gern in die Schule gehen würde, aber jetzt werde ich richtig sentimental bei dem Gedanken, dass sie in ein paar Monaten vorbei sein soll. Das ist mein Gewinn aus dem Lockdown." „Lieber mit Maske und getestet hier sitzen, als nochmal nur eine Woche zuhause bleiben."

Was denn so schlimm zuhause gewesen sei, will ich wissen.

„Ich verstehe den Stoff nicht, wenn er mir über den Bildschirm vermittelt wird. Wenn ich länger als drei Stunden dasitze, kann ich mich nicht mehr konzentrieren."

„Pyjamaparty for ever. Man verkommt, wenn man nicht mehr unter Leute geht."

„Ich muss meine Freunde umarmen. Ich verliere das Gefühl für mich selbst, wenn ich nur mit ihnen chatte."

„Stundenlang gezockt, Nutella mit dem Löffel und Ravioli."

„Aber", will ich wissen, „seid ihr nicht spazieren gegangen?"

„Was is'n das?", grinst Luca. „Allein irgendwelche Pfade langlaufen, am besten noch im Regen? Auf die Idee komme ich nur einmal im Jahr."

Irgendwie kommen sie mir so ausgehungert vor nach einfachen Gesprächen und Aufmerksamkeit. Die Eltern im Homeoffice beschreiben sie als abwesend, gereizt, mit ihren Sorgen beschäftigt, oft hätte es Krach gegeben. Vom Injektionsthema wollten sie nichts hören, da wären schon die nächsten Verwandten zerstritten: „Wie kann man denn wegen einer Spritze plötzlich den Kontakt zu seinen besten Freunden abbrechen?!"

Für sie, damit meine ich fast alle, mit denen ich im Gespräch bin, kein Thema: Soll doch jeder machen, was er will, das schmälert doch seinen Wert als Mensch nicht. Diese Generation ist eine andere. Sie sind nicht gleichgültig – vielleicht nachlässig sich selbst gegenüber, aber großzügig, was die Entscheidungsfreiheit der anderen angeht, weniger politisch interessiert, eher an Freundschaften und Beziehungen.

Auch Jascha geht wieder in die Schule, das ist auch zuhause kein Thema. Ich glaube, erst war das Testen freiwillig. Schnell wurden Freunde und Bekannte ausfindig gemacht, die in sogenannten Testzentren einen gut bezahlten Nebenjob ergattert hatten. Von ihnen wurde sich dann pünktlich zum Friseurbesuch oder wofür man sonst so ein Ding noch brauchte, ein unterschriebener Zettel abgeholt oder man unterschrieb einfach selbst. Easy, ohne Diskussion. Warum ich nicht in die Situation einer solchen Vergünstigung kommen will, kann

Jascha nicht verstehen: „Mama, du musst jetzt schon üben. Vielleicht brauchst du bald so einen Zettel, um dir was zu essen zu kaufen. Warum nicht mitnehmen, was geht?"

Dass ich die Erlaubnis, wo ich hingehen kann oder nicht, nicht von so einem Zettel abhängig machen und auch nicht bescheißen will, darüber schüttelt er nur den Kopf, so, als müsste ich noch was dazulernen und als würde er mich, das unvernünftige Kind, beschützen müssen.

In seinen Augen bin ich fast so schlimm wie Igor.

Nur der sei schlimmer, denn der überlegt sich gar nicht, wie weit er mitgehen will oder nicht, er bleibt einfach auf seinem Standpunkt und verzichtet. Stattdessen erklärt er jedem, den er trifft, auf der Straße oder am Telefon (denn so groß ist sein Radius in der Selbstbeschränkung nicht) den Unsinn und die Giftigkeit der Tests. Er drückt den Leuten seine Recherchen in ihre zugeklebten Ohren. Es kann ungemütlich werden, mit ihm unterwegs zu sein. Nach zehn Sätzen, die auch in der Lautstärke anschwellen, beginnt das Blut an meinen Schläfen zu trommeln, und ich stelle mich etwas abseits.

Frühlingsausflug nach Berlin

Der Frühling liegt schon in der Luft. Lässig schiebe ich meinen kleinen Rollkoffer durch die fast leeren Zugabteile. Es ist meine erste Reise nach fast über einem Jahr. Ich suche mir einen Platz am Fenster. Eine lange Fahrt allein. Gut, zwar muss das Gesicht bedeckt sein, aber das ist zu verkraften. Wenn man sich tief in die Polster drückt, kann man sich dennoch unbemerkt Luftlöcher verschaffen. Da kaum jemand in diesen Zeiten durch die Gegend fährt, ist die Fahrkarte extrem günstig – historischer Tiefstwert zugunsten der Reisenden.

Mit der Exklusivität steigt der Komfort. Man hat mir sogar angeboten, in der ersten Klasse zu fahren, das lehne ich aber ab.

Ein Pfiff und los geht's. Ich habe kein schlechtes Gewissen, die

Familie mal ein paar Tage allein zu lassen. Vielleicht erholen sie sich ein bisschen von mir, weil die Hausaufgaben mal nicht erwähnt werden und ich mich mal zurücklehnen kann. Ich habe ihnen angeboten mitzukommen, Reiseziel ist immerhin Berlin, aber sie lehnen dankend ab: „Mami, wir wollen nicht stundenlang mit der Maske Zug fahren, da bekommen wir doch keine Luft!"

Klar, das hätte ich mir vorher denken können.

Igor steht weiterhin auf dem Standpunkt, er verreise erst wieder, „wenn das alles vorbei ist".

Die Häuser fliegen an mir vorbei und die Felder, langsam löse ich mich aus der Enge.

In Berlin am Bahnhof wird mich Hannah abholen, mit ihr habe ich das Abi gemacht, schon viele Partys durchgestanden, und wir sind zusammen in Ungarn gewesen, trampend mit dem Zelt, und zusammen gewohnt haben wir auch. Sie zählt zu meinem inneren Freundeskreis.

Und sie hat es nun geschafft: Sie ist Lektorin bei einem renommierten Verlag. Da wir beide so eingespannt sind, telefonieren wir etwa alle zwei Monate. Unsere Lebenswelten sind ziemlich verschieden: Sie ist mit einem bekannten Architekten verheiratet, aber sie hat keine Kinder. „Man muss eben wissen, was man will", so Hannah.

Nie hätte ich gedacht, dass es so weit mit uns kommen könnte: Dass sich unsere Freundschaft in eine Erfolgsgeschichte verwandelt. Vor zwei Jahren etwa, als die Welt noch in Ordnung war, erzählte ich ihr auf einem meiner Berlinbesuche von einer Idee für einen Roman. Ich sehe uns noch zusammen in der Sushibar sitzen: Sie mit Mangosaft und ich ohne Hintergedanken. Gelesen haben wir beide schon immer viel und wir unterhalten uns leidenschaftlich gern über Literatur und Bücher. Sie kennt einige Autoren, die ich verehre. In meinem Roman soll es um die Begegnung zwischen einem Neuköllner Mädchen und einem Flüchtling gehen. Während sie immer wieder ihrer alleinerziehenden Mutter, die Petticoatkleider näht und die Steuererklärung nicht versteht, helfen muss, hilft ihr dann der schöne Syrer, dem sie wiederum helfen soll, Deutsch zu lernen. Auf den ersten Blick geht es um Hilfe, wie sie gegeben und angenommen wird oder eben nicht. Aber es geht auch um das Verständnis von Geschlecht, Liebe, Beziehung und Elternschaft.

Ich erzähle meine Idee, vielleicht auch ein bisschen leidenschaftlich, weil die Geschichte einen realen Anker hat, da manches davon meiner Freundin Kathrin und ihrer etwas aus der Art schlagenden Tochter Amy passiert ist. Ich will nur den Plot mit Hannah teilen.

Ihre Augen blitzen auf: „Die Story ist phänomenal! Ich nehme dich hier und jetzt unter Vertrag!"

Ich glaube, ich höre nicht recht! Ich habe doch den Plot nur im Kopf und will mal mit jemandem drüber reden! Ich bin ein Nichts am literarischen Sternenhimmel! Ohne Agentur und noch keine Zeile geschrieben und nichts vorzuweisen, außer in der Schule ein paar richtig guten Aufsätzen (die Hannah noch kennt, weil wir konkurrierten und ich immer ein bisschen besser abschnitt), Gedichten und kleineren Geschichten.

Mein Schweigen und noch mehr meine aufgerissenen Augen verblüffen sie: „Du musst jetzt ʻja!ʻ sagen! Ich richte alles für dich ein. Die Geschichte wird groß und der Renner!"

Ich zupfe an meinem Kleid, als gäbe es da was zu richten und mache eine Geste, mit der ich fast den Mangosaft umstoße. Es kommt mir kein Wort über die Lippen, außer: „Aber ...", von dem ich nicht weiß, wie ich das fortsetzen soll, geschweige denn, was ich damit sagen will.

„Nichts aber! ʻJa!ʻ sagst du und nochmals: ʻja!ʻ"

„Ja."

„Na also, das wolltest du doch immer: Deine eigenen Bücher schreiben."

Ich nicke verlegen und voller Dankbarkeit. Sie erklärt mir, wie das nun weitergeht. Verlage müssen gut planen, deshalb legen wir ein fiktives Abgabedatum fest (genau im Frühling in zwei Jahren), ein Abriss des Inhalts steht fest. Natürlich kann der nach Absprache noch modifiziert werden. Sie will mich coachen, den Schreibfortschritt erfragen und mich stilistisch beraten. Nach der Deadline sei noch eine Korrekturphase von einem Jahr einberechnet, aber der Abgabetermin müsse eingehalten werden. Das sei der Deal.

Ich sehe die Vögel fliegen. Die Schreiberei war wie eine Bergtour gewesen. Am Anfang flogen mir die Ideen nur so zu, aber dann neben Homeschooling, Unterricht, Verwirrung über die Umstände und mit dem drängenden Abgabetermin wuchs die Angst, dass mir die Story aus dem Ruder läuft. Aber ich hatte es geschafft. Nicht nur, dass ich eine Word-Datei abschicken konnte, sondern ich habe für Hannah auch vierhundert Seiten ausgedruckt, weil ich weiß, dass sie lieber analog liest als am Bildschirm. Summa summarum bin ich verwundert, es doch noch rechtzeitig geschafft zu haben und stolz wie eine Königin. Die Reise, mal ohne Familie und so frei wie ein Vogel, habe ich mir redlich verdient.

Ich muss wohl eingenickt sein, denn mich rüttelt jemand ziemlich unsanft am Arm: „Noch zugestiegen?" Der Schaffner akzeptiert mein Kopfschütteln, muss aber noch nachlegen: „Maske richtig anlegen!" Ich kann mir gerade noch den Militärgruß „Aye, aye, Sir!" verkneifen. Das ganze Gebaren kleiner Beamter wäre Stoff für ein neues Buch.

Auch auf Hannah bin ich gespannt, wie sie mit der ganzen Sache umgeht. Darüber haben wir uns nicht unterhalten, nur über den Inhalt des geplanten Buches.

Unglaublich schnell ist die Zeit vergangen und in Nullkommanichts rolle ich im Berliner Hauptbahnhof ein. Wie oft bin ich hier angekommen, in meiner Stadt, in der ich dreizehn Jahre zuhause war und in der mein Koffer noch steht.
Ich sehe den grünen, mit Leuchtröhren erhellten Tunnel und die runden Fahrstuhlschächte. Großstadt eben. Gewimmel auf dem Bahnsteig. In dem Getümmel sehe ich Hannah stehen, sie hat ein orangefarbenes Kleid an und sticht aus der grauen Masse heraus.

Ihre schlanke Gestalt kämpft sich zu mir durch, sie hebt ihren Arm und winkt über die Köpfe der Leute hinweg. Endlich stehen wir voreinander! Ich will sie wie immer umarmen, aber sie weicht zurück und streckt mir förmlich die Hand entgegen. Komisch, denke ich, wir haben uns immer umarmt und sogar in Ungarn zusammen im Zweimannzelt geschlafen. Will sie die Form wahren, weil wir nun in einem Arbeitsverhältnis zueinanderstehen, oder was soll das?

„Hallo, schön, dass du da bist. Maske musst du aber hier im Bahnhof auch tragen."

Ich bin so perplex, dass ich gehorche.

Wir gehen zur Sushibar, genau dorthin, wo wir uns den Handschlag für das Buch gegeben haben. Sie trinkt wieder Mangosaft. Am Tisch können wir das Gesicht freilegen, ich sehe etwas Hartes um ihrem Mund, das mir vorher nicht aufgefallen ist.

Immer wieder setzt das Gespräch an und bricht ab.

Dass ich ihr den Roman sogar ausgedruckt habe, beeindruckt sie wenig. Sie wirkt die ganze Zeit, als sei sie mit den Gedanken woanders.

„Bist du protektiert?", will sie nach etwa einer Dreiviertelstunde sprunghaftem Sätze-Zickzack wissen. Ah, da läuft der Hase lang. Ich schaue auf meinen Teller und schüttle kaum sichtbar den Kopf.

„Dann wirst du den Verlag nicht betreten dürfen", rückt sie ganz unverblümt heraus.

„Aber wieso denn?"

„Weil wir aufgrund des hohen Publikumsverkehrs, der Autoren, die von weit her anreisen, besondere Sicherheitsvorkehrungen getroffen haben."

Ich bin sprachlos.

„Warum hast du es nicht mit dir machen lassen?"

Ich ringe danach, in Worte zu fassen, was ich denke und wovon ich überzeugt bin.

„Hannah, diese Impfung wurde innerhalb von einem Jahr

und ein paar Monaten entwickelt! Für eine solche Sache braucht man normalerweise acht Jahre. Und warum wurde nicht ein Medikament erfunden ...“

„Ach, von der Fraktion bist du: Ich bin klug, weil ich erstmal alles hinterfrage. Mensch, wacht doch mal auf! Erst, wenn alle geschützt sind, können wir wieder frei leben! Weißt du, dass der Verlag fast pleitegegangen ist? Wir konnten das Angebot kaum aufrechterhalten. Wir haben zwar im Homeoffice gearbeitet, aber gewisse Absprachen zwischen Verlag und Autoren können nun mal nur stattfinden, wenn man sich trifft. Die Telefonate, E-Mail-Kommunikationen und Onlinetreffen wurden immer zäher. Und gerade von jemandem, der ein Kulturmensch sein will wie du, erwarte ich ein bisschen mehr Vernunft, ein bisschen mehr Sinn für uns alle.“

Wir sind schon draußen auf der Straße. Ich sage noch: „Ich schicke dir ein paar Artikel, dann kannst du mich vielleicht verstehen.“ Sie nickt zwar, winkt aber mit der rechten Hand ab.

Ich begleite sie nun zum Verlagsgebäude. Mal sehen, was passiert. Vor der Tür bleibt sie unvermittelt stehen und sieht mich direkt an: „Schade, einfach nur schade.“

Es hat zu regnen begonnen, ich hole das Manuskript aus der Tasche. Sie nimmt es unter den Arm wie ein praktisches DHL-Paket voller Haushaltsgegenstände, etwas Pragmatisches, und fischt in ihrer Tasche nach der Einlasskarte.

„Tja, und mit nach Hause kann ich dich auch nicht nehmen, Karsten würde total ausflippen. Der muss sich doch um seine alte Mutter kümmern.“

Als die Tür, hinter der sie mit meinem Manuskript verschwunden war, zufällt, stehe ich sprichwörtlich im Regen. Ich bin davon ausgegangen, dass ich bei ihr übernachten kann. Da habe ich mich wohl getäuscht. Die Rückfahrkarte ist erst in drei Tagen gültig.

Ich komme bei einer Freundin unter, die ich schon lange nicht mehr gesehen habe und die ein Kind bekommen hat.

Auf meinen Streifzügen durch die alte Heimat, klingelt

schon am nächsten Tag das Handy.

Hannah ist dran: „Also, dein Roman ist ja gut und schön und du hast das Thema soweit eingehalten, aber irgendwie fehlt mir der rote Faden."

Ich würge: „Was heißt das denn, der rote Faden?"

„Du musst stringenter erzählen, ohne Seitenschleifen, detaillierter und mit mehr Beispielen, mit denen der Leser und die Leserin wirklich was anfangen können."

Das behauptet sie auch bei Kapiteln, die ich ihr schon zugeschickt und die sie abgesegnet hatte, sogar bei solchen, die ihre Begeisterung gefunden hatten.

Ist das Hannah? Sie legt schnell auf, ist in Eile.

Gespräche führen wir nach diesem Berlintrip Dutzende. Ich schreibe um, ich schreibe neu, ich schreibe dazu, ich kürze. Aufgeben will ich nicht, ich habe zu lange daran geschrieben. Außerdem ist das meine Chance, ich habe keine Agentur.

Als roter Faden zieht sich durch, dass sie behauptet, ihr fehle der rote Faden, und irgendwann komme ich mir selbst vor wie im Labyrinth.

Auf ihre Bitte hin schicke ich ihr einige wohl ausgewählte Statements von angesehenen Forschern. Ähnlich wie die Medien kommentiert sie diese herabwürdigend und stuft sie als 'nicht glaubwürdig' ein. Da weiß ich, wohin der Hase läuft.

Unsere Kommunikation gestaltet sich über Monate schwierig bis zäh. Sie stellt mich als naiv und ein bisschen abgedreht hin, sieht sich die Geschichte, aus welchen Gründen auch immer, nicht genauer an. Das kann ich kaum nachvollziehen. Sie hatte studiert, deshalb könnte man meinen, sie sei intelligent. Ihr Fach war Literatur, Kultur im weiteren Sinne; das lädt doch zu kritischem Denken ein, oder irre ich mich da?

Maya

Während der ganzen Wochen zuhause besuchen uns oft Kinder aus der Umgebung, denn sie wissen, dass sie hier gleichaltrige Gesellschaft finden. Manchmal sind nicht nur vier, sondern fünf, sechs Kinder hier. Sie tollen im Garten herum.

So auch Maya. Sie wohnt mit ihrem Vater in einem Schrebergarten in einem kleinen Häuschen.

Eine Zeitlang klingelte sie jeden Tag pünktlich um halb drei bei uns. Ihr Vater ist zuhause, da er als Elektriker nicht im Homeoffice Steckdosen legen kann. So kümmert er sich ordentlich darum, dass Maya ihre Aufgaben gut erledigt.

Vor der seltsamen Zeit habe ich ihn schon oft früh auf den Beinen gesehen, immer in einem grauen Arbeitsanzug mit den großen Taschen an den Hosen, wo der Zollstock drinsteckte. Nun ist er auf Kurzarbeit gesetzt.

Eines Tages bauen Maya und Nastassja ein Baumhaus. Ich beobachte sie vom Fenster aus. Nach einer Weile stagniert das Spiel. Dann sehe ich, wie Nastassja auf Maya eindringlich einredet.

Später erzählt mir Nastassja, Maya hätte ihr gesagt, dass ihr Papa sich vor dem neuen Virus mit der Spritze schützen müsse, weil er sonst die Arbeit verliere.

„Da habe ich gesagt: 'Besser verliert er die Arbeit, als dass er dadurch stirbt.'" Maya diskutierte mit ihr, wie wichtig die Arbeit für ihren Papa sei, es wäre jetzt schon schwer für ihn. Er würde jetzt im Garten Kräuter und Gemüse anpflanzen und Bienen züchten, damit er was zu tun habe, aber auch, damit sie ausreichend zu essen hätten.

Ein paar Tage später ruft Dan bei uns an. Er will mal einen Kaffee trinken kommen. Das kann viel bedeuten. Will er mal über seine Situation reden oder uns wegen Nastassjas Einspruch zur Rede stellen?

Igor zeigt ihm auf seine Nachfrage hin sämtliche Ergebnisse von internationalen Forschern, die er über diese

Sache gesammelt hat. Dan dreht sich eine Zigarette nach der anderen, er ist lange bei uns und sagt wenig dazu. Aber spritzen lässt er sich nicht.

Von weiteren Pflichten

Die ominöse E-Mail von Herrn Wagner beginnt mit der von ihm viel benutzten Einleitung: „Es ist mal wieder Freitag 17h, Neuigkeiten von oben." Ich grinse, denn auch er beweist einen gesunden Abstand zum Geschehen. Dabei agiert er nicht von oben herab wie solche, die sich viel klüger halten als ihr Umfeld. Nein, er ist mittendrin, aber er bewahrt sich die Freiheit zu kommentieren und zu noch viel mehr, wie sich später herausstellen sollte.

Als ich den Inhalt wahrnehme, wird mir tatsächlich übel. In dem von ihm weitergeleiteten Schreiben vom Ministerium wird allen Lehrern mitgeteilt, dass der Zugang zur Schule, Besuchern und uns, nur noch in getestetem Zustand erlaubt ist. Nun weiß ich nicht mehr aus noch ein.

Erstens: Wie weit kann ich meine Integrität strapazieren? Ist nicht hier der Punkt, die Hand zu heben und „Stopp!!!" zu rufen? Aber was würde das bringen? Ich würde ohne Abmahnung einfach gekündigt werden. Auch später, wenn der Wahnsinn auffliegt, wäre ich draußen. Denn die, die sie rausschmeißen, bleiben sitzen, oder es kommt ein radikaler Wechsel, bei dem dann auf solche Rebellen wie mich gezielt zurückgegriffen wird. Eine Gewähr dafür gibt es aber nicht. Die Konsequenz wäre, dass ich vier Jahre mit vier Kindern ein Studium nachgeholt und dieses Referendariat durchgestanden habe, dessen 'Kompetenzen' ich zwar schon in Berlin erworben hatte, mit denen ich nun auch in Saarbrücken das machen kann, was ich in Berlin schon gemacht habe. Klingt verschraubt, nicht wahr, ist aber in Deutschland so: Wenn ein Lehrer ein Bundesland wechselt, kann es passieren, dass er das gesamte Studium nachholen muss. Besonders, wenn er das Fach voll und nicht halb wie die anderen Lehrer studiert hat. Ein Lehrer erwirbt im Studium die Qualifikation für zwei Fächer in der gleichen Zeit wie ein Voll-Künstler, oder was auch immer, nur der hat das eine Fach die ganze Zeit studiert, also hat der Lehrer das Fach im Vergleich mit dem Vollprofi nur halb studiert. Und da ich schon Volltheologie studiert hatte, holte ich nun die halbe Theologie mit der halben Germanistik nach, um aus zwei halben Fächern einen ganzen Lehrer, wie alle anderen, gemacht zu haben. Ist doch logisch, oder? Fünfeinhalb Jahre Existenzminimum, durchwachte Nächte und was noch nicht alles, um jetzt mit einem 'Nein' den Reset zu drücken, klingt doch verlockend, oder?

Ich habe es nachgeholt, obwohl Igor, bei dem Lehrer auf der roten Systemliste stehen, mir viel Gegenwind entgegengebracht hat. Jede Woche Streit deshalb. Und meine Beharrlichkeit wäre nun nur durch ein einziges Wort zu vernichten! Ich habe es in der Hand. Wenn ich ehrlich bin und sagen würde: „Ich lasse mich aber nicht testen, weil ich keinen Sinn darin sehe, weil ich es falsch finde", dann wäre nicht nur die Anstrengung umsonst gewesen, ich würde mir und der Familie finanziell gesehen auch den Boden unter den Füßen wegreißen.

Mach die Leute erstmal klein, erniedrige sie, und sie werden dir gefügig.

So stelle ich mir auch die Gewissensfrage bei den Ärzten vor: Nächtelang durchlernen, Rund-um-die-Uhr-Dienste – und mit einem kleinen 'Nein' bricht das ganze Kartenhaus zusammen. Und das soll keine Ausrede, Entschuldigung oder Rechtfertigung sein.

Es gibt immer einen Trick 17, sagte mir später ein guter Freund, aber den sehe ich in der Situation nicht. Mir schnürt es einfach nur die Kehle zu.

Zweitens: Mit Igor kann ich, denke ich, darüber auch nicht sprechen. Was er mit hoher Wahrscheinlichkeit sagen wird, ist mir klar. Das will ich aber nicht hören.

Drittens: Gibt es nicht jemanden, der mir eine

Testbefreiung schreibt? Wegen meines Aliengesichts vor ein paar Wochen? Ich kenne keinen und will auch niemanden in Verlegenheit bringen.

Viertens: Es ist mir gleich klar: Unter den Umständen würden wir die Kinder nicht mehr in die Schule bringen. Die Testpflicht darf offiziell verweigert werden. Da sind wir uns einig, ohne drüber zu reden, das müssen weder sie noch wir mitspielen. Entweder bekommen sie nämlich das giftige Stäbchen in die Nase geschoben, oder wir müssen sie täglich in ein Testzentrum bringen, wo ihr Speichel überprüft wird. 'Vernünftige' Erwachsene finden nichts dabei, aber die Kinder finden das abartig und weigern sich, in die Schale zu spucken. Der Kleine weinte sogar, als ich das einmal von ihm forderte; er ekelte sich davor. Und diese Repressalien auf sich zu nehmen, dazu gibt es ein klares Nein! Die Kinder müssen dann wieder ins Homeschooling. Da weiß ich schon, was dann kommt: Es gibt ein Gezerre wegen der Schulaufgaben ... und ich bin draußen.

Ich tigere nervös in der Wohnung rum.

Am Samstag drückt mich der Unmut noch windig herum, am Sonntag ist es dann soweit. Irgendein lapidarer Zwischenfall, eine Randbemerkung beim Frühstück, die nichts mit der Sache zu tun hat, löst einen Tsunami von heftigen Gegenworten aus. Und ich habe wirklich vergessen, worum es ging. Ich knalle Igors Tür zu. Er kommt mir in die Küche nach. Schlagabtausch, jetzt knallt er die Küchentür. Ich sitze am Kopfende des Tisches und zittere, ich kann nicht mehr.

Ich sehe ihn noch wie heute, den langen, mit dem Frühstück noch beladenen Tisch. Ich stehe am Kopfende, hebe den Tisch an und stoße ihn an die Wand in der Ecke. Sämtliche Sachen, halbvolle Tassen, Frühstücksteller, Eierschalen, eine Schale mit Tomaten und Vinaigrette, Marmelade liegen auf dem Boden in der Küche, es klebt und ölt und schmiert. Ich schreie — das ändert die Situation aber auch nicht. Als ich eine Stunde gewischt habe und nur ein kleines Stück vorangekommen war, nimmt Igor mich in den Arm. Diesmal sagt er nichts, und er weiß es auch nicht besser, dann putzt er einfach mit.

Am nächsten Morgen gehe ich in die Schule. Wir werden am Eingang nicht kontrolliert. Die Lehrer sollen sich paarweise zusammenfinden und sich gegenseitig testen. Ich kann diese Dienstanweisung ignorieren. Aber ich weiß, ich muss irgendetwas tun. Ich muss mit Herrn Wagner sprechen. In den ganzen Unterrichtsstunden pochen meine Schläfen, und ich habe einen Kloß im Hals. Als die letzte Stunde vorbei ist, könnte ich so tun, als sei nichts und gehe einfach nach Hause. Ich hätte keine Ruhe gefunden.

Also klopfe ich an. Nach dem „Ja, bitte?", trete ich ein. Ich weiß gar nicht, was ich sagen soll, warum ich gekommen bin. „Setzen Sie sich doch bitte!"

Unschlüssig lasse ich mich am äußersten Stuhlrand nieder.

Herr Wagner sitzt geschützt hinter seinem massiven Schreibtisch, lächelt und schaut mich aufmerksam an. Besuch ist ihm immer willkommen.

Nun kann ich die Stille nicht ins Unermessliche ausdehnen. Jedes Ende ist möglich. Die Wahrscheinlichkeit schätze ich so ein, dass ich auf Granit stoße. Mein genaues Anliegen, sich nämlich nicht testen lassen zu müssen, kenne ich zwar, kann es aber unmöglich direkt aussprechen.

„Warum ich gekommen bin ... ich finde es bedenklich, dass jeder sich nun testen lassen muss, auch wenn gesundheitlich kein Grund vorliegt ... Ich habe mir mal die Packungsbeilage durchgelesen. Da steht bei den Nebenwirkungen 'allergische Reaktionen'. Ich hatte vor ein paar Wochen doch diesen Gesichtsausschlag ..."

Er sieht mich an, er lächelt. „Denken Sie, ich fange noch an, meine Lehrer zu kontrollieren? Tun Sie das, was Sie für richtig halten!" Dabei nickt er. „Wir wissen auch nicht, wohin die Reise geht. Erst später können wir sagen, wie richtig zu handeln gewesen wäre."

Ich suche mir keinen Testpartner und werde auch von

keinem darauf angesprochen.

Ein paar Monate später, als ein Testzentrum, das Speichelproben nimmt, bei denen ich keine physischen Bedenken habe, nur die der Überprüfbarkeit, bei uns um die Ecke öffnet, lasse ich mich dort testen – aus Loyalität gegenüber Wagner, weil er mir Verantwortung und Freiheit zugestanden hat. Und ich will ihn schützen, falls sie auf die Idee kommen, ihn zu überprüfen. Und weil ich mich von ihm respektiert fühle.

Kommunikation quer durch den Erdball

In schweren Zeiten ist es wichtig, gute Freunde zu haben. Paradoxerweise sind es oft die, an die man nicht gleich denkt.

Isabella lernte ich an der Schauspielschule kennen. Unsere Geschichte hat viele Episoden wie ein Roadmovie. Überhaupt passen wir zusammen wie schwarze Katze und weißer Kater oder so. Sie ist etwas größer und älter als ich, eine blonde Schönheit und – konträr zum Klischee äußerer Beschreibung – sehr intelligent. So kam sie erst nach einem vollständig abgeschlossenen Jurastudium an die Theaterakademie.

Ich weiß nicht mehr, wie es zwischen uns angefangen hat, aber unsere Geschichte war immer die, dass ich gern mit ihr enger befreundet sein wollte, sie aber keinen Platz dafür hatte, weil sie schon zu viele Freunde hatte.

Jedenfalls tauchte sie dann mit Don in Berlin auf, einem früheren Freund, mit dem sie nach Australien gehen wollte, für immer. Sie musste sich hier ein Visum besorgen. Ich weiß noch, Don lachte sehr viel; ich hatte meinen schreienden zweiten Sohn an der Brust, und wir aßen zusammen mit Igor Falafel.

Erst als ich Berlin den Rücken gekehrt, meinen Koffer aber dort stehen gelassen hatte und ganz am westlichen Rand kurz vor Frankreich wohnte oder vielleicht mich versteckt hielt, vor was weiß ich, wahrscheinlich der bösen Welt, nahm unser Kontakt Fahrt auf. Wir waren nämlich beide in der Diaspora gelandet. In Australien sah es mit Theater und

138

Auftrittsangeboten nicht so rosig aus. Sie hatte ein wunderschönes Mädchen geboren. Don hatte einen guten Job und deshalb konnte er nicht so einfach in die Schweiz zurück, und das wollte er auch nicht. Sie war etwa so verloren wie ich: Tausende Bewerbungen hatte sie branchenübergreifend an alle möglichen Arbeitgeber geschrieben, und es dauerte Jahre, bis sie einen Job fand – und mit Theater hatte der nichts zu tun.

Aber wir trugen uns; und uns verbanden sowohl das uns beiden vertraute Gefühl, uns in der Fremde zu befinden, als auch vor allem die künstlerische Sehnsucht, die wir beide teilten. Jahrelang las sie alle meine Texte und beriet mich. Ohne sie wäre ich vielleicht nie in das selbstverständliche Schreiben gekommen.

Auch ihr kamen die neuen Zeiten schräg, unheimlich, gespenstisch vor. Sie fragte mich nach Sichtweisen und Daten, wollte aber die Informationen ganz genau auf Stichhaltigkeit und Glaubwürdigkeit überprüft haben. Ich sah den großen Zusammenhang, verknüpfte aufgenommene Daten und fühlte in mich hinein. Sie recherchierte wiederum nächtelang.

Ich dachte, bei uns wäre es schlimm und unerträglich, aber die Situation in Australien war mehr als heikel. Die Menschen waren in einem monatelangen Dauerlockdown gefangen. Das Paradoxe war, dass Isabella bis auf ganz wenige Menschen, u.a. ihren Mann Don, der bis heute nicht geimpft ist und das von Anfang an so kommuniziert hat, kaum jemanden gefunden hat, der nicht einfach fraglos und unkritisch das von der Regierung vorgegebene Narrativ übernommen hat. Durch sie war ich sensibilisiert für Nachrichten aus Australien.

Interessanterweise arbeitet sie nun befristet bei einem Verein, der dem Gesundheitsamt unterstellt ist und sich darum kümmert, dass Menschen, die aufgrund der Pandemie Job, Einkommen verloren oder sonstige Nachteile erlitten haben, schnell und mit Unterstützung an Hilfen rankommen. Paradoxerweise wird gerade diese Stelle ihr später zum Verhängnis.

Ich frage mich die ganze Zeit, warum sie nicht ihr Kind und ihren Mann schnappt und in die Schweiz zurückkehrt. Ihre Eltern sind alt, sie hätten eine Bleibe und eine Aufgabe und diese Ausgrenzungssituation nur noch in abgemilderter Schärfe. Was sie allerdings von unseren Schweizer Freunden und Theaterleuten berichtet, klingt nicht gerade vielversprechend, auch sie sind in den Grundtenor der Anpassung nahezu ohne Ausnahme eingefallen.

In größeren Abständen chatten wir, dabei müssen wir immer die Zeitumstellung beachten, das ist lustig – bei ihr schon spät am Abend, bei mir zum Frühstück.

Eines Tages klingelt sie bei mir an und fragt mich atemlos, ob ich in einem Theaterstück spielen würde, dass sie jetzt inszenieren wolle. Sie müsse jetzt was machen, sonst würde sie verrückt. Außergewöhnliche Ideen hatte sie schon, seit ich sie kannte, aber auf so etwas wäre ich nie gekommen. Hat sie im Lotto gewonnen und will mich nun nach Australien einladen? Und selbst wenn, ich hätte unter den geltenden Verordnungen keine Genehmigung zum Einreisen bekommen.

Ich lache und sie auch. Dann wird es erstmal stumm in der Leitung. Liebend gern hätte ich wieder mit ihr geprobt; fast alles, was wir zusammen gemacht haben, wurde ein Erfolg.

„Also", fängt sie an „du kennst doch 'Die jüdische Frau' von Brecht." Und ob ich sie kenne, ich hatte sie schon einmal zum Vorsprechen vorbereitet. „Also" (in der Schweiz ist 'also' ein beliebtes Einstiegswort, besonders, wenn man eine gute Idee hat und der Fall etwas komplizierter ist) „die Frau kann nirgends mehr hin, sie wird überall ausgeschlossen, weil sie Jüdin ist. Versteh mich bitte nicht falsch, ich will, was damals passiert ist, nicht in einen falschen Kontext setzen. Sie wird ausgegrenzt, weil sie diese Herkunft hat, und sie will jetzt Berlin verlassen, damit sie ihren Mann, einen Arzt, nicht kompromittiert, denn wegen ihr erhält er keine Einladungen mehr und ist ausgeschlossen. Besonders in den Telefonaten, die sie vor ihrer Abreise führt, kommt gut rüber, dass sogenannte Freunde sich gegen sie stellen. Sie sind zwar freundlich, aber keiner kann und will ihr helfen und mit ihr zu tun haben, weil er sonst seine gesellschaftliche Stellung verlieren würde. Sie sind alle so feige, das kommt da richtig gut zum Ausdruck. Sie treten nicht auf, man hört das nur an den Reaktionen der jüdischen Frau. Sie geht, weil sie nicht mehr dazugehört; das wurde so über ihren Kopf hinweg beschlossen. Wegen irgendeiner Eigenschaft – bei ihr ist es besonders fies, weil sie einfach nichts daran ändern kann, dass sie jüdisch geboren wurde – wird nun sie rausgekickt. Damals konnten sie das Land verlassen und, wie es viele Künstler getan haben, nach Amerika fliehen oder in die Schweiz, die aber auch in der Judenfrage eine ganz miese Rolle gespielt hat, und heute ist die Ausgrenzung wegen einer bestimmten Ansicht allgegenwärtig. Die Situationen sind verschieden, aber weißt du, was die Gemeinsamkeit ist? Die ganz normalen Menschen, die merken, dass etwas nicht stimmt, aber sie laufen einfach zu ihrem eigenen Vorteil mit. Sie schließen ihre Freundin aus, um selbst nicht ins Abseits zu geraten.“

Die Idee begeistert mich sofort, zumal ich schon immer diese Rolle spielen will. Ich habe als Kind aufgrund meines südländischen Äußeren seltsame Ausgrenzungserfahrungen gemacht, und mich beschäftigt das Thema schon immer, zumal meine Großmutter diesen jüdischen Familiennamen hatte, den sie aufgrund der Heirat abgeben musste.

Natürlich fragen wir uns immer wieder: ʼWarum haben die damals nichts gesagt und gemacht?ʼ Aus heutiger Sicht bewerte ich die Sache anders. Aufstand funktioniert nur, wenn alle oder zumindest sehr viele gleichzeitig aufstehen, sonst werden die, die gegen den Strom schwimmen, zum Schweigen gebracht. Und wie will man das anstellen, wenn man Kinder zu versorgen hat oder so? Ich übe Nachsicht mit meinen Vorfahren. Auch meine DDR-Erfahrungen tragen dazu bei. Wir widersprachen, wir bäumten uns auf, wir trugen montags die Kerzen durch die Nacht, aber einsperren ließen wir uns nicht. Man kann aufrichtig sein, aber ins Messer muss man nicht rennen.

Aber das war nicht das Thema der jüdischen Frau. Sie wollte der Ausgrenzungssituation entfliehen, ohne zu wissen, wie sie dem entkommen konnte.

Mit diesem Anruf beginnt eine spannende Reise. Isabella schreibt bis nächste Woche einen Drehplan. Wir werden uns über Microsoft Teams miteinander verbinden, wie ich es von den Videokonferenzen der Schule schon kannte.

Die alltäglichen Wege unternehme ich mit dem Fahrrad, und immer früh am Morgen lerne ich den Text, während ich radle. Das Gedächtnis ist mir ein zuverlässiger Begleiter. Da ich vor Jahren die Rolle schon mal gelernt hatte, muss ich sie nur aus dem Untergrund wieder hochholen, und das geht ziemlich schnell.

Die jüdische Frau, Judith, Gattin eines Arztes. Wahrscheinlich hat sie in ihrem Leben keine wirklichen Sorgen gekannt, sie drückt sich gewählt aus, gehört dem Bildungsbürgertum an, ist vornehm gekleidet. Nun packt sie den Koffer, schaut durch das Schlüsselloch, ob er eher nach Hause kommt, denn überraschen darf er sie nicht, sie will keine Sentimentalitäten zum Abschied und will auch nicht erleben, dass er nichts tut, wenn sie geht. So haben sie es vereinbart. Sie wird sich ins Ausland, nach Amsterdam, absetzen und dort abwarten. Nur wir Späteren wissen, dass der Plan nicht aufgeht, aber vielleicht hat sie Glück und kann in die USA fliehen. Als sie auf gepackten Koffern sitzt, ruft sie einige Bekannte an, zu deren Banketten weder sie noch ihr Mann in der letzten Zeit erscheinen darf, denn auch ihr Mann muss ihretwegen draußen bleiben. Sie befürchtet daher, dass er bald schon ihretwegen die Klinik nicht mehr betreten dürfe, wenn sie bliebe. Und deshalb geht sie.

Die Bekannten reagieren mit versteckter Ablehnung, machen mit ihr Scherze wie in guten alten Zeiten. Sie verabschiedet sich indirekt, indem sie sagt, dass sie mal für ein paar Wochen verreisen muss und sie bittet darum, nach Fritz, ihrem Mann, zu schauen. Insgeheim hofft sie aber, dass einer sagt, er könnte sie verstecken oder sonst eine Lösung für sie auf Lager hat. Scheinbar gibt es aber für die, die es nicht betrifft, auch keine funktionierende Möglichkeit; eher sind sie wohl froh, wenn der Kontakt zu ihr abbricht, denn es könnte für jeden Einzelnen gefährlich werden, wenn er sich mit ihr abgibt oder sich für sie einsetzen würde.

Mit jedem Telefonat rückt der Zeiger näher zur Zugabfahrt, die nicht zu umgehen zu sein scheint. Da ist wohl nichts zu machen. Ihre Verzweiflung steigt, es ist so aussichtslos, weil sich keiner für sie einsetzt und sie alle so tun, als würde sie nur für ein paar Wochen verreisen.

Sie ist draußen, ausgeschlossen, und es gibt keinen wirklichen Grund dafür, zumindest keinen menschlichen.

Es gibt keine Schuld, die sie trägt, nur den Makel ihrer Herkunft. Dem Wahnsinn ist sie ohnmächtig ausgeliefert. Ist es richtig zu gehen? Soll sie ihren Mann zur Rede stellen, von ihm einfordern, dass er mit ihr geht?

„Sage also nicht: ‚Es sind schließlich nur ein paar Wochen‘, während du mir den Pelzmantel gibst, den ich doch erst im Winter brauchen werde", sagt sie.

Brecht arbeitet mit vielen feinen Details und Anspielungen. Als sie aufbricht, beginnt gerade der Frühling. Wenn ihr Mann ihr den Pelzmantel mitgibt, dann kann sie gleich für immer wegfahren, denn dann hat sie Kleidung für jede Wetterlage.

Ich gehe den Text durch, wieder und wieder. Er schnürt mir die Kehle zu, er macht mich auch staunend und sprachlos. Warum fragt sie eigentlich nicht direkt, ob sie jemand versteckt? Das kann sie nicht, denn dann wäre klar, dass sie nicht nur für ein paar Wochen nach Amsterdam fährt, sondern um sich in Sicherheit zu bringen. Wenn sie jemand verraten würde, könnte sie vor der Zugabfahrt abgefangen werden.

Das Zimmer wird mit Packpapierrollen beklebt, damit es wie Tapete aus den dreißiger Jahren aussieht. Lampenschirme werden drapiert, ein altes Telefon finde ich bei der

Antiquitätenhändlerin um die Ecke. Ich ziehe das dunkelblaue Kleid an, schminke das Gesicht unter Isabellas Anleitung, rauche mit der Zigarettenspitze, 200 W–Glühbirnen werden bestellt und eingesetzt.

Wir drehen! In Deutschland ist es um elf, in Melbourne früh um fünf Uhr. Ich habe ein Lavaliermikrofon am Revers, das Handy steckt quer in einem Mikrofonständer. Es wird mit Igors Handy abgefilmt, damit Isabella es in Australien direkt sieht. Technik, die begeistert. Wir schaffen drei Takes und das Ding ist im Kasten, ein vierter gilt der abschließenden Korrektur. Wirklich faszinierend.

Erstmal sind wir irrsinnig stolz, dass wir über so eine weite Entfernung einen Film gedreht haben, wir für sämtliche Hürden eine Idee hatten und es durchgezogen haben.

Isabella will es mit anderen Szenen über Ausgrenzung weltweit kombinieren.

Sie schneidet, stört sich dann aber an den kleinen Unpässlichkeiten, die man als geplanten künstlerischen Effekt verkaufen könnte. Aber sie schneidet und ist nicht zufrieden. Ihr Problem mit dem Perfektionismus kenne ich schon aus früheren Produktionen. Aber ich ahne, dass das diesmal nicht die Ursache ist. Die politischen Umstände treiben sie um, sie erzählt von schlaflosen Nächten. In Australien ziehen sich die Grenzen enger und enger um die Menschen, Isolationslager werden vor der Stadt gebaut für Menschen, die ein positives Testergebnis haben, aber der Verdacht liegt auf der Hand, dass später oder in einem Sondertrakt auch Menschen, die anders denken, einfach weggesperrt werden können. Auf Demonstranten wird auf brutale Weise eingeprügelt, ich sehe Handymitschnitte. Isabella erhält Informationen von einem befreundeten Zahnarzt. Um nicht entdeckt oder verdächtigt zu werden, löscht sie den Telegram-Messenger. Die NGO, für die sie arbeitet, bietet zunächst Hilfen für Menschen, die aufgrund der Lockdowns ihre Arbeit verloren haben, später wird sie Test- und Impfzentren organisieren und ist dem rigiden und völlig fehlgeleiteten

Gesundheitssystem angeschlossen.

Die Schlinge um Isabella zieht sich enger, deshalb beginnen wieder ihre Magenkrämpfe und die nervöse Unruhe steigt. Der Schnitt für unseren Film wird nicht fertig, weil sie zu Recht befürchtet, sich als Renitente zu outen und ihre Familie dann Schwierigkeiten bekommt.

Mir bleiben von unserem Filmexperiment ein paar wunderbare Aufnahmen und herausgeschnittene Fotos, das Sprachrohr der aufrichtigen Rolle, die wir nun nur insgeheim geprobt und aufgenommen haben und die Erinnerung an den Ansatz einer mutigen Tat.

Vielleicht zeigen wir ihn später. Ein Film ist was anderes als Theater: Er kann konserviert werden.

Kinderspiele

Jeden Morgen stehe ich früh auf. Wenn ich aus dem Haus gehe, schlafen die anderen noch und Nathaniel sitzt am Fenster. Er sitzt dort hinter dem Vorhang, bis sie aufstehen.

Ich weiß, dass ihm langweilig ist. Er schaut zum Fenster raus wie ein alter Mann. Ich sagte ihm, dass er schon mal anfangen könne, seine Aufgaben zu erledigen, dann habe er sie hinter sich, wenn die anderen aufwachten. Er zuckt mit den Schultern und schaut von mir weg.

Blätter ausfüllen wie eine Steuererklärung oder einen anderen Geldantrag ist nichts für ein Kind, auch nicht seitenweise abschreiben. Das macht keinen Spaß. Wofür sollte er das machen?

Wozu er lesen und schreiben lernen soll, weiß er auch nicht. Ob es die Berufe später noch gibt? Wenn er Pilot werden will, lernte er fliegen, aber nicht lesen und schreiben. Das sei eher was für Mädchen. Manchmal rechnet er gern, das sei wie ein Spiel, aber er schreibt die Aufgaben nicht gern ins Heft. Außerdem rechnet er gern, wie er will. Wir sagen die Malfolgen auf; er zählt sie mit den Fingern ab. Igor zeigt ihm einmal am

Fenster, in welcher Geschwindigkeit man die Reihen aufsagen kann, wie einen Zungenbrecher. Das fasziniert ihn, und er will es auch so schnell können.

Ich trinke noch vor dem Losgehen meinen Kaffee und frage ihn, was er frühstücken will. „Nichts." Er isst mit den anderen. Sie sind die, die bei ihm zuhause sind, auch wenn sie schlafen, und ich bin die, die aus dem Haus und von ihm weggeht, deshalb isst er mit mir nicht.

„Warum musst du unbedingt in die Schule gehen?"

„Weil ich gern zu den Schülern gehe und sie unterrichte."

„Musst du auch die Schüler testen?"

„Nein, das muss ich nicht, das macht der Mathelehrer."

Die Antwort beruhigt ihn nur halb, aber er kann auch nicht formulieren, was ihn stört. Ich sehe es nur an seinem Gesicht. Dass er hierbleibt, ich zu anderen Kindern gehe, diese aber sich testen lassen müssen und ich es nicht verhindern kann, gefällt ihm nicht.

Ich sage ihm, ich habe schon im Ministerium angerufen und gesagt: „Wo kommen wir denn hin, wenn wir jetzt schon nachweisen müssen, dass wir nicht krank sind, noch dazu mit chemischen Substanzen, die wir in die Nase stecken und die Schleimhäute damit berühren? Müssen wir auch bald nachweisen, dass wir nicht lügen, nicht stehlen, nichts Unbequemes im Schilde führen?" Die Frau war nett und angeblich verstand sie meine Bedenken, aber machen könne sie nichts. „Wo soll das hinführen? Welches Menschenbild vermitteln wir unseren Kindern? Ist der Mensch ein gefährliches Subjekt, dass sich in der Nachweispflicht befindet?" Sie schwieg, vielleicht zuckte sie auch die Schultern, das konnte ich durch das Telefon hindurch nicht sehen.

Jedenfalls habe ich angerufen – und nichts erreicht. Vielleicht war ich auch die Einzige, die angerufen hat, das tut aber nichts zu Sache.

„Würdest du gern in die Schule gehen?"

Nathaniel schüttelt den Kopf. „Dann müsste ich ja eine Maske tragen und mich testen lassen. Da bekomme ich keine Luft. Und die Lehrerin verstehe ich nicht, wenn sie eine Maske trägt, und die Kinder sind dann so komisch mit der Maske. Da will ich nicht hin."

„Und wenn die Kinder keine Masken mehr tragen müssen?"

„Dann auch nicht, ich glaube, diese Lehrer wollen dann immer noch eine tragen, und ich mag keine Menschen, die ich nicht richtig sehen kann."

Ich weiß nicht mehr, was ich sagen soll. Es ist auch langsam an der Zeit. Ich umarme ihn und küsse sein Haar, das nun schon eine dunkle Mähne von schulterlangen Locken ist. Am ersten Tag des Lockdowns hatte er entschieden, von nun an ein Indianer zu sein und sich die Haare wachsen zu lassen. Da wusste er noch nichts von Friseurschließungen und den sich daraus ergebenden Unannehmlichkeiten.

Er hält mich fest, und ich löse langsam seine Arme von mir, obwohl ich das überhaupt nicht will. Es gibt für mich keine andere Einsamkeit als diese: Von ihm wegfahren und ihn in der Wohnung zurücklassen, wo er wieder stundenlang auf dem Fensterbrett sitzt und wartet, dass jemand mit ihm lebt.

„Ich komme heute halb vier." Und damit schnappt die Tür ins Schloss.

Am Nachmittag hält er mir schon die Tür auf: „Du kommst zehn Minuten zu spät", sagt er und schaut auf die viel zu große Uhr an seinem zarten Handgelenk.

„Es ist schön, wenn du schon auf mich wartest, ich komme gern zu dir nach Hause. Was hast du heute gemacht?"

„Ich weiß nicht ..." Er löst sich von mir und setzt sich wieder auf den grauen Teppich neben David.

Ich gehe erstmal in die Küche, um etwas zu essen. Später frage ich ihn, ob er die Aufgaben erledigt hat.

„Du kommst nur nach Hause, um mich nach den Hausaufgaben zu fragen. Das machst du nur, weil du eine

Lehrerin bist."

An diesem Punkt kommen wir nicht weiter und schweigen.

Ihm zu sagen, dass er für sich lernt oder damit er keinen Ärger mit der Lehrerin bekommt oder sonst etwas, kommt mir sinnlos vor.

Die Großen machen konsequent nichts, außer wenn der Lehrer schreibt, er brauche für das Zeugnis noch eine Note, sie sollten ein Plakat über seltene Mineralien oder die Planeten anfertigen. Dann rennen wir bei Schneeregen in die Stadt, drucken Bilder aus und kaufen bunte Pappen. Die Texte schreibe ich dann meistens vor, und Nastassja und David geben die Arbeiten dann auf den letzten Drücker ab.

David schreibt sogar einmal für die einzige Englischnote des Jahres einen Vortrag über Donald Trump auf Deutsch. Die Lehrerin ist sehr erstaunt über die einzigartige Darstellung.

Manchmal rollen sie hin und her oder machen Purzelbäume, dann sitzen sie wieder still. Manchmal spielen sie auch das Reisespiel, man kann eine Nadel auf eine Stadt setzen und von einem Anfangspunkt durch Würfel vorwärtskommen. So reisen wir wochenlang meistens am Abend auf der Landkarte durch Europa mitten im Lockdown auf dem grauen Teppich.

Nastassja hingegen sitzt oft in ihrem Zimmer oder in der Küche und zeichnet. Sie sucht sich Bilder am Tablet und zeichnet sie nach: Gesichter, Blumen, Gegenstände. Sie reibt den Bleistiftstrich, tupft mit weißer Farbe Lichtpunkte hinein, bringt sich selbst, teils aus dem Internet, teils aus einem Lehrbuch die Proportionslehre bei. In der anderen Zeit sitzt sie auf ihrem Bett und schaut Serien. Eines Tages bitte ich sie, die Spitzen meiner Haare zu kürzen. Wir sitzen in der Küche. Sie nimmt die Schere und beginnt. Ich mag es, wenn mich jemand behutsam frisiert. Sie geht hinter mir auf und ab, ich höre die Schere klappern. Nach einer Weile schaue ich mich um und sehe viel mehr Haare da liegen als erwartet, längere Haare. Ich erschrecke: Sie hat mir viel mehr abgeschnitten als nur die Spitzen. Ein bisschen schuldbewusst sagt sie, sie hätte immer wieder nachschneiden müssen, weil es schief ausgesehen hätte. Und jetzt sind ihre Haare länger als meine. Aha.

Einmal komme ich nach Hause, Nathaniel sitzt hinter dem Vorhang und schaut zum Fenster heraus. Er ist sichtlich geknickt. Ich brauche eine Weile, um herauszufinden, was sein Problem ist: Nastassja hat Nudeln mit Tomatensoße gekocht und hat das Essen absichtlich mit Chili gewürzt. „Tja, Schärfe macht mir nichts aus. Das Leben braucht mehr Würze, das habt ihr auf eurem grauen Teppich wohl schon vergessen?" In der Folgezeit würzt sie das Essen nach ihrem Gusto. Besonders scharf wird es, wenn ihr langweilig ist oder sie sich über die Brüder geärgert hat. An Nathaniel stört sie, dass er als Jüngster mehr Aufmerksamkeit bekommt als sie. Da er schnell weint, wenn ihm etwas gegen den Strich geht, nutzt sie es aus und kichert vor sich hin, wenn er vom Tisch aufspringt und sich mit einem Glas Wasser die vor Schärfe brennende Zunge abkühlt.

Igor mahnt wieder unsere geistige Entwicklung an. Wir haben es nicht zusammen hinbekommen, gemeinsam zu beten oder zu meditieren, immer schert einer wieder aus. Beim Liebeswerk-Kurs, den man im Internet absolvieren kann, haben wir drei Anläufe gestartet, aber es gelingt uns nicht, eine dauerhaft friedliche, konstruktive Kommunikation aufrechtzuerhalten. „Wir haben den Kurs eben nicht richtig gemacht. Nicht nur die Videos und die Vorträge anschauen, sondern alle Frage beantworten, sich selbst gegenseitig coachen." Also sind wir steckengeblieben, weil die Kurse nicht den Erfolg zeigen, den wir erwarten. Er wünscht sich volle Hingabe auf dem Weg der Selbstverbesserung, weil das Ende der Zeit gekommen ist. Einher gehen die Vorstellungen, sich zu reinigen, zu klären, damit eine neue Welt erschaffen werden kann.

Also gibt es nun eine Zäsur oder einen sanften, kaum merklichen Wandel? Mir ist und wird es nicht klar. Wenn ich mehr zur einen Seite tendiere, gibt es wieder Argumente für die andere.

Was aber klar aus den Postings hervorgeht, ist, dass aufgeräumt wird. Dass das böse, menschenverachtende Spiel in diesem Szenario seinen Gipfel gefunden hat. Wenn ich mir das irre Treiben anschaue, komme ich selbst zu dieser Überzeugung.

Immer mehr Posts erreichen uns, bei denen Forscher die Gefährlichkeit und potenzielle Gefahr, die von der vermeintlichen Impfung ausgeht, anmahnen. Wie von Unheilspropheten vorausgesagt wurde: Arthrose, Aneurysmen, Schlaganfälle, Herzmuskelentzündungen, Schwächung des Immunsystems, Anstieg der Krebsraten und viele kleine unangenehme Nebenwirkungen wie Haarausfall, Hautausschlag, Mittelohrentzündung, Gürtelrose. Schon weil ich Kranksein hasse, will ich einen weiten Bogen darum machen. Unvorstellbar jedoch, dass ein 'Medikament' mit solchen 'Nebenwirkungen' auf die Menschheit losgelassen wird.

Eines Tages komme ich mit dem Fahrrad aus der Schule. Kurz bevor ich zuhause ankomme, treffe ich eine ehemalige Kollegin, die damals schwanger war und diese ganze Wahnsinnszeit demzufolge im Babyurlaub verbrachte. Es ist ein windiger und ungemütlicher Tag, obwohl der Frühling knapp bevorsteht. Sie schiebt den Kinderwagen. Ich denke noch: „Sie hat's gut, sie kann sich das Spektakel einfach aus der Distanz heraus anschauen." Ich will so schnell wie möglich weiterfahren, weil ich auf Smalltalk keine Lust habe, und von einer Lehrerin erwarte ich eigentlich nichts anderes. Aber sie hält mich auf, indem sie mich fragt, wie es mir zurzeit und in der Schule geht. Wie ich so bin, wenn es jemand direkt wissen will, sage ich: „Beschissen." Im Schwindeln bin ich immer schlecht gewesen, und ich kann damit leben, dass ich manchmal Menschen in ihrer Gemütlichkeit störe. Sie reist die Augen auf, und ich nutze die Gelegenheit: „Die Kinder kriegen kaum Luft; es ist ein Verbrechen, sie stundenlang mit der Maske da hinzusetzen."

Sie nickt. Ich lege nach: „Ich habe schon beim Ministerium angerufen, aber außer ein paar netten Worten passiert da nichts. Da müssten ständig Lehrer und Eltern anrufen. Ich verstehe das nicht, warum die Menschen das einfach mitspielen."

„Oder", fängt sie an „alle müssten auf die Straße gehen." Das ist eine gute Gesprächseröffnung. Sie erzählt mir, dass sie auch aus dem Osten kommt. Da wären die Menschen weitaus weniger verschlafen und vertrauensselig als hier. Sie ist mit allen ihren vier Kindern und ihrer Mutter in Kassel auf der Demo gewesen und in Leipzig. Es könne unmöglich so weiterlaufen, die Kinder würden daran zugrunde gehen.

Als wir uns verabschieden, bin ich froh, auch eine Lehrerin getroffen zu haben, die die Sache für die Kinder so einschätzt wie ich. Unsere Begegnung ist nur der Anstoß für eine beginnende Freundschaft.

Ich gehe mit Jascha spazieren. Ich habe etwas Mühe hinter seinen großen Schritten hinterherzukommen. Er erzählt mir so einiges von seiner Flughafenschule. (So nennen wir sie neuerdings, seitdem die Flure mit Trennlinien-Aufklebern beklebt wurden, damit die Menschen genügend Abstand beim Aneinandervorbeigehen halten.) Die Lehrer dürfen zwar nicht indoktrinieren, aber reden regelmäßig vom Heilmittel der Impfung. Offen äußert Jascha seine Ansicht. Es wird zwar so getan, als höre man zu und sei tolerant, aber er merkt, wie man ihn schneidet, wie die Noten sich schrittweise verschlechtern.

Die Welt ist kein Garten voller Rosen

In diesem Frühjahr ist es besonders kalt, vielleicht scheint es mir auch nur so.

Es ist ein freier Tag, vielleicht sind es die Osterferien. Nathaniel und ich sind früh wach und wir radeln einfach los, während die anderen noch schlafen. Manchmal bin ich froh, denn früh am Morgen kann er mich gebrauchen. Auch ich bin früh wach, und er will nicht allein sein und stundenlang am Fenster sitzen.

Jedenfalls schwingen wir uns auf die Räder und fahren zu einem nahegelegenen Park. Um die Uhrzeit sind da kaum Leute, vereinzelt fahren Mütter ihrer Babys spazieren. Nathaniel stellt sich gleich an den kleinen Bach und beginnt, mit einem Stöckchen Blätter zu angeln. Ich teste langsam die Temperatur und bin froh, dass man schon in der Sonne sitzen kann. Er ist in sein Spiel vertieft, und ich schaue ihm von der Bank aus zu.

Eigentlich wüsste ich gern, wie es Helena geht, ich habe schon länger nichts von ihr gehört.

Sie hebt schon beim zweiten Klingelton ab, was mich überrascht, denn eigentlich steht sie um diese Zeit erst gemächlich auf. Im Hintergrund höre ich ihre eiligen Schritte und den schnell gehenden Atem nahe am Hörer.

„Ich habe gar nicht viel Zeit", japst sie.

„Wollte mal hören, wie es dir geht."

„Ich habe in einer halben Stunde meinen ersten Impftermin."

„Wieso das denn?"

„Na, ich muss ja irgendwie weitermachen."

„Helena, ihr am Theater wart doch die ersten, die nichts mehr machen konnten. Hast du daraus nicht erkennen können, was hier gespielt wird?"

„Jetzt komm mir nicht so! Du sitzt doch im Trocknen mit deinem systemrelevanten Beruf. Bei uns aber wird aussortiert, und jetzt ist eben 'sich schützen' angesagt, oder wer sich nicht schützen lassen will, wird eines Tages, eh du dich versiehst, nicht auf die Bühne können oder in keinen Zuschauerraum. Schauspieler werden zu gefährlich für das zahlende Publikum sein, wenn sie nicht protektiert sind. Und da bleibt mir gar nichts anderes übrig: Entweder lasse ich mich jetzt spritzen, oder ich spiele gar nicht mehr. Und beim Film ist das noch krasser: Stell dir mal vor, ich spiele eine Bettszene oder muss jemanden küssen und gefährde ihn damit und mich. Das werden die nicht zulassen. Wir müssen uns schon täglich testen, paarweise, was voll nervig ist. Jetzt spiele ich mit Tom eine Liebesszene, so eine echte, er macht mir sogar einen Heiratsantrag und so, aber ich kann ihn einfach nicht ernstnehmen, weil wir uns vor der Probe immer gegenseitig testen. Wenn er also vor mir auf die Knie fällt, und er ist wirklich ein schöner Mann, dann muss ich mir immer das Lachen verbeißen und weißt du, warum? Weil ich ihn immer vor mir sehe, wie er sich das Stäbchen bis hoch in die Nase reinschiebt und dabei niesen muss. Voll unerotisch, und dann eine Liebesszene mit Heiratsantrag spielen!"

„Kann ich dich nicht irgendwie umstimmen? Ich kann dir Artikel schicken mit Statistiken, das Ding ist gar nicht hinreichend ausgetestet."

„Nee, lass mal, hab zu viel zu tun und komme nicht daran vorbei. Entweder spritzen oder spielen, so sieht's aus. Und ich will einfach nicht mehr zuhause sitzen. Außerdem haben meine Mutter und Jochen das Prozedere schon hinter sich, und ihnen ist nichts passiert. Bei Jochen ist es eigentlich so eine Art Bedingung, dass wir uns weiterhin sehen können, weil er in seinem Alter nun vorsichtig geworden ist. Meiner Mutter ist das egal, die hat vor nichts Angst, nur vor einem: nicht mehr in die Geschäfte und essen gehen zu können ..."

In diesem Moment bricht die Verbindung ab. Entweder ist ihr das Gespräch lästig geworden, oder der Akku ist plötzlich alle.

Ich sitze auf einer Bank und Übelkeit steigt in mir auf. Ich merke, ich will heulen, es geht aber einfach nicht. Den Park sehe ich nur noch verschwommen und in seinen Umrissen vor meinem Auge, Nathaniel sehe ich nicht mehr. Unruhig gehe ich über die Wiese auf den kleinen Bach zu. Auf einem angrenzenden Hügel steht er und wirft sorglos Steinchen und Zweige in den Bach. „Mami, Mami, schau mal, wie ich treffen kann." Er wirft nochmal und trifft mich fast. „Mami, was hast du denn?"

„Ach, mein Schatz, ich habe mit Helena telefoniert, sie ist immer noch ein bisschen verwirrt."

„Hm, die war doch immer schon ein bisschen verrückt."

Ich frage mich, ob wir den Kindern sagen sollen, was hier läuft. Aber sie können die Sorgen nicht in dem Umfang teilen. Außerdem sitzen sie genauso wie wir in ihrem Leben fest, also will ich sie nicht unnötig belasten.

„Mami, wollen wir mal nach Hause fahren? Vielleicht ist David aufgestanden und kann mit mir spielen."

Ich interveniere nicht, obwohl ich froh bin, dass er endlich mit mir draußen ist. Oft verbringen wir die Tage im Schneckentempo und kommen kaum raus, deshalb will ich viel Zeit mit ihm verbringen. Aber das geht nur für ein paar Stunden, weil er dann gleich wieder zu seinen Geschwistern nach Hause will.

Langsam schiebe ich mein Fahrrad durch den Park, zentnerschwer.

Wie ferngesteuert drücke ich nochmal auf dem Display auf ‚Helena'.

Es klingelt ein paar Mal, dann geht der Anrufbeantworter an. Aber was hätte ich auch sagen sollen? Ich muss einfach akzeptieren, dass Wege sich auseinanderbewegen, gerade jetzt. Auf dem Nachhauseweg und noch lange danach denke ich darüber nach. Wieviel ‚andere Meinung' kann man tolerieren? Ist das immer noch ‚Meinungsfreiheit', wenn der eine sich informieren will und der andere nicht? Wie sieht es damit aus, wenn einer sich einfach nichts sagen lässt, selbst nicht nachschauen will und durch seine Akzeptanz eine gefährliche, nicht hinnehmbare Sache akzeptiert?

Und über was werden wir dann in unserer Freundschaft zusammen noch reden können? Werden wir von nun an das Thema zivilisiert vermeiden oder uns daran die Zähne ausbeißen?

Ein Unsicherheitsfaktor, den ich nicht recht beantworten kann.

Während ich hinter Nathaniel her radle – längst hat er mich schon wieder abgehängt und über die Schulter „lahme Ente" gerufen – kommt mir der makabre Witz des Ganzen noch in den Sinn: Sind nicht seit ein paar Wochen die Geschäfte und Theater wieder offen, ist nicht die 2G-Regel gekippt? Warum muss sie sich gerade jetzt etwas injizieren lassen? Kann sie nicht einfach darauf warten, bis es von ihr gefordert wird, sie wirklich mit dem Rücken an der Wand steht? Ich verstehe die Welt nicht mehr. Wieviel Ängste muss sie durchgestanden haben, bevor sie sich zu diesem Schritt entschließt?

Ich kann es Igor nur andeuten, er schüttelt fassungslos den Kopf. Es ist ein bisschen so, als trieben wir auf einem Floß auf offenem Meer und jeder, der die Seite wechselt, der springt von unserem Boot ab und fehlt uns zum Rudern.

„Lass mich mal mit ihr telefonieren!"

„Was soll das bringen?"

„Es ist nie zu spät, wenn ihr mal jemand sagt, welches Theaterstück hier gespielt wird."

Ich blase die Backen auf und stoße hörbar aus. Ihre Theaterbesessenheit kann wahrscheinlich nur jemand nachvollziehen, der selbst in der Materie steckt. Aber wie weit darf Abhängigkeit gehen?

Igor hat unter den Ereignisströmen den Fall Helena bald ad acta gelegt. Später bereue ich, dass wir nicht hartnäckiger waren, als sie sich die nächste Portion verabreichen lässt.

Ein paar Tage später erscheint ein Artikel in der Berliner Zeitung, der anständigen mit der blauen Schrift. An der komischen Oper fallen Vorstellungen aus, denn die Sopranistin hatte sich impfen lassen und hat seit dem Tag danach Zitter- und Schwächeanfälle, so dass sie nicht mehr auftreten kann. Operngesang wie jegliche Bühnentätigkeit kommt dem Hochleistungssport gleich, und diese Körper sind für sogenannte Nebenwirkungen prädestiniert. Ihr Werkvertrag wird aufgelöst, weil sie nicht mehr einsatzfähig ist. Jeder ist austauschbar, auch Künstler. Sie will einen Schadensersatz; ob sie ihn wirklich einklagt, bleibt offen. Nun kann ein Mensch mit gesundem Menschenverstand meinen: 'Endlich fliegt die Gefährlichkeit auf, nun wird das ganze Instrumentarium eingestellt.' Aber weit gefehlt, die Opernsängerin wird lächerlich gemacht: Es müsse erstmal nachgewiesen werden, dass die Symptome wirklich auf die Impfung zurückgingen, außerdem habe sie unterschrieben, dass sie sich selbst dazu entschieden habe ...

Ich überlege, ob ich Helena eine Zeitung kaufen, den Artikel ausschneiden und ihr per Post zusenden soll, kommentarlos. Aber ich lasse es sein, warum auch immer.

Irgendwie habe ich das Gefühl: Wenn sich jemand in dieser Sache entschieden hat, er hartnäckig bei seiner Position bleibt, ist nicht mehr viel zu verhandeln.

Drei Tage später gehe ich nach Wochen wieder zum Klavierunterricht. Er war ausgefallen, weil sich nicht zwei Menschen aus unterschiedlichen Haushalten in einer Wohnung aufhalten durften.

Ich bin richtig aufgeregt, weil ich gern zu Amalia gehe. Zu schnell stürze ich los und muss nochmal umkehren, denn ich habe die Noten vergessen.

Freudig öffnet sie mir die Tür: „Jetzt können wir wieder ... Ist schon lange her. Hast du ein bisschen geübt?"
Ich nicke verlegen.

„Manchmal höre ich es durch die Wände. Ich finde es bewundernswert, dass du versuchst, jeden Tag zu üben."
„Ja, aber ohne dich geht es nicht so gut. Ich merke deutlich, wie wichtig eine gute Lehrerin ist."

„Na, dann schieß mal los."

Ich schlage das Stück auf, das ich nun schon fast vier Monate übe und spiele es an.

Sie sitzt auf dem Sofa nebendran und klopft gedankenverloren den Takt mit: „Das wird schon wieder, wir werden uns jetzt regelmäßig wieder zum Unterricht treffen. Gestern habe ich mich impfen lassen, und jetzt geht es aufwärts." Freeze. Ich starre sie einfach an. Ich sehe das geschlossene Fenster und den düsteren Raum, sie wohnt im Erdgeschoss, und es kommt nicht viel Licht durch die Fenster. Mir fallen die Kinder ein, die auf der kleinen Mauer vor ihrem Fenster rumturnen und manchmal Steine an ihr Fenster schmeißen, besonders wenn sie Chopin spielt. Und deshalb müssen die Fenster immer geschlossen bleiben. Ich rieche abgestandene Luft, oder bilde ich mir das ein, ich höre sie ein- und ausatmen und denke an die sogenannten Spikeproteine, die Geimpfte, Studien zufolge, mit abnehmender Intensität ausstoßen. Plötzlich merke ich, wie mir die Tränen in die Augen schießen und mir leicht schwindelig wird. Langsam stehe ich auf, vielmehr werde ich weggezogen. Ich kann auch keine Erklärung abgeben. Nichts wie raus hier! Ich lege ihr die zwanzig Euro hin und stürze einfach aus der Tür.

Das ist mein letzter Klavierunterricht. Später spreche ich nochmal mit ihr darüber, aber die Barriere ist zu groß geworden. Im nächsten Sommer zieht sie weg.

Ein paar Tage später bekomme ich eine Nachricht von Karla, die früher die Theatergruppe in Dresden geleitet hat. Nach einigen Jahren, in denen wir uns aus den Augen verloren hatten, pflegen wir wieder einen intensiven Kontakt. Als ich sie das letzte Mal sah, trug sie bewusst nur einen bunten Schal über der Nase, als wir Bus fuhren. Ein Mitfahrer raunzte sie an, woraufhin sie entgegnete: „Ich muss atmen. Und Sie übrigens auch!"

Ihre unkonventionelle Art hat mich oft amüsiert. Es war ihr Lieblingsspruch bei den Proben: „Ich bin richtig stolz auf

157

dich.", der bei mir Wunder wirkte, und vielleicht wollte ich nur deshalb zum Theater, weil sie lobte und ich in den Dingen wie Spielen und Schreiben besser und besser wurde, vielleicht einfach nur, weil ich dafür gelobt wurde.

Jedenfalls ist sie stolz auf mich und ich auf sie. Brust raus, Bauch rein, Kopf hoch und lächeln, so ging das! Und heulen durfte ich bei ihr auch, bei Liebeskummer und wenn ich mit diesem Leben einfach nicht klarkam. Es gibt Menschen, die ein Zuhause sind, und Karla ist so eines für mich.

Jedenfalls bin ich mir sicher, dass wir über die seltsame Sache, die hier läuft und uns alle beherrscht und am Gängelband führt, einig sind.

Dann aber kommt ihre Nachricht. In drei Tagen habe sie ihren Impftermin, sie habe die Schnauze voll und wolle nicht mehr eingesperrt sein. Unter Leute zu gehen, sei für sie besonders wichtig, weil sie seit geraumer Zeit allein lebe.

Nun habe ich wieder das bittere Resignationsgefühl in der Kehle, das sagen will: 'Es hat doch alles keinen Sinn.' Aber stattdessen höre ich mich in den Hörer sagen: „Darf ich dir was schicken, bevor du dahin gehst?" Vollkommen unkompliziert ist ihre Antwort: „Ich bitte darum."

Immerhin ist sie zweiundzwanzig Jahre älter als ich. Also wähle ich mit zittrigen Fingern und doch wohlüberlegt drei Studien aus, die vor diesem Eingriff warnen.

Nach nicht einmal einer halben Stunde kommt die Nachricht: „Ich danke dir, mein Herz. Termin ist abgesagt."

Ich lese die beiden Sätze immer wieder, rase zu Igor, zeige sie ihm, er freut sich mit mir wie ein Kind.

Karla nimmt weiterhin den Standpunkt ein, dass dieser Wahnsinn sie nicht interessiert. In den folgenden Monaten bedankt sie sich mehrfach dafür, dass ich sie 'aufgeklärt' habe. Und dabei lassen wir es bewenden. Sie jammert auch nicht, wenn wieder Monate kommen, in denen sie Repressalien ausgesetzt ist, wir telefonieren dann öfters.

Ich bin immer noch richtig stolz auf dich, Karla!

Ich suche zwar nicht die direkte Konfrontation wie Igor sich das nicht nehmen lässt, wenn er jemanden trifft, aber ich schicke einige aufrührende Artikel auf Telegram herum.

So klicke ich bei dem Artikel über die Sopranistin einfach auf 'weiterleiten'.

Anna meldet sich postwendend: „Hab ich schon gelesen. Echt schlimm", ist ihr Kommentar. In den ganzen Monaten hat sie sich ergiebig über das Homeschooling beschwert, denn auch sie hat zwei Kinder, mit denen sie lernt, deren Hausaufgaben sie teilweise selbst erledigt. Ich bekam dann mitten in der Nacht eine Message: „Sitze in der Küche und bastle ein Lapbook über Ritter." Oder „Der Herr im Hause regt sich wieder auf: Der Drucker braucht schon wieder neue Patronen, und das Geschäft, wo er sie immer gekauft hat, ist pleite. Er sieht es nicht ein, den Ausdrucker zu spielen. Aber den Schlüssel zu seinem Büro gibt er mir auch nicht, könnte was kaputtgehen. Furchtbar." Oder „Mit Emilia aneinandergeraten: Sie sagt, wenn ich koche, schmeckt es 'zum Kotzen'. Hätten wir sowas zu Mutti gesagt? Sie versteht nicht, dass ich mit den Kleinen den ganzen Morgen an den Aufgaben sitze und dann nicht noch kochen kann wie bei Kempinski. Also brutzelt sie nur was für sich. Wenn ich in die Küche komme, kann ich erstmal aufräumen, dann jammert Max, wann es endlich was zu essen gibt. Furchtbar, diese Pubertät! Die sollen alle wieder in die Schule gehen!"

Fast jeden Tag erreicht mich so eine Frustmail. Kein Wunder, sie ist auch einsam und überlastet.

Ihr Mann ist die halbe Woche in seinem Arbeitszimmer im Homeoffice oder getestet im Betrieb. Wenn er mit der Arbeit fertig ist, regt er sich auf, dass nicht gekocht, geputzt, gewaschen ist. Es hätten doch alle frei, nur er würde arbeiten müssen. Es hat eben jeder seine Sicht auf die Dinge!

Im Nachgang frage ich mich manchmal, wieso noch über 'Lehrermangel' gejammert wird. Nach diesen nervenaufreibenden Jahren wären mindestens dreiviertel aller Mütter geeicht für diesen Job und mit hoher Wahrscheinlichkeit hätten viele von ihnen auch ein versierteres Gespür für Kinder, als man das landläufig in unseren Institutionen antrifft.

Ich will nicht männerfeindlich sein, ich will es einfach nicht, aber in sämtlichen Gesprächen, die ich auf Spielplätzen, an Busstationen, bei Spaziergängen führe, sind es mehrheitlich die Mütter, die in diesem sogenannten Homeschooling-Experiment einen Spagat zwischen Kindern, Schule und Partnern hinlegen, und es gehört eine gute Portion Galgenhumor dazu, um unter diesen wahnwitzigen Ansprüchen von allen Seiten nicht zusammenzubrechen. Es ist keine Seltenheit, dass die Kinder sich zum Vater gesellen, weil er 'über den Dingen' steht, und die Mutti sitzt unter der Küchenlampe gebeugt, verstellt die Schrift und arbeitet das Einmaleins ab. Ich wünsche jedem Politiker, der das mit zu verantworten hat, mit einer Horde Kinder und einem unüberschaubaren Berg von Schulaufgaben eingesperrt zu sein, und dass es für ihn erst dann wieder was zu essen und zu trinken gibt, wenn alle Kinder unter seiner Aufsicht alle Schulaufgaben erledigt haben. Und vorher gibt es nichts! Das Dumme an dem Gedanken ist nur: Keinem Kind dieser Welt wünsche ich jemals wieder eingesperrt, unter Druck gesetzt, mit einem Maulkorb versehen und in schlechter Gesellschaft zu sein!

Obwohl Anna viele Gedanken mit mir teilt, bekomme ich in der darauffolgenden Woche per WhatsApp einfach kommentarlos ein Foto ihres Impfpasses mit Aufkleber drin geschickt. Ich denke, ich spinne! Da lese ich Sorgen und Ängste, stehe mit Rat und Tat zur Seite und dann das! Als ich sie beim nächsten Telefonat darauf anspreche, haut mich die Erklärung um: Ich könne das nicht verstehen, Igor sei immer schon gegen das Impfen gewesen. Sie könne sich solche Faxen gar nicht leisten. Die Kinder gingen wieder in die Schule, getestet und mit Maske, wenn es so verordnet sei, damit müssten wir alle klarkommen. Und sie müsse einen Zutritt zu allen Einrichtungen, in denen sich ihre Kinder aufhalten, haben. Außerdem müsse sie einkaufen gehen, schließlich wäre das ihr Part in der Familie, und die Kinder brauchten immer wieder was: Schuhe, Socken, Stifte, da könne sie doch nicht draußen stehenbleiben oder die Kinder vertrösten.

Ich bin sprachlos. Mir fehlt einfach die Schlagfertigkeit zu fragen, ob sie schon mal daran gedacht hätte, wie es wäre, wenn es ihr so ginge wie der Sopranistin und sie umkippt, wer dann für die Kinder einkaufen gehen soll. Aber ich bin zu Ironie wirklich nicht aufgelegt.

Dann ist da noch der ältere Herr, den ich fast täglich beim Einkaufen treffe und mit dem ich diese Gespräche führe.

Der alte Mann sitzt allein in seiner Wohnung, trifft nur selten einen Bekannten. Die um sich greifende Einsamkeit berührt mich.

Er legt mir seine Sicht der Tagespolitik auseinander, wegen seines Alters hat er viel erlebt. Früher war er ein schöner Mann, ein Wissenschaftler. Ich brauche ihm gar nicht mit irgendwelchen 'Verschwörungstheorien' zu kommen, er findet auch ohne meine Hinweise das ganze Treiben seltsam und suspekt, auch wenn er nur Tageszeitungen und die öffentlichen Sender konsumiert und einen Internetzugang strikt ablehnt. Sein Problem ist die Maske beim Einkaufen: Der nasse Atem beschlägt seine Brille, die er nicht nur braucht, um Preisschilder zu lesen, sondern vor allem, um zu sehen, wohin er tritt und geht. Auf seine gefasste Art spricht er oft davon, dass er Angst habe, hinzufallen.

Natürlich bekommt er das Versprechen der 'heilsamen' Impfung mit.

„Bis die was entwickelt haben, das kann lange dauern. Weißt du, das ist ein sehr aufwendiges Verfahren! Bis das überprüft wird, das kann Jahre dauern!", so sahen seine Kommentare am Anfang aus.

Als das Heilmittel auf den Markt kam, sprach er sich dafür aus, erstmal abzuwarten, denn es sei fraglich, ob das die Situation lösen könnte. „Es ist schon komisch, dass die Entwicklung so schnell ging. Aber vielleicht gibt es heute, besonders in so einem Fall der dringend nötigen Rettung, beschleunigte Verfahren. Denn die Wirtschaft muss weitermachen, sonst weitet es sich zur Katastrophe aus. Die Wirtschaft muss in der Balance gehalten werden, denn sie garantiert nicht nur unseren Wohlstand, sondern auch Ordnung und Sicherheit. Es können nicht noch mehr Betriebe schließen, dann sind immer mehr Menschen ohne Beschäftigung, das geht doch nicht." So seine weiteren Gedanken zu Situation.

Er versucht die ganze Zeit über, sein Wissen an mich heranzutragen, er zieht Verknüpfungen und interessiert sich auf der sachlichen Ebene für sämtliche gesellschaftliche Belange. Er redet nämlich nicht wie viele in seinem Alter ständig über Krankheiten und Arztbesuche. Dabei verknüpft er sein Wissen und die Informationen, die er in den Medien bekommt.

„Jetzt stürzen viele los und holen sich den Stich. Ich bin da lieber etwas vorsichtig."

Da hat er auch recht, er kann wieder überall hin, alle Geschäfte sind geöffnet, und auch einen Kaffee kann er bei seinen Wanderungen trinken gehen.

Umso erstaunter bin ich, als er nur ein paar Tage später verkündet, er hätte in der nächsten Woche einen Termin, um sich impfen zu lassen. Dann zieht es mir die Schuhe aus: Auf meine besorgte Nachfrage argumentiert er gleich aufgebracht: „Was denken Sie denn, was im Herbst hier los sein wird! Die werden die Menschen danach aussuchen, wer es hat machen lassen und wer nicht. Man wird sich ausweisen müssen. Die Geimpften dürfen überall rein, denn sie können keine Ansteckungen verbreiten. Die aber, ...", und jetzt hob er die Stimme, „die nichts dergleichen unternehmen, die werden das Nachsehen haben. Die werden nirgendwo mehr reinkommen! Die können dann sehen, wo sie bleiben! Denken Sie, ich will zu denen gehören, die gekennzeichnet werden und nirgendwo mehr reindürfen, nirgendwo? Die müssen draußen bleiben!"
Mir fällt nichts mehr ein.

Er hebt wieder an: „Ich bin jetzt über achtzig, ich habe

mein Leben gelebt. Ich will in den letzten Jahren, oder vielleicht sind es nur noch Monate oder Wochen, ins Restaurant gehen und ins Theater, das lass ich mir nicht nehmen."

Ich bin sprachlos, ich bekomme Angst. Was weiß er wirklich, und was denkt er? Ist ihm die Einsamkeit so stark auf das Gemüt geschlagen?

Was verbindet uns noch, und was trennt uns?

Ich fange nochmal ganz ruhig an: „Sie wissen doch gar nicht, ob Sie das Mittel überhaupt vertragen, es wurde doch sehr schnell entwickelt. Außerdem", witzele ich, „kommen Sie doch kaum in die Gelegenheit, sich anzustecken. Sie sind die meiste Zeit zuhause, und niemand zwingt Sie dazu, es mit sich machen zu lassen."

„Eben weil ich endlich wieder raus will, mache ich das jetzt."

Mir kommen die Tränen, ich will diese Debatte nicht führen müssen. In das Buch, das ich ihm im Sommer in die Hand gedrückt hatte, sah er nur flüchtig rein.

„Denken Sie doch bitte an Ihre Enkel!", denke ich und spreche es nicht aus. „Wenn Sie da mitmachen, ist es einer mehr, der das akzeptiert. Wir dürfen es nicht zulassen, wenigstens um der Kinder willen."

Ziemlich verstört gehe ich nach Hause.

Proseminar

Die Studenten sehe ich in diesem Sommer nur am Bildschirm – oder auch nicht.

Manche tragen in ihrer Wohnung und folglich dann am Laptop eine Maske.

Auffällig ist, dass diese jungen Menschen das Thema völlig auszuklammern versuchen: Sie ziehen sich den Lernstoff rein, aber sie stellen keine Bezüge zur Wirklichkeit her, die alle von uns so ähnlich erleben. Und kritisch sind sie auch nicht, oder sie äußern sich nicht dazu. 'Scheuklappen an und Studium durchziehen!', scheint die Devise zu sein.

Ich denke manchmal: 'Mensch, ihr seid noch jung! In eurem Adern muss das Blut doch noch etwas schneller fließen, man kann auch mal was riskieren!' Die Vorwendebewegung bestand aus vielen Studenten und Schülern (beide Gruppen durften damals noch ungegendert so genannt werden und jeder wusste, wer gemeint war) und Punks.

Und dann kommt diese Sitzung unmittelbar vor der Klausur: Wir wiederholen, und sie können es schon ziemlich gut. Kurz bevor ich die Sitzung beende und die Bildschirme ausschalten will, meldet sich ein Student (wirklich ein junger Mann), der immer gut mitarbeitete. Er müsse mich mal sprechen, wenn sich die anderen ausgeloggt haben. Ich denke gleich an Seelsorge, an die Spaltung der Lager und die Auswirkungen im ganz 'normalen' Alltag und den Familien.

Er weiß jetzt auch nicht so recht, was er machen, und wie er es mir sagen soll. 'Er macht es aber spannend', denke ich.

„Also, ich weiß ja nicht, wie Sie zu der ganzen Sache stehen ..."

„Was meinen Sie konkret?", stelle ich mich unwissend.

„Die Klausur schreiben wir doch alle zusammen? Da muss man doch einen tagesaktuellen Test mitbringen ..."

„Ja, das stimmt."

„Wie halten Sie es mit den Tests? Ich möchte mich nicht testen lassen."
Stille.

„Ja, also ...", ich spreche langsam und zögerlich, schließlich könnte es auch jemand vom BND sein, man weiß ja nie. „Ich werde die Tests nicht von jedem Einzelnen kontrollieren, das ist auch nicht meine Aufgabe. Die ist es nämlich, mit Ihnen eine Klausur zu schreiben. Ab und an kommen Sicherheitsleute durch, ausgerechnet dann, glaube ich aber nicht; außerdem schreiben Sie eine Klausur, da werde ich dafür sorgen, dass Sie ungestört bleiben."

„Das habe ich mir gleich gedacht, und darüber bin ich

froh.“

Ich weiß nicht recht, was er meint und worauf er hinauswill.

„Bei uns im Dorf sind drei danach gestorben. Immer am zweiten Tag nach der Impfung: mein Schwager, mein Onkel und ein Bekannter. Einfach so! Und angefangen hat es mit diesen Tests. Hätten alle sich nicht testen lassen, sondern hingestellt und gesagt: 'Ich bin gesund!', wäre es nie zu diesen Spritzen gekommen. So sehe ich das zumindest.“

„Einverstanden.“

„Ich bin Ihnen wirklich sehr dankbar, denn die anderen Profs sind ziemlich streng, so als hätten sie die Testaufsichtsbehörde übernommen.“

„Schon gut, aber wenn wir bei diesem Thema sind: Wie gehen jetzt Ihre Familie und das Dorf mit diesen Vorfällen um?“

„Das ist ja das Schlimme: Gar nicht. Die sagen einfach: 'Horst, Karl und Ede sind an Herzversagen gestorben.' Klar, woran denn sonst? Aber warum kippt ein Vierzigjähriger, der vorher kerngesund war, plötzlich zwei Tage danach um? Da muss man sich doch die Frage stellen, was da eigentlich passiert ist. Ich glaube, manche wollen nicht hinschauen, weil es für sie einfacher ist. Viele von ihnen sind geimpft; wenn sie darüber nachdenken würden, könnten sie Angst bekommen, dass bei ihnen die Uhr tickt. Aber meine Familie, ich habe fünf Geschwister und meine Eltern sind getrennt, war sich in diesem Punkt einig: Wenn man seine Gesundheit nachweisen muss, dann stimmt was nicht.“

„Da gebe ich Ihnen recht.“

„Jesus hätte das auch so gesehen. Stellen Sie sich mal vor, der hätte, bevor der mit der Bergpredigt angefangen hat oder bei der Speisung der 5000 erstmal einen Test verlangt. Was hat er über das Heilen am Sabbat gesagt: 'Was ist am Sabbat erlaubt: Gutes tun oder Böses tun, Leben retten oder töten? Sie aber schwiegen still.' (Mk 3, 4). Dieses Stillschweigen ist so etwas, was mich extrem aufregt. Jesus heilt Menschen, auch wenn er gegen die Vorschrift verstößt. Nur deshalb. Wissen Sie, ich bin Kfz-Mechaniker und habe mein Abitur auf der Abendschule nachgemacht. Ich wollte schon seit Jahren, als es mit unserer Familie in die Brüche ging, Theologie studieren und mehr über den Glauben erfahren, weil ich dachte, dort kann man aufrichtig sein. Was ich aber an der Uni erlebe, außer in Ihrem Seminar, das verwundert mich."

Ich schlucke, auch ich stelle mir bisweilen die Frage, wo ich hier hingeraten bin. Sind die Akademiker gebückt die Stufen der Karriereleiter hochgekrochen und haben vergessen, wie es ist, aufrecht zu stehen?

Aber ist es mit Hannah im Verlag nicht genauso? Hat nicht die Literatur der kritische Spiegel der Wirklichkeit zu sein? Ist es ihr Schutzschild, mir immer wieder zu sagen: 'Ich finde den roten Faden in deiner Geschichte nicht mehr', und zu vergessen, was wir bei unseren Zoom Calls verabreden? Oder kommt mir aus Verunsicherung der rote Faden abhanden, und ich bin von der Gesamtsituation so paralysiert, dass ich den Überblick und das Gefühl für den roten Faden, meinen roten Faden, einfach verloren habe? Ich kann es nicht mit Sicherheit sagen, aber meine innere Verunsicherung wächst exponentiell.

Als ich nach Hause komme, hat Igor wieder eine Nachricht für mich: Wenn die Inzidenzen weiter anstiegen, könne es sein, dass bald alles wieder dicht sei.

„Die können doch nicht alle paar Wochen wieder drohen, den Menschen die Freiheit zu rauben. Außerdem, kennst du jemanden, der an Corona gestorben ist? Viele Fälle sind mit Corona gestorben. Die werden mit einer schweren Krankheit eingeliefert und das Immunsystem macht schlapp, und dann werden sie positiv getestet. Naja, was sage ich, du weißt das alles. Wann machen denn endlich die Theologen mal was?"

Direkter Angriff auf mich. Bumerang:

„Wann die Theologen mal was machen, weiß ich nicht, ich weiß nur, dass ich mehrfach in Ministerien angerufen, in der

Schule, an der Uni meine Meinung nicht hinter dem Berg gehalten habe. Aber hier in der Provinz", frontaler Angriff auf ihn, „scheine ich die einzige zu sein. Du kannst dir gerne mal Landkarten mit Zahlen anschauen. Da, wo ich herkomme, stehen nicht nur die Theologen auf! Da sind es ganz viele, und die sind auf der Straße sichtbar. Ich komme mir vor wie ein Fisch, der an Land gespült wurde und nicht nur, was die Theaterlandschaft oder die Theologie angeht, sondern was überhaupt kritisches Denken betrifft. Hier wird lieber gegrillt, und deshalb lassen die sich auch impfen – für eine Bratwurst!"

Ich kann gerade noch zurückweichen, denn er kommt mit rotunterlaufenen Augen auf mich zu gerannt ... Das wäre beinahe schief gegangen! Ich schlüpfe aus der Tür und gehe ein paar Stunden ziellos um die Häuser.

Wir können auf der gleichen Seite stehen, aber der immer gleiche, immer enger werdende Kreis greift unsere Nerven an und sägt an der Beziehung.

Mittlerweile komme ich nicht mehr gern nach Hause: Es macht mich wahnsinnig, die Kinder auf dem Teppich sitzen zu sehen. Es macht mich wahnsinnig, nach den Hausaufgaben fragen zu müssen. Es macht mich wahnsinnig, mit Lehrern der Kinder, die ihren Hebel auf 'Das ist halt so' gesetzt haben, über die Erledigung von Aufgaben kommunizieren zu müssen, zumal hier in den Kategorien von Defiziten und 'Belohnen und Strafen' argumentiert wird. Es macht mich wahnsinnig, schon in der Tür, wenn ich hungrig nach Hause komme, mit der nächsten Äußerung von Trump oder sonst wem überfallen zu werden.

Ich will sie alle mal fragen: „Habt ihr sonst nichts zu tun?"

Ich habe es satt, über 'Neuigkeiten' informiert zu werden und zu debattieren, an denen ich sowieso nichts ändern kann. Wir hätten als Familie was ändern können: mehr Gemeinsamkeit bei Mahlzeiten, gemeinsame Meditationen, Spiele, Sport, Spaziergänge; aber die Lethargie und das Abwarten auf den Umschwung hat uns alle in Besitz genommen. Nur bei mir schlägt es zunehmend ins Gegenteil um: Ich lese und schreibe und male und jogge und bereite vor und recherchiere, als wollte ich selbst vor mir davonrennen, ich klemme Aktivitäten in die kleinsten Zeitritzen, nur um unter dem Schmerz, der Verunsicherung und Angst nicht zusammenzubrechen. Ich will mich selbst überholen, und in gewisser Weise gelingt mir das. Nur der Überbau ist unterhöhlt, denn ich weiß selbst nicht, ob ich mit der Familie gesund davonkommen kann.

Amely

Zwischendurch gehen immer wieder Gruppen und Jugendliche in Quarantäne. Manchmal weiß man nicht, wer da ist und wer zuhause, und warum.

Dabei geht es meistens um gefährdete Familienmitglieder, die krank und dann wieder gesund sind. In unserem Umfeld sind milde Verläufe zu verzeichnen. Die Jugendlichen erzählen meistens, ihre Angehörigen seien im Schnitt drei Tage krank, hätten Halsschmerzen, manche lägen sogar im Bett, aber dann stünden sie wieder auf und seien fast wieder wohlauf.

Kurz bevor das schriftliche Abitur geschrieben wird, haben wir den ersten Corona-Fall an der Schule, wohlbemerkt läuft die Pandemie schon eineinviertel Jahr. Amely schreibt eine Rundmail an die Lehrer: Sie müsse sich immer wieder hinlegen, weil ihre Kopfschmerzen so stark seien. Sie würde es immer wieder versuchen, aufzustehen und sich auf das Abi vorzubereiten, aber es falle ihr schwer, weil sie sich auch so kraftlos fühle und ihr Kreislauf so schwach sei.

Mich bewegt die E-Mail sehr, weil ich nun nach der langen Zeit endlich jemanden kenne, der dieser Krankheit ein Gesicht gibt.

Nach etwa zwei Wochen, also pünktlich nach der regulären Quarantänezeit, kommt Amely wieder und schreibt ihre Abiturprüfungen. Sie kommt gut und ohne Rückfälle durch.

Auch danach sind wir mit 'echten' Fällen dünn gesät.

Eine Kollegin schreibt, sie sei positiv getestet worden und liege nun flach. Es sei nicht zu unterschätzen, sie fühle sich sehr kraftlos und sei froh, geimpft zu sein, denn so könnten Langzeitfolgen vermieden werden. Diese Ansicht wird zum Standard.

Insgesamt wird das Kollegium allerdings ziemlich verschont.

Klara feiert im Frühling ihren Geburtstag – gerade, weil alle zuhause bleiben sollen, gibt sie bei sich in der Küche eine Party. Sie ist völlig angstfrei, von den Nachbarn verpfiffen zu werden. 'Wenn man nichts riskiert, hat man auch keinen Spaß', scheint ihre Devise zu sein, denn 'Die Zeiten sind schon schwer und traurig genug'.

Ich gehe mit Igor hin. Sie hat viele Freundinnen eingeladen, ihre durch und durch informierte Mutter ist aus Weimar angereist und einige Lehrerinnen sind auch dabei.

Dora gibt den Ton am Tisch an. In ihrer preußischen Art ruft sie: „Det kannste dir einfach nich geben … und dann kamen die unheilbaren Fälle!" Wissen über die Impfung wird ausgetauscht, Klaras Mutter scheint auf Demo-Hopping zu sein: Sie reist von Stadt zu Stadt, und damit verschafft sie sich Vorsprung zu der sich anbahnenden Depression, die sich später einstellt.

In der Ecke zusammengekauert sitzt Amira. Sie denkt über das Auswandern nach, weil ihre Mutter selbst aus Lateinamerika nach Deutschland gekommen war. Aber wir sind uns einig: Wo soll man jetzt hingehen? Die Pandemie ist überall, natürlich in unterschiedlichem Ausmaß, aber man muss erstmal rauskommen, denn es gibt Länder, da kommt man ungeimpft gar nicht rein. Und dann? Oder wie Igor immer wieder zum Besten gibt: „Da kommst du vielleicht noch hin, aber nicht mehr zurück, weil du nicht mehr rauskommst."

Nach Paraguay setzen sich viele Aussteiger ab, ganze Enklaven aus Deutschland würden sich dort bilden.

Auch Amira ist Lehrerin. Sie hatte sich krankschreiben lassen, weil sie es mit den Nerven nicht aushielt. Sie ist Asthmatikerin und hat sogar ein Maskenbefreiungsattest. Das will die Schulleitung aber nicht gelten lassen, weil es Präzedenzfälle schaffen würde. Sie soll eine FFP2-Maske tragen. Das Problem ist, dass sie mit diesem dichten 'Schutz' die Treppe nicht hochkommt, weil sie schlicht und ergreifend einfach keine Luft bekommt. Obwohl sie eigentlich 'mit denen reden konnte', führt kein Weg dahin, ihre Situation zu erleichtern. Schon drei Monate ist sie im Krankenschein – Burnout.

Sie hat ihre Kinder länger zuhause gelassen, aber auch sie sind lethargisch und depressiv geworden, deshalb werden sie nun auch mit Maske und Test in die Schule geschickt.

„Wenn das noch lange geht, drehe ich durch, aber das darf ich draußen nicht sagen, sonst nehmen sie mir noch die Kinder weg." Sie sitzt die halbe Geburtstagsparty in der Ecke und weint und wie in einem Theaterstück, das in einer Bahnhofswartehalle spielt, geht immer wieder einer zu ihr hin und tröstet sie. Die ganze Zeit über zittert sie. Dora klärt sie schließlich auf, dass sie Vitamin D3 nehmen soll, das würde die schwachen Nerven wieder stärken.

Uns beiden fällt auf, dass manche Studien über die Gefährlichkeit der Injektion allen bekannt sind, dann wissen Einzelne wieder Detailinformationen, über die man sich austauscht. Die meisten malen ein äußerst düsteres Zukunftsbild, alle haben nicht nur Angst, viele auch Panik davor, Arbeit, Anerkennung, Einkommen, Freunde, Bekannte und alles weitere zu verlieren, wenn sie sich nicht impfen lassen. Viele gehen von einem Zusammenbruch der Wirtschaft in kürzester Zeit aus, viele Betriebe und Geschäfte haben schon geschlossen. Nur Igor versucht, allen Mut zu machen: Der Wandel zu einer guten Zeit steht bevor, das Kartenhaus wird nun endlich zusammenfallen. Danach gibt es neue gesellschaftliche Formen, keinen Druck und Zwang mehr.

Alle sind von seinen Reden angetan und begeistert, aber

später ruft niemand an, um mit ihm gemeinsame Sache zu machen.

Erster August

Als ich durch die Stadt fahre, fällt mir etwas auf: Überall stillstehende Uhren; an der Uni, am Bahnhof, in den Klassensälen der Schule und schließlich auch in Igors Küche. Nur, bei ihm ist die Uhr nicht wie an den anderen Orten einfach stehengeblieben und nicht mehr aktiviert geworden, weil die Fachkräfte fehlen und die Organisation durcheinandergekommen ist; er hat die Uhr mit Absicht auf zwanzig Sekunden vor Zwölf stillstehen lassen. Das erinnere ihn jeden Tag daran, dass er in der entscheidenden Wendezeit lebe. Das ermahne ihn, sich auf das, was hier noch auf uns zukomme, vorzubereiten. Er hat zwar nicht die Idee, auf Selbstversorger umzusteigen wie eine Handvoll in unserem Bekanntenkreis, aber er will sich auf Blackouts und weitere Spielarten von Worst Cases vorbereiten. Später haben wir das mal gezählt und auch beim gemeinsamen Frühstück drüber gelacht. Dreimal haben wir uns eingedeckt, damit mindestens für drei Wochen eine Notversorgung gewährleistet ist. Haferflocken, Nüsse, Schokolade, Müsli, Linseneintopf, Kidneybohnen, Tomatenmark, Marmelade, Knäckebrot – und ehrlich gesagt bin ich froh, dass uns diese Übung erspart geblieben ist. Einen Petroleumbrenner haben wir seitdem auch.

Mittlerweile behaupte ich, dass es ein strategisches Mittel der psychologischen Kriegsführung ist, Kleinfamilien auf engem Raum auf sich selbst geworfen zu lassen – whatever – vorher diskutieren und streiten wir erstmal eine Woche, ob und wieviel und was wir einkaufen. Ich habe auch den ungesunden gefriergetrockneten Kaffee, den ich sonst immer aus nostalgischen Gründen in Erinnerung an die Besuche bei Helena trinke, trotz gutgemeinter Ratschläge seinerseits, angeschafft und immer in der Kiste unter der Spüle versteckt. Für so heilig und erleuchtet, zehn Tage ohne Strom und Kaffee durchzustehen, halte ich mich noch nicht. Wir streiten uns mehr als uns gut zu unterhalten und fröhliche Zeit miteinander zu verbringen. Das ist deshalb so absurd, weil wir doch grundsätzlich der gleichen Meinung sind, aber uns einfach nicht einigen können, wie wir mit den Umstellungen im Detail umgehen sollen.

Dann bricht der Sommer über uns herein. Für Igor ist es keine Frage: Er bleibt hier, bis die ganze Chose vorbei ist. Diesmal bin ich nicht ganz so geschockt wie im vergangenen Jahr und lächle in mich hinein: Endlich mal Freiraum. Dann komme ich erleichtert und erfrischt in Berlin an.

Diesmal haben wir aber unsere üblichen Pläne geändert. Statt uns in das Großstadtgewühl zu stürzen, steigen wir in Berlin nur um und nehmen die Regionalbahn nach Norden.

Eine Freundin von uns hat einen Mehrgenerationen-bauernhof mit Pferden gegründet. Mirla ist als Künstlerin mit zwei kleinen Kindern und einer großen Tochter nach Berlin gezogen und hat dann selbst eine Schule eröffnet.

„Weißt du", sagt sie zu einem Freund unterm Pflaumenbaum sitzend, „wenn Künstler anständig bezahlt werden würden, dann würde ich den ganzen Tag Kunst machen, aber so ist es aufgeteilt in Kinder, Schule und Kunst – Reihenfolge variabel."

Es sind Sommerferien. Mirla hat den ganzen Tag zu tun: Stall säubern, Katzen suchen und füttern, den Garten mit Bäumen bestücken, die Wiese mähen, einen Weg begradigen, Blumen pflanzen. Ich gehe unterdessen mit Nastassja über die Landstraße zum Bauern, um noch fehlende Lebensmittel zu besorgen. Für zwei Kilo Äpfel, einen Sack Kartoffeln, Milch, Butter, Möhren, Salat und eine Tafel Schokolade bezahlen wir siebzig Euro. 'So teuer kann ein einfaches, gesundes Leben sein', denke ich verwundert.

Am Abend wird an der Stelle mit den aufgetürmten Steinen ein Lagerfeuer gemacht, gegrillt und Wein getrunken.

Thomas spielt Gitarre und singt irgendwas Bekanntes von den Beatles. Susanne unternimmt mit den Kindern eine Nachtwanderung.

Am nächsten Tag spreche ich in der Mittagshitze unter dem überdachten Gartentisch diese eigentümliche Zeit an. Mirla weiß nichts. Sie hat Unterricht in der Naturschule, in der die Kinder die meiste Zeit draußen verbringen und in einem Tipi lernen. Sie hat die Maske getragen und sich und auch die Kinder getestet, was will man machen? In meiner Frage, wie das denn jetzt wieder zusammenpasst, wittert sie Kritik, der sie entgehen will: Natürlich sei der freie Atem wichtig, und deshalb habe sie mit den Kindern die meiste Zeit draußen verbracht. Aber ansonsten hätten sie sich an die Verordnungen gehalten, denn so eine freie Schule stehe unter strenger Beobachtung, und sie hätte nicht riskieren können, dass das Projekt gecancelt wird.

Thomas gesellt sich hinzu. Nach nicht einmal einer halben Minute, in der er also das Thema nur erahnen konnte, fühlt er sich veranlasst, seinen Standpunkt fest auf unseren Kaffeetisch zu stellen: „Wir kommen erst wieder aus der Pandemie raus, wenn alle die Vernunft besitzen, sich gegen diese Krankheit impfen zu lassen."

Da steht der nun schon in die Monate gekommene, viel zitierte, beinahe schon abgegriffene Satz mitten auf unserem Kaffeetisch. Ich versuche einzulenken und meine gut greifbaren Bedenken der geringen Entwicklungszeit einzubringen. „Nein, einmal muss man Nägel mit Köpfen machen und durchziehen, damit es wieder in die richtige Richtung geht."

Aber was bitte ist die richtige Richtung? Und prompt kommt die Antwort: „Die Wirtschaft braucht Öffnung, und da muss sie sich eben bei allen Beteiligten, sprich, der Bevölkerung absichern."

Er gibt seine Weisheiten von sich, als wären es lang erarbeitete Forschungsergebnisse. Die Selbstsicherheit des Motorradfahrers – oder Radfahrers - überwältigt mich. Ich kann es einfach nicht fassen, wie sich der Brustton voller Überzeugung einfach aus wiedergegebenen Medienslogans bilden kann.

„Als ich das Foto mit dem Sonnenblumenfeld und das mit dem Lagerfeuer gesehen habe, wünschte ich mir, ich wäre doch mitgekommen. Ist Mirla nun ganz aus der Gesellschaft ausgestiegen und versorgt sich selbst vom Garten und dem Pferdehof?" Das erste Mal höre ich deutliche Begeisterung in Igors Stimme. 'Wenn du wüsstest', denke ich und sage einfach ziemlich kurz: „Ja, es ist wirklich sehr schön hier." –„Warum kriegen wir das nicht hin?", will Igor von mir wissen. Ich zucke die Schultern und tue erstmal so, als hätte ich die Frage überhört.

Er weiß nicht, was ich in den langen Gesprächen mit Mirla erfahren habe, und ich bin froh, dass ich mitten in der Umbruchszeit keinen Kredit von einer halben Million aufgenommen habe, und ich bin auch froh über die beunruhigenden Gespräche mit Igor und die Auseinandersetzung mit Statistiken zum Thema Gesundheit, die mir einen gewissen Standpunkt verschafft haben.

An dem Tag, als wir abreisten, meinte Mirla noch mit ausgestreckter Hand: „Wenn wir das Dach ausgebaut haben, könnt ihr in den Ferien da oben ein Zimmer mieten, dann könnt ihr jederzeit auf dem Land Urlaub machen und auch Reitunterricht nehmen." Natur und Gesundheit als Unternehmen.

Nastassja, die über die Monate zu kaum etwas anderem außer zum Zeichnen zu bewegen war, weiß jetzt genau, was sie will: Igor überreden, nach Brandenburg auf den Pferdehof zu ziehen und eine eigene Pferdeschule gründen, Pferdeflüsterin werden.

Wir fahren mit der S-Bahn zum Hauptbahnhof: Pulsierendes Leben, Doppelstockbusse, Lola rennt auf dem Bahnsteig entlang und holt uns ab. Berlin ist so voll und lebendig wie immer, die Sonne scheint, und man kann die Masken in Bus und Bahn fast übersehen. Sogar das Youth Hostel in Lolas Hinterhaus, in das sie uns einquartiert hat, ist bis auf das letzte

Bett gefüllt. Ich stehe am Fenster, schaue auf die üppige Kastanie und rauche. Nun bin ich wieder zuhause im Nirgendland, auf Zwischenstation, aber diesmal wohne ich nicht hier, sondern habe, wie die anderen Touristen auch, ein Zimmer gemietet. Das tut weh in der Brust, aber es ist, den Umständen entsprechend, das kleinere Übel. Nachdem wir geduscht haben, lädt Lola uns zum Essen ein. Als Italienerin besteht sie darauf, auswärts zu essen. Sie führt uns eine Seitenstraße weiter in einen neuen israelischen Imbiss, der gerade angesagt ist. Gäste und Bedienung sprechen nur Englisch. Ich frage nach einer Karte. Der junge Mann zeigt flott und unwirsch auf die Tischplatte, auf der ein QR-Code in einer laminierten Folie angebracht ist.

Ich wiederhole meine Frage nach der Karte weder aus Gewohnheit noch aus idealistischen Gründen, sondern einfach deshalb, weil ich keine QR-Code-App runtergeladen habe. Der junge Mann gibt mir zu verstehen: Kein QR-Code-Scanner, kein Essen. Die distanzierte und kühle Art finde ich befremdlich, einen Moment denke ich, es wäre vielleicht ein Generationenkonflikt, aber Lola, die immerhin sieben Jahre älter als ich ist, findet das ganz normal und zückt ihr Handy. Nastassja rutscht auf ihrem Stuhl herum und ist von dem Gebaren auch sichtlich irritiert. „Es ist auch viel besser so. Sie machen das, damit keiner die Karte anfassen muss. So berührt jeder nur sein Handy." Es hat keinen Sinn, eine Diskussion anzufangen, das sehe ich sofort ein, gegen die Moderne ist kein Ankommen. Ich bestelle einen Falafelteller, auf dem sich nur noch die Hälfte meiner Leibspeise befindet, der aber doppelt so teuer ist. 'Gut', denke ich, 'der Neoliberalismus, oder vielleicht ist es schon der Postneoliberalismus, hat eben seinen Preis.' In den letzten Jahren und besonders seit dieser globalen Gesundheitsmaßnahme geht es mir immer öfter so, dass ich verstärkt an 'meine' Orte fahren will, weil ich, wo ich wohne, die Welt nicht mehr erkenne, aber wenn ich dann diese 'Zuhause-Orte' aufsuche, sind sie mit so einer Art neuideolgischen Hülle überzogen, sodass ich mich nicht mehr zurechtfinde. Manchmal bekomme ich in den Situationen Tränen in die Augen, und ich schäme mich für meine Dünnhäutigkeit und sentimentalen Anwandlungen. Ich will nicht in die Vergangenheit zurück und auch nicht in eine vermeintliche 'Normalität', die es nicht gibt und nie gegeben hat, aber ich finde das Menschliche selbst an den vertrauten Orten nicht mehr. Das neue Treiben kommt mir bis in kleine Alltagsdetails programmiert und ferngesteuert vor. Dann will ich sofort Igor anrufen, weil er so oft davon gesprochen hat, aber lasse das Handy in der Tasche, weil mich sein altkluges „Weißt du jetzt, wovon ich die ganze Zeit gesprochen habe?", verletzt. Ich brauche jemanden, der mich einfach in dem Arm nimmt, aber den gibt es nicht für mich. Kaum habe ich diesen Gedanken zu Ende gedacht, merke ich, wie Nastassja den Arm um mich legt.

Spät am Abend fällt ihr auf, dass sie ein kunstvoll gearbeitetes, mittelalterliches Kreuz bei Mirja auf dem Pferdehof vergessen hat. Die Aufregung ist groß, das Gepäck wird durchsucht. Als diese Aktion erfolglos verläuft, kullern dicke Tränen über die Wangen. Da fällt mir ein, dass Susanne morgen früh wieder nach Berlin in ihre Wohnung kommt, weil sie an diesem Wochenende viel zu tun hat. Der Kontakt wird hergestellt und vereinbart, dass ich morgen am Abend das Kreuz abholen kann.

In der Nacht stehe ich noch lange mit einem Piccolo am Fenster und verliere mich in der Kastanie und dem Nachthimmel.

Die Nacht ist ziemlich kurz gewesen, und dennoch wache ich in den frühen Morgenstunden von selbst auf. Die Vögel veranstalten ein Hinterhauskonzert. Nastassja schläft noch, ich schleiche mich ins Bad. Bei gewissen Vorhaben bekommen selbst die alltäglichen Handlungen wie Duschen und Zähneputzen Gewicht. Ich gehe vor dem Spiegel den Plan nochmal durch.

Elena werde ich wie verabredet um neun am Bahnhof Zoo treffen, dann muss ich daran denken, das Handy auszustellen.

176

Lola weiß Bescheid, Nastassja wird dann runter zu ihr frühstücken gehen und mit ihr den Tag verbringen. Ich habe ihnen eingeredet, dass ich Elena treffe, was auch stimmt, und wir über alte Zeiten reden. Und sie hat, vielbeschäftigt wie sie war, nur heute früh Zeit. Wer trifft eine alte Freundin, die er seit zwei Jahren nicht mehr gesehen hat, an einem Sonntag früh um neun am Bahnhof Zoo?

Aber sie haben keinen Verdacht geschöpft.

Hastig trinke ich meinen Kaffee aus, fülle noch eine Thermoskanne mit Tee, gebe Nastassja einen Kuss auf die Stirn und lasse leise die Tür ins Schloss fallen. Damit ist das Losgehen besiegelt. Fast behutsam gehe ich die Treppe hinunter. Die schwere Haustür klappt hinter mir zu und ich nehme jede Etappe als einzigartige Station wahr. Mag sein, ich befinde mich in einem Zustand von Überspanntheit. Seltsamerweise wundert mich weniger, dass der Prenzlauer Berg auch an diesem Sonntag auszuschlafen scheint. Auf Straßen regen Getümmels nur Morgensonne und vereinzelt ein junger Vater, der sein Kind spazieren trägt.

In der Erinnerung erscheinen mir die Details jenes Morgens sehr plastisch. Vor der Gethsemanekirche breitet der Jesus seine Arme aus: Auch heute? Auch für mich?

Ich bleibe beim Schaukasten stehen: Die Wendekirche. Äußert sie sich zur Situation, direkt oder durch die Blume? Nein, diesmal distanziert sie sich von 'Maßnahmengegnern'. Ist auch gut, dass sich die Zeiten ändern und historische Orte nicht unter einem Zwang von Traditionslinien stehen. An einer anderen Kirche hängt ein Banner, auf dem steht: 'Impfen ist Nächstenliebe'! In der berühmten Kirche in Dresden wird im Unterbau geimpft. Ich bin so schockiert, dass mit nur zu hoffen bleibt, dass es aufgearbeitet wird, bevor es vergessen wird.

Mit der U-Bahn bin ich schnell am Zoo und viel zu früh, noch eine halbe Stunde habe ich Zeit. Aus Verlegenheit kaufe ich noch Müsliriegel und Saft. Wie ich Elena kenne, kommt sie kurz vor knapp und ohne Proviant.

177

Als sie mir auf dem Bahnsteig entgegenläuft, bemerke ich, wie groß sie ist. Sie überragt mich um anderthalb Köpfe, wirklich eine hünenhafte Erscheinung. „Was hast denn du für Schuhe an?", sie zeigt auf meine Absatzschuhe. „Denkst du, wir gehen zu einem Kaffeekränzchen?" Und dabei lacht sie. Wir haben uns gefunden, und ich stelle das Handy auf Flugmodus, so kann mich keiner orten.

Die U-Bahn füllt sich merklich, die Menschen erkennen sich an Plakaten, Aufnähern an der Kleidung, dem Outfit. An der Haltestelle Messe Süd heißt es durch den Lautsprecher: „Alle Aussteigen, Endstation." Die zuerst ausgestiegen sind, werden vom Ausgang in den U-Bahn-Schacht zurückgedrängt. Mir wird mulmig und ich spüre ein flaues Gefühl in der Magengegend.

„Das ist Strategie der Angstverbreitung, die lassen uns jetzt eine Weile im U-Bahn-Schacht warten und dann geht es weiter, wirste sehen."

Ich frage mich, ob es richtig ist, hier zu sein. Wenn die mich einlochen, was wird dann aus Nastassja? Ich hoffe, ich komme aus der Nummer gut raus, aber jetzt sitze ich im U-Bahn-Schacht fest. Mit Elena, die ist groß und stark.

Dann fährt die U-Bahn weiter, wir steigen an der Heeresstraße aus und haben Glück: Die Leute, die den anderen Ausgang genommen haben, müssen den Polizisten dort die Personalausweise vorzeigen und angeben, was sie hier machen wollen. Wir kommen einfach so davon.

In Elenas Schutzschatten überlege ich, was ich gesagt hätte. Wahrscheinlich, dass ich meiner Tante Gertrud, die ich schon so lange nicht mehr gesehen habe, einen Krankenbesuch abstatten will. Hätten die mir auch geglaubt, so wie ich angezogen bin, mit Stöckelschuhen und einem bodenlangen Stufenkleid in schwarz. Ich sehe an diesem Sonntag eher aus, als würde ich ins Theater gehen als auf eine Demo. Aber es muss sein. Ich kann nicht mehr am Handy Nachrichten checken und weiterwarten – es muss sich etwas ändern! Die Kinder können nicht mehr monatelang auf dem Teppich sitzen oder maskiert und eingeschränkt werden und unter Lügen leben, und deshalb bin ich hier. Um vermeintlichen Diskussionen aus dem Weg zu gehen, habe ich niemandem Bescheid gesagt; auch Igor nicht, der den Standpunkt vertritt, die Sache müsse spirituell, geistig gelöst werden. Wenn ich ihn dann frage, wie er sich das vorstellt, läuft es aber darauf hinaus, dass die Menschen ihr Bewusstsein erweitern sollten. Dann würden sie ganz von selbst die richtigen Entscheidungen treffen. Sehr pauschal, aber so verhält sich die Sache auch: Schlussendlich kann keiner von uns nur halb oder ein bisschen geimpft werden. Wie bei wenigen Dingen im Leben, dem Tod oder Schwangerschaft, gibt es nur 'entweder/oder' und jeder ist in der Position, Farbe zu bekennen.

Jedenfalls versammeln wir uns mit vielen tausend Menschen rings um eine Straßenkreuzung. Von hier aus soll die angemeldete und abgemeldete und unzulässige und dann doch wieder zugelassene Demo losgehen. Hier steht der riesige weiße Bus, der den Zug anführen soll, von dem aus Reden gehalten werden oder Musik erschallt. Allerdings hat die Polizei, aus welchen Gründen auch immer, die Papiere des Busbesitzers beschlagnahmt, und deshalb ist der Aufbruch für unbestimmte Zeit gestoppt. Da das Terrain neu für mich ist, schaue ich mich erstmal um. Die Menschen hier sehen nicht so gefährlich oder verrückt aus, wie sie in den Medien dargestellt werden. Im Gegenteil. Durchschnittlich sind sie zwischen dreißig und siebzig. Oft sehe ich Friedenssymbole, das christliche Fischzeichen. Viele Schilder mahnen zum friedlichen Umgang. Besonders erinnere ich mich an einen älteren Mann, der auf seinem Rücken ein Schild trägt: „Ich muss nicht betreut werden, ich kann selber denken." Von einer Frau erwerbe ich den Sticker mit der Aufschrift „umarmbar", den ich mir an den Träger meines Kleides hefte. Der Slogan spricht mir aus dem Herzen, mit diesem aufgesetzten Distanzhalten kann ich mich überhaupt nicht anfreunden.

Mit lautem Jubel wird kommentiert, dass die Polizei der Besatzung des Busses die Papiere zurückgeben hat. Allmählich

179

setzt sich der Zug in Bewegung.

Wir kommen etwa zwanzig Minuten gut voran. In der Heerstraße angekommen, bleiben wir stecken: Der Demonstrationszug wird durch die Polizei eingekesselt. Elena steht wie eine überragende Statue in der Menschenmenge. Plötzlich und unabgesprochen fangen einzelne Menschengruppen an zu laufen, Elena und ich laufen mit. Durch ein paar Wortfetzen bekomme ich den Plan mit: Durch Hinterhöfe laufen, den Versuch starten, so der Einkesselung zu entkommen. Natürlich ist klar, dass die Polizei auch eine Handhabe dafür hat: Sie jagen die Demonstranten. In einem Trupp, mit Helmen vermummt, in Vollmontur mit Pistolen und Schlagstöcken rennen sie hinter den Menschen her, um sie zu überholen und wiederum einzuzingeln. Wir springen über Hecken und laufen durch dorniges Gestrüpp. Sogar ich kann mit dem langen Stufenkleid und den Hackenschuhen schnell sein. Bei brenzligen Stellen hält Elena mir fest die Hand.

Plötzlich jagt uns ein Polizistentrupp von hinten, ich bekomme es mit der Angst zu tun. Sie kommen sehr nahe an uns heran, einer schubst mich und sticht mir mit dem Schlagstock in den Rücken: „Eh, mach, dass du aus dem Weg kommst!" Er überholt mich nicht. Wenn ich nicht zur Seite gesprungen wäre, hätte er mich einfach überrannt. Ich drehe mich um und sehe in zwei, ich kann es kaum beschreiben, automatisierte Augenlöcher ohne Seele. Er sieht mit seinem bis an die Schultern anschließenden Helm aus wie ein Roboter. Ich denke an Igor: 'Vielleicht gibt es doch Außerirdische.' Ich habe mich bisher immer aus dieser Diskussion ausgeklinkt, weil ich nicht weiß, warum man über so etwas diskutieren soll, whatever, aber hinter diesen Augen, die mich anblitzen, steht nichts Menschliches: Ein Automatismus voller Gewalt zwischen den Zähnen.

Statt innezuhalten und sich zu fragen, was das jetzt ist, heißt es weiterrennen, so lange rennen, bis wir der Gefahrenzone entronnen sind. Atemlos kommen wir wieder auf der Heerstraße an.

Neben mir sitzt zitternd eine ältere Frau auf den Stufen vor einem geschlossenen Restaurant, sie ist aus Bayern angereist, besucht ihre betagte Mutter und verbindet das mit der Demo. Sie weint, weil die Anspannung von ihr abprallt: „Ums Haar hätten sie uns überrannt." Jetzt will sie einfach wieder nach Hause gehen, diesem Aggressionspotential gegenüber empfindet sie Ohnmacht. So geht es mir auch. Vor allem verstehe ich den Plan nicht: Sie hätten uns doch einfach stellen und unsere Papiere aufnehmen können. Stattdessen haben sie uns gejagt, waren an uns vorbeigezogen, um jetzt eine Barrikade auf zwei Seiten der Heerstraße zu bauen, damit niemand stadtein- oder -auswärts weiterkommt.

Allmählich begreift die Frau, dass wir einfach nur abwarten können, denn es ist weder nach vorn noch nach hinten ein Entkommen. Und plötzlich löst sich die Blockade ohne Erklärung oder Ankündigung auf. Ein paar Demonstranten wollen es riskieren, mit der nächsten U-Bahn nach Hause zu fahren, aber sie kommen zurück und melden uns, dass die Polizei verschwunden und die gesamte Heerstraße, eine vierspurige Straße in Westberlin, frei ist.

Elena erhebt sich mit einem „Auf geht's!" Ich schaue sie fragend an, irgendwie weiß ich nicht recht, was ich von der Situation halten soll. Aber sie steht drüber: „So machen die das fast immer", ist ihre knappe Erklärung. Verwirrung stiften war neben Verunsichern und Angst einjagen auch ein Kontrollinstrument, um Widerstand zu zerschlagen, auszuhöhlen, zu zermürben und schließlich zu zersetzen.

Vorsichtig tasten wir uns auf die Heerstraße vor. Ein paar hundert Meter gehen wir auf dem Bürgersteig, dann sammeln sich die Demonstranten wieder und gehen auf die Straße. Die Autos verlangsamen sich, schließlich haben die zu Fuß gehenden Menschenmengen den Verkehr ganz übernommen.

Eine Luxuskarosse versucht, durch die Massen zu fahren und muss die Geschwindigkeit auf Schritttempo drosseln. Die Neureichen, man sieht ihnen das viele Geld und die wenige

Bildung im Gesicht an, kurbeln empört die Fensterscheiben runter und rufen etwas wie „Reichsbürger" und „Verschwörungstheoretiker". Ich bin so empört, dass ich kein Wort herausbekomme.

Elena winkt galant ab: „Lass sie nur! Wenn sie meinen ... Die werden auch noch dahinterkommen, wenn sie mal ihren Fernseher abstellen."

Die fröhliche Gesellschaft der Freigeister übernimmt nicht nur die Straße, aus den Seitengassen kommen wie aus noch ungesehenen Löchern weitere Menschenmassen hinzugeströmt. Mir kommt es vor, dass wir Berlin lahmlegen. Es ist ein ermutigender, begeisternder Zug durch den Sommer, und alle können ihn sehen. In der Nähe des Ku'damms sehe ich ein bekanntes Gesicht: Der Polizist für Aufklärung, der sich geweigert hat, gegen Demonstranten vorzugehen und der, nachdem er auf einer Kundgebung selbst einmal gesprochen hat, sofort entlassen wurde und seitdem deeskalierende Reden und nach beiden Seiten beruhigende und erklärende Kommentare im Internet veröffentlicht, sitzt dort am Straßenrand! Ich grüße ihn freundlich und bedanke mich für seinen Mut. Dieser Wandel hat aus den 'normalen' Reihen Helden hervorgebracht: Menschen, die selber nachdenken und für Integrität einstehen.
Ich bin sichtlich bewegt.

Umso absurder, dass nebendran Polizisten in einem Kleinbus parken und genüsslich ihr Pausenbrot essen. Verstohlen schauen sie auf den Zug, und mir kommt es fast so vor, als nicken einige von ihnen uns zu. Denn auch sie haben Familien und Kinder, die eingeschränkt werden. In ihrer Haut will ich nicht stecken, die, so gehe ich davon aus, angetreten waren, Ordnung und Sicherheit zu gewährleisten und auf billige und gleichzeitig brutale Art und Weise instrumentalisiert werden.

Am Potsdamer Platz fängt es zu regnen an und langsam zerstreuen sich die Massen. Auch Elena und ich verabschieden uns.

Nun steige ich allein in die U-Bahn, dieser bewegende Tag muss sich erstmal setzen. Ich bin innerlich so erfüllt von so viel Mut und Einsatzbereitschaft und dem Gefühl, nicht allein dazustehen. Wie ein Abzeichen trage ich den Sticker 'umarmbar' am Revers meines Trenchcoats.

Außerdem habe ich das Gefühl, dass Berlin etwas von seinem Revolutionsgeist und seiner alten Herzlichkeit wiedergewonnen hat, was mich sehr freudig stimmt und auf eine sehr erregende Weise beruhigt. Der Umzug gleicht mehr 'meinem Berlin' als der aseptische Barkeeper, der Bestellungen nur mit QR-Code aufnehmen wollte.

Außerdem freue ich mich, dass die U-Bahn mit Menschen, ein nicht unerheblicher Teil davon älteren Semesters, angefüllt ist, die offensichtlich aus meiner Heimat zu dieser Veranstaltung angereist sind, wie ich deutlich an ihrer sächsischen Mundart vernehmen kann. Und vielleicht hatte sich eine Art kritisches Bewusstsein in DDR-Zeiten gebildet und durch die 'Annexion' der Neureichen und die feindliche konsumgesteuerte Übernahme als Lebensart eingebrannt. Diesmal lassen sie sich nicht so leicht einsperren, belügen und veräppeln, denn das haben sie schon einmal erlebt, und das hat sich tief in ihre Erfahrungen eingebrannt. Jedenfalls bei der Bestimmung der Zielgruppe hatte die Planungsgruppe, wer immer das auch gewesen sein mochte in Davos, Wuhan oder Washington oder einem ganz geheimen Ort, die Ossis schlicht und ergreifend übersehen, und das gereicht ihnen jetzt nicht zum Vorteil, umso mehr aber mir zur Freude.

Als ich am Alex(anderplatz) umsteige, komme ich langsam wieder in der 'profanen' Gegenwart an. Nun kann ich das Handy wieder anstellen, ich bin aus der Gefahrenzone raus. Auf dem Display erkenne ich, dass Lola mich mehrfach versucht hatte anzurufen. Ich klingele bei ihr an. Auf der anderen Seite höre ich hastige Schritte und dann eine atemlose Stimme, die Tränen zu verbergen versucht: „Wo bist du? Nastassja ist abgehauen, wir haben uns gestritten. Stell dir vor, sie rennt allein durch Berlin! Ich konnte nicht hinterher, dafür war sie zu schnell."

Die Verbindung bricht ab.

Meine Nerven spannen sich auf's Äußerste an: Ich weiß, dass Nastassja sehr temperamentvoll ist und zu Kurzschlusshandlungen neigt. Was, wenn sie sich einfach in den Zug setzt, um nach Hause zu Igor zu fahren?

Wut schäumt in mir hoch: Warum hat Lola mir nicht gesagt, worum es in diesem Streit ging?

Wie auch immer, hastig wähle ich Nastassjas Nummer. Glücklicherweise hebt sie beim dritten Mal ab und sagt wie immer – nichts! Ich rufe in den Hörer: „Nastassja ... Nastassja, sag doch was!! ... Wo bist du?!?"

Ziemlich gelangweilt und völlig konträr zu Lolas und meiner Panik: „Bei Milena, wir essen Pizza."

Gut, mit Milena hat sie die letzten Tagen verbracht.

„Mama, ich bleibe hier, bei Lola ist es unerträglich."

„Was ist denn passiert?"

„Weißt du, Mama, ich war mit Lola einkaufen, wie immer. An der Kasse stand vor uns ein Mann, der sich angezogen hatte wie eine Frau. Er hatte Hackenschuhe an und Strumpfhosen, und da sah man dicke, schwarze Haare durch. Lola sagte, ich soll nicht so komisch gucken, der hätte das dritte Geschlecht. Voll peinlich, sie wollte mir das beibringen und sprach hinter dem verkleideten Mann ganz laut. Ich merkte, wie der ganz unsicher wurde und auch die anderen Leute auf Lola schauten. Ich sagte zu ihr, es ist ja gut und dass es Männer und Frauen gibt. Da hat sie gesagt, ich wäre homophob. Sie ist richtig böse geworden, dabei wollte ich nur den Mann und auch Lola schützen, ich bin kein dummes Kind. Ich weiß, dass der Mann eine Frau sein will, aber er ist ein verkleideter Mann. Er kann sich Frauensachen anziehen, wenn es ihm gefällt, Mama, du weißt, ich mag solche Menschen, die anders sind, aber er ist für mich ein Mann. Ich habe doch seine Haare an den Beinen gesehen durch die Strumpfhose und Stoppeln hatte er auch am Kinn, und sowas haben nur Männer. Ich habe nichts gesagt, nur ich finde, dass es Männer und Frauen gibt. Lola ist richtig laut geworden, ich müsse nun mal endlich begreifen, dass die alten Zeiten vorbei sind. Sie hat mich angeschrien mitten im Laden. Und weißt du, Mama, der Mann tat mir richtig leid. Alle haben ihn angeschaut, er hatte fast Tränen in den Augen. Und dann bin ich einfach weggerannt. Lola hing an der Kasse fest. Als ich aus dem Laden draußen war, fiel mir ein, wo Milena wohnt, und dann bin ich dahin gegangen."

Nastassja hatte schon als kleines Kind ein sehr starkes Herz für ihre Mitmenschen und ganz besonders für die, die anders sind. Und sie hatte sich über Gebühr für sie eingesetzt und war nur allzu oft als Störenfried angegriffen worden, ihr Gerechtigkeitssinn hatte sie viel gekostet.

Schlagartig muss ich an 'des Kaisers neue Kleider' denken, wie das Kind auf dem Marktplatz ruft: „Der Kaiser ist nackt."

„Ich sehe das genauso wie du, und ich bin stolz auf dich, dass du die Situation retten wolltest. Ich hole jetzt noch bei Susanne dein Kreuz ab und dann komme ich zu dir."

Nun gehe ich ganz langsam die Schönhauser Allee eine U-Bahn-Station entlang. Die Bäume stehen noch in sattem Grün, es ist ein wunderbar warmer Sommerabend. Feierlaune.

In einer der Querstraßen mit hohen Altbauhäusern, die alle skandinavische Namen tragen, biege ich ein. Schnell habe ich Susannes Haus gefunden und drücke auf die Wechselsprechanlage. Als sie abhebt, sage ich nur meinen Namen und erhalte von Susanne die Information: „Komm nur schnell hoch, ich habe keine Zeit."

Komisch, ich hätte gern noch einen Kaffee bei ihr getrunken, vor drei Tagen haben wir noch gemeinsam bis spät nachts am Lagerfeuer gesessen.

Die Diele ist riesig, von ihr gehen mehrere Zimmer ab. Was macht sie bloß, dass sie sich so eine große Wohnung und noch den Bauernhof leisten kann? Sie hatte was von Mediengestaltung gesagt. Etwas übernächtigt sieht sie aus, Teetasse in der Hand, die Haare hängen wirr herunter – ein ganz anderes Bild als vor Tagen in der freien Natur.

Sie hält mir das Kreuz entgegen. „Muss gleich weitermachen. Die Verrückten haben wieder demonstriert, die verqueren auch alles. Für die Freiheit! Wer sich eingeschränkt sieht, wenn es nur um medizinischen Schutz geht, der hat sie nicht mehr alle! Das Material muss in einer Stunde fertig geschnitten sein, dann geht es pünktlich zur Tagesschau auf Sendung."

Ach so, da bin ich baff. Sie arbeitet bei den Faktencheckern. Wie ein Blitz schießt es mir durch den Kopf, dass sie mich auf ihrem Bildschirm hätte erkennen können. Ich nehme das Kreuz, grinse, verabschiede mich schnell und sage nichts.

Als sie ihre Eile betonte, hatte es in ihren Augen gefunkt. Hätte sie mir vielleicht nicht die Tür geöffnet, wenn sie mich in der Masse ihres Filmmaterials erkannt hätte? Wäre dann das Kreuz bei ihr geblieben und Nastassja leer ausgegangen?
Eilig springe ich die Treppe runter, die Straße entlang, Nastassja wartet schon auf mich.

Der Besuch

Die Ferien neigen sich dem Ende, und da ruft er an. Ob er vorbeikommen könne. Immer, wenn er sich von einer Frau getrennt hatte, kam er vorbei.

Die alten Schriften, die Apokalyptiker, die Endzeitfetischisten pfeifen es von den Dächern, dass jetzt, genau in dieser Phase der Erdumrundungen, in der alles still zu stehen scheint und dort im Inneren, auf sich selbst geworfen, die Menschen sich zerfleischen – oder zur leuchtenden Erkenntnis kommen, sich alles klären wird, und dann die neue Welt beginnt. Von diesen Szenarien in Kenntnis gesetzt, nicht nur durch Igor, auch von einigen anderen Bekannten, sogar Freuden und dem allgegenwärtigen Netz, bin ich gespannt und gleichzeitig auch abgeschreckt, was jetzt wieder auf mich zukommen wird. Seit 2012, vielleicht auch schon vorher, wurde gewartet: auf die bessere Welt, den Umschwung, die Klärung, und was weiß ich noch was. Vielleicht, denke ich, wartet auch jeder auf was anderes. Jeder auf seine Erkenntnis. Oder gibt es eine kollektive Apokalypse, Zeitverschiebungen, Gerechtigkeit, Frieden, Untergang, Feuer?

Mal denke ich so, mal so.

Verwunderlich nur, dass ich gerade daran denke, als er anruft. Und dann steht er in der Tür, auf Durchreise selbstverständlich. Wie immer auf Durchreise, wie soll man es auch sonst nennen? Durchreise ist auch nur ein Allgemeinplatz, irgendwie und ungefähr sind wir alle auf Durchreise, auch du und ich. Mal zum Durchatmen reist er an, um rauszukommen aus diesem Berlin, das immer enger wird und einen auch nur verrückt macht, jetzt ganz besonders.

Die Haare hat der Regen angeklebt, das Gesicht ist immer noch schön geschnitten, wenn auch nicht mehr ganz so ausgehungert wie früher, als wir noch zusammen im Hinterhaus wohnten. Er sieht mich kaum an, umarmt mich betont flüchtig und wirkt unsicher und aufgeregt. Nach der verkürzten Begrüßung geht er an mir vorbei und stellt in die Mitte des Küchentischs eine Flasche Rotwein, er, der früher nie Alkohol getrunken hatte.

Plötzlich stelle ich mir die Frage, auf welcher Seite er steht und ob das mit Igor zusammenpasst, oder ob ich mich auf noch anstrengendere Tage einzustellen soll. Aber jetzt ist es zu spät, jetzt ist er da.

Igor kommt gleich herunter, wir sitzen bis nachts am Küchentisch. Die Männer debattieren, es stellt sich heraus, dass sie deckungsgleicher Ansicht sind, was die Sache betrifft. Da bin ich erleichtert und will es gar nicht unbedingt sein. Vielleicht bin ich nur verwundert, weil der frühere Robert nichts als 'nur' Bilder und sein Klavier, aber niemals die Politik im Sinn hatte.

Es ist großartig und gleichzeitig befremdlich, wie sich die Männer die Informationen hin- und herwerfen. Vielleicht verengt es mich, dass ich nicht dazwischenkomme, oder mich irritiert meine 'alte' Sicht auf Robert. Er kennt zwar weniger Hintergrundinformationen über Studien, aber immerhin demonstriert er regelmäßig und wurde sogar schon mitten auf der Frankfurter Allee von der Macht eines Wasserwerfers niedergestreckt und konnte der Polizei humpelnd nur um ein Haar entfliehen. Die Berichte von Krankheiten, von Gewalt und ruinierten Existenzen übertrumpfen sich. Aber einen Unterschied bemerke ich schon: Während Igor mit übervollen Netzen ganze Schwärme von Hoffnung aus diesen Zeiten zu schöpfen scheint, dass es bald wirklich so gut werden würde, wie es noch nie war, sieht Robert in dem ganzen Treiben einen unendlichen Untergrund vorprogrammiert, es sei denn, wir alle würden voll wie in die Sardinenbüchse gequetscht die Siegesallee in Berlin kapern. Das ist Igor aber wiederum viel zu einfach gedacht. Jedenfalls sitze ich am Kopfende des Tisches zwischen beiden und bewege meinen Blick ping-pong-artig von einem zum anderen.

Befriedet vom Rotwein verabschieden wir uns voneinander wie alte Freunde, um ins Bett zu gehen. Wie es sich für ein Paar gehört, steige ich mit Igor die Treppe zu seiner Wohnung hoch, der Rotwein hat seinen Dienst geleistet. Weil ich im Geiste von dem Gerede aufgeregt, aber von meinem eigenen Schweigen erschöpft bin, hätte ich nichts dagegen gehabt, wenn wir uns einfach gleich hingelegt hätten, meinetwegen mit Kuss und so weiter. Daraus wird aber leider nichts, da der vom Besuch und dem erhitzten Gespräch aufgeregte Igor wach ist wie ein morgendlicher Singvogel im Frühling. Da ich aber vom vielen Zuhören müde bin und von den ganzen auf mich einprasselnden Eindrücken, drücke ich ihm kurz einen Kuss auf den Mund und verziehe mich in meine Wohnung, die zwei halbe, genau genommen eine ganze Treppe tiefer liegt, in der auch Robert, der von der langen Autofahrt erschöpft ist, tief und fest schläft.

188

Bevor ich in die Wogen des Schlafes eintauche, ziehen noch einmal die Bilder des Tage an mir vorbei: Robert, der wie immer mit seinem feinen Gesicht und dem verbeulten Anzug in der Tür steht, die beiden Männer, mit denen ich auf ganz unterschiedlich spezielle Arten verbunden bin, Robert vor der Staffelei, am Klavier wie früher. Ich sehe nur die Bilder, rieche das Terpentin und höre Chopin. Und wie er klitschnass vom Wasserwerfer um sein Leben rennt.

Mit diesen Impressionen trete ich in das Land der Träume ein.

Am nächsten Morgen werde ich sehr früh von einem Kuss geweckt: Nathaniel breitet seine nunmehr schon langen kastanienbraunen Locken über mein Gesicht. Wenn er früh zu mir ins Bett steigt und sich an mich schmiegt, fühle ich mich wohlig frisch verliebt, so wie es hätte sein sollen und nie war. Er will, dass ich mit ihm aufstehe, während die anderen noch schlafen, er will nicht allein sein. Hunger hat er so früh noch nie. Dann sitzt er neben mir im Bett und stellt mir Fragen, wie: „Mami, denkst du, dass wir irgendwann wieder in die Schule gehen müssen, oder bleiben wir jetzt immer zuhause?"

Und ich sage dann nicht: „Schatz, du gehst bald wieder in die Schule, damit du viel lernst und einen Beruf lernen kannst, mit dem du dann Geld verdienst." Und auch nicht: „Du tust mir so leid, dass du nicht regelmäßig zur Schule gehen kannst und noch nicht so lesen und schreiben kannst wie andere Kinder in deinem Alter, die Corona nicht erleben mussten."

Stattdessen sage ich: „Ich weiß es nicht, aber ich denke, du wirst bald mit Freunden auf Bäume klettern. Daraufhin erwidert er: „Genau deshalb will ich nicht in die Schule, weil wir dort nicht auf Bäume klettern dürfen, hat diese Lehrerin gesagt, die so viel gemeckert hat, dass sie immer heiser geworden ist und deren Namen ich nicht mehr weiß, weil da könnte jemand runterfallen." Und dabei verdreht er so die Augen, dass er wie ein neunmalkluges Schaf aussieht und ich lachen muss. „Freunde findet man auch nicht in der Schule, hat Papa gesagt, sondern an der Straßenecke. Wieso stellen sich Freunde an die Straßenecke?"

Spaßeshalber sage ich: „Die, die dort stehen, suchen auch einen Freund. Das meinte Papa wohl."

„Bäume auch? Die stehen doch oft an Straßenecken."

„Ja, ich glaube, Bäume auch."

Solche Gespräche führen wir beinahe jeden Morgen, dabei hat er seinen Kopf an meine Schulter gelehnt.

Nach etwa einer Stunde tritt Robert bei uns ein, er sieht zerknittert aus, irgendwas schleppt er mit sich rum, und die Anstrengung, dieses Gewicht, presst sich ihm ins Gesicht.

„Ehm, wollte mal fragen, ob du Kaffee hast."

Komische Frage, wenn er sich an unsere gemeinsame Zeit erinnern würde, wüsste er, dass ich ohne Kaffee morgens gar nicht in die Gänge komme. Ich lächele, und kurz darauf halten wir eine warme Kaffeetasse in den Händen und Nathaniel einen Kakao.

„Kinder trinken nur kalten Kakao und keinen heißen, das verwechseln die Erwachsenen immer, aber meine Mama kann sich das merken", sagt er zu Robert und zaubert ihm ein Lächeln ins Gesicht. „Hm", gibt er von sich und ich sehe, dass ihn was beschäftigt, vielleicht seine Kinder, die er nur alle zwei Wochen sieht.

„Können wir dann mal hochgehen? Ich muss noch Klavier üben!"

„Igor schläft noch."

Wieder dieses bedrückte „Hm".

Schon da wittere ich eine Falle. Igor ist offen und freizügig in fast allen Belangen, aber in manchen eben nicht: „Kameras und Frauen verleiht man nicht", ist so ein Leitspruch, mit dem er oft aufwartet, und sein Klavier kann sich da gleich einreihen. Es wäre undenkbar, dass Robert einfach in Igors Zimmer geht, sich ans Klavier setzt und losspielt.

Robert kennt in dem Sinne keinen Besitz, allenfalls die von ihm gemalten Bilder.

„Gut, dann gehen wir einfach raus, ich brauche frische Luft, zeig mir etwas von der Stadt."

Normalerweise kommt es nicht vor, dass ich vor dem Frühstück, das sich besonders seit der Zeit des Stillstandes nach hinten verschoben und schon zu heftigen Streits geführt hat, aus dem Haus gehe. Ich bin hier angebunden und in dem Moment, als Robert mir den Spaziergang vorschlägt, merke ich richtig, wie eingesperrt ich wirklich bin. Ich schäme mich vor mir selbst. Da darf ich jetzt nicht einknicken, ich muss diese Mauer einreißen.

Also gehe ich hoch zu Igor, wecke ihn vielleicht zum dritten Mal an diesem Morgen und flüstere ihm ins Ohr, dass ich Robert die Stadt zeige. Er brummt etwas in sich hinein und ich muss nichts fühlen, um zu wissen, dass ihm das nicht recht ist. Ich sehe nichts Verwerfliches dabei und eise mich los.

Gerade als wir losgehen wollen, fängt es an zu regnen. Dieser Stillstand der Zeit ist mir vor Robert, der mich als sehr lebendig und umtriebig erlebt hat, peinlich. Und an den Schreibtisch kann ich auch schlecht gehen, wenn sich schon mal Besuch hierher verirrt. Dazu kommt noch, dass Nathaniel bei 'Papa' bleiben will, er geht doch nicht bei dem Wetter in die Stadt. Außerdem können wir beide mal in Ruhe zusammen reden, ich habe nicht genau ins Auge gefasst, über was.

Schweigend sitzen wir in seinem alten VW Polo, die Scheibenwischer kurven stumpfsinnig von rechts nach links und umgekehrt über die Windschutzscheibe. Dass es in diesem dämlichen Land auch ständig regnen muss, darüber haben wir uns schon früher aufgeregt. Und da ist sie wieder, die alte Sehnsucht nach dem Süden, die uns seit damals unerfüllt geblieben ist, weil uns die Systemstrukturen, die auch für Künstler gelten (Ausstellungsbetriebe und dieses vermaledeite Theater mit der deutschen Hochsprache) in seinem Bann gehalten hat. Aber was hatte es gebracht? Und wenn wir jetzt einfach weiter in den Süden fahren würden oder zumindest nach Paris? Aber Robert sucht eine Weile nach einem Parkplatz in der Innenstadt und flucht zu Recht über die Gebühren. Früher haben wir grundsätzlich nicht bezahlt für solche Normalitäten des Autoabstellens und so weiter, aber Lehrgeld wurde uns dafür über Gebühr abgenommen, und jetzt fluchen wir nur noch über diese Halsabschneider.

Mit hochgeklapptem Kragen rennen wir durch den Nieselregen. Ich denke kurz daran, ob Igor jetzt aufgestanden ist, und was Nathaniel wohl jetzt macht, in der Wohnung mit den Schlafenden. Dann stößt Robert eine große, schwere Kirchentür auf. Wir treten in das Gewölbe, das durch sein strahlendes Weiß mit den vereinzelten Goldrändern eher aussieht wie ein Palast als eine Kathedrale. Luther wäre mit dem Prunk nicht einverstanden gewesen, vielleicht aber mit den lichtdurchflutenden Fenstern, der kreisrunden Anordnung der Bestuhlung und dem mittigen Altar. Wie dem auch sei, ich erinnerte mich an Dresden, an den Barock und die Größe.

Nun fängt der Organist an zu üben, Bach wallt durch den Raum. Wir steigen auf die Empore und setzen uns ins Gestühl. Mich trägt dieser Bach in den Großen Garten meiner Kindheit, in dieses bizarre Fürstentum mitten im Sozialismus. In dieser südwestlichen Region fühle ich mich wie eine Biene in der Wüste auf der Suche nach einer Oase. Während ich so in meinen Gedanken treibe, nehme ich plötzlich wahr, wie Robert meine Hand genommen hat. Ich weiß nicht genau, vielleicht ist es die Überraschung oder die von ihm ausgehende Wärme, die das Blut in mir pulsieren lässt, ich wage kaum, ihn anzuschauen und mir versetzt es einen Stich, als ich merke, wie hart ich geworden bin seitdem.

Ich merke, dass er wartet, dass ich mich ihm zuwende, aber das tue ich nicht, aus Furcht, ich würde zerfließen, wenn ich die Anspannung der letzten Monate und meines gefühlten Alleinseins losließe, und das gerade will ich nicht.

Mitten in dem Bachgetöse höre ich seine Stimme, abgebrochen, tonal versetzt, aber ich verstehe ihn irgendwie trotzdem. „Ich bin nicht hier, weil mich Sabina rausgeschmissen hat, das war vorprogrammiert. Vorige Woche ist mein Freund

Paul gestorben, ich glaube, jetzt beerdigen sie ihn. Zwei Tage nach der zweiten Impfung. Er hätte sie nicht machen dürfen, sie hätten ihm sagen müssen, dass er sie nicht verträgt wegen seinem Herzfehler, ich sagte es ihm vorher, mehrmals. Aber gerade wegen seinem Herzen dachte er, er müsste sich impfen lassen. Paul und ich hatten eine Tour für den Herbst geplant, war alles unterzeichnet und mehrere Auftritte in Berlin, er an der Violine, ich am Klavier ..." Er hält inne und mir ist, als sacke er in sich zusammen. Mit zögerlicher Stimme spricht er weiter: „Seitdem träume ich von ihm. Nächtelang sein Gesicht in dunklen Räumen. Paul dachte auch, ich sei besser als er; er hat sich auf so eine seltsame Weise untergeordnet – und vielleicht hat er sich deshalb impfen lassen, um etwas ohne mich, gegen mich zu machen. Er hat mich bei allem gefragt, folgte mir beim Proben wie ein Schüler, aber genau dort hat er sich über meinen vorsichtig angebrachten Rat hinweggesetzt. Er wollte ohne mich entscheiden. Wie paranoid ist er in den letzten Wochen durch die Gegend gerannt, hat sich überall desinfiziert und den Schal mitten im Sommer dicht ans Gesicht gedrückt, obwohl er am Anfang den ganzen Schwachsinn durchschaut hat. Aber als das mit den Wasserwerfern passierte, wurde er völlig durchnässt und bekam eine Lungenentzündung über vier Wochen, und dann begannen seine Attacken, und er machte diesen Termin. Wir haben am Abend vorher noch darüber gestritten. Ich habe versucht, ihm immer mehr Rotwein nachzuschenken, damit er verpennt und den Termin platzen lässt, aber er hat es durchschaut und ist dann ziemlich wütend abgehauen ... Er hat sich nicht mehr gemeldet, und dann rief mich vorige Woche seine Schwester an, dass er in der Dusche zusammengebrochen ist. Und jetzt bin ich schuld."

„Bist du nicht."

„Doch bin ich, ich hätte ihm Schlaftabletten in den Wein mischen können, ich hätte ihm auf den Proben mehr Raum lassen können, anstatt zu führen, ich hätte ..."

Sein Kopf sinkt an meine Schulter, er schluchzt und greift

meine Hand so fest wie ein Schraubstock. Ich atme tief und fühle mich ins Hinterhaus zurückgebeamt. Die endlosen Nächte, er vor, ich hinter der Staffelei, manchmal bis zum Morgengrauen und die stoßartigen Umwälzungen im Schlaf und die von kaltem Schweiß durchnässsten Laken.

Abrupt steht er auf: „Komm, lass uns rausgehen, an die frische Luft, Bach kann man auch nicht immer vertragen."

'Wir tragen unsere Toten durch den Nieselregen, und vielleicht wollen die einfach nicht mehr frieren und lassen uns mit unseren Fragezeichen zurück', denke ich, als er mich aus dem Portal zieht. Und ich mache mir keine Gedanken darüber, was passieren wird, wenn in einer Kleinstadt wie dieser irgendein fast namenloser Bekannter sehen würde, wie ich an der Hand dieses anderen Mannes über den Platz gehe. Er braucht jetzt meine Hand, und damit sollen die klarkommen.

Als wir zuhause ankommen, erscheint die Stimmung düster und grau. Igor ist kurz angebunden und räumt in der Wohnung herum. Robert drängt mich, ihn zu fragen, ob er an seinem Klavier üben kann, ich weiche aus, und so fangen wir an zu kochen. Nudeln mit Tomatensoße, Kidneybohnen und Schafskäse. Nastassja schneidet die Zwiebel, Nathaniel deckt den Tisch, und Robert gießt einen üppigen Schluck Rotwein in die Soße.

Als ich Igor zum Essen holen will, herrscht er mich an. Er habe nun eine Dreiviertelstunde seiner kostbaren Zeit das Waschbecken schrubben müssen, weil ich satte Spuren von Haarfärbemittel, dicke Flecken, grässliche dunkelbraune Flecken in seinem Waschbecken hinterlassen habe. Meine Erklärungen, die auch wirklich dämlich seien, wolle er nicht hören. Es sei immer dasselbe mit mir: Alles würde ich wie im Durchzug erledigen, einfach abarbeiten, ohne mit meiner Aufmerksamkeit dabei zu sein. Mag sein, dass er recht hat. Mag sein, die Vorfälle dieser Art häufen sich. Er habe nicht nur vier, sondern fünf Kinder zu betreuen und das als ausgewachsener Mann! „Wenn du mal so viele Dinge am Hut hättest wie ich, dann würdest du auch die Hälfte vergessen", kontere ich zurück. Ein Wort ergibt das andere. Fassungslos und ungehört gehe ich runter in die Küche.

Robert hat das lautstarke Wortgefecht durch das Treppenhaus gehört. Heulend sinke ich auf den Küchenstuhl. Die Kinder wollen essen, alles steht still, keiner traut sich anzufangen. Durch den Tränenschleier bekomme ich mit, wie Robert mit dem Kochlöffel an mir und den Kindern vorbei zur Wohnungstür rausstürzt.

Hämmern an der oberen Tür, Gebrüll sich überschlagender Männerstimmen im Flur. „Was bringt es dir, die Frau so fertigzumachen?"

„Was willst du mir erzählen?! Du hast deine Kinder nicht großgezogen! Du bist diesem von Frauen gesteuerten Familienwahnsinn entkommen!"

Die Türen knallen, die Kinder weinen. Die Männer gehen aufeinander los und ich dazwischen. Die Tomatensoße spritzt auf die weiße Wand, ein Teller zerschellt am Boden. Heilloses Durcheinander. „Das kannst du den Kindern nicht zumuten", Robert an Igor.

Kurz darauf erscheint die Polizei, nimmt ein paar Aussagen auf und verschwindet wieder. Igor schnappt sich die Kinder und fährt mit dem Volvo weg.

Stille.

Robert und ich sind nun in der tomatensoßenverspritzten Küche zurückgeblieben. Erst jetzt fällt mir auf, dass die Sonne am Nachmittag hervorlugt. Unschlüssigkeit, unerträgliche Stille nach der Eskalation.

„Gehen wir ein Stück, hier kann ich nicht bleiben."

Wir laufen durch ein noch immergrünes Wiesengebiet, setzen uns auf eine Bank und öffnen eine Flasche Rotwein, aus der wir beide trinken. Mit dem langsam einsetzenden Schummer steigt die Wärme von den Füßen in den Kopf.

„Komm doch mit mir mit", sagt Robert geradeaus in die

Pferdeweide. „Was willst du hier? Welche Träume du hattest, weißt du noch? Du bist immer noch jung und ... Wie kannst du dich nur so behandeln lassen?"

Wie gebannt schaue ich auf die Pferde, die ganz wohlgefällig Büschel von Gras abbeißen und kauen.

„Du kannst bei mir wohnen und erstmal zur Ruhe kommen. Dann fällt dir wieder ein, wer du bist und was du willst."

Ich schweige. Der Film vor meinem inneren Auge rollt sich in Sprüngen auf: Robert und ich im weißen Sand an der Ostsee, mein gelb-weiß karierter Badeanzug, Lagerfeuer, die Hochzeit mit Igor in der Kirche, Nathaniel in der Blumenwiese, der grüne Koffer und das Rückfahrticket nach Berlin, der Automat, der die Münzen nicht nimmt, der ausfahrende Zug und ich auf dem Gleis der stillgelegten Stahlstadt. Die Grammatikübungen an der Uni, der ausfallende Laptop in der Examenslehrprobe, die Schüler.

Wir steigen in den VW und fahren zum nächsten Supermarkt, kaufen Äpfel und Nüsse wie damals schon und nochmal Rotwein.

„Du kannst es dir überlegen", sagt er noch einmal in dem Miniaturzimmer der Jugendherberge, die zwar teuer ist, aber auch nicht mehr als eine Notunterkunft, denn in 'unsere' Wohnung will er nicht mehr zurück.

Ich trinke den Rotweinbecher leer und sehe die Kinder bei den Hausaufgaben mit dem Finger auf mich zeigen, ich sehe mich, wie ich langsam und allein in meinem Zimmer die Decke über den Kopf ziehe. Was hält mich hier am Bleiben? Die Zwiste sind ausgeleert und die Vorwürfe drehen sich im Kreis.

Dann stehe ich langsam auf und lasse Robert auf dem Lattenrost in der Jugendherberge sitzen: „Ich muss zu den Kindern." Mehr sage ich nicht und würge die Tränen runter. „Melde dich, wir können reden.", und dabei berühre ich seine Haarspitzen. Es ist alles völlig daneben. Ich weiß, er hätte mir gern seine Hilfe gegeben, die in seiner Vorstellung einfach nur

'Freiheit' heißt. Und ich weiß, dass er mich für die tieferliegenden Dinge gern gebraucht hätte, für das Auseinanderdrücken der näher rückenden Wände, wenn die Ängste vor den Toten kommen, nachts. Er sieht die jungen Toten an einer Kette hängen, und er fühlt sich schuldig, weil er unmittelbar vorher mit ihnen zu tun hatte und sie nicht abhalten konnte von ihren selbstgewählten Todesarten, den bewussten und den anderen auch – zu Unrecht, wie ich finde.

Und mich kann er auch nicht befreien. Er hätte mich gern mitgenommen, damit er nicht allein in seiner Freiheit wäre und wir sie gemeinsam lebten.

Als ich die Tür zuziehe, fühle ich mich wie ein Spielverderber oder unfähig weiterzudenken, als hätte ich mich in einem übergestülpten Lockdown verfangen und könnte da nicht mehr rausschauen. Und obwohl ich vor mir nichts sehe außer Einschränkungen und Abgrenzungen, weitet sich etwas in mir aus. Ich weiß plötzlich, dass zwischen uns etwas ist, das überdauert, ob ich jetzt nun mitkomme nach Berlin oder nicht. Als ich zuhause ankomme, lehnt Igor am Fenster und raucht. Er hat schon auf mich gewartet und nimmt mich wortlos in den Arm. Nastassja und Nathaniel schlafen schon, ein Arm hängt völlig entspannt aus dem Hochbett.

„Lass uns näher zusammenrücken", sagt Igor. „Wir können alles lösen, und du sollst auch ein Zuhause haben, bei uns." Ich nicke, und mein Herz fühlt sich zerknautscht an, aber aus meinem Gemüt zieht ein blaues Band ins Freie.

Teil 3

Der Ausblick
(Herbst 2021- Frühjahr 2022)

Schulbeginn

Wir setzen uns an einen Tisch. Wir reden. Wir reden lange und viel.

Stundenlang sitzen wir da bei hellem Sonnenschein und besprechen wichtige Sachen am Küchentisch. Nastassja sagt, dass sie zu den anderen Jugendlichen gehen möchte, denn sie will Freunde finden und nicht mehr alleine abhängen. Nathaniel will lieber bei Mama und Papa bleiben, aber ohne schreiben zu lernen, ist das auch nichts, und deshalb muss es nun mal so sein. David fügt sich: „Na gut, dann gehe ich eben wieder, was soll's." Igor meint: „Wenn sie unbedingt gehen wollen, werde ich mich dem nicht entgegenstellen." Und ich atme durch.

Am ersten Tag des neuen Schuljahres müssen sie einen zuhause durchgeführten Test mitbringen, den wir mit Wasser statt mit Spucke machen. Die Unterschrift stecken wir in den Ranzen. Als sie nach Hause kommen, berichten sie vom ersten Schultag nichts, zeigen auch keine neuen Bücher und Hefte. Aber sie bringen alle drei einen Zettel mit, auf dem steht, jedes Kind müsse sich zweimal in der Woche testen lassen.

Igor brummt: „Entweder bin ich gesund oder nicht,

warum soll ich das nachweisen müssen?"

Ich gebe ihm recht. Irgendwann muss man durch Lügendetektortests nachweisen, dass man IMMER die Wahrheit spricht, völlig keimfrei ist und auch sonst keine Viren, keine physischen und psychischen Krankheiten in sich trägt. Was für ein kompletter Wahnsinn! Abschaffung des Vertrauens, totale Kontrolle!

Und deshalb müssen sie sich jetzt testen lassen, heute Nachmittag. Wer sich nicht in der Schule ein Stäbchen in die Nase schieben lässt, soll zweimal in der Woche ein Zertifikat einer Teststation, bei der man in eine Schale spucken kann, mitbringen. Nathaniels Schule will Tests dienstags und donnerstags sehen; Davids und Nastassjas am Mittwoch und Freitag.

Ich schreibe an die Direktorin von Nathaniel: In der Verordnung steht etwas von zwei nachweisbaren Tests pro Woche, ob es wegen der Geschwister auch möglich sei, dass er die Nachweise mittwochs und freitags einreicht?

Nein, die Schule habe sich für Dienstag und Donnerstag entschieden.

Alles klar, jeden Nachmittag Teststation, keine Diskussion. Das heißt, dass ich jetzt jeden Nachmittag, nachdem ich nach Hause komme, auf die Teststation rennen soll. Herzlichen Dank! Ich habe auch sonst nichts zu tun!

Schon am ersten Nachmittag kostet es eine Engelsgeduld und fernöstliche Überredungskünste, die Kinder zum Losgehen zu bewegen. Igor schließt sich uns an, ein kleiner Spaziergang kann auch nicht schaden. Beim Testzelt angekommen, teilt uns der Assistenzarzt, wahrscheinlich ein Medizinstudent im zweiten Semester, mit, dass wir für die Prozedur einen QR-Code benötigten.

Sofort stellt ihn Igor zur Rede: „Was ist denn mit den Senioren, die kein Smartphone besitzen? Können nicht die Daten einfach in den Laptop eingegeben werden?"

Prinzipiell sei das schon möglich, dauere aber länger, sei

nicht ganz datenschutzkonform ...

Und was dann wohl mit den Testdaten passiere, will Igor wissen. Eine etwas verschleierte Antwort des Nichtwissens, sprich, der Ignoranz wird erteilt. So nach dem Motto: 'Ich mache hier einfach nur meinen Job, ich lasse die Leute in eine Schale spucken, tropfe die Spucke auf einen Teststreifen und schicke eine Mail mit dem Ergebnis auf dein Handy und das war's, und jetzt lass mich in Ruhe!'

Auf diesen Augenblick hat Igor nur gewartet. Er beschimpft den ahnungslosen Medizinstudenten als Kriegsgewinnler und Deep Stateler. Der ist konsterniert, obwohl er weder die Begriffe noch die Aufregung versteht, denn er spricht gebrochen Deutsch und ist erst seit kurzem hier.

Die Kinder warten verunsichert, während ich zittrig und ahnungslos diese QR-Code-App auf mein Handy lade. Igor funkelt mich böse an, weil ich mich nicht einfach bei ihm untergehakt und unversehener Dinge mit ihm und den Kindern diesem lächerlichen Testzelt den Rücken gekehrt habe.

Nastassja spuckt mit der Bemerkung „Ist doch ekelig!" in die Schale.

David windet sich und spuckt voller Verachtung, kurz und abfällig.

Nathaniel hält die Schale in der Hand und zögert. Zweifelnd schaut er mich an. Ich nicke ihm zu. Er schaut sich um, ob ihn jemand beobachtet. Die Prozedur bereitet ihm offensichtlich Widerwillen. Ekel zeichnet sich in seinem Gesicht ab. Er spuckt, und die Spucke zieht einen langen Faden, er weiß nun nicht, wie er Mund, Schale und Spuckfaden voneinander trennen soll. Eine Träne läuft ihm über die Wange. Ich nehme ihm den Spucknapf ab, ziehe ihn von ihm weg, der Spuckfaden reißt ab.

Eigentlich könnten die Kinder noch auf der Wiese am Flussufer spielen, aber sie wollen nach Hause. Schweigend gehen wir den Weg zurück.

Nach einer halben Stunde trudeln die negativen

Ergebnisse ein. Jedes Mal bimmelt das Handy.

„War doch klar", stöhnt Nastassja. „Und dafür haben wir jetzt mal wieder zwei Stunden unseres Lebens verträdelt." Die Jungs sagen wie immer nichts.

Menschen, denen ich von diesen Umständlichkeiten erzähle, meinen: „Da ist doch nichts dabei, einfach mal wohin spucken." Für sie ist vielleicht nichts dabei. Für andere aber schon, die Spucke in Fäden in ein Schälchen fließen zu sehen. Personen in Ganzkörperisolationsanzügen nebst Maske und Handschuhen, die mit gespreizten Fingern die Schälchen annehmen, deren Gesicht selbst unter einer Maske verschwindet, sind die Dienstleister. Wie in einem Sience-Fiction-Film.

Manchen macht es nichts aus. Manchen aber schon.

Auf dem Nachhauseweg erkläre ich ihnen, dass wir nun jeden Tag in das Spuckzelt gehen müssen, sie aber dafür lernen und keine Maske mehr tragen. Sie erwidern nichts.

Die anderen Kinder werden in der Schule mit einem Stäbchen getestet, das sie in die Nase einführen. Da muss ich weder Forschungsergebnisse noch Massenmedien konsumieren oder in sozialen Netzwerken rumstürzen, um das nicht zu wollen. Mir ist es suspekt, denn ich weiß nicht, was die Kinder in die Nase einführen, ob sie abrutschen und sich verletzen, und was an dem Stäbchen dran ist. Später werde ich auch darüber eines Besseren belehrt, eine Freundin, die sich täglich testen lassen musste, bekam einen vereiterten Kiefer.

Die Atteste schicke ich per E-Mail an die Schule weiter. Postwendend kommt eine Antwort von der Direktorin der Grundschule: „Bitte bringen Sie uns das Attest ausgedruckt vorbei. Wir können nicht noch vor dem Unterricht E-Mails checken. Es ist schon ein Kompromiss, dass Sie die Kinder außerhalb der Schule testen lassen dürfen. Wir brauchen ein Zertifikat in Papierform, damit wir dokumentieren können, dass sich ihr Kind regelrecht in der Schule aufhält und keine Gefahr für andere darstellt. Mit freundlichen Grüßen."

Es ist schon unglaublich, was man sich als Eltern von diesen

Lehrkräften gefallen lassen muss. Und die Grundschullehrerinnen sind die schlimmsten, sie haben sich einen Habitus
zugelegt, der den Rest der Menschheit als zu belehrende
Grundschüler behandelt. Die noch viel zu lernen haben. Von
ihnen. Und sie haben immer recht.

Außerdem beschweren sich die Kinder öfters, dass gerade
diese Grundschullehrerinnen im Unterricht 'am Handy spielen'
würden, während sie 'arbeiten' müssen. Es wäre also ein Leichtes
für sie, eine E-Mail in ihrem Smartphone aufzurufen.

Das Gefühl, was mich beschleicht, kann ich beim besten
Willen nicht in einer eleganten Metapher verkleiden. Ich fühle
das Blut in meinen Schläfen klopfen, und ich koche vor Wut.
Nun werde ich jeden Nachmittag mit Engelszungen die Kinder
zu überzeugen haben, mit mir zum Testzelt zu gehen, es so
anzustellen, dass Igor davon wenig bemerkt, weil sonst täglich
eine Grundsatzdiskussion über Sinn und Unsinn der Testerei
losbrechen würde. Und wenn ich sie endlich auf den Weg
gebracht habe, muss ich dann noch eine weitere halbe Stunde
einplanen, um dort vor Ort einen frisch aus dem Drucker
herausfahrenden, offiziellen Schein mit Stempel und
Unterschrift entgegennehmen zu können, denn unser Drucker
hat wegen Papierstaus und Verstopfung den Geist aufgegeben.
Nun wird mich der Spaß täglich anderthalb Stunden kosten.

Am nächsten Morgen weckt uns Sonnenschein, ein
Spätsommertag im September, der seine letzten heißen Strahlen
auf die Erde wirft und noch gar nicht nach Abschied aussieht.
Wie vereinbart gehe ich in die obere Wohnung und wecke die
Kinder, fülle die Wasserflaschen, schneide das Obst, fülle die
Büchsen. Sie putzen die Zähne, trinken noch einen Schluck
Wasser, ziehen die Schuhe an.

An der Tür kehrt Nastassja um. „Ich sehe gar nicht ein,
wieder den ganzen Morgen auf der Schulbank zu hocken. Diese
Lehrer, die eigentlich unsere Vorbilder sein sollten, erzählen
immer noch was von Gefahr und Schutz durch Medizin. Viele
verstecken sich hinter Masken vor uns, obwohl man die nicht

mehr tragen muss. Und dann hustet jemand, das treibt die Zahlen hoch, und wir sitzen wieder zuhause. Also, ich mache das nicht mehr mit, diese ewige Lügerei."

Ich schlage die Augen nieder, um im Gegendruck zu spüren, dass ich noch lebe. Tief atme ich ein und wieder aus. Diese Situation ist nicht echt, ich stehe in einem Traumfilm wie unter Wasser. So untergetaucht habe ich schon verloren. Zaghaft wage ich einen Versuch: „Nastassja, du hast recht, ich kann dich so gut verstehen. Es ist aber besser für dich, in die Schule zu gehen, denn stell dir mal vor, du kommst erst nach zwei Jahren wieder oder wie lange das noch dauert, und die anderen sind viel weiter als du."

Im Nachhinein denke ich, dass immer, wenn Eltern sagen: „Ich kann dich so gut verstehen!", sie auf die ein oder andere Art ein Zugeständnis machen, mit dem sie von Vornherein verloren haben. Aber was ich gesagt habe, meine ich wirklich so, und ich will nicht einfach vor sich auftürmenden Problemen, dem Zuhause-Rumsitzen, der Langeweile, der Apathie, den Depressionen, den Wutanfällen, der Ratlosigkeit, den noch vorhandenen Baustellen meine Ruhe haben, ich will wirklich das Beste für meine Kinder! Was würde werden, wenn sie diese Sitzblockade weiter zuhause ausdehnen würden?

Sie tritt einen Schritt auf mich zu und steht ganz nah an meinem Gesicht: „Du verstehst überhaupt nichts, du kleine Lehrerin! Du bist eine von denen! Überleg mal, ob es nicht auch deine Schuld ist, dass die Welt sich in so einem miserablen Zustand befindet! Ich wette, du spielst uns hier zuhause nur etwas vor, und in deiner Schule tanzt du auch mit Maske rum, schön angepasst an die anderen und quälst deine Schüler. Ihr seid doch alle gleich, ihr Versager!" Sie spuckt mir vor die Füße. In dem Moment steht Igor nackt und wütend im Flur, wir haben ihn geweckt.

„Was ist hier los?", bellt er.

„Ich will nicht in diese Schule gehen", winselt Nastassja.

„Dann bleibst du eben zuhause. Solange, bis die das begriffen haben.“

„Igor“, schalte ich mich zu. „Bitte, wir hatten besprochen
…“

„Ach was, ich habe dir wieder nachgegeben, aber die
Kinder haben recht. David, Nathaniel, kommt her! Wollt ihr in
die Schule?“

Wie begossene Pudel stehen sie da und schütteln die
Köpfe.

„Siehst du, sie wollen nicht. Wer sie unter diesen
Umständen zwingt, ist ein Aas.“

Die Luft verengt sich in meiner Kehle, ich muss dringend
hier raus. Mit Wucht reiße ich die Tür auf und knalle sie hinter
mir zu. In meiner Küche brülle ich wie ein Vieh. Ich habe
verloren, es wird so weitergehen mit dem Sitzen auf dem grauen
Teppich, den Rechtfertigungen vor den Lehrern, dem
selbstgewählten Außenseitertum.

Ich muss hier raus und in die Schule zum Unterricht. Wie
eine Nähmaschine trete ich in die Pedale, ich werde nicht mehr
wiederkommen, ich werde ein Kind adoptieren, dem ich eine
gute Mutter sein kann, bei dem sich niemand
dazwischenschaltet. Ich werde …

Die Schulen der Kinder – ein Überblick

Ein Mensch beurteilt die Schule nach seinen
Erfahrungen. Für mich war die Schule ein neutraler, normaler
Ort. In meiner Schulzeit wurden wir sozialistisch gebrieft: In
Englisch lernten wir was über die Kommunistische Partei
Englands, aber Englisch sprechen kann ich bis heute nicht, nur
verstehen und lesen. In Russisch merkte ich mir das
codeverdächtige Wort dostoprimelschatelnosty = Denkmal. In
Mathe ging es um Formeln, die Planwirtschaft drängte sich nicht
besonders in den Vordergrund, vielleicht wollte man die
Minustendenzen verschleiern. In Geschichte kam alternierend
die Französische Revolution oder das Dritte Reich dran, nur

ganz am Anfang lernten wir etwas über die Befreiung aus der Sklaverei im alten Griechenland. In Literatur warteten die sozialistischen Dichter wie Becher, Brecht oder Dieter Noll mit 'Die Abenteuer des Werner Holt' auf. Sie warnten unablässig vor Kriegsgeschrei und Faschismus, was nicht das Verkehrteste ist, und dichten konnten sie auch, soweit ich das beurteilen kann. Nebenbei war das Steckenpferd unseres Literaturunterrichts die klassische Romantik oder die romantische Klassik: Faust läuft in den Ostermorgen, Schiller odet an die Freude und Hölderlin sehnsüchtet nach einer besseren Welt und läuft zu Fuß von Schwaben zur französischen Revolution, und beide sind erschüttert von den Jakobinern; Kleist verschachtelt die Komplikationen und Brüche einer miserablen Welt und hält die Schönheit nach oben. Und trotz aller Ausrichtung hatte Literatur für mich etwas mit unbändigem Revolutionsgeist, Widerständigkeit und Ästhetik zu tun. Und Rechtschreibung übten wir auch.

Die Schule war für mich ein Platz des Widerspruchs, der sich provozierenden Seiten und der Bildung in erster Linie.

Dass so eine Schule infrage gestellt wird, ist für mich nicht vorstellbar. Ich sollte eines Besseren belehrt werden.

Jascha

Ja, damals ... Der große Tag rückte näher, bald würde Jascha ein Schulkind sein. Wir schreiben das Jahr 2008.

Jedenfalls stand Jascha eines schönen Morgens Ende August strohblond in einem weiß-blau-geringelten T-Shirt stolz die Zuckertüte tragend, die ich in der Nacht vorher als Rakete angemalt hatte, im Schulhof der Grünen Schule von Berlin Pankow. Dort gab es auf dem Gelände Hühner, Schafe, Meerschweinchen, Kaninchen und andere Nageltiere. Eine alternative Schule, hatte Francesca gesagt, dort brachten wir unsere beiden Jungs hin. Igor hatte sich bei der Auswahl zurückgehalten. Als Gast war zur Schuleinführung Lola gekommen: „Jascha, jetzt bist du ein großer Junge", tönte sie über den Schulhof mit italienischem Akzent.

Kaum hielt der langhaarige, etwas alternativ anmutende Direktor die Begrüßungsrede, freundlich wünschte er den Kindern Freude am Lernen und betonte die Wichtigkeit des neuen Lebensabschnittes, traten Igor die Tränen in die Augen. Am anschließenden Kuchenbuffet raunte er mir zu: „Jetzt geht die Scheiße wieder los." Und er müsse sich mal hinlegen, ihm wäre ganz schlecht – während die anderen Familien aufgrund eines Aufgebotes von Oma, Opa, Omi, Tante, Cousine, Onkel, Neffen und Nichten kaum wussten, wie sie sich vorwärtsbewegen sollten und alle das frischgebackene Schulkind bewunderten. So stand ich auf dem Schulhof mit nur einem Gast, der treuen Lola, die irgendwas von 'Stifte spitzen' und 'Ordnung halten' in Jaschas Richtung sprach, der schon munter mit den neuen Klassenkameraden herumtobte. Ich trug auf dem rechten Arm die achtmonatige Nastassja und in der linken klemmte die riesige, schwere Raketenschultüte. Erst als ich David nur mit den Blicken suchte, weil ich mich nicht bewegen konnte, bemerkte ich, wie ich angenagelt ich nun wirklich war. Jascha würde in die Schule gehen, jeden Morgen pünktlich um acht. Um das Gebäude zu erreichen, mussten wir einen Bus nehmen, der nur alle halbe Stunden fuhr, weil die Schule außerhalb der Stadtgrenze, aber eben im Grünen lag. Immer öfter nahm uns Francesca mit dem Auto mit. Da auch sie ein Baby hatte, tranken wir oft, nachdem wir die Jungs abgegeben hatten, erstmal im Einkaufszentrum Kaffee.

Jascha sah die Sache mit der Schule ganz locker, und so sollte es auch bis zu dessen Abschluss bleiben. Spielend lernte er Rechnen, zum Schreiben hatte er wie fast alle Jungs keine Lust und zum Stillsitzen auch nicht. In dieser Schule wurden die ersten drei Schuljahre zusammen in einem Klassenzimmer unterrichtet, was man später aus gutem Grund wieder abschaffte, denn eine Lehrerin konnte es mit allen Kindern kaum schaffen. Im Prinzip war gegen die Idee nichts einzuwenden und ich verliere mich hier nicht in pädagogischen Details, aber aufgrund der Organisation klappte es einfach nicht. Das merkte ich bald daran, wenn ich mit Jascha sprach: „Und, was habt ihr heute gemacht?" Entweder antwortete er mit „Ich weiß nicht." Oder mit „Wir haben rumgetobt". Aber er erzählte öfter etwas von umgekippten Bänken als von den Hühnern und Schafen, und meine Hoffnung auf Bewegung und frische Luft wurde nicht erfüllt. Seine Lehrerin lernten Francesca und ich beim ersten Elternabend kennen: Eine erschöpfte Frau am Ende ihrer beruflichen Laufbahn. Müde und mit zittriger Stimme, sie wirkte abwesend, teilte sie uns die Materialen und Wandertage mit. Später kam heraus, dass sie unter Antidepressiva stand.

Jascha ließ sich davon nicht bekümmern, aber warum er dahingehen sollte, wusste er nach ein paar Monaten auch nicht mehr. Ein Jahr hielt er dort durch, dann zogen wir um und ich brachte ihn in eine Schule, in der es nichts Besonderes gab und in der klassisch wie im 'alten Osten' unterrichtet wurde. Ohne Rosinen und Rüschen wurde dort einfach Lesen, Schreiben, Rechnen gelernt, weil man das eben gebrauchen konnte. Jascha fuhr schon in der zweiten Klasse zwei Stationen mit der Straßenbahn durch das große Berlin. Am Dienstag mussten die Kinder schon um sieben da sein – zum Schwimmunterricht. Igor fand die Zeit 'wahnsinnig' und 'übertrieben', aber die Kinder wurden zackig mit dem Bus in die Schwimmhalle Landsberger Allee gefahren und konnten alle innerhalb eines halben Jahres angstfrei ins Wasser reinspringen und die lange Bahn ohne Hilfsmittel schwimmen.

Jascha fuhr allein durch Berlin, Jascha spielte mit den anderen Jungs draußen Fußball auf einem Platz, den ich vom Fenster aus nicht sehen konnte, Jascha machte die Hausaufgaben selbst und redete nicht drüber, Jascha nahm seine Geschwister zum Spielen mit. Überhaupt hat er jeden Bruder und die Schwester schon sofort nach der Geburt umarmt, indem er sich in das Bett stürzte und juchzte. Wenn ich im Supermarkt etwas vergessen hatte, sprang er los und holte es.

An jenem Tag im Juni 2013 stiegen wir in den Zug, ich an jeder Hand ein Kind und vor mir der Kinderwagen, Igor und David saßen im Umzugsauto. Als wir an der äußersten Südwestspitze, also im Vorraum Frankreichs, ankamen, hatte Jascha noch einen Monat die gegenüberliegende Regenbogenschule – wie nett, dachte ich – zu besuchen. Kaum angekommen, realisierte ich, dass er nach den Sommerferien die große Schule besuchen musste, zu früh, wie ich fand.

Mit Jascha wollte ich zwei, drei Schulen anschauen, aber er entschied sich sofort für das Gymnasium. Ein moderner Flachbau, typisch für die 70er Jahre im Westen. Auf meine Bedenken, dass er dann vielleicht viel auswendig lernen und Hausaufgaben machen müsse, lachte er. „Das mache ich schon, Mama." Und genauso ist es dann gekommen.

Seine erste Französischlehrerin lernte ich auf einem Elternabend kennen. Sie mochte Jascha und sah gleich unsere Situation: vier Kinder, eine fremde Umgebung und dass ich nochmal studieren musste, um hier arbeiten zu können. An manchen Vormittagen klingelte es, und sie brachte Säcke mit getragenen Kleidern ihrer Kinder vorbei.

Eines Morgens hatte Jascha seine Proviant-Büchse vergessen. Ich fuhr mit Igor zum Bäcker und mit einem Nussnougatcroissant in die Schule. Wir klopften an die Klassenzimmertür und übergaben ihm einfach die Bäckertüte; ein Vorfall, der uns einbrachte, dass wir nicht mehr in der Schule auftauchen sollten, so peinlich fand er das. Nachmittags gab's den Fußballverein und die erste Freundin. Irgendwann bekam ich mit, dass er nicht nur seine Hausaufgaben selbstständig erledigte, sondern auch seine Klassenarbeiten eigenständig unterschrieb, was lange nicht bemerkt wurde und zur Sprache kam.

In der Zeit als Igor und ich uns noch öfter zofften, befreundete er sich mit einem Jungen, dem er in Mathe helfen wollte. Dieser zwielichtige Junge stand bisweilen abends an der Wohnungstür mit tief ins Gesicht gezogener Kapuze, dann verschwanden beide in der Dunkelheit.

Später stand die Kriminalpolizei bei uns im Wohnzimmer, Jascha hätte mit diesem Jungen Mülltonnen in der Nachbarschaft angezündet und die Schiedsrichterbank vom Fußballverein. Das Ganze wurde unter 'schwerer Brandstiftung' gehandelt, kostete Jascha das Handy, das die Ermittler einzogen und ein paar freie Nachmittage, in denen er im Tierheim ehrenamtliche Stunden als Strafe ableisten musste.

Jetzt, Jahre später im Lockdown, wohnen wir schon längst in der Landeshauptstadt und Jascha war schon ein Jahr lang um 6:18 Uhr mit dem Bus zur Schule aufs Land gefahren und kam dann erst gegen 18h nach Hause. Als dann der Online-Unterricht begann, schaltete er im Bett den Lautsprecher seines Handys an, oder er rannte Kreise in seinem Zimmer, nur mit einer Unterhose bekleidet, während der Lehrer, fast schon heiser, den Stoff durch die Leitung in das Ohr seiner vermutlich abgelenkten Schüler zu drücken versuchte. Nach diesem verzappelten Jahr entschied sich Jascha, an ein nahegelegenes Gymnasium zu wechseln, bei dem er nicht so lange mit den öffentlichen Verkehrsmitteln unterwegs war.

Auch mit Test und Maske ging Jascha in die Schule, denn er wollte sein Abi haben. „Mama, denkst du, der sieht, wo ich das Stäbchen hinstecke, wenn ich die Hand davorhalte?" Auch wieder wahr. „Deshalb bleibe ich doch nicht im Hamsterkäfig und lasse mir das Abi versauen." Recht hatte er. Aber er gab Widerrede, er hinterfragte die nach Richtungen beklebten Gänge im Schulhaus und die sich ständig ändernden Verordnungen, widersprach der voreiligen Werbung für fadenscheinige medizinische Maßnahmen, und ehe er sich's versah, war er dann doch mit einem einzigen Mitstreiter zum Außenseiter geworden. Das bedrückte ihn aber wenig. Das Abitur stand vor der Tür. Da seine Deutschaufsätze knapp ausfielen, schlug ich ihm vor, pro Woche ein Format zu üben. Die Monate gingen ins Land, und es passierte nichts.

Die ganze ambivalente Stimmung, das Zuhausebleiben

und sich wieder in die Bänke drücken müssen, hatte ihn merkwürdig gelassen gemacht. Vielleicht hing es auch mit seinem Freund zusammen, den er noch aus der alten Schule kannte. Bauingenieur wollten sie werden. Aber Tom fing schon eher an zu studieren, in einer anderen kleinen Stadt. Aber als er digital in der fremden Kemenate vor dem Bildschirm saß, zog er wieder nach Hause und verdingte sich vorübergehend am Bau. Gemeinsam kamen sie zum Schluss, sich vorerst nicht mehr hinter die Bücher zu zwängen und stattdessen das Handwerk 'von Grund auf' zu lernen. Sie wollten selbst richtige Häuser bauen können. Zusammen legten sie sich folgenden Spruch für sämtliche Propaganda hinsichtlich der Impfung zurecht: „Ich lasse mich doch nicht erpressen!" Dabei standen sie da wie eine Wand mit ihren Muskeln vom Eiweiß und Fitness.

„Mama, ich werde nicht mehr die Nase nur in Bücher stecken. Da sitze ich mir den Arsch wund in Bibliotheken und dann werde ich auch so ein Studierter mit gutem Job, der sich immer anpassen muss, damit er die Karriereleiter nicht schneller wieder runterpurzelt als er sie hochgeklettert ist. Ich will was Richtiges mit meinen Händen machen. Dann gehen wir nach Portugal und dort baue ich mir dann mein eigenes Haus, und dir baue ich auch eins."

Als der Tag der ersten Abiturprüfung kam, wusste ich: Gelernt hat er nichts. Er trat in den Ring wie ein Buttermaker, und er wird sein Abi machen. Genauso war es auch. Nach Verkündigung der Ergebnisse der schriftlichen Prüfungen wunderte er sich, dass er haarscharf nur genauso viel Punkte sammeln konnte, wie er brauchte, um durchzukommen. Für die mündliche Geschichtsprüfung schrieb er sich dann die wichtigsten Daten auf Karteikarten, mit denen ich ihn abfragte. So errang er eine glatte Eins in seinem Lieblingsfach Geschichte über die Punischen Kriege, von denen ich vorher noch nichts gehört hatte.

Bei der Abirede sagte der Lehrer, der früher einmal Opernsänger gewesen war, mit kräftiger und sonorer Stimme, dass er recht lange nachgesonnen habe, was er diesen jungen Menschen mit auf den Weg geben solle, und er hätte sich echt schwergetan und ein bisschen bei Goethe geblättert – was man als Akt der Verlegenheit, wenn man etwas sucht, bei dem es um den Ernst des Lebens geht, eben so mache. Als er die Hoffnung auf eine zündende Idee, eine geistvolle, die sich eben nicht einstellen wollte, schon fast aufgegeben hätte, habe er plötzlich in der morgendlichen Küche beim ersten Kaffee Pipi Langstrumpf auf ihrem Pferd durch den Garten reiten sehen. „Und das will ich euch mitgeben: Werdet nicht zu vernünftig! Passt euch nicht an! Werdet wie Pippi Langstrumpf!" Jascha, der schon rein äußerlich weit von Pippi Langstrumpf entfernt war, nahm auch das gelassen hin. Eine schöne Rede, gewiss, aber was heißt denn das: 'Passt euch nicht an, macht mal was Verrücktes!', und warum rät es ihnen gerade ein solcher Lehrer, der auch in den letzten Jahren nicht gegen den Strom geschwommen ist? Belassen wir es hierbei. Jascha nahm seine Urkunde entgegen und verließ die Schulzeit wie eine Stadt, in der man mal vorübergehend tätig gewesen ist, die man aber sicherlich nicht noch einmal aufsucht. Er hatte sein Abitur und damit sein Ziel erreicht. Nach den Ferien klingelte der Wecker kurz nach sechs. Er drehte sich nicht noch einmal um und ging von da an jeden Morgen bei Wind und Wetter auf den Bau.

David

Der erste Eindruck, den er vermittelte, war ein Kirgise, der sich in Ort und Zeit geirrt zu haben schien. Seine Schläfenlocken standen von den vollen Wangen ab, die Augen schauten verträumt irgendwohin. Mit der Saugglocke wurde er damals ans Licht der Welt gerissen, die Nabelschnur hatte sich mehrfach um seinen Hals verknotet. In einem anderen Jahrhundert hätten er und ich es nicht geschafft, an dieser Stelle konnten wir der Medizin dankbar sein.

Während er wochenlang lächelte, schrie er nach seinem

zweiten Lebensmonat ein volles Jahr durch. Es gab eine Handvoll Vermutungen, die hier zu weit führen würden. Im Kindergarten beklagte er sich über den Lärm der Bobbycars und auf den Wegen über die Lautstärke des Verkehrs, er wollte aus der großen Stadt heraus. Am liebsten sortierte er Matchboxautos, die er fein säuberlich in Reih und Glied nach Farben geordnet auf seinem Teppich parkte, er konnte Mandalas mit Spielautos bauen. Die Entwicklungsschritte vollzog er langsam und bedächtig, aber Worte, Ergebnisse und Farben konnte er sich gut merken. Deshalb und weil er auch sehr klein war, ließen wir den Schulbeginn bei ihm um ein Jahr zurückstellen. Er wäre sonst mit fünf Jahren wie Jascha in die Schule gekommen, und das hielten wir für viel zu früh.

Auch sein erster Schultag nahte in großen Schritten. Von Euphorie war bei keinem auch nur ein Anzeichen zu sehen. Ich hatte Igor im Visier: Würde er auch diesmal bei der Zeremonie ausreißen? Seine Blicke lagen starr auf David gerichtet. Meine wankten von ihm zum Schulbeginner, der trotz der Verzögerung eines Jahres in seinem Anzug dastand und die Zuckertüte kaum tragen konnte, weil diese ihn überragte, sogar wenn er sie nur auf die Spitze neben sich stellte. Der Schulleiter versuchte sich bei der Rede in Eloquenz, aber keine der Verwandten wollten so richtig lachen, die Erstklässler verstanden seinen Humor auch nicht, hörten aber stolz und brav zu. David nicht, er stand ganz außen in der Reihe wie ein Fremdkörper, als hätte er mit dem Treiben um sich herum nichts zu tun.

Davids erste Klassenlehrerin war eine wunderschöne Frau mit grauen Augen und dunkelblonden Locken. Sie hatte eine herzliche Ausstrahlung, und ich dachte immer, so ein Gesicht würde ich gern im Kino sehen. Sie war gerade aus dem Babyjahr gekommen und unterrichtete eigenständig und als einzige Lehrerin an dieser Schule nach dem Montessori-Prinzip, was konkret bedeutete, dass sie Lernpläne für jedes einzelne Kind erstellte. Einmal erzählte sie mir, sie hätte nur anderthalb Stunden geschlafen, weil sie so gründlich den Unterricht vorbereitete, und ihre eigenen Kinder hatte sie auch noch zu versorgen. Trotz des Pensums, das sie sich auferlegte, lächelte sie immer. Schon am Morgen stand sie in der Klassentür und empfing die Kinder. Die Eigenheiten Davids erkannte sie schnell und machte ihn zu ihrem persönlichen Gehilfen. Er saß nah bei ihr und rechnete und schrieb außerordentlich gern.

Später war ein Praktikant da, er zog den kippelnden Kindern an der Lehne, so dass sie im Schreck das Gefühl des freien Falls bekamen, das war nicht in Ordnung. Igor holte David eines Tages ab. Während der Unterricht noch nicht zu Ende war, sah David Igor durch die geöffnete Tür. Sofort rannte der Junge zum Vater und wurde von der Schulstrukturhelferin in die Klasse zurückgezerrt, dann folgte der Gang zum Direktor. Bei den Gesprächen wurde auf Gehorsam und Autorität gepocht und nicht auf die Gefühle des Kindes. Der fast euphorisch stimmende Ersteindruck bekam Risse.

Nichtsdestotrotz machte die wunderschöne Frau Ohlmann weiter, als gäbe es nichts Schöneres als Schule. David saß begeistert an meinem runden Tisch und rechnete freiwillig eine Seite nach der anderen, während ich mir was für meinen Unterricht ausdachte. Jascha drängelte ihn bisweilen, doch endlich aufzuhören und mit ihm raus auf den Fußballplatz zu kommen.

Das erste Halbjahreszeugnis enthielt nur verbale Einschätzungen, die David als sehr stillen, aufmerksamen, interessierten Schüler bezeichneten und ihm sehr gute Anlagen in allen Fächern bescheinigten.

Als wir vom Nordosten in den Südwesten zogen, wendete sich das Blatt.

Die neue Schule hatte ein Regenbogentor und war genau gegenüber von unserem Haus. Seine dortige Klassenlehrerin stand kurz vor der Rente. Ihre weißblonden Haare, die stahlblauen Augen und die harte kleine Gestalt strahlten Kälte aus.

Freiwillig meldete ich mich gleich, beim Sportfest zu

helfen. Frau Schreck pfiff energisch in die Trillerpfeife und bestand darauf, dass die Kinder den Weg zum Stadion in Reih und Glied marschierten. Sogleich monierte sie: „Können Sie ihm nicht die Haare abschneiden lassen? Jungen tragen keine langen Haare!" Nicht nur die Hässlichkeit der Gegend, sondern besonders dieser Spruch erinnerten mich schlagartig daran, warum ich nie in der Provinz leben wollte. Aber nun waren wir da.

Wenn David aus der Schule kam, wirkte er nun einsilbig. Auf meine Nachfragen hin erzählte er, dass Frau Schreck ständig die Kinder anschreie.

In Berlin wurden der erste und der zweite Jahrgang zusammen beschult, Klassenarbeiten in dem Sinne nicht geschrieben. Hier wurden die Klassen jahrgangsweise unterrichtet.

Frau Schreck schrieb mit den Kindern Diktate, in denen er nur Sechsen kassierte, weil er so etwas aus Berlin nicht kannte. Ich suchte das Gespräch mit Frau Schreck, um zu erreichen, dass David eine Eingewöhnungszeit bekäme, aber sie stellte sich quer. Auf die Frage, was ich mit ihm üben könnte, erhielt ich keine konkrete Antwort oder Hinweise. Igor schrie mich an: „Warum redest du mit 'sowas' überhaupt?! Diese Frau ist völlig unfähig und versteht von Kindern gar nichts! Das sieht man schon vom Fenster aus, wenn sie in der Hofpause die Kinder rumkommandiert."

Die Hausaufgaben hatten einen massiven Umfang; oft saß ich mit ihm zwei Stunden, während Nathaniel zwischen uns rumkrabbelte.

David ging nur noch voller Angst in die Schule, auch ein Gespräch mit der netten Direktorin führte zu keiner Änderung der Fahrtrichtung.

Im zweiten Jahr kam er eines Tages nach Hause und setzte sich weinend auf die Treppe. Als wir ihn besorgt fragten, was los sei, konnte er vor Schluchzen keinen einzigen Satz bilden. Irgendwann beruhigte er sich ein bisschen und stieß hervor: „Im Kino war ein Mann, dem haben sie beide Arme und Beine abgeschnitten."

Igor ließ sich nichts weiter erklären. Mit einem lauten „Jetzt reicht's!", knallte er die Wohnungstür hinter sich zu und stürzte mit seinen spitzen Schuhen in die Schule.

Die übermannte Frau Schreck, die damit nicht gerechnet hatte, dass sich ein anderer Mensch außer ihr auch das Recht rausnahm, herumzubrüllen, wiederholte papageienartig: „Das war ein Kinderfilm, der auf dem Kinderfilmfestival lief, FSK 6." Der außer sich geratene Igor wurde vom Schulgelände verwiesen. Als er opponierte und darauf bestand, dass die Sache erst mit David geklärt werden solle, half die Polizei nach.

Tags darauf zitierte uns die Direktorin der Grundschule zu sich: Um Frau Schrecks Nerven zu schonen, wurde David in eine andere Schule versetzt, zu dem er in den nächsten Ort mit dem Bus fahren musste.

Sein Klassenlehrer dort war eigentlich kein Lehrer, sondern Komponist. Herr Schubert war ein kleiner untersetzter Mann mit einem langen, dünnen Zopf. Frühmorgens ging er in die Schule und brachte den Kindern die Buchstaben, die Zahlen, das Lesen, Schreiben, Rechnen bei und noch was über Vögel, Flüsse, Wälder und ein paar Wörter Chinesisch. Aber vor allem sang er mit den Kindern viel, tanzte, und ein Orchester leitete er auch. Da gab es nicht nur Flöten wie bei Frau Schreck, sondern auch richtige Violinen, Bratschen, einige Celli und einen Kontrabass. Herr Schubert konnte alles – außer vielleicht Turnen, sogar Fußball spielte er mit den Kindern, und es machte ihm nichts aus, dass sie dort besser waren als er. Aber im Tor war er gut. Manche Schultage vergingen mit Liedern, oder Herr Schubert ging einen ganzen Tag mit den Kindern in den Wald und sie beobachteten die Blüten und Bienen. Das gefiel David. Und keiner hätte sich etwas Böses dabei gedacht, wenn Herr Schubert ein Kind, das traurig war, weil es vielleicht nicht in der Schule sein wollte, sondern bei seiner Mama, auf seinen Schoß setzte und ihm vor der Klasse einen chinesischen Witz erzählte.

Dann lachte Herr Schubert über sich selbst, und die Kinder lachten auch – solange, bis auch das traurige Kind zu lachen begann.

Und Herr Schubert ist keine Bilderbucherfindung, den gab es wirklich, und zu dem ging David gern, und da lernte er auch was, und Igor kam mit ihm klar. Die chinesischen Wörter hat er später wieder vergessen, aber die goldbraune Füllertinte von Herrn Schubert nicht.

Nur in der Rechtschreibung blieb David unsicher, und ich bin mir nicht sicher, ob er jedes Mal, wenn er nicht so recht wusste, wie er das Wort schreiben sollte, die Schreck hat brüllen hören und er deshalb nichts aufschreiben konnte. Das konnte Herr Schubert nicht heilen, dazu war David zu kurz bei ihm.

Dann meldeten wir nach langem Abwägen und gründlichem Nachfragen David in dem Gymnasium an, auf das auch Jascha ging, weil sie da auch sensible Kinder fördern wollten. Weil es da, so hofften wir, nicht so roh zuging wie auf Gemeinschaftsschulen, weil da weniger geprügelt und die Toiletten seltener verstopft waren und nichts angezündet wird, so hofften wir.

Der viel zu schwere Ranzen bog den kleinen Rücken nach hinten, nur ungern ließ ich ihn morgens, wenn es noch dunkel war, mit dem Bus abfahren. Die Talfahrt nahm seinen Lauf. Manchmal saßen wir bis in den frühen Abendstunden an den Hausaufgaben, oft lernten wir seitenweise Französisch. Es schien gar nicht mehr aufzuhören. Bis Igor in Zimmer stürzte und rumbrüllte, ich sollte aufhören, den Jungen zu quälen.

Aber was sollte ich machen? Ich wollte, dass er sich in der Schule gut fühlt. Dass er verstand, wovon sie redeten. Irgendwann schaute ich im Internet nach: Längst hatten die Bildungswissenschaftler herausgefunden, dass der Lerneffekt von Hausaufgaben nicht nennenswert ist. Ein Kind der Grundschule sollte nicht länger als eine halbe Stunde, größere Kinder eine Stunde, beschäftigt sein. Und hatten sie am Vormittag nicht schon lange genug stillgesessen? Aber bis sich das hier rumgesprochen hätte, verordnet und umgesetzt werden würde, vergingen vielleicht Jahre, Jahrzehnte oder gar Jahrhunderte.

Jeder von uns war aufgrund dieses Desasters auf seine Art verzweifelt.

Wenn David sich nicht sicher war, schrieb er in der Arbeit gar nichts hin. Nicht ein bisschen, nicht einen Versuch, einfach gar nichts. Da hatten wir tagelang viele Stunden gelernt, und das Blatt blieb leer. Auf diese Weise blieb er zweimal an diesem Gymnasium, das die sensiblen Kinder fördern und sehr achtsam mit ihnen umgehen wollte, sitzen.

Dann brachten wir ihn in die kleine Gemeinschaftsschule mit den klaren Regeln. Dort wuchs sich pünktlich zur siebten Klasse seine Rechtschreibphobie aus. Seitdem kommt es vor, dass er eine ganze Seite vollschreibt ohne Fehler, in der ihm eigenen, eckigen Schrift. Rechnen kann er auch gut. Nur Englisch findet er komisch. Lieber lernt er die fremd klingenden französischen Wörter, aber ein Baguette bestellen, kann er nicht. Obwohl er gut mitkam, denkt er bis heute, er sei eben nicht so klug.

In aller Bescheidenheit saß er seine Jahre ab. Er hatte nie einen wirklichen Freund, aber er war in den Klassen immer sehr beliebt und von den Lehrern sehr gelobt für seine stille, aufmerksame Art.

Und dann kam der Lockdown. Da saß er zwei Jahre auf dem grauen Teppich und tat nichts, denn was hätte er auch alleine tun sollen? Und mich fragte er nicht, denn er sah, wie ich zwischen Nathaniel und Nastassja hin- und herruderte. Da wollte er meine Kraft nicht auch noch beanspruchen. Außerdem konnten wir uns nur schlecht in diese Digitalplattform einloggen, weil sie alle paar Tage Störungen hatte. Und dann war das Passwort weg. Und dann fanden wir die Aufgaben nicht.

Die Plakate fertigte ich an, nur die vorgefassten Texte schrieb er ab und klebte die Bilder und Textstreifen zusammen.

Als er wieder in die Schule ging, im Frühjahr 2022, wurde

uns mitgeteilt, dass er in zwei Monaten die Prüfung für den Hauptschulabschluss mitschreiben müsse, weil er aufgrund des langen Fehlens in die G-Kurse eingestuft worden war.

Ich besorgte mir von Klara Hauptschulabschlussprüfungen und exerzierte sie mit ihm durch. Trotz der zweijährigen Abstinenz bestand er die Prüfungen.

Ob er nun Detektiv, Kellner, Bauarbeiter werden will, weiß er noch nicht, denn man kann nicht abschätzen, was in der neuen Welt gebraucht wird. Dass diese aber kommt und er mit der Familie in die neue Zeit gehen will, das ist für ihn klar.

Nastassja

Als Nastassja in die Schule kommen sollte, legte sich Igor sehr ins Zeug. Einen ganzen langen Nachmittag verschwanden die beiden und kamen mit einem hellblauen Tüllkleid zurück, das eher an eine viktorianische Königskrönung erinnerte als an eine Schuleinführung. Aber hier am äußersten Rand war das so: Die Leute liefen im Alltag in der Jogginghose herum, aber bei offiziellen Anlässen warfen sie sich in Schale. Trotzdem fiel Nastassja mit ihrem eisblauen Kleid, dem weißen Pelzmäntelchen und der großen Schultüte auf.

In den ersten Wochen widmete sie sich gewissenhaft ihrer neuen Aufgabe und lernte schnell, die Buchstaben in die Zeilen zu setzen und die Zahlen im Kopf zu kombinieren. Mit dem ehrgeizigen Mädchen aus Russland lieferte sie sich gern ein Kopf-an-Kopf-Rennen.

Da sie schon, seit ich denken kann, auf Stifte, Papier, Scheren und sämtliche grafischen Utensilien spezialisiert war, entdeckte sie im Schreibwarengeschäft die lila Spitzmaschine. Tagelang lag uns Nastassja in den Ohren, endlich diesen Spitzer zu kaufen. Dieser wurde auf den Tisch gestellt, die Stifte ins Maul geklemmt, und an dem Hebel musste man drehen, bis die Stifte spitz wie ein Pfeil waren. Er war so groß, dass er kaum in den Ranzen passte. Stolz nahm sie ihn mit in die Schule.

An diesem Tag kam sie mittags zurück, sie blinzelte weise vor sich hin, ihr Blick strahlte Überlegenheit aus, und ich wusste gleich, dass etwas Außergewöhnliches passiert sein musste. Ungefragt, aber bedächtig fing sie an zu berichten: „In der Mathestunde sollten wir etwas ausmalen. Die Kreise blau und die Vierecke rot. Da habe ich alle Buntstifte auf den Tisch gelegt und die Spitzmaschine ausgepackt. Dann habe ich den blauen Stift eingeklemmt und angefangen zu spitzen. Alle Kinder standen auf, kamen zu mir und stellten sich um meinen Tisch. Sie wollten sich die Spitzmaschine genau anschauen. Aber die Frau Klein hat gleich geschrien: 'Kinder, ab auf euren Platz!' Und dann hat sie gesagt: 'Nastassja, pack den Spitzer und die Stifte ein. Du störst den Unterricht!' – 'Aber wieso störe ich denn den Unterricht?', habe ich gesagt. 'Ich spitze doch nur die Stifte für die Kreise und die Vierecke. Vielleicht malen wir dann auch noch Rechtecke und Ovale an, dann brauchen wir noch mehr Farben und den Kindern gefällt die Spitzmaschine auch. Die hat mir der Papa gekauft.' Aber diese Frau Klein ist richtig wütend geworden, sie will nicht mit mir diskutieren, hat sie gesagt. Siehst du, Mama, da ist mir klargeworden, nicht nur mit Frau Klein stimmt etwas nicht, sondern mit der ganzen Schule. Kinder können nicht nur stillsitzen, sie müssen auch mal Spaß haben und nicht nur, wenn Frau Klein das will."

Und so nahmen die Dinge ihren Lauf. Nastassja war in der Grundschule sehr gut, aber es gab immer wieder Ärger mit ihr und Frau Klein.

Schlussendlich stritt sie sich mit den Mädchen aus der Klasse, weil die ein Butterbrot aßen, obwohl es Frau Klein verboten hatte; und als Nastassja ihres aus rausholte, bekam sie Ärger. Sie fand das so ungerecht, dass sie zu Frau Klein sagte, sie müsse sich erstmal beruhigen. Dann ging sie schnurstracks aus der Schule, setzte sich auf ihr Fahrrad und fuhr umher. Die Lehrerin rief nicht etwa die Eltern an, sondern alarmierte sofort die Polizei, die mich wiederum kontaktierte, als ich im Urlaub mit Nathaniel am Zürichsee saß. Ich rief Igor an, der Nastassja fand. Ihm war seit der Sache mit Frau Schreck ein Verbot ausgesprochen worden, das Schulgelände zu betreten, woran er sich auch zwei Jahre lang gehalten hatte. Als Nastassja nun aber Angst hatte, an diesem Tag ihren Ranzen aus der Schule zu holen und Frau Klein und diesen gehässigen Mädchen zu begegnen, ging er geradewegs durch das Tor ins Schulgebäude hinein, packte, ohne ein Wort zu sagen, ihren Ranzen und eilte nach draußen. Daraufhin bekam er von der Schuldirektorin eine Anzeige wegen Hausfriedensbruch, was neunhundert Euro kostete und womit er als vorbestraft galt. Zwar riss ihn der aufgesuchte Rechtsanwalt aus Schlimmerem heraus, wollte dann aber eintausendzweihundert Euro für ein aufgesetztes Schreiben und ein daraufhin eingestelltes Gerichtsverfahren kassieren. Da sollte mal einer die Welt verstehen: Mädchen, die nicht im Unterricht spitzen und Väter, die ihre Töchter nicht von der Schule abholen dürfen, weil sie als gefährlich gelten, wenn sie lautstark ihre Meinung sagen. Es war der helle Wahnsinn, und ich schob es auf die Provinz, aber wenn ich ganz ehrlich zu mir selber war, hätte uns das auch an einer Schule in Berlin passieren können. Mir fiel immer wieder 'Überwachen und Strafen' von Michel Foucault ein, der in Schulen und Gefängnissen den Machtmissbrauch auf das Deutlichste präsentiert sah mit Verfahren, die auf den Jesuitenorden zurückgingen. Das Dumme war nur, dass wohl keiner der Lehrer Foucault gelesen hatte und diese dachten, sie machten alles richtig.

Durch den Umzug ging Nastassja ab dem vierten Schuljahr in eine andere Schule. Frau Klein sagte zu der Klasse, sie sei froh, dass Nastassja umgezogen sei, nun kehre endlich Ruhe ein. Sie begriff natürlich nicht, dass sie das aufgeweckteste Mädchen verlor, das sie vielleicht je hatte.

Die Lehrerin in der neuen Schule war ein füllige, den Kindern sehr zugewandte Frau, allerdings tobten sie bei ihr durch die Klasse, kippelten und malten an die Tafel. Nastassja fand kaum Anschluss bei den vornehmen Mädchen, deren Eltern teure Autos fuhren und auch nicht bei den anderen, die aus den Kellerwohnungen kamen und nur Toastbrot in der Büchse hatten. Außerdem war Frau Selig ständig krank: Erst hatte sie Bauchschmerzen, dann wurde sie schwanger; insgesamt fehlte sie bestimmt dreiundzwanzig Wochen und die Kinder wurden auf andere Klassen aufgeteilt. Nastassja wurde mal von der einen, mal von der anderen Gruppe geärgert, weshalb ich alle zwei Wochen zu der arglosen Sozialarbeiterin mit der dicken Brille ging, die Vorfälle schilderte und sogar Vorschläge unterbreitete, wie ich damit umgehen würde. Das half aber nichts, weil ich nicht professionell sei, was zur Folge hatte, dass Nastassja weiter geärgert wurde und nicht mehr hingehen wollte. Am Gymnasium sollte ich sie nur deshalb anmelden, weil sie dort kein Französisch lernen musste, sondern Latein. Die strenge Lehrerin machte vor allem eines: sich Sorgen. Selten habe ich ein so geflissentlich strenges Gesicht gesehen, und ich frage mich, wie die Kinder diese Humorlosigkeit auch nur länger als eine Woche aushalten konnten. Mussten sie auch nicht: Denn nach nur ein paar Monaten todernsten Schullebens kam der lustige Lockdown. Wie wir dort gelernt haben oder eben auch nicht, welche Bücher durch das Zimmer flogen, steht am Anfang des Buches. Nastassja war meine härteste Herausforderung im Ring. Im darauffolgenden Schuljahr meldeten wir sie an der Gemeinschaftsschule an. Da würde sie weniger Hausaufgaben machen müssen und alles würde einfacher werden, dachten wir. Aber Nastassja kam nie wirklich dort an, denn kaum hatte die Schule wieder begonnen, saßen die Kinder auch schon wieder auf dem grauen Teppich im nächsten Lockdown. Wie es sich eingebürgert hatte, wurden sämtliche Schulaufgaben lässig übergangen. Und hier war das sogar noch einfacher als am Gymnasium, denn jetzt gab es eine Plattform im Internet, bei der die Aufgaben hoch- und runtergeladen werden sollten; zur Freude der Kinder funktionierte sie nur manchmal, so dass man immer sagen konnte: „Hat nicht funktioniert."

Stattdessen zeichnete Nastassja. Binnen eines Jahres

wurde sie so genau, dass es fast schon ein Wunder ist. Ihre Zeichnungen hätte man einem Kind ihres Alters kaum zugetraut. Und erst ganz am Ende, als die Maskenpflicht aufgehoben wurde, war Nastassja die erste, die sagte: „Dann gehe ich wieder in die Schule, denn ich will auch was lernen." Richtig gut wollte sie werden, aber als sie endlich wiederkam, merkte sie, was sie alles verpasst hatte und ihr fehlte der Anschluss. Die Lehrer fand sie albern, weil sie in der Impfung noch immer einen Segen sahen. Hatten die denn nicht die Augen offengehalten und gemerkt, was inzwischen alles passiert war? Konnten Sie nicht die Fehlentscheidungen sehen und Stellung beziehen?

„Die kann ich nicht ernstnehmen", sagte Nastassja, und legte die Füße auf den Tisch. Manchmal zog sie die Kopfhörer an. Manchmal fuhr sie früh los und kehrte wieder um. Öfters als manchmal verpasste sie den Bus.

„Ich bin Künstlerin, warum soll ich denn Mathe lernen?" „Die stehlen mir meine Lebenszeit! Ich bin dort eingesperrt; das ist nur was für talentlose Menschen." Und so ging es in einem fort.

Abende voller Tränen: „Niemand versteht mich." „Ich will an eine Kunstschule."

Wenn ich sie früh weckte, blieb sie liegen und noch länger liegen und bis zur letzten Minute liegen, bis sie aus dem Bett sprang und mich anschrie: „Nur weil du eine Lehrerin geworden bist, muss ich in diese Scheißschule gehen mit diesen Kinderquälerlehrern! Du bist auch eine Kinderquälerin, und du willst meine Mutter sein! Wenn du auf den Papa gehört hättest, wären wir schon längst in ein Land ausgewandert, in dem die Kinder nicht in die Schule gehen müssen!" Oder: „Es kann gar keinen Gott geben, sonst hätte er nicht zugelassen, dass den Kindern die Lebenszeit in der Schule gestohlen wird, ich glaube es einfach nicht, dass es ihn gibt." Oder: „Mein Leben ist sowieso versaut, ich habe drei Jahre meines Lebens verloren! Und wenn die neue Welt kommt, wenn sie überhaupt kommt, dann ist meine Kindheit vorbei! Und weißt du was? Ich bin einfach zu feige, einfach aus diesem Fenster zu springen, ich bin einfach zu feige, und deshalb hasse ich mich und dich, weil du einfach nur willst, dass ich in diese scheiß Schule gehe mit ihren Lehrern, die die Kinder verachten, und alles andere ist dir doch egal, du scheiß Lehrerin!"

Wenn sie zu laut zeterte, sprang Igor aus seinem Bett, baute sich nackt vor mir auf und brüllte mich an: „Du bist sogar zu blöd, deine Tochter anständig zu wecken!" Und ganz gleich, was ich erwidern wollte, es wurde niedergebrüllt. Dann nahm er seine Tochter in den Arm und tröstete sie.

Manchmal war ich nach diesen Terrormorgen froh, wenn ich einfach nur auf dem Fahrrad saß, auch wenn es regnete. Später weckte ich Nastassja nicht mehr, Igor übernahm das: Er weckte sie kurz und ging dann wieder ins Bett. Nastassja kommentierte den Wechsel: „Ich glaube, der Papa tut nur so, aber der hat auch nichts begriffen! Der kann doch nicht mit mir einer Meinung über die Schule sein und mich trotzdem dahinschicken, spinnt der?" Das war die Phase, in der sie tat, als ginge sie zur Schule los, sich stattdessen aber in meinem Zimmer versteckte oder auch mal einen Tag in der Stadt rumstreunte. Dann schrieb sie folgenden Zettel: „Papa, du brauchst mich heute nicht abzuholen, ich gehe danach noch mit einer Freundin in die Stadt."

Später ließ sie sich von einem riesengroßen, türkisfarbenen Wecker, der selbst ein Nilpferd aus dem Schlaf gerissen hätte, wecken. Leider flog der aber an einem regnerischen Morgen aus dem Fenster und zersprang in tausend Stücke.

Ihr Schulhass resultierte aus empfundenem Zwang; gegen alle Beteiligten teilte sie ordentlich aus. Der verständnisvolle, nie schimpfende Mathelehrer versuchte sie zu motivieren, indem er sagte: „Nastassja, deine Bilder sind ja gut und schön, aber Kind, wovon willst du einmal leben?" Diese besorgniserregende Aussage hatte er mehrfach getätigt, woraufhin Nastassja eines Tages antwortete: „Und, Herr Minuent, finden Sie Ihr Leben nicht ein bisschen langweilig?"

Er sei verblüfft gewesen, weshalb sie etwas nachhelfen musste: „Ich meine, das ist doch nicht ihr Hobby, Kindern, die das nicht interessiert, Gleichungen und Ungleichungen beizubringen. Also ich könnte mir Schöneres vorstellen. Beispielsweise Bungee-Jumping, Pilot oder Feuerschlucker – oder meinetwegen bunte Bilder malen. Irgendwas Verrücktes. Haben Sie denn noch nicht nachgedacht, für was Sie begabt sind? Sie werden doch ein richtiges Hobby haben!" So oder auf ähnliche Weise konfrontierte sie den Mathelehrer.

Der gab sich aber mit seinem Beruf „zufrieden", immerhin sei in der Schule „immer was los". Ich glaube ihm das auch, denn er besitzt sogar den Mut, in diesem Sommer mit den Pubertierenden zelten zu gehen.

Wie auch immer. Nastassja jedenfalls hat auf eine der vier Mathearbeiten statt Zahlen mit schwarzem Kugelschreiber eine Balletttänzerin gezeichnet und einen Spitzenschuh, ein wirklich vorzügliches Bild. Da habe ich mich dann doch ein bisschen über Herrn Minuent geärgert, denn er besaß nicht den Humor, ihr von der Kunstlehrerin eine Eins drunterschreiben und die Mathearbeit nachschreiben zu lassen, und daran habe ich wieder gesehen, wie wenig die gutmeinenden Lehrkörper doch von Kindern verstehen.

Der Schulpsychologe, bei dem ich während des ganzen Gespräches an den Vornamen Ralf oder Olaf denken musste, sagte klipp und klar: „Einem Kind, das droht, wegen der Schule aus dem Fenster springen zu wollen, dem ist nicht mehr zu helfen, das gehört auf direktem Weg in die Psychiatrie." – 'Nein, Sie gehören dort hin', dachte ich und verabschiedete mich schnell.

Seit ein paar Wochen lacht Nastassja wieder. Weil ich nicht mehr von der Schule spreche, spricht sie im Gegenzug wieder mit mir. Besonders gern habe ich, wenn sie sich in mein Zimmer setzt, die Farbkiste hervorzerrt, mich um eine Leinwand bittet und wir zusammen malen. Ob sie versetzt wird, wissen wir noch nicht. An der Kunsthochschule kann man in Fällen besonderer Begabung auch ohne Abitur zugelassen werden, aber am liebsten will sie schon nach neun Jahren Schluss machen und sich alles, was sie braucht, selber beibringen.

Die Kunstmathematik

Diese Matheaufgaben
entbehrten in ihren Augen
jeglicher sachverständigen Logik

sie sah das Blatt mit
weiß-schwarzen Zahlen und
Tabellen mit leeren Feldern
nur der Kugelschreiber und
das Tafelwerk waren zugelassen

Da zeichnete sie mit
Kugelschreiber über die Zahlen
das Gesicht eines Mädchens
einer Balletttänzerin mit
Stupsnase und Riesenaugen und
an die Seite noch einen
spitzen Ballettschuh eine

Musterzeichnung- aber
leere Formeln der
Mathelehrer freute sich
über die Erfrischung und
schüttelte den Kopf über
null Mathepunkte aber
wollte das Blatt behalten
mit dem Mädchen im
fliegenden Spagat und

steckte es in die Aktentasche

Sie freute sich
als sie träumte, dass
Zahlen auch fliegen können
Er würde es
schon noch begreifen

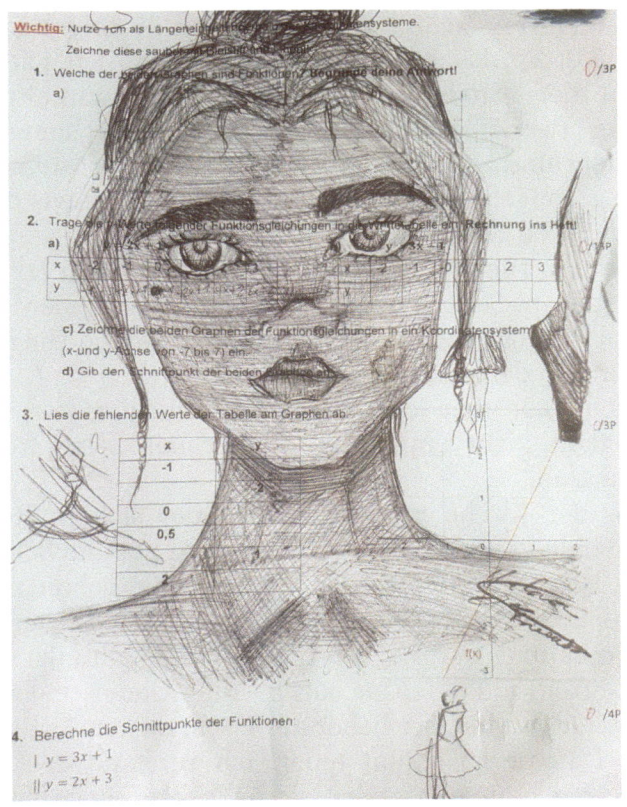

Nathaniel

Zu dem Initiationsritual 'Schuleinführung' hatte ich komischerweise bei Nathaniel keinerlei emotionale Regungen, irgendwie befand ich mich am Neutralisationspunkt: 'Na, das haben wir doch schon dreimal überstanden, diesmal wird es nicht bedeutend anders sein.' Außerdem ging Nathaniel gern in den Kindergarten, war aufgeschlossen, spielte mit anderen Kindern.

Ähnlich wie David passte er kaum in den schwarzen Anzug. Der Pfarrer erzählte beim Schuleinführungsgottesdienst etwas von 'Ernst des Lebens' und 'Pflichten', ich hätte lieber etwas von der 'Freiheit des Lernens', der 'Entfaltung von Fähigkeiten', der 'Zauberkunst des Lesens und Rechnens' gehört. Ich war sauer und wollte es gar nicht sein, am liebsten wäre ich nach vorn gegangen und hätte ihm das Mikrophon aus der Hand gerissen und den Kindern Mut gemacht und ihnen gesagt, dass sie durch das Lernen die Möglichkeit erhalten, noch komplexere Spiele zu spielen. Sauer bin ich in solchen Situationen auch auf mich, denn ich gehe nicht nach vorn und stelle die Dinge richtig wie im Film, ich denke mir das nur.

Auch Igor war das Geplänkel mit der vorgespielten Ernsthaftigkeit nicht entgangen und er ließ seine frotzeligen Kommentare ab.

Vor der Kirche mussten die Kinder sich in Reih' und Glied aufstellen und ich dachte: 'Das fängt ja gut an!' So gut, dass Nathaniel, den es immer zu den Kindern zog, schon nach vier Wochen nicht mehr dorthin gehen wollte: „Die Lehrerin ist so zickig!" Wo hatte er nur das Wort her? „Die sagt immer, dass ich mich hinsetzen muss!" Klar sitzen die Kinder meistens im Unterricht. „Ich stehe aber lieber am Tisch, da kann ich auch gut rechnen!" Da war guter Rat teuer. Ich verstand das Problem nicht. Er war kein Rammler und Tober, eher ein zartes, aufmerksames Gemüt, aber sitzen wollte er nicht. Ich verstand auch nicht, wie man auf die geknickte Haltung bestehen konnte.

In Hamburg gibt es eine Schule, in der die Kinder sogar abwechselnd sitzen, gehen, stehen und auf Sofas liegend lesen können. Hatten die hier noch nichts davon gehört?

Auf dem ersten Halbjahreszeugnis stand, dass er noch an seiner Arbeitshaltung arbeiten müsse (komische Begrifflichkeit für ein Kind), denn er schreibe immer im Stehen. Na und?

Außerdem neige er dazu, schnell in Weinen auszubrechen. Das wusste ich noch gar nicht! Zuhause war er fröhlich. Und wenn mal was nicht so ging, wie er das wollte, zeigte er sich ziemlich verhandlungsbereit, konnte schon argumentieren und sogar nachgeben.

Mir fiel auch auf, dass er zu fremdeln anfing. Plötzlich waren ihm die Klasse zu laut, die Gruppe zu groß, die Leute zu fremd. Und ich fragte mich: 'Was hatten sie mit ihm bloß gemacht?'

Viel später fragte ich Nathaniel, was er mal werden wollte. Er sagte: „Polizist, denn die können nicht verhaftet werden."

Jedenfalls wurde er bald befreit, partiell zumindest. Der erste Lockdown brachte ihn in den Schoß der Familie zurück. Obwohl er sehr schnell rechnete, wollte er den Stift nicht halten und nichts aufschreiben: „Wieso soll ich denn lesen und schreiben lernen? Ich bin doch bisher glücklich gewesen!" Was sollte ich darauf sagen? Dass die anderen Kinder lesen und schreiben lernen und er dann dasteht und es nicht kann? „Aber ich will doch gar nicht mehr zu den anderen!", hätte er geantwortet.

Er sah überhaupt nicht ein, warum er eines dieser grauen Arbeitsblätter ausfüllen sollte, allein, denn er wusste nicht, dass die anderen Kinder es auch tun mussten. Ja, warum eigentlich? Also versteckte er sich vor mir im Hochbett oder hinter Igors Tür. Ich redete mit Engelzungen auf ihn ein, ließ ihn los, fragte ihn erneut, setzte Belohnungen aus. Unser Verhältnis kam mir bisweilen so vor wie ein Reißverschluss, der klemmt.

Da ich wieder in die Schule musste und er mit den

anderen zuhause blieb, zog er gleich in Davids Zimmer ein. Ich hatte ihn verloren. Natürlich nicht ganz und rational gesehen nicht, aber das verstand mein Herz nicht – es hatte nun noch eine Wunde.

Zu den Klassenarbeiten musste ich ihn in die Schule bringen. Da wurde er, da er nicht getestet war, isoliert in einen Raum gesetzt und musste dort schreiben. Weil er die Aufgaben nur teilweise gemacht hatte, mussten ihm diese Leistungsnachweise wie böhmische Dörfer vorkommen. Einmal bekam er in Mathe eine Fünf. Als ich ihn fragte, warum es so schlecht ausgefallen sei, erzählte er: „Ich saß ganz allein im Raum. Die Frau, die auf mich aufpassen sollte, ist einfach weggegangen. Ich wollte sie fragen, was ich bei der Aufgabe machen soll, aber sie war nicht mehr da. Wenn das nochmal passiert, klettere ich aus dem Fenster, denn ich will nicht so viel schreiben."

Ich war entsetzt: Sie können doch nicht ein achtjähriges Kind in einem Raum einsperren und es erst wieder zu einer bestimmten Zeit, oder wenn die Aufgaben gelöst sind, rausholen. Im Nachhinein stellte sich heraus, dass er die Aufgaben sehr wohl rechnen konnte, er aber die Aufgabenstellung nicht verstanden hatte.

Im zweiten Jahr hatte die zuständige Lehrerin gewechselt. Die Neue war frisch im Beruf und nahm es ganz genau. Die Aufgaben waren sehr auf die Kinder abgestimmt, aber die Benotung rigide und ohne Nachsicht. Der räumliche Abstand zur Schule bewirkte bei Nathaniel, dass er von den Noten unbeeindruckt blieb, innerlich über diesen Bewertungen stand. Er erledigte das Nötigste und sah den Rückmeldungen ganz gelassen entgegen. „Die können mich gar nicht benoten, denn sie kennen mich gar nicht!", so sein Kommentar.

Die schöne Frau Blume versuchte ihn zu bezirzen. Eines Tages bestellte sie uns in die Schule, weil dort noch Hefte und Material aus den vorangegangenen zwei Jahren übriggeblieben war, das er zum 'Arbeiten' zuhause brauchte. Sie stand mit einer dichten Schnabelmaske, über deren Rand nur ihre schönen Augen lugten, vor dem Schulportal und drückte Igor den Heftestapel in die Arme. Nun stand er vollbeladen da und wollte so schnell wie möglich die Sachen ins Auto bringen, aber sie schnatterte munter drauf los, was die Kinder alles Wichtiges in ihrem Unterricht lernten. Ich stand unter Hochspannung, da Igors Abwärtsgewandtheit nicht zu übersehen war. Dann fragte sie Nathaniel noch mit süßlicher Stimme: „Zuhause ist es doch bestimmt langweilig. Die Kinder in der Klasse fragen oft nach dir. Möchtest du bald wieder zu uns kommen?" Sie war reichlich verblüfft, als er seinen Kopf trotzig schüttelte.

Schließlich wandte sie sich an Igor: „In der nächsten Woche findet unser Zirkusprojekt statt. Da unten auf der Wiese steht ein echtes Zirkuszelt mit Artisten. Die üben mit den Kindern eine Zirkusaufführung ein. Wir würden uns so freuen, wenn Nathaniel da mitmachen könnte. Das wollen Sie Ihrem Sohn doch nicht vorenthalten?"

„Zirkusakrobatik mit Maske, oder was?", warf Igor zurück.

„Natürlich, mit Maske."

„Ihr habt sie doch nicht mehr alle!"

Sie hatte ihre ironische Erwiderung kaum ausgesprochen, da knallte ihr Igor den ganzen Stapel Hefte vor die Füße, die Farbe spritzte nur so aus dem Becher, und die Stifte rollten über das Pflaster.

An uns gewandt, warf er schon im Gehen über die Schulter zurück: „Kommt, wir gehen!"

Wie die Schulsachen dann doch ins Auto gekommen sind, weiß ich nicht mehr. Ich glaube, ich habe sie aufgesammelt.

Im letzten Jahr, als es so heftig wurde, hatte ich Angst, dass Nathaniel niemals die Schreibschrift und schwimmen lernen würde. Immer wenn er längere Texte mit Druckbuchstaben abschreiben sollte, sagte er nach einer halben Stunde, dass ihm die Hand wehtue. Igor wiegelte ab: „Ach, das lernt er doch von selbst. Was soll er denn da lange üben? Die haben auch so komische Abfolgen in diesen Heften. Schönschreibheft, wenn ich das schon höre!" Igor rief in der Schule an und sagte, dass er Nathaniel auf keinen Fall mit diesem Heft und unter Anleitung von Wochenplänen drangsalieren werde. Er wollte ihm nun auf seine Art mit Bögen und Schwüngen „wie wir das auch gelernt haben" die Schreibschrift beibringen. Zwischendurch brummelte er vor sich hin: „Mit der Schreibschrift rutscht alles in den Kopf. Wer schreibt, verliert seine intuitiven Fähigkeiten ..."

Ich als begeisterte Schreiberin mit kultivierter Schönschrift mischte mich ein: „Du willst doch nicht sagen, dass Hölderlin und seinesgleichen die Intuition verloren haben?"

„Komm mir nicht mit Hölderlin. Der ist ein Sonderfall. Nur weil er außergewöhnliche Gedichte geschrieben hat, muss noch nicht gleich jeder schreiben lernen!"

Ich verstand überhaupt nicht, dass so etwas zur Verhandlung stand und war verblüfft, dass man alles hinterfragen kann. Aber vielleicht fehlt mir da ein Stück Vorstellungsvermögen.

Ich wusste nicht mehr, was ich ansprechen konnte und was nicht.

Igor ergriff das leere Schreiblernheft. Bis zu den Herbstferien kamen sie zum Großbuchstaben E. Die Klasse, die währenddessen maskiert und getestet in der Schule hockte, war zu diesem Zeitpunkt mit allen großen Buchstaben fertig, mit den kleinen in der Hälfte und schrieb schon einfache Worte in Schreibschrift.

Erst im Frühjahr 2022 hatte Nathaniel ein entscheidendes Erlebnis: Ich musste ihn wieder in die Schule zu einer Klassenarbeit bringen, irgendwie hatte er Kontakt zu den anderen Kindern und bemerkte, dass sie viel zügiger schreiben konnten als er. Ohne es zu kommentieren, setzte er sich hin und schrieb nun seine Wörter in Schreibschrift, statt wie gewohnt in Druckbuchstaben. Manche Zeichen erfand er neu. So ragte das S in den Unterraum der Zeile und sah ein bisschen so aus, wie es meine Großmutter geschrieben hatte. Natürlich wurde seitens der Lehrerin die korrekte Schreibweise angemahnt.

Für mich war die plötzliche Schreiblust von Nathaniel ein Wunder. Er hatte es sich selbst beigebracht, ohne Druck, ohne Hilfe. Ebenso erinnere ich mich, dass er zwei Zehnerzahlen (34 x 76) auf eine so komische Art über Kreuz multiplizierte. Ich sagte ihm: „So geht das nicht" und wollte ihm den gängigen Rechenweg zeigen.

„Ich weiß doch, Mami, dass ihr das so macht, aber schau mal, so geht es auch." Verblüfft musste ich feststellen, dass er mit seiner selbsterfundenen (?) Methode zum richtigen Ergebnis kam.

Und dann war da noch die Sache mit dem Schwimmen. Der Kontroll- und Maskierungswahnsinn war gerade vorbei. Ich rief Schwimmvereine an und nervte meine Kollegen, kaufte Schwimmnudel, Schwimmflügel, Schwimmbrett. Vollbeladen kamen wir im Schwimmbad an. Im mittleren Becken, in dem ihm das Wasser bis zum Kinn reichte, begannen wir unsere erste gemeinsame Schwimmstunde. Er hielt sich an der Nudel fest, führte die Beinbewegungen aus und hielt sich oben. Nach etwa dreißig Minuten lobte ich ihn für sein Durchhaltevermögen, die Aufmerksamkeit und sprach ihm Mut zu. Mit den Worten: „Du kannst jetzt spielen, morgen üben wir weiter schwimmen", setzte ich mich auf die Decke und steckte die Nase ins Buch. Als ich aufsah, fand ich ihn zuerst nicht. Ich schaute länger auf das mittlere Becken und bemerkte plötzlich, dass er mit einem anderen Jungen Saltos vom Beckenrand ins Wasser sprang und dann an den Rand zurückschwamm. Ich war außer mir vor Freude: Er hatte sich innerhalb eines Nachmittages das Schwimmen selbst beigebracht!

Solidarität

In der Schule geht alles seinen Gang, jeder kämpft an seiner Front.

Woran erkennt man einen Lehrer? An seinem Schlüssel und den auf- und zuklappenden Türen.

Das hat den Effekt, dass man sich im Vorbeigehen grüßt und weitestgehend in Ruhe lässt. Den Schülern habe ich gleich zu Beginn gesagt, dass sie bitte an die frische Luft gehen, wenn sie das Gefühl haben, zu wenig Luft zu bekommen und eine Runde auf dem Schulhof drehen sollen, denn ich wisse in Literatur, Lyrik und Kommasetzung sicherlich besser Bescheid als in Erster Hilfe. Wer so ähnlich denkt wie ich, versteht und zwinkert mir zu. Die fachlich besten Schüler sitzen mit einer dichten Maske in der ersten Reihe, sie wurden von den Medien und Nachrichtensendungen derart in Starre versetzt, so dass mir Igors Rat: „Ich würde ihnen einfach sagen: Wer die Maske nicht auszieht, den unterrichte ich nicht", reichlich praxisfern vorkommt. Dass die ganze Coronageschichte eine Frage der Intelligenz ist, dem stimme ich zu, denn jeder kann sich alternativ informieren und seinen kritischen Geist einbringen, aber Menschen, die in einer geraden Bahn laufen und deren Kindern, die in vermeintlicher Sicherheit aufgewachsen sind, scheint das schwerer zu fallen.

Heute habe ich bis zur achten Stunde Unterricht und gehe danach ganz selbstverständlich ins Lehrerzimmer, um meine Tasche zu packen. Das sind die Tage, in denen ich das Schlusslicht bilde und nicht selten passiert es, dass ich außer Herrn Wagner und den Reinigungskräften die Letzte in der Schule bin.

Heute sitzt aber eine auffallend hübsche, blonde Kollegin noch am Tisch und korrigiert. Sie nimmt mich über die Schulter wahr und fragt mich quer durch den Raum: „Wann lässt du dich boostern?"

Mal ganz abgesehen davon, dass mich dieses Wort eher

an einen Energiedrink als an eine Injektion zum Gesundheitsschutz erinnert, kommt es rüber wie ein 'must have', irgend so ein neuartiges Lifestyle-Produkt, mit dem man sich klassifiziert oder eben nicht.

Wie beiläufig gebe ich zurück: „Gar nicht, ich bin nicht einmal einfach geimpft."

Pause.

Sie sieht mich an wie einen Fremdkörper.

Ich will zu einem unverfänglicheren Thema überleiten, denn ich sehe nicht ein, zu einem Vortrag über die ganzen Statistiken und Risiken anzusetzen, die ich mir mit der Zeit angeeignet habe, denn ich weiß längst, dass man niemanden bekehren oder 'retten' kann.

Da sieht sie mich direkt an, ihr Blick schnellt quer durch das Lehrerzimmer: „Das finde ich unsolidarisch von dir." Und dann senkt sie schnell wieder den Blick über ihre Hefte und korrigiert weiter.

Dieses 'Unsolidarisch' habe ich auf diversen Plattformen auch schon in diesem Zusammenhang gehört, aber ich verstehe es nicht. Wieso bin ich 'unsolidarisch', wenn ich etwas nicht will, wovon ich nicht überzeugt bin und es als potenziell gefährlich ansehe, etwas, vor dem zahlreiche Experten warnen, das etwas Fremdes ist, was ich nicht kontrollieren kann und in meinen Körper eindringt?

In der nächsten Zeit geht sie mir verunsichert aus dem Weg. Einige Monate später fällt sie für längere Zeit aus, weil sie vergisst, was sie machen will, die Orientierung verliert, ihr die Worte nicht mehr einfallen und sie an Herzrasen leidet.

Auf einem Sommerfest taucht sie wieder auf. Ich erkenne sie kaum wieder. Sie hat ihr Strahlen verloren, muss vor jedem Satz lange nachdenken und bricht ihn mittendrin wieder ab. Sie geht jetzt immer vor ihren Kindern schlafen, fühlt sich sehr schwach und befürchtet, das mit den binomischen Formeln und den Zahlen nicht mehr hinzukriegen.

Irgendwie tut sie mir leid. Sie hat vertraut und entsprechend dem Einfluss, unter dem sie steht (ihr Mann ist Arzt), das Beste aus der Situation gemacht.

Ich wünsche ihr alles Gute und meine das auch so. Aber es geht mir immer wieder das Wort 'unsolidarisch' durch den Sinn. Was würde sie jetzt antworten, wenn ich nachhaken würde, was sie damit gemeint hat? Oder würde sie es nicht definieren können oder keine Worte mehr dafür finden?

Ich glaube, sie will nur, dass es aufhört, dass sie wieder ohne anzuhalten eine halbe Stunde Auto fahren, vor der Klasse stehen und mit ihren Kindern spielen kann. Das wünsche ich ihr auch.

Im nächsten Sommerhalbjahr kommt sie wieder. Stundenweise baut sie auf: erst sechs, dann acht, dann zehn, zwölf Stunden. Erst mit Begleitung, dann endlich wieder wie früher, selbstbestimmt.

Als sie sich wieder gefangen hat, strahlen ihre blauen Augen wieder und sie ist fast die Alte, nur nicht mehr so unbefangen, scheint mir. Manchmal ist mir, als übersieht sie mich nicht mehr wie nach unserem Wortwechsel im Lehrerzimmer, sondern sucht meine Nähe, bietet mir in der Pause einen Kaffee an. Aber 'darüber' sprechen wir nicht, zumindest noch nicht.

Sonntagnachmittage

Die Tage werden kürzer und das Problem löst sich nicht von selbst. Entlassungen, Geschäftsschließungen, entzweite Familien, getrennte Paare, verlorene Freundeskreise. Und vor allem dieses Schweigen. Das verstehe ich am allerwenigsten, denn alle sind auf irgendeine Art beeinträchtigt, müssen mit diesem Lappen im Gesicht rumlaufen, bekommen weniger Luft. Erst die einengenden Tatsachen an sich, dann die Einstellungen und zuletzt der Umgang damit bringen die Menschen gegeneinander auf. Und bei uns zuhause sitzen die Kinder weiter auf dem grauen Teppich. Das ist das Sinnbild für mich. Abwarten, stillsitzen, nicht weiterwissen. Den Zirkus mit den Hausaufgaben, die ständigen Streitereien, hätte ich vielleicht noch ausgehalten, aber zuzusehen, wie sie langsam, ohne es selbst zu merken, in Apathie rutschen, bewirkt bei mir das glatte Gegenteil. In mir ist der Zorn entfacht.

Das muss geändert werden, aber wie? Dann die ständige Angst vor der Nadel. Was wäre, wenn ich ohne Injektionsnachweis die Schule nicht mehr betreten darf? Habe ich mich dann vier Jahre umsonst durch das Studium und weitere anderthalb durch das Referendariat gequält? Und was, wenn sie noch weiter gehen würden? Besonders im Morgengrauen liege ich oft wach, und die Gedankenwölfe fallen über mich her: Ich höre, wie Soldaten an die Tür hämmern und 'Aufmachen!' brüllen. Igor versteckt uns alle zusammen in seinem Zimmer. Wir werfen uns giftige Blicke zu, wenn einer sich anders hinsetzt und die Diele knarrt. Schließlich brechen sie mit Maschinengewehren in die Wohnung ein. Sie halten uns die Knarren an die Schläfen und wollen uns die Nadel in den Oberarm rammen. Ob es passiert und wie es weitergeht, weiß ich nicht, dann reißt die Filmrolle des Albtraumes ab.

Eine andere Version davon ist, dass wir es geschafft haben, unbemerkt die Wohnung zu verlassen und uns in einem ehemaligen mit Moos bewachsenen Bunker im angrenzenden Wald verstecken. Wir hüllen uns in Militärmäntel, die uns durch ihre grüne Farbe tarnen und durch den Schafwollfilz wärmen. Dort hocken wir zusammengekauert in der nassen Kälte, die Zeit vergeht nicht, und wir frieren im Kauern. In der Dämmerung müssen Igor oder ich durch den Wald streifen und etwas zu essen besorgen. In den Monaten vorher haben wir in den Einbuchtungen und Wurzelverschlägen Büchsen mit Ravioli, vor deren Fleischeinlagen ich mich ekle, versteckt und Erbsen und andere haltbare Konserven. Immer muss ich auf der Hut sein, dass mich keine Streife, die in Hubschraubern über den Wald fliegt oder keine anderen Plünderer entdecken. Hinter mir knackt es im Wald, ich bin ziemlich weit vom Bunker entfernt, da reißt der Film ab ...

Solche halbwachen Albträume suchen mich nun ständig beim Einschlafen und Aufwachen heim, ich denke allmählich, ich werde verrückt.

Auf dem realen Nachhauseweg mit dem Fahrrad halte ich kaum an, denn es ist längst nasskalt und wir haben wieder 2G. Statt noch eine kleine Besorgung zu machen, eine Freude für die Kinder oder Igor zu besorgen oder einen Kaffee zu trinken, hetze ich nun noch täglich ins Spucktestzentrum. Dort treffe ich Klara mit ihren Kindern.

Irgendwann ist Schluss und die Grenze mehr als überschritten. Was soll aus den Kindern werden? Wie lange sitzen sie noch in den Schulen rum, ohne frei atmen zu können oder auf dem grauen Teppich?

„Kommst du am Sonntag mit?", fordert sie mich auf.

Igor sieht da keinen Sinn drin, er meint später einmal zu mir, er befürchtete, völlig die Nerven zu verlieren, besonders wenn er 'unseren Freunden und Helfern' gegenüberstehen würde.

Die Veränderung müsse geistig passieren, viele Menschen sollten es von innen heraus verstehen und zu allem 'Nein' sagen. Ich verstehe seine Ansicht, aber ich muss endlich was tun und kann meine Füße nicht mehr stillhalten. Also ziehe ich am Sonntag eine Strumpfhose unter die Jeans, dicke Socken und Pullover an und noch die dickste Mütze über. Ich richte mich auf einen langen 'Spaziergang' in der Nasskälte ein und schwinge mich auf das Fahrrad. Zuerst hole ich Klara ab, wir fahren mit den Rädern zum großen Platz. Zu meiner völligen Verblüffung haben sich dort etwa dreitausend Menschen angesammelt, die singen und tanzen.

Was alles auf den Plakaten steht, zitiere ich hier nicht, das kann man im Internet recherchieren.

Von der Polizei begleitet, gehen wir mit Trommelwirbel durch die Stadt. Die Beamten sind hier andere als in Berlin, manchmal scheint es, als wollten sie sich dem Zug anschließen. Als wir an der Stadtbibliothek vorbeikommen, hat sich schon die Antifa gruppiert und beschimpft uns mit Hetzparolen, die jeglichen Widerstand in die rechte Ecke drängen.

Ich und 'rechts', das ist fast so, als würde ich durch eine Generalverwandlung blond werden. Bei meiner Herkunft schließt sich das von selbst aus.

Die sogenannte Piratenpartei, von der ich immer noch nicht weiß, wes Geistes Kind sie eigentlich ist (ich bin immer mehr zu dem Schluss ihrer Käuflichkeit gekommen), wartet eines Sonntages mit großen Plakaten auf: „Wir impfen euch alle!" Möglicherweise sind sie ein Objekt, um Eskalationen zu provozieren, aber da haben sie die Spaziergänger falsch eingeschätzt.

Vor der Kongresshalle werden Reden gehalten. Die Paradoxie besteht monatelang darin, dass wir die Maßnahmen mit unserer Haltung demontieren, aber sie während der Veranstaltung einzuhalten haben. Es gibt Widerständler, die sich weigern, die Maske im Gesicht zu tragen und dafür Bußgeldbescheide bekommen. Deshalb entstehen verschiedene Meinungslager: Die einen plädieren dafür, ohne Beachtung jeglicher Forderungen für die Freiheit einzustehen, diesen Standpunkt teile ich im Inneren auch. Der Großteil will friedlich, mit Zugeständnissen seinen Protest zeigen und argumentiert, dass man sonst Gefahr laufe, keine Demonstrationen mehr anmelden zu können und der Widerstand erstickt werden würde. So ist jede Woche was anderes los. Einer hat eine Banane auf die Flagge genäht (um seinen Unmut über diese, aus seiner Sicht, Bananenrepublik zum Ausdruck zu bringen) und kommt mit einer Verwarnung davon. Einer trägt eine Armbinde mit Judenstern und der Aufschrift 'ungeimpft', kommt deswegen vor Gericht und wird mit 7000 Euro wegen Holocaust-verharmlosung bestraft.

Zusammen mit Klara gehe ich einfach im Zug mit. Längst haben wir keine Angst mehr, entdeckt zu werden, wir sind einfach zu viele. Wir sind unübersehbar geworden. Das gibt uns Kraft und unser Aufstehen ist richtig.

Der Besuch der alten Dame

Seit Beginn des Schuljahres unterrichte ich eine 10. Klasse in Deutsch und bin dieser als zweite Tutorin zugeteilt. Die Klasse ist freundlich und begeisterungsfähig, besonders wenn die Schüler selbst etwas gestalten können. Auch ihnen habe ich zu Beginn dezent, aber klar zu verstehen gegeben, dass ich von Gedichten sicherlich mehr verstehe als von Erster Hilfe, dass sie bitte Bescheid sagen, wenn ihnen aufgrund der Maske schwindelig wird, sie bitte sehr aufmerksam auf ihren Atem achten sollen und ich jederzeit offen bin für frische Luft und Pausen.

Wie ich davon erfahren habe, weiß ich nicht mehr. Ich weiß nur noch, dass ich wie auf Eiern in die Klasse gehe. Hinter mir liegen einige Tage, in denen ich Geld für Theatertickets in fünf Klassen zusammensammelte. Da die Karten unterschiedliche Preiskategorien haben, musste ausgetüftelt werden, wer bei wem sitzt. Eine (Preis-)Gerechtigkeit schien es nicht zu geben. Als das Geld dann endlich eingesammelt worden war, mussten die Karten richtig verteilt werden. Das Geld musste stimmen, das Wechselgeld organisiert werden. Wie auch immer. Schließlich war das Geld gezählt und nachgezählt, die Karten verteilt.

Und dann kommt das. Ich weiß nicht mehr, wie ich es erfuhr, aber plötzlich heißt es, in drei Tagen gelte im Theater 2G. Also nur noch Geimpfte und Genesene dürften das Theater betreten. Für Schüler unter 18 gelte die Regel nicht, da die Minderjährigen sich nicht impfen lassen müssen; ihnen wird es angeraten, aber es steht ihnen frei.

Ich betrete die Klasse. Ich stelle mich vorn hin. Ich sage, die Karten wären bestellt und teile sie aus. Dann halte ich inne und weiß nicht weiter. Ich stehe da und mir bleibt keine andere

Wahl: Ich sage den Schülern: „Ich kann nicht mit ins Theater kommen, denn ich bin nicht geimpft." Mehr nicht, keine Meinung, keine Propaganda, nur der nackte Fakt. Schweigen. Es dauert eine Weile, bis sich was im Raum regt.

Keiner sagt was, lange nicht.

Ich kann auch nicht einfach 'im Stoff' weitermachen, die Aussage steht wie ein Fremdkörper im Klassenraum.

Irgendwann meldet sich Louis: „Wenn Sie nicht mit ins Theater kommen, dann gehen wir auch nicht." Und die Jungs nicken. „Wir haben uns vorgestellt, dass wir das Stück zusammen anschauen und danach mit Ihnen noch was trinken gehen."

Wiederum brauche ich einen kleinen Ruck, um mich zu sammeln. „Danke, Louis. Wer will trotzdem ins Theater gehen?" Dreizehn von achtundzwanzig. Wieder wird Geld gezählt, gewechselt, mit Karten hantiert, aber ich weiß, ich bin nicht allein. Nun wissen sie Bescheid, wo ich stehe, und für einige scheint das nicht abstoßend oder fremd, eher vertraut zu sein.

Louis hatte im Unterricht die Maske oft sehr lose, dann gar nicht mehr getragen, und ich habe nichts dazu gesagt.

Nun werden die Karten wieder zur Theaterkasse geradelt, die Frau hinter der Theke macht ein skeptisches Gesicht, als würde man ihr persönlich eine Einladung zum Geburtstag abschlagen. Erst als ich mich vorstelle als eine, die früher mal an diesem Theater gespielt hatte, erhellt sich ihr Gesicht, die Erinnerung bringt die Sympathie zurück.

Und nun muss noch etwas erledigt werden: Wer soll denn die Schüler ins Theater begleiten, wenn ich nicht reindarf? Nun muss ich auch noch im Kollegium Farbe bekennen: „Liebe Kollegen, wer würde an meiner Stelle mit den Jugendlichen ins Theater gehen? Dort gilt nun 2G, diesen Status habe ich nicht."

Kurz darauf erhalte ich eine Zusage von einem Kollegen in meinem Alter: Er würde es machen, das wäre kein Problem. Ich bedanke mich.

In den nächsten Wochen beobachte ich, dass einige

meiner Kollegen, die das mitbekommen haben, am Tisch etwas rüberrücken, einige sich wegsetzen. Es ist Hochphase, kurz vor Weihnachten, und die Medien spielen das Ansteckungsrisiko hoch.

Für die Schüler hingegen ist das kein Thema: Die nicht mit ins Theater gegangen waren, verhalten sich nicht extra freundlich zu mir, aber auch die Theatergänger distanzieren sich nicht.

Wenn ich aus der Schule nach Hause radle, muss ich die Stadt durchqueren. Auf dem Marktplatz ist wie jedes Jahr ein heimeliger Weihnachtsmarkt aufgebaut. Leider habe ich zu diesem aufgrund meines G-Status' keinen Zutritt mehr. Ich soll das Fahrrad durch die Seitenstraßen schieben. Ab einer bestimmten Schwelle markieren große gelbe Schilder, die die Maskenpflicht anmahnen, den Stadtkern. Wie bitte, habe ich das richtig verstanden? Maske auf dem Fahrrad im Freien? Ich ziehe sie natürlich nicht an, das geht definitiv zu weit. Maske an der frischen Luft! Manchmal denke ich daran, wie ein Komitee von Schlipsträgern und Frauen – letztere onduliert, im Kostüm und mit Pfennigabsätzen – ernsthafte Gespräche führt und womöglich noch Statistiken einfließen lässt, und dann kommt sowas dabei raus. Unfassbar. Und ich frage mich, ob einer von denen Menschen abgrundtief hasst und Spaß daran findet, offensichtlich unsinnige Verbotsregeln aufzustellen und sich dann heimlich aalt, weil er so gemein und böse ist und sie alle auf ihn hören müssen.

Und dann stelle ich mir wieder jemanden vor und fragte mich, ob ihm nicht in der Sitzung die Schamesröte in die Wangen steigt, bei der Vorstellung, dass es später mal rauskommt, dass er daran beteiligt war, so etwas Unsinniges zu bestimmen.

Nun stehe ich also am Rande des Weihnachtsmarktes, morgen soll er öffnen und er darf nur mit entsprechendem 2G-Status betreten werden. Aus Striezelmärkten hatte ich mir nie etwas gemacht, aber heute war ich unheimlich traurig, dort am

Rand stehenbleiben zu müssen.

Den Markt überquere ich immer auf der Heimfahrt. Etwas unschlüssig überlege ich nun, wie ich ihn am besten umfahren soll, denn es ist kalt und ich will keinen langen Umweg auf mich nehmen. Ringsherum richten Händler ihre Buden ein; es wird schon langsam dunkel und riecht nach Glühwein. Da sehe ich einen indischen Studenten, der Portemonnaies an einem Seil aufhängt; plötzlich fällt mein Blick auf einen Ständer mit Hüten und Lederhandschuhen.

Genau solche hat sich David gewünscht!

Wie von unsichtbarer Hand angezogen schleiche ich mich über die vermeintliche Grenze an die Bude heran. Als unsere Blicke sich treffen, erkundige ich mich nach dem Preis: Günstig sind sie auch noch! Verschämt frage ich den jungen Verkäufer, ob er mir auch erlauben würde, mit Karte zu zahlen. Er späht um sich und nickt, während ich zwei Paar Handschuhe vom Ständer reiße und er mir das Zahlgerät hinhält. Wegen dieser kleinen Geste der Übertretung oder des gesunden Menschenverstandes fühle ich tiefe Dankbarkeit für diesen jungen Mann. Ich habe gerade die letzte Ziffer eingetippt, als ich blaue Uniformen um die Ecke biegen sehe. In Windeseile bedanke ich mich und suche das Weite, mehrfach mich umblickend, ob mir auch keiner der Blaumänner folgt.

Ab jenem Tag fahre ich bis zu dieser Ecke, sehe den indischen Studenten freundlich und eifrig hantieren, manchmal winke ich ihm zu. Ich biege in die Seitenstraße ein, um den Kernbereich zu umfahren.

Der Bus

Ahnungslos betrete ich die Schule, den Ort, an dem ich zwar aufzupassen habe, nicht durch eine unbedachte Bemerkung ins Fettnäpfchen zu treten, aber an dem ich weitestgehend gemocht und in Ruhe gelassen wurde. Die Schule als Institution setzt zwar Maßnahmen durch, aber in ihr begegnen sich

243

Menschen auf bemerkenswert freundliche Art. Hingegen bei meinen 'Gleichgesinnten' zuhause, meinem Bezugspunkt, liegen die Nerven blank, rücken die Wände näher und fühle ich mich wie im Terrorsperrgebiet, aus dem es kein Entkommen, aber gewetzte Messer gibt. Und da ich allein auf weiter Flur in Krisenzeiten eine gewisse Disziplin des Aufstehens, Zubettgehens und des 'Homeschoolings' anmahne, bin ich die 'scheiß Lehrerin' und nicht die liebe Mama.

Jedenfalls stoße ich eines Morgens beschwingt die Glastür der Schule auf und schon am ersten Anzeigebrett erwischt es mich kalt. Für übernächste Woche wird auf einem Plakat ein Impfbus angepriesen. Natürlich gefördert vom Ministerium. Natürlich in der Unterrichtszeit. Natürlich sollen sich die Schüler mitten im Unterricht impfen lassen können.

Wahnsinn, kalter Schweiß. Was mache ich? Jetzt hänge ich mittendrin. Ich habe meine Schüler gern und muss sie warnen. Wie mache ich das? Wie erkläre ich das nicht nur jungen Menschen, die endlich wieder in die Disco gehen möchten, sondern auch denen, die es aus 'Solidarität' tun wollen? Nachdem meine Gedanken gefühlt mehrere Stunden Achterbahn fahren, fällt mir auf, dass ich an dem besagten Tag gar nicht im Haus, sondern an der Uni bin. Sofort fallen mir die Bilder ein: Auf dem Campus die Plakate „Ärmel hoch" und wie ich lange am Fenster meines Büros stehe und die Schlange der Impfwilligen im dunkelgrauen Novembernieselregen beobachtet hatte. Solchen Andrang gab es im Osten nur bei Bananen. Wie auch immer.

Auch wenn ich an dem Tag nicht in der Schule zu tun habe, bin ich nicht raus aus der Nummer.

Nach dem Unterricht fahre ich nicht wie gewohnt ins häusliche Nahkampfgebiet, um mich nach dem Befinden und dem Stand der Hausaufgaben zu erkundigen und eine Tüte Zerstreuung mitzubringen. So fühlt es sich nämlich an: Ich habe meine Abenteuer draußen und muss dann für ein bisschen Spaß und Abwechslung vom grauen Teppich sorgen, und wenn es nicht klappt, habe ich was falsch gemacht.

Jetzt bin ich in einer wichtigen Sache unterwegs. Klatschnass stehe ich in Darias Tür. Hier bin ich richtig. Als sie öffnet, falle ich gleich mit der Tür ins Haus: „Die wollen die Kinder impfen! Am Mittwoch, in der Schule!"

Ich weiß, ihren Daniel hat sie die ganze Zeit über zuhause gelassen, er geht auf die Nachbarschule, die es auch betrifft. Der ist intelligent und macht manchmal eine Seite Mathe in fünf Minuten, sonst zockt er. Aber sie will sich nicht mehr aufregen, sagt sie zumindest.

Noch bevor sie Kaffee gekocht hat, spinnen wir einen Plan.

„Es geht um die Kinder, scheißegal um welche." Manchmal mag ich ihre ausfällige Art. „Die spinnen doch. Ich geh' dahin und sage, ich bin eine Mutter und nehme eine Kamera mit und frage sie, in welchem Auftrag sie handeln und wer die Haftung übernimmt. Dann sollen sie mich mal rausschmeißen! Jedenfalls haben wir dann einen Beweis in der Hand. Jeder wird zur Rechenschaft gezogen!" Sie kommt mir vor wie jemand, der in den Startlöchern sitzt und nur noch auf den Schuss wartet. Außerdem erzählt sie mir von Schulen in Sachsen, bei denen Eltern solche Busse gestürmt haben: „Da sind wir hier im Land der Griller und Schwenker natürlich weit davon entfernt. Ich liebe die Sachsen", wiederholt sie mehrfach hintereinander, „die haben wenigstens Eier in der Hose. Aber weißt du, was du machen kannst? Flyer bestellen."

Ich sehe sie an wie ein Fragezeichen. „Na, die haben einen Flyer entworfen, der wie eine Werbung dafür aussieht, aber eine Aufklärung mit wichtigen Daten über eventuelle Schäden beinhaltet. Und die legst du heimlich in der Schule aus."

„Bist du verrückt?", will ich sagen. Es bleibt mir aber im Halse stecken. Aber mir fällt gleich was ein: „Diese Flyer können überall entlang der wichtigsten Hauptstraßen angebracht werden!" Also werden die Gebiete aufgeteilt.

An einem regnerischen Morgen etwa eine Woche später

245

klebe ich, wiederum im Nieselregen, Flyer an bei der Bushaltestelle, dem Stromkasten vor der Apotheke und pinne auch welche an Bäume. Panik steigt in mir hoch, ich fühle den Pulsschlag in der Kehle wie einen gummiartigen Kloß, der sich hin- und herschiebt. Ständig blicke ich mich um, ob mich nicht jemand sieht, der mich verpfeifen kann. Während der Klebeaktion denke ich an die Kinder. Jetzt kommen sie in die Schule, um sie zu holen! Vielleicht ist es doch besser, dass wir sie zuhause lassen.

Als ich an diesem Tag am Nachmittag den Heimweg antrete, bemerke ich, dass alle Zettel abgerissen sind; nur ein einziger flattert im Wind, bis dieser ihn losreißt und ihn auf die Straße pappt. So viel Erfolg hatte ich schon lange nicht mehr.

Die ganze Sache bringt mich so auf, dass ich am nächsten Tag nach dem Unterricht bei Herrn Wagner im Büro lande, fast ohne zu wissen, wie ich dahin gekommen bin und mich zu so einem verrückten Schritt entschließen konnte. Aber nicht ich habe es entschlossen, sondern es hat mich dahingezogen. Ohne zu fragen, ob ich mal könne und mal dürfe wie sonst, lege ich los. „Was haben Sie denn auf dem Herzen?", kann Herr Wagner kaum aussprechen, als es schon aus mir heraussprudelt: „Am Mittwoch kommt der Impfbus. Das geht nicht. Wir sind eine Schule und keine gesundheitliche Maßnahme. Wer trägt die Haftung?" Und noch so einige Sätze der Art platzen fast unkontrolliert aus mir heraus.

Erstaunlicherweise sagt Herr Wagner ganz ruhig: „Da bin ich völlig Ihrer Meinung. Und der steht auch nicht auf unserem Gelände. Die Stadt verordnet es und stellt ihn auf eine ihrer Straßen. Vor die Schule. Da kann ich anrufen, aber es ist ihre Sache."

„Ja, aber ... Können wir nicht ...?"

„Was denn? Die Schüler hindern sie nicht daran. Wer sich impfen lassen will, wird es mit oder ohne Bus tun. Es ist keine Sache der Schule, da gebe ich Ihnen recht."

Am besagten Mittwoch fahre ich durch den tief

verhangenen Nebeltag mit klammem Herzen. Im Büro an der Uni stehe ich lange am Fenster und sehe über die vernieselten Dächer: „Sie werden uns alle holen", hallt es blechern in mir. „Nein, werden sie nicht!", kontere ich.

Als ich zuhause ankomme, will ich Daria anrufen und wissen, was sie zu berichten hat. Aber ich werde mir gewahr, dass ich in der Zerstreuung und meinem vernebelten Zustand das Handy in der Uni vergessen habe. Also fahre ich wieder zurück zur Uni. Auf der leeren Etage koche ich mir erstmal einen Kaffee.

Auf der Vorderkante des Bürostuhls sitzend rufe ich Daria an: „Und, wie war's?", hauche ich ins Telefon.

„Was denn?", gibt sie kurz zurück.

Ich denke, ich bin im falschen Film! Ist sie etwa nicht dort gewesen? Hat sie sich nicht an unsere Verabredung gehalten?

„Na, der Impfbus ..."

„Ach so!", lacht sie in den Hörer. „Da gehe ich los und wieder zurück, um den Schirm zu holen, weil es so regnet, einfach eklig. Beim Fußballfeld beschleunige ich sogar den Schritt, damit mir nichts entgeht und ich rechtzeitig komme, um Dinge abzuwenden. Und stell dir mal vor, ich komme auf dem Schulhof an und gehe vor das Tor und?"

„Ja, was und?"

„Der Hof und die Straße sind leer."

„Wie, leer?"

„Na, leer eben!"

„Und das heißt?"

„Das heißt: Der Bus ist nicht gekommen."

„... ist nicht gekommen."

„Genau, ich stand da eine Weile im Regen. Nur Kinder, die in die Schule gingen. Dann bin ich noch eine Runde um das Areal herumspaziert: Kein Bus weit und breit."

„Kein Bus weit und breit."

„Da biste jetzt baff, stimmt's?"

„Ja ... und der kommt auch nicht morgen oder nächste Woche?"

„Nee, den haben wir weggezaubert", und dabei lacht sie schallend in den Hörer. Und ich lache mit.

Oh, du Fröhliche

Den Weihnachtsmarkt umschiffe ich nun auf dem Rückweg durch die Stadt. Wenn Weihnachtsfeiern stattfinden, dann digital. Langsam gehen am Bildschirm die Fenster an wie die Türen eines Adventskalenders. Jeder hat sich selbst in seiner Küche einen Glühwein zubereitet und einen Keks auf die Serviette gelegt, den er dann vor die Kamera hält und etwas Erbauliches sagt wie: „Das sind die Husarenhütchen nach dem Rezept von meiner schwäbischen Großmutter. Sie bestehen aus Mürbeteig mit einem Klecks Himbeermarmelade darin. Backzeit 20 min." Jeder kann für sich nett in seinem Stübchen sein und sich dem anderen von der besten Seite präsentieren, denn jeder kann einen nur aus einer Perspektive sehen, nämlich von der vor dem Kameraloch. In unseren Breiten erscheint es mir, dass die Menschen froh sind, sich nicht mehr so unmittelbar umarmen zu müssen, aber ich kann mich auch täuschen; dieser Eindruck kann vor dem Hintergrund der allgemeinen Vorsichtshysterie entstanden sein.

Als es zum Weihnachtsspiel geht, werden wir in verschiedene Chaträume geschickt, in denen wir uns in einer kleinen Gruppe über Weihnachtsbräuche austauschen können und ein Weihnachtslied vorbereiten sollen, das dann vorgesungen wird. In dem Übergang von Groß- zu Chatroom klappt meine Internetverbindung zusammen – und ich bin nicht traurig darüber, eher erleichtert, denn irgendwie hat dieses Weihnachtsgeflimmer nichts mit dem Fest zu tun. Es ist nur die herübergerettete Erinnerung an eine Tradition, ein Event unter vielen anderen eben. Nathaniel hat etwa in der Mitte der Plätzchenvorführung vorbeigeschaut und sich kopfschüttelnd

248

wieder abgewandt. Für die anderen scheint es ganz normal zu sein. Ich hätte mich gern mal ehrlich mit jemandem unterhalten, ob er diese Veranstaltungen auch so schräg findet wie ich und nur so spielt, als wäre das eine neue Form des Zusammenseins, oder ob er es wirklich gutheißt.

In der letzten Woche vor Weihnachten geistert ein Aufruf einer verzweifelten Mutter durch das Netz: Sie bittet auf vielen Kanälen die Menschen um Hilfe. Genauso wie wir hatte sie ihre Kinder zuhause gelassen und im Homeschooling unterrichtet. Sie hätten zwar die Aufgaben erledigt, aber sie selbst habe die Lehrer mehrfach auf die unmögliche Situation angesprochen und sie an ihre Verantwortung erinnert. Schließlich sei das Jugendamt gekommen und habe den Jungen und das Mädchen der alleinstehenden Frau weggenommen und auf unbestimmte Zeit in einem Kinderheim in Berlin-Spandau untergebracht, und nun wolle sie an dem verbleibenden Adventssonntag und allen drei Weihnachtstagen vor dem Fenster der Kinder Weihnachtslieder singen.

Die Frau spricht sehr eindringlich in die Kamera, zeigt sich selbst aber nicht, sondern nur eine gemütliche Stube mit einem geschmückten Weihnachtsbaum.

Als ich das Video zugeschickt bekomme und mehrfach anschaue, wird es mir jedes Mal ganz schlecht. Unsere Kinder haben nicht mal die Aufgaben vollständig erledigt, ich habe meine Meinung gegenüber den Lehrern angedeutet, Igor seinen Standpunkt nachdrücklich betont und vehement unterstrichen. Was wäre, wenn? Oder haben wir einfach nur Glück gehabt? Oder muss ich einsehen, dass ich hier im Südwesten besser aufgehoben bin als in Berlin?

Warum werde ich mit dieser Nachricht konfrontiert? Würde ich, wenn ich noch in Berlin wäre, singen gehen? Wer soll dieser Frau helfen? Manche Worte kann man nicht mehr ungesagt machen. Wie soll sie den Kopf wieder aus der Schlinge ziehen? Wer wird ihr dabei helfen?

Oft werfe ich mir vor, zu kühl mit den Dingen

umzugehen, zu wenig an mich heranzulassen. Aber diese Geschichte beschäftigt mich. Besonders in den Morgenstunden am Wochenende liege ich, auch wenn es mit Igor spät wurde, nach nur wenigen Stunden Schlaf wach und stelle mir diese Fragen. Werden wir diese Zeit gut überstehen? Ich weiß es nicht, bis zum Schluss nicht. Aber ich kann nicht aufhören, daran zu denken. Es ist wie ein Perpetuum mobile, das, einmal angestoßen, weitere Fragen produziert. Aber damit nicht genug: Tage vergehen im Vertrauen, dass dieser Irrtum überwunden wird, und dann kommt wieder so eine Nachricht und der Tunnel, in dem wir uns befinden, ist nur schwarz.

Diese Fragen, wenn sie lange unbeantwortet bleiben, führen mich gedanklich immer wieder in die folgende Szenen: Ich höre ich es an der Tür hämmern. Sofort gewaltsam und ganz laut. Im Befehlston wird: „Aufmachen!" geschrien. Igor drückt uns alle zusammen auf das Bett, wir dürfen nicht atmen und keinen Ton von uns geben – bis sie weg sind. Aber sie gehen nicht weg. Plötzlich ein Knall: Mit Springerstiefeln treten sie die Tür ein. Statt mit einer Kalaschnikow mit einer Spritze bewaffnet, rennen sie auf uns zu. Filmschnitt. Ich sehe uns in einem Unterschlupf, einer alten bemoosten Bunkeranlage, im Wald sitzen, dichtgedrängt, der Regen rieselt herunter. Wir sind mit Regenmänteln und Gummistiefeln bekleidet. Der Kopf juckt, die Haare haben wir seit Wochen nicht gewaschen. Es ist unwirklich und nasskalt. Der Spritze sind wir entgangen und nun frieren wir im Wald fest, bis wir aufgeweicht sind, durch was auch immer.

Diese Filmausschnitte sehe ich im Morgengrauen und fühle, wie sich unter meinem Rücken eine Lache von kaltem Schweiß bildet, in der ich ab einem gewissen Zeitpunkt nicht mehr liegenbleiben kann.

Ständig bekomme ich deswegen Krach mit Igor: „Kannst du nicht mal am Wochenende im Bett bleiben?! Was hast du denn ständig zu tun? Wir sind in der Apokalypse, da braucht es Besinnung!!" Den letzten Satz schreit er, was auch nicht passt.

Ich muss aufstehen, weil ich diese Ängste im Liegen nicht ertrage. Weil sie mir den Schlaf rauben. Ich kann nicht darüber sprechen, mit niemandem. Ich will nicht verrückt sein, ich nicht. Kein Anzeichen davon darf nach außen dringen; plötzlich ist jeder mein Feind, der mir meine Kinder streitig machen kann.

Je mehr ich mich in diesen Raum der Ungleichungen begebe, desto höher wird die Geschwindigkeit der Abstürze und Aufschwünge. Auf kleinste Zusprüche reagiere ich euphorisch, im nächsten Augenblick klappe ich wegen einer Kleinigkeit zusammen.

Jedenfalls gelingt es uns trotz des Internets, das ständig abstürzt, weil es hoch frequentiert wird, Geschenke für die Kinder im Netz zu erstehen. Nastassja bekommt eine Nähmaschine, die Jungs irgendwas Praktisches. Weihnachten sitzen wir mit einer roten Zipfelmütze, die die Kinder besorgt haben, da und singen. So ein Ding hätte ich nie aufgesetzt, aber wir befinden uns sowieso im Ausnahmezustand.

Danil

Die Weihnachtspause hatten wir noch mit einem rauschenden Silvesterfest ausklingen lassen. Das Bizarre an dieser Zeit ist, dass sich die Verhältnisse in ihr Gegenteil zu verkehren scheinen. Wir, die wir gefühlt immer allein sind, haben plötzlich viel Besuch um uns, offene Leute, die sich verstehen und was zu sagen haben. So auch zu Silvester.

Es wird im Flur und auf der Straße getanzt – trotz Kontaktsperre und Ausgehverbot, es ist uns egal. So landen wir im neuen Jahr. Was aber wird es bringen? Gefangenschaft oder Freiheit? „Ärmel hoch" steht über einem Ministerium, es soll über eine Impfpflicht abgestimmt werden.

Die Schule geht wieder los. Ich radle, und die anderen bleiben weiterhin zuhause. Ich kann mich noch an einen Nachmittag erinnern, an dem der Konflikt besonders heftig in mir tobt. Wenn sie diese Impfpflicht per Gesetz beschließen, bin ich draußen, würde ich wieder zum Arbeitsamt gehen wie zu Zeiten als Schauspielerin, würde anstehen und mich beleidigen lassen und ab dem 20. jeden Monats Spaghetti aglio e olio oder gar nichts essen, weil diese Almosen von vorn bis hinten nicht reichen. Während ich immer wütender und kraftloser in die Pedale trete, stelle ich mir das Gegenteil vor, wie ich die Ärmel hochkrempele und ... Das ist völliger Unsinn, vielleicht kippe ich dann um oder gefährde die Kinder und Igor mit diesen Spikeproteinen, von denen ich immer noch nicht verstehe, was das sein soll.

Fast hätte ich Danil angefahren. Ich springe vom Fahrrad, und er fängt ganz unvermittelt an zu reden. In seiner Firma sind drei Kollegen zwei Tage nach dem zweiten Schuss umgekippt, tot, aus die Maus. Wieder zwei Tage nach der zweiten Impfung! Soll das Zufall sein? Da hat er zu seiner aufdringlichen Chefin gesagt: „Solche Experimente kann ich mir gar nicht leisten, ich bin allein mit meiner Tochter. Wenn mir das passieren würde, müsste sie ins Heim." Er grinst. Vor einem halben Jahr wollte er die Ärmel hochkrempeln, damit er nicht gefeuert wird. Seine Tochter erzählte es Nastassja beim Spielen, und die klärte sie auf. Daraufhin kam Danil zu Igor, hörte wirklich zu und machte eine Kehrtwendung.

Danil wird kurz danach gekündigt, der Betrieb hatte ihn ausgenutzt, er musste als Hausmeister sein Handwerkszeug selbst mitbringen und wurde mit Arbeit so überladen, dass er sie beim besten Willen gar nicht schaffen konnte. Später geht die Firma pleite.

Durch seine Aufrichtigkeit hat er sich befreit. Aber er muss wieder auf Arbeitssuche gehen. Wie auch immer, an diesem Nachmittag kommt er mir wie ein Botschafter im richtigen Augenblick vor, denn nie wieder versinke ich in einem solchen Zweifel.

Am 3. Februar wird im österreichischen Parlament die allgemeine Impfpflicht beschlossen. Einen Moment verfalle ich in Schockstarre. Bis zum Schluss habe ich nicht geglaubt, dass einer es wagen würde. Das hat mit Demokratie oder irgendwas dergleichen nichts mehr zu tun! Viele haben gewarnt, geschrien, sind aufgestanden, aber sie werden einfach überhört. Im nächsten Augenblick sehen wir die Bilder der gefüllten Straßen Wiens. Die Menschen strömen zu Tausenden auf die Straße, und es ist klar: Sollen sie beschließen, was sie wollen! Umgesetzt kann es noch lange nicht werden, wenn so viele aufstehen.

Die Medizinerin

Wir befinden uns schon im dritten Jahr der absonderlichen Geisterbahnfahrt und dieser vermeintlich tödliche Virus hat mich noch immer nicht überwältigt, noch nicht einmal gestreift. Gerade weil ich so unüberwindbar gesund bin und die Frechheit besitze, der Spritze nicht blindlings zu vertrauen, muss ich draußen bleiben.

An den Nervenenden angenagt, das Ende des Irrtums mit sich steigernder Dringlichkeit erwartend, von Ausgrenzung und Dauerstreit mit Verwandtschaft und Familie zermürbt, setze ich mich ins Wartezimmer einer Medizinerin, Dr. med. Dina Mansour, die mir Klara empfohlen hatte: „Die denkt wie wir", raunte sie mir bei unserer Umarmung nach der Demo zu. „Geh mal zu ihr, vielleicht hat sie ein paar Vitamine für dich."

Eine zierliche Frau empfängt mich, die hektisch am Schreibtisch in Akten wühlt und deren tiefe dunkelbraunblaue Augen mich anblitzen. Sie kann kaum die Füße auf den Boden absetzen, nur ihre Zehen berühren ihn manchmal mit ihren roten Samtsandalen.

Fast als wohne sie dort, lädt sie mit einer Geste ein, mich ihr gegenüberzusetzen. Ich gehorche. Offensichtlich liebt sie Schildkröten — Exemplare jeder Art säumen die Enden des Tischs; eine schaut mich mit ihren dunklen Augen durchdringend an.

Obwohl die Frau mit Anfang vierzig eine arabische Ausstrahlung hat, spricht sie in klarem Hochdeutsch. Was sie denn für mich tun könne? „Wenn ich das wüsste", presse ich durch die Zähne. Schlagartig wird mir bewusst, dass vielleicht der Raum abgehört werden könnte, und ich zucke zusammen. Als nächster Gedanke blitzt mir durch den Kopf: 'So wichtig bist du nicht! Wenn die wollen, können sie über dein Handy genug über dich erfahren.' Bei dem Gedanken, dass es die Kapazität an Datenmenge übersteigen würde, diese zu kontrollieren und zu sichten, wage ich einen Versuch: „Ich habe Angst, dass ich mich impfen lassen muss oder meine Existenz verliere."

Sie grinst mich an, eine Reaktion, mit der ich nicht gerechnet hätte. Langsam schiebt sie ihren fast zu kleinen, zierlichen Oberkörper über den Tisch: „Weißt du, dass wir alle, die wir im Gesundheitsbereich arbeiten, uns spritzen lassen müssen? Denkst du, ich mache das Spiel mit? Ich vertrage nicht mal eine Tasse Kaffee, da reagiere ich schon allergisch!" Dabei lacht sie leise vor sich hin, wiegt den Kopf und bringt sich in ihre aufrechte Haltung.

„Und wie gehst du damit um?"

Sie lehnt sich zurück und ihre Worte gewinnen an Gewicht: „Man muss nicht gleich alles mitmachen. Ich sitze es aus." Als ich sie skeptisch ansehe, fängt sie an, es wie einem Patienten zu erklären: „Was wollen die denn machen? Dann schicken sie eben ein Bußgeld. Na und? Und dann? Selbst wenn sie die Praxis schließen, habe ich einen Berg Schulden, aber ich bleibe gesund, ich gefährde nicht mein Leben. Das tue ich nicht. Vor allem nicht auf der Basis dessen, was wir bisher über die Zusammensetzung wissen. Ich habe die Impfstoffe unter dem Mikroskop untersucht. Da sind Sachen drin, die gehören definitiv nicht rein! Wer da nachgibt, den kann man als fahrlässig sich selbst gegenüber, ja, als wahnsinnig bezeichnen. Nein, da mache ich nicht mit!" Dem Gesagten Nachdruck verhelfend, schlägt sie mit der flachen Hand auf den Tisch.

Schlagartig wird mir bewusst, dass sie in einer viel brisanteren Situation ist als ich: Sie ist gesetzlich zu dem Schritt verpflichtet und ignoriert ihn einfach. Auch ihre Praxisräume und ihre Ausbildung sind mit Sicherheit noch anstrengender und kostspieliger als meine gewesen, doch auf der Basis ihres medizinischen Wissens spricht sie ein klares Nein aus.

Ich komme gar nicht dazu, zuzulassen, wie ihre Geradlinigkeit mir imponiert; übrigens hat sie auch eine Familie und Kinder, die möglicherweise von ihrer Einstellung beeinflusst sind. Plötzlich blickt sie mich sehr klar an und sagt dabei in Zimmerlautstärke: „Wenn Sie bedrängt werden, Ihnen jemand droht oder sonst was in der Art, kommen Sie zu mir. Ich verspreche Ihnen, es gibt immer eine Lösung."

Was sie damit meint, bleibt offen, und ich denke lange darüber nach, bis ich zu dem Schluss komme, dass sie mich mit gutem Gewissen und ganz legal wegen eines Burnouts für lange, sehr lange Zeit krankschreiben könnte. Das würde mir jeder abnehmen – nach diesem langen Studium, Lockdown mit vier Kindern und dieser verrückten Zeit.

Sie verschreibt mir nun weder Vitamine oder Beruhigungspillen, ich lasse mich noch kurz abhören und mir meine physiologisch erstklassige Gesundheit bestätigen, aber ihre nicht näher konkretisierte Aussage zu einer sicheren, allem standhaltenden Lösung und die Zusicherung ihrer Hilfe richten mich ein für alle Mal wieder auf.

Mein erstes Mal

Zu keinem Zeitpunkt meines Lebens hat mich meine Unversehrtheit mehr angefochten als jetzt. Ich kann machen, was ich will: Leicht angezogen durch den Nieselregel laufen, in Quarantäne Geschickte besuchen, wenig schlafen, mich über die Maßnahmen über Gebühr aufregen – es ändert nichts: Ich bekomme diese ansteckende Krankheit, die so gefährlich sein soll, von der ich aber meistens nur von leichten Verläufen höre, einfach nicht.

So als hätte sie mich, die Familie und meine Freunde vergessen, als würde sie uns meiden wie der Vampir den

Knoblauch. Als meine Freundin Klara endlich mit Halsschmerzen positiv getestet ist und sich über ein paar schulfreie Tage freut, gehe ich mit ihr bereits am ersten Abend laufen. Ob sie nicht geschwächt sei, will ich neugierig wissen. „Nein", lacht sie: „Ich habe einfach nur ein belangloses Kratzen im Hals, nicht der Rede wert."

Aber wir kennen auch die Schilderungen von anderen, die noch wochenlang danach die Treppen nicht hochlaufen können, die einer Reha bedürfen. Wie sich die Krankheit allerdings ihre Opfer auswählt, das durchschauen wir noch nicht.

Jedenfalls kommt eines Tages Jascha nach Hause und verkündet, er würde jetzt mal wieder Homeschooling machen, denn er wäre jetzt positiv. Und das Gute daran sei, er würde dann endlich zum erlesenen Kreis der 2G-Erwählten gehören, die kraft eines Zettels, auf dem deren Gesundheitszustand vermerkt sei, auch wieder die Schwelle eines Clubs, einer Bar oder eines Restaurants übertreten dürfen, was hoffentlich seine protektierte und nörgelnde Freundin für wenigstens sechs Monate befriedigen werde und er endlich auch wieder dazugehöre.

In meinem Zimmer gehe ich auf und ab. Wie hoch ist die Wahrscheinlichkeit, sich bei ihm anzustecken, wenn ich mit ihm die Wohnung teile? Kommt Igor mit seinem Hang zum Asthma ungeschoren davon? Um die anderen Kinder mache ich mir keine Gedanken, die sind seit jeher von stabiler Gesundheit, außerdem würden sie sowieso keinem Test unterzogen werden.

Durch die Wand höre ich Jascha schniefen. Auffällig oft halte ich mich in seiner Nähe auf, trinke ich aus seinem Glas, aber nichts passiert. Vielleicht liegt es daran, dass er ständig das Fenster offenstehen lässt, denn immerhin ist schon Anfang April. Am übernächsten Tag weiß ich plötzlich, wie ich es mache. Ich stürze zu Jascha ins Zimmer: „Ich würde gern ein Experiment wagen ..."

„Du willst dich also bei mir anstecken, Mama?"
„Ja, genau."

„Soll ich dich küssen, oder wie stellst du dir das vor?", will er grinsend wissen. Dann beugt er sich zu mir herab und raunt mir zu: „Ich kann mir natürlich auch ein Stäbchen in die Nase schieben, und das gebe ich dir dann weiter ...“

Er spricht den Satz kaum zu Ende, da ergänze ich schon: „Ein ganz normales Ohrenstäbchen bitte schön, das reicht.“

Es reicht wirklich! Binnen eines Tages werde auch ich krank: Meine Symptome sitzen im Hals und im Kopf. Gleich am Montag stehe ich früh auf und radle zur Ärztin. Es ist ein sonniger, aber kalter Morgen und die Tritte in die Pedale fallen mir schwer. Im Hausflur nimmt mir die Arzthelferin einen Abstrich am Gaumen.

Auf dem Rückweg ruft mich Igor an: „Ich verstehe dich nicht, wieso machst du einen PCR-Test wegen einer Erkältung?“ Er ist aufgebracht. „Du weißt, was der afrikanische Priester ganz am Anfang gesagt hatte: 'Der Test ist die Impfung.'“

Stress kann ich jetzt nicht gebrauchen. Ich bin aufgeregt wie bei einer speziellen Geheimoperation, und er versteht es einfach nicht, dass ich auf diese Weise ein Experiment starte und mir gleichzeitig Zeit verschaffe. Denn mit dem 2G-Status habe ich dann ein halbes Jahr Ruhe, und vielleicht wendet sich bis dahin das Blatt. Die Hoffnung stirbt zuletzt. Der Druck wird nachlassen wie bei einem Reifen, von dem die Luft ein wenig abgelassen wird.

Der Kopf fühlt sich schwer und drückend an und will sich immer wieder hinlegen, eine gewichtige Müdigkeit bemächtigt sich meiner Glieder.

Igor will nicht nachlassen: „Dieses Spiel musst du ignorieren, boykottieren, du musst dich entscheiden, auf welcher Seite du stehst. Du kannst nicht einfach halb mitspielen.“ Erwidern kann ich nichts und auch nichts runterschlucken mit diesem drückenden Kloß im Hals.

Er begreift einfach nicht, dass ich wohl schlecht in der Schule angeben kann, infiziert zu sein und mich dann um die vorgegebenen Tests drücken kann. Irgendwann gibt er nach.

Jedes Mal spalte ich mich in mir selbst: ‚Er hat recht. Was braucht es diesen Test? Schnupfen und Kopfschmerzen sind eben Schnupfen und Kopfschmerzen, was gibt es da noch rumzutesten und zu zertifizieren? Dennoch gibt es Regeln, besonders wenn man in seinem Beruf weiterarbeiten will, und da gilt es, sich durchzuschlängeln. Mit Absicht bin ich in keines der Testzentren, sondern zu der Ärztin gegangen, die das Stäbchen nicht bis zum Gehirn bohrt, sondern einen zarten Abstrich im Rachen nimmt. Nun gut, ein Restrisiko bleibt immer, auch ein chemieversetztes Stäbchen an den Schleimhäuten kann etwas auslösen. Außerdem hat schon vor Monaten der Erfinder des PCR-Test bekanntgegeben, dass dieser zweckentfremdet verwendet werde und überhaupt nicht für Diagnosezwecke geeignet sei.

Der Hals befreit sich und der Kopf wird leichter. Wie bei jeder Erkältung nach drei Tagen. Aber ich schlafe die Belastungen der letzten Monate aus und habe das Gefühl, ich begebe mich auf eine Reise ins Schlafland. Wach werden und wieder diesem Gegenwind standhalten, dazu fühle ich mich noch lange nicht bereit; die Spucke bleibt C-positiv.

Seltsamerweise wandelt sich mein Geschmack. Es fällt mir auf, als ich neben Igor und seiner Zigarette am Fenster lehne. Der Frühling kommt zurück und die rauchige Luft schmeckt nach Kakao. Erst denke ich, er hätte die Marke gewechselt, aber der Eindruck verflüchtigt sich nicht. Auch Brot, Tee, Kaffee, Früchte und Käse schmecken nach Kakao.

Langsam reise ich aus dem Schlafland wieder zurück in die Realität, aber der Duft nach Kakao hält an; ich fühle mich verwandelt.

Das mehrfach gefaltete 2G-Zertifikat sprengt fast mein Portemonnaie, aber so dick wie es ist, trage ich es wie einen Schutzschild mit mir herum: „Seht ihr“, spricht der dicke Geldbeutel, „ihr könnt mich nicht impfen, denn ich bin gerade erst 'genesen'“ – ein medizinisches Fachwort, das neuerdings überall zu hören ist, über das sich Igor höhnisch echauffiert.

„Für die einfachsten Dinge müssen die Worte aus dem hintersten Winkel zerren! Du warst einfach ein bisschen erschöpft und erkältet, und jetzt bist du wieder gesund und damit gut."

Eines Abends, als meine Nerven trotz Kakaoduft wieder zu flattern beginnen und mich der Albtraum von Masken und drohender Zwangsinjektion übermannt, sieht er es mir schon an der Nasenspitze an: „Eine Impfpflicht wird es nicht geben, wirst du schon sehen."

Ich schlucke, nicke und denke: „Na, du musst es ja wissen!", und grabe mich trotzdem fest in seine Arme ein.

Anzüge

Ziemlich nass heute Morgen. Ich rase mit dem Fahrrad in die Schule. Schon wieder bin ich zu spät dran. Beim Losgehen hat es Zoff gegeben, und ich trete in die Pedale, als würde mich etwas ganz Großes erwarten. Dabei ist es nur mein Job, der mir Spaß macht.

Auf der Treppe laufe ich Herrn Wagner entgegen, der, wie fast jeden Tag, den Kopf schüttelt: „Es wird immer doller hier!", ist mittlerweile schon sein Standardspruch. Ich mag es, wenn er ihn von sich gibt. Er sieht überlegen und gleichzeitig hilflos dabei aus. Heute trägt er einen beigen Anzug mit einem hellblauen Hemd.

Als ich ins Lehrerzimmer komme, wird mir sein Gebaren klar: Die Kollegen sitzen in blauen Schutzanzügen an ihren Tischen, die Stimmung ist gedämpft; ich denke spontan an eine Beerdigung auf einer Raumstation. Nur Frau Schröder, die Musiklehrerin, sitzt in Kostüm und Bluse – wie immer sehr chic – hinten auf der Sofagruppe am Fenster und schnäuzt sich. Als sie mich im Regenmantel entdeckt, winkt sie mich mit schwingenden Armen wie eine Ertrinkende zu sich. Die anderen beugen sich über ihre Hefte und korrigieren weiter.

„Hast du die Mail nicht gelesen?", wispert sie mir verschwörerisch zu. Es scheint, dass ich ihre Rettung bin, da auch ich in ganz normalen Kleidern in die Schule gekommen bin.

„Du weißt doch, ich bin nicht rund um die Uhr am Laptop!"

In dem Moment knallt Udo seine Ledertasche auf seinen Platz und ruft in die Runde: „Also, damit ihr es wisst, ich habe die Nachricht vom Ministerium zwanzig vor acht gelesen. Sie wurde auch erst kurz vor sechs losgeschickt. Und ich bin sofort zu Hornbach gerannt, aber dort waren alle Schutzanzüge ausverkauft. Jawohl, ausverkauft! Wo ihr Streber sie wieder herhabt, ist mir ein Rätsel, wahrscheinlich habt ihr sie schon seit Anfang der Pandemie neben euren Feiertagskleidern im Schrank hängen. Mir egal, ich bin ohne. Mein Unterricht ist gut, die Schüler haben mich im vergangenen Jahr zum ‚coolsten Lehrer mit Witz' gewählt, und wenn ich heute noch mal in meiner Jeans unterrichte, wird auch nicht gleich jemand daran sterben."

Plötzlich betritt Wagner das Lehrerzimmer und die Belegschaft verstummt. Zunächst tut er so, als würde er vom Fenster aus etwas auf dem Schulhof beobachten, dann dreht er sich herum und brüllt in den Raum: „Ausziehen!!"

Die Kollegen sehen sich halb verständnislos, halb belustigt an.

„Der Unterricht fällt heute aus! Und Sie gehen jetzt nach Hause und ziehen sich etwas Ordentliches an. Saubere, gehobene Kleidung. Genauso, wie Sie das im Referendariat gelernt haben!"

Niemand erhebt sich oder traut sich, sich zu regen. Kognitive Dissonanz. Sie haben doch das Richtige getan, indem sie einfach einer Dienstanweisung seitens des Ministeriums gefolgt sind! Gestern Abend haben sie doch die Mail bekommen, in der stand, dass jeder ab morgen früh aufgrund der steigenden Zahlen und der Ansteckungsgefahr einen Schutzanzug tragen solle.

„Ich gebe Ihnen noch einen Tipp: Schauen Sie sich mal um, wie lächerlich Sie aussehen! Wie wollen Sie denn Autorität im Unterricht aufbauen? Wer soll Sie in dieser Verkleidung ernst nehmen? Obendrein gilt in Deutschland Vermummungsgebot! Herr Kunze, Ihnen als Mathematiklehrer hätte mit rationaler

Schlussfolgerung auffallen müssen, dass dieser Schutzanzug nichts Weiteres ausrichten kann, wenn Sie schon negativ getestet sind! Frau Strobel, Ihnen als Deutschlehrerin hätte auffallen müssen, dass die E-Mail so viele Rechtschreibfehler enthält und sie stilistisch vom Üblichen abweicht, dass Sie am Absender hätten zweifeln müssen. Herr Ulrich, Ihnen als Sportlehrer hätte auffallen müssen, dass Bockspringen spätestens mit diesem Eingriff nun ganz vorbei ist. Frau Jelinek, Ihnen als Politikfachfrau hätte auffallen müssen, dass hier die Gleichstellung der Geschlechter aufs Äußerste übertrieben worden ist und der Wink nach China zeigt. Und so könnte ich meine Rede fortsetzen. Von Ihnen als Akademiker erwarte ich, dass Sie erstmal nachdenken, bevor Sie blind einem Befehl folgen! Ist Ihnen aufgefallen, dass sich die Schüler nicht so eine seltsame Verkleidung besorgt haben?

Verstößt das nicht gegen das Diskriminierungsverbot? Warum sollten Sie so albern rumrennen, Ihre Schützlinge aber nicht? Aber Sie sehen nur 'Ministerium' im Absender, und schon sind Sie in Habachtstellung. Das Groteske daran ist: Sie gehören weder zu einer Berufsgruppe mit befristeten Verträgen noch mit erhöhtem Arbeitsplatzverlustrisiko. Sie sitzen fest im Sattel. Ihr Eigenheim ist fast bezahlt, und trotzdem oder gerade deshalb haben Sie aufgehört, selber zu denken! Wenn Sie jungen Menschen den Weg ins Leben zeigen wollen, erwarte ich von Ihnen mehr! Allem voran kritisches Denken. Zu Ihrer Information: Ich habe natürlich auch diese dubiose E-Mail bekommen. Ganz abgesehen davon, dass mir die formalen Fehler aufgefallen sind, habe ich beschlossen, dass das zu weit geht. Gleich heute früh habe ich 'da oben' angerufen und mir bestätigen lassen, dass es sich um keine Dienstanweisung handelt, sondern um eine sogenannte Fake News – das Wort nehmen Sie doch sonst so gern in den Mund. Wider sämtlicher Anzeichen sind Sie darauf hereingefallen. Schämen Sie sich! Und jetzt ab nach Hause mit Ihnen!"

Herr Schäfer, Latein, wollte noch etwas Rechtfertigendes

sagen, aber Herr Wagner stoppt ihn mit einem abfälligen Handstreich und murmelt: „Für Dummheit gibt es keine Entschuldigung, auch nicht auf Latein!"

Als alle gegangen sind, wendet er sich an Frau Schröder: „Gabriela, du spielst mir mal die Mondscheinsonate vor, damit ich runterkomme. Eine Auszeit aus dem Wahnsinn, bitte! Und Sie, Frau ...", dabei wendet er sich an mich, „gehen mit Herrn Specht in die Turmhalle, da riecht es gefährlich nach Gras. Die armen Kinder können auch nichts dafür; monatelang sitzen sie im Familienkäfig ohne Freunde! Dass man sich dann mal wegbeamen will, ist verständlich. Da es aber nicht die Lösung ist, checken Sie die Lage und bringen die Drahtzieher bitte in mein Büro!"

Als ich mit Udo die Turnhalle betrete, riecht es nicht nach Schweiß und schlechten Turnschuhen, wie sonst immer, sondern nach Gras. Wir schauen ins Dunkel. Von hinten blafft uns eine vertraute Stimme an: „Wo ist denn euer Schutzanzug? Ohne Schutzanzug 'Betreten verboten' auf dem gesamten Schulgelände!" Udo kann ziemlich ruppig werden: „Ach, halt die Klappe! Gras ist illegal – zumindest in einer Lehranstalt wie dieser."

„Lehranstalt, dass sagst du gut, Ritter."

„Du brauchst dich gar nicht einschleimen bei mir, Tim. Drück mir einfach deine Tüte in die Hand und komm mit zu Herrn Wagner."

„Du kannst mich mal kreuzweise."

Auf diesen Spruch hin spurtet Udo los. Tim kann sich kaum aufraffen, als der schon bei ihm ankommt und ihn am Ärmel packt. Seine sogenannten Freunde sind entweder zum Notausgang hinaus geflüchtet oder haben sich in der Toilette, in der es auch gefährlich scharf riecht, eingeschlossen. Tim gelingt es noch, sich loszureißen, aber Udo hält seine Jacke in der Hand, aus der ein Tütchen mit Haschisch zu Boden fällt. Der Klumpen ist nicht klein, ich kenne mich nicht besonders aus. Tim stürzt sich auf seinen verlorenen Schatz, als müsse er damit ein Leben retten und umklammert ihn mit seiner Linken. Wieso kämpft er so verbissen darum? Braucht er das, weil er cool sein will oder es zuhause nicht mehr aushält? Dealt er etwa und lebt davon?

Aber Udo kommt ihm zuvor, kniet sich auf ihn und greift nach seiner Hand, in der das Tütchen steckt. „Normalerweise ist Körperkontakt in der Lehranstalt verboten, aber es ist mir scheißegal, ob du es deinen Eltern petzt! Gib mir das Haschisch und komm mit zu Wagner, der wartet auf dich."

Ich komme mir vor, als wäre ich in so einen Ami-Amok-Film hineingeraten, wo einer in die Schule stürmt, die Knarre rausholt und alle wüst durch die Gegend schreien. Die Stimmung kocht hoch, weil Udo plötzlich knallhart wird. Tim hat keine Chance, er muss mit zu Wagner.

„Wenn du dir dein Hirn wegkiffst, dann kannst du dich gleich spritzen!" Heftige Aussage und noch dazu doppeldeutig. Und in diesem Moment rücken einige Puzzleteile in meinem Hirn zusammen: Udo hatte mal auf einem Kollegiumsausflug erzählt, dass er sein Abitur wider aller Prognosen durchgeboxt habe und nur deshalb Mathe- und Physiklehrer geworden sei, – abgesehen davon, dass er gern mit jungen Menschen zu tun habe – weil sein 'Alter' Dealer gewesen sei und er seine ganze Kindheit zwischen dem Gegröle und dem Gelabere seines Vaters und dessen Kunden zugebracht habe. Er habe ihn gehasst, weil seine Mutter einfach, wie er sagte, nur im Kreis putzte, bis sie schließlich mit einem anderen Typen durchgebrannt sei. Als Kind erschien ihm alles dunkel hinter den zugezogenen Vorhängen, er wollte einfach ein anderes Leben, und was war entfernter davon, als Lehrer zu werden? Seinem Griff kann Tim nicht entkommen, er versucht auch nicht mehr, sein Tütchen zurückzubekommen. Auf dem Weg über den Schulhof sehe ich ihm an, dass er sich davor fürchtet, dass Wagner ihn von der Schule schmeißt.

Wir klopfen nicht an. Der Direktor sitzt sichtlich entspannt hinter seinem Schreibtisch. Unaufgefordert wimmert Tim: „Herr Wagner, ich sage Ihnen, wer es war. Tom hat die E-

Mail abgeschickt. Wir waren gestern bei ihm und er hat sie aufgesetzt, als er ziemlich benebelt war. Ich wollte ihn noch zurückhalten, aber keine Chance. Es tut mir wirklich ...“

Wagner schaut ihn ruhig und durchdringend an, und Tim verstummt. Aus Tim war Timmy geworden. „Weißt du, ihr habt keine einfache Zeit mit den Masken und der Familie und so weiter. Drogen sind keine Lösung. Weißt du, ich muss auch da durch und beiße mir auf die Zähne, um nüchtern zu bleiben. Wir waren alle mal jung; was du zu dir nimmst, ist deine Entscheidung. Aber was gar nicht geht, ist, dass du deinen Kumpel verpfeifst! Das hat was mit Integrität zu tun, ohne die gibt's keine Freundschaft und kein Vertrauen. Die Lehrer, die drauf reingefallen sind, haben sich geoutet. Deine Eltern rufe ich nicht an und auch nicht die Polizei. Aber ich erwarte von dir, dass du dir überlegst, was du für die Gemeinschaft tun kannst, wovon sie in der aktuellen Situation einen Nutzen hat. Und jetzt ab ins Bett mir dir! Morgen sehe ich dich zehn Minuten vor der ersten Stunde hier, und du gibst mir eine Antwort.“

Tim pflanzt dann, in Absprache mit dem Hausmeister, vor der Schule Dahlien, die im kommenden Spätsommer in allen Farben aufgehen ...

Als ich an diesem Tag nach Hause komme, lehnt Igor am offenen Fenster. Der Frühling dringt durch und die Sonne huscht durch grünende Bäume. Genüsslich bläst er noch aus und ohne mich wie sonst mit einer Umarmung zu begrüßen, ruft er mir einfach über die Schulter zu: „Siehste, was habe ich gesagt, es wird keine Impfpflicht geben. Sie ist bei der Abstimmung durchgefallen.“

So einfach ist das. Natürlich bin ich erstmal erleichtert. Ich lege mich in seine Arme und sage kaum hörbar: „Danke fürs Durchhalten.“

Im gleichen Atemzug wird mir bewusst, dass sie einfach über unser Leben abstimmen können.

Aussätziger

In den nächsten Wochen häufen sich die Krankheitsfälle. Plötzlich gibt es wieder einen normalen Schnupfen und andere Unpässlichkeiten, die nicht gleich mit Tod in Verbindung gebracht werden. Auch die seltsamen Lappen im Gesicht, Masken genannt, werden fallen gelassen. Mit ein bisschen mehr Durchzug und Abstand lässt sich das Geschehene vielleicht noch einmal überdenken.

Was haben wir erlebt? Wo sind wir stehengeblieben? Was haben wir noch vor?

Tage und Wochen vergehen, aber die Sprache darüber ist verstummt. Können wir noch über uns reden? Sind wir uns unserer Gedanken sicher?

Jedenfalls bringe ich den Abiturienten die Erzählung von der „Heilung des Aussätzigen" (Mk 1,40-45) mit, sie passt thematisch zum Lernstoff 'Christliche Ethik'.

Ich fackle nicht lange, sondern lese sie einfach vor:

Und es kam zu ihm ein Aussätziger, der bat ihn, kniete nieder und sprach zu ihm: Willst du, so kannst du mich reinigen. Und es jammerte ihn, und er streckte seine Hand aus, rührte ihn an und sprach zu ihm: Ich will's tun; sei rein! Und alsbald wich der Aussatz von ihm, und er wurde rein. Und Jesus bedrohte ihn und trieb ihn alsbald von sich und sprach zu ihm: Sieh zu, dass du niemandem etwas sagst; sondern geh hin und zeige dich dem Priester und opfere für deine Reinigung, was Mose geboten hat, ihnen zum Zeugnis. Er aber ging fort und fing an, viel davon zu reden und die Geschichte bekannt zu machen, sodass Jesus hinfort nicht mehr öffentlich in eine Stadt gehen konnte; sondern er war draußen an einsamen Orten; und sie kamen zu ihm von allen Enden.

Normalerweise würde ich jetzt mit den Jugendlichen ins Gespräch gehen: Gebt die Geschichte mit eigenen Worten wieder. Erläutert die Situation des Aussätzigen. Wie verhalten sich die Menschen normalerweise, und was macht Jesus?

Aber es ist plötzlich sehr still im Raum. Keiner sagt etwas. Wir halten eine unverabredete Schweigeminute ab. Was ich in den Gesichtern sehe, lässt sich nicht mit Worten beschreiben.

Auf einmal streckt ein Finger in die Höhe. Ich nicke. John spricht klar und deutlich in den Raum: „Also bei Jesus hätte es 2G nicht gegeben."

Weiter nichts. Von allen Seiten wenden sich ihm zustimmende Blicke zu, kein Widerspruch, kein Zweifel. Fragend sehen sie mich an, aber ich relativiere und kommentiere nichts, sondern sage einfach nur genauso klar: „Ja, John, so ist es."

Damit lösen sich die ganzen Diskussionen über die Sinnhaftigkeit von gewissen Regeln und deren Verhandelbarkeit in einem Moment auf.

Milo

Die Lage scheint sich erstaunlich schnell zu beruhigen oder zu glätten, oder soll ich 'normalisieren' schreiben? Es ist nicht mehr wie zuvor, aber es erweckt den Anschein. Wir dürfen 'oben ohne' unseren Angelegenheiten nachgehen, oder soll ich lieber schreiben 'mit freiem Gesicht'?

Wie auch immer. Nur so seltsame Sicherheitsvorkehrungen, dass jemand, der C-positiv getestet wird, noch zuhause bleiben muss – immerhin nur noch so lange, bis er wieder 'negativ' ist – gelten immer noch und erinnern an die vergangene Zeit.

An einem Donnerstagnachmittag, und der Tag ist bis dahin gut verlaufen, betrete ich gut gelaunt den Klassensaal. Automatisch überfliege ich die Gesichter der Anwesenden.

„Schön, Milo, dass du wieder da bist!"

Milo lächelt.

„War's schlimm?"

Milo schüttelt den Kopf.

„Und was hast du die ganze Zeit gemacht?"

„Gezockt." Und weil er mich kennt und meine Antipathie gegen Kriegsspiele ahnt, grinst er provokant. „So ist wenigstens die Zeit vergangen."

„Verstehe."

„Die Zeit und ich waren im Raum", schiebt er nach.

„Und wer noch?"

„Niemand."

„Wo waren deine Eltern und deine Schwester?"

„In der Wohnung."

„Gut. Dann habt ihr endlich mal zusammen Zeit verbracht."

„Nein. Ich war nur in meinem Zimmer. Wenn ich auf die Toilette wollte, musste ich ihnen eine Nachricht schreiben. Danach durfte das Bad eine halbe Stunde lang nicht betreten werden. Das Essen haben sie mir immer um acht, um eins und um sechs Uhr hingestellt. Und deshalb habe ich so viel gezockt."

„Aber warum haben sie dich sogar in der Wohnung noch weggesperrt?"

„Weil sie sich nicht anstecken wollten, damit sie weiterhin arbeiten gehen können."

Ich nicke nur und versuche, mir möglichst nichts anmerken zu lassen. Ich greife nach der Tischecke, um mich festzuhalten, dann fange ich mich wieder. Sprachlos stiere ich Löcher in die Zimmerwand.

Da muss ein junger Mensch, der ein bisschen erkältet ist und fragwürdigerweise getestet wird, tagelang das Haus hüten – und seine Familie sperrt ihn in seinem Zimmer ein! Er hat keinen Kontakt, nur über das Handy, um Toilettengänge zu regeln. Tagelang.

In dem Moment wird mir bewusst, dass Kälte viel mit Wahnsinn zu tun hat.

Äußerlich kehren wir zu einem Zustand zurück, der den Anschein der Normalität erweckt, aber viele von uns sind vielleicht schon längst erfroren

Bluetooth

Scheinbar haben sich die Wogen ein bisschen geglättet; das Zittern hört auf, und manchmal kann ich über einen Maskenwitz lachen. Allgemeine Übereinstimmung herrscht darin, dass es vorbeigeht – früher oder später. Wie ein Geschäft, das pleite ist, das schon Insolvenz angemeldet hat und nun noch abgewickelt werden muss. Alles eine Frage der Zeit. Außerdem steht der Sommer vor der Tür. Und wir werden verreisen, mit dem 9-Euro-Ticket, schön lange Zug fahren, in Stunden nachholen, was in den letzten Jahren versäumt worden ist – längst habe ich schon eine Route mit fünf Stationen geplant: Görlitz, Dresden, Berlin, Hamburg, Cuxhaven – und dann ins Saarland zurück. Isabella darf nach zwei Jahren Lockdown aus Australien raus, und wir werden in Hamburg eine Hafenrundfahrt machen. So ist der Plan, und ich spüre förmlich den Nordseewind in der Nase und den Haaren.

Ein greller Schrei reißt mich aus meinen Reiseträumen. „Kristina!", schallt Igors Stimme aus dem Nachbarzimmer herüber. Es ist nicht klar zu deuten, ob es sich um einen Schrei der Verzweiflung oder des Entzückens handelt. Wahrscheinlich ist jetzt endlich die Rakete mit Außerirdischen gelandet und der Beweis erbracht, dass es Leben auf anderen Planeten gibt. Oder ein Himmelsschleier ist über Berlin zerrissen und hinter den Wolken eine Jakobsleiter ins Paradies sichtbar geworden. Und noch einmal: „Kristina! Wo bleibst du denn?!"

Als ich die Schwelle zu seinem Zimmer überschreite, sehe ich ihn, wie fast jeden Tag – oder soll ich sagen: 'wie immer'? – vor dem Computer sitzen. Weil er mich im Rücken spürt, zeigt er auf das Gesicht eines freundlichen Mannes mit blauen Augen: Andreas, der Mann von der CDL-Rezeptur.

„Schau dir das mal an! Wie ich es dir gesagt habe! Das ist einfach nicht zu fassen!"

Solche Reaktionen sind kein Einzelfall in den letzten drei Jahren gewesen und dennoch überragt diese hier die vorangegangenen an Intensität, Aufregung und Dauer.

Andreas ist ein Biophysiker, der in Europa und den USA lebt und sich aufgrund seiner alternativen Heilmethoden schon eine Menge Ärger eingehandelt hat. Jedenfalls spricht er halb lachend, halb fassungslos in die Kamera. Seiner Stimme ist die Aufregung anzumerken, das Handy wackelt ständig und die Aufnahme wirkt überstürzt und spontan. Seine Mitteilung ist folgende: Er wäre von Mexiko zurück in die USA geflogen, bei einem Flugzeugwechsel und auf dem Gang von einem Terminal zum anderen wollte er mit jemandem telefonieren. Ständig drangen fremde Stimmen in seine Leitung und unterbrachen das Gespräch. Auf seinem Display wurden seltsame Codes angezeigt. Diese spielte er ein, und die sahen so aus: DC:04:89:LH:CA:G1.

Es waren aneinandergereihte Zahlen mit Doppelpunkten dazwischen. Wie er auf die Idee gekommen ist, erinnere ich mich nicht mehr genau, aber er identifiziert diese Codes mit Menschen. Menschen, die nummeriert sind.

„Weißt du, was er damit sagen will?", Igor sieht mich forschend an.

Obwohl ich in Science Fiction erstaunlich schlecht bin, weiß ich sofort, worauf er hinauswill: Mit der Spritze hat jeder eine Nummer verpasst bekommen, ist dadurch zu orten, abzuhören und zu steuern. Über Funksignale kann so einer Masse von Menschen suggeriert werden, morgen Erdbeeren zu kaufen, und sie werden meinen, sie wären selbst auf die Idee gekommen. Aber eine derartige Anweisung würde wohl zu den harmloseren gehören; Manipulation durch Werbung kennen wir schon lange.

Diesmal frage ich nicht mit aufgerissenen Puppenaugen: „Meinst du wirklich?" oder „Warum machen die das?" oder „Vielleicht ist das nur zwischen Mexiko und den USA auf diesem Flughafen so?"

Diesmal schreite ich sofort zur Tat. In Windeseile tippe ich auf das Bluetooth-Zeichen. Meine Handysignatur wird angegeben und drei dieser Codes blinken auf. Ich halte Igor den

Bildschirm hin.

„Also doch, es ist nicht zu fassen", denkt er laut. „Bleib mal hier, ich laufe in den Keller."

Ich weiß sofort, was er meint, er will wissen, ob er mit so einer Nummer gekennzeichnet worden ist. Als er ziemlich außer Atem wieder oben ankommt, werden unverändert die gleichen drei Nummern angezeigt, auch auf seinem Display.

„Ich gehe jetzt zu Jascha." Ich weiß genau, was er vorhat: Damit kann man kontrollieren, ob sich nicht doch einer hat spritzen lassen. Aber ihm wurde nur „Jaschas iPhone" angezeigt, die drei Codes aus der oberen Wohnung haben hier keine Reichweite mehr. Auch Jascha zeigt sich beeindruckt.

Als wir wieder oben sind, erlischt ein Code, und wir hören, wie Herr Fischer, der in der Wohnung über der von Igor wohnt, mit dem Auto zur Nachtschicht fährt. Am nächsten Tag, als wir die Schritte von Herrn Fischer vernehmen, wird der Code wieder angezeigt. Wir können also mit unserem Handy überprüfen, ob Herr Fischer zuhause ist oder nicht.

Eine Zeitlang machen wir ein Spiel daraus, es stimmt fast immer. Nur wenn Herr Fischer sich im Bad aufhält, hören wir seine Schritte nicht mehr, und der Code erlischt.

Nun sind viele durchnummeriert und damit kontrollierbar. Aber wer soll die Daten überwachen, und wofür werden sie gebraucht? Und was passiert mit denen, die nicht codiert sind?

Doch bevor wir darauf eine Antwort finden können, wendet sich das Blatt abermals.

Etwa ein Jahr später bemerke ich, dass die Codes seltener zu orten sind, irgendwie sind sie verblasst.

Jaroslaw

Nicht nur die Zählerstände der Infizierten, auch die Regeln und Verordnungen und Maßnahmen verschwinden, so als wären sie aus der Mode kommen, als hätte man es mit einer bestimmten Gepflogenheit übertrieben und wäre ihrer überdrüssig geworden.

Zwar muss man im Zug noch die Maske tragen, aber die Kinder setzen sie schief auf, und die Schaffnerin sagt: „Da habt ihr mal recht, es wird Zeit, dass ihr wieder Luft bekommt", und nickt den Fahrschein ab. Nur in Stade werden wir im Bus nicht mitgenommen, obwohl es der letzte am Abend ist, weil dort die Erwachsenen FFP2-Masken tragen müssen und ich 'nur' eine einfache OP-Maske dabei habe. Nachdem ich fassungslos die roten Rücklichter in der Dämmerung verschwinden sehe, wandern wir über die nördlichen Landstraßen an der frischen Luft.

Längst hat sich das Blatt gewendet: Nun bestimmen nicht mehr Krankheitsbeschwörungsformeln und Gesund-Leben-Tipps die mediale Landschaft, stattdessen wird eine 'neue Sau durchs Dorf getrieben', so hätte es mein Großvater formuliert. Und alles hängt zusammen.

Der Ukrainekrieg bringt mehrere Waggons mit Flüchtlingen, die Bahnhöfe verwandeln sich in Empfangshallen mit einfachem Imbiss und Wegweisestationen. Franka verbringt die Vormittage, in denen ihre Kinder in der Schule sind, lieber dort als zuhause, weil die Menschen auf der Flucht wirklich dankbar sind für einen Tee oder die Vermittlung einer Unterkunft. Bei mir überlappen sich die Bilder. Ich höre im Echo die Geschichte meiner Großmutter und meines Vaters, die damals, als er noch sehr klein war, im Winter mit nur dem Hab und Gut, das sie tragen konnten, auf dem Dresdener Hauptbahnhof umsteigen mussten. Auch damals wurden die Flüchtlinge organisiert, verteilt und konnten nicht hingehen, wohin sie wollten.

Von der Stimmung her scheint plötzlich alles in Bewegung zu sein, Reisen werden nachgeholt, Geschäfte abgewickelt und neu gegründet. Die Preise steigen rasant aufgrund von sogenannten Lieferschwierigkeiten; ständig wird neu gerechnet, wieviel es früher gekostet hat und wieviel jetzt, und wofür das Geld noch reicht. Krankenstände und Übersterblichkeit steigen, aber es steckt sich keiner mehr an. Nun ereilen die Menschen andere Krankheiten, die sogenannten Neben- und Nachwirkungen, zufällig nachlesbar in neuen Statistiken und erfahrbar im Umfeld.

Im Spätsommer unternehmen wir eine Wanderung mit den Kollegen von der Uni. Der Ort hat wieder so einen Namen, der mich in keiner Weise angezogen hätte, aber als wir den See umkreisen und lange im Wald umherlaufen, denke ich, wie so oft: 'Hier ist es auch schön, man muss nicht weit reisen.' Das Corona-Thema verebbt, sie kennen längst meinen Standpunkt, den sie mir nun nachsehen, und ich zerbreche mir auch nicht den Kopf darüber, ob sie nun geboostert sind oder nicht. Und wie immer auf diesen Wanderungen erzählen wir uns das Tagesgeschehen von Lehre und Schule. In einem sind wir uns jedoch einig: Dass die Zeit nicht stillsteht, sondern sich gehörig im Wandel befindet.

So erzählt Tobias, ein Kollege:

„Es gibt einen ukrainischen Schüler, Jaroslaw, was 'Kämpfer für den Frieden' bedeutet, der hier in Deutschland geboren und aufgewachsen ist. Er hat 'in Corona' (der neue Ausdruck für 'während der Corona-Zeit') selten die Aufgaben erledigt und nichts eingeschickt. Als er wieder in der Schule auftauchte, wirkte er abwesend und als hätte er viel vergessen. Die zehnte Klasse hätte er eigentlich wiederholen müssen, aber das stand nach dem turbulenten Jahr frei. Prinzipiell wurde jeder versetzt – eine ganz normale Bildungsbiografie von Heranwachsenden, die der Lockdown in der Pubertät überrascht hat. Als der Krieg in der Ukraine begann, blieb Jaroslaws Platz in der Klasse leer. Seine Mutter hat noch im Sekretariat angerufen, weil er eines Abends nicht nach Hause gekommen war. Ein paar Tage später meldete er sich in der WhatsApp-Gruppe der Klasse: Er müsse jetzt was Richtiges machen, die Heimat verteidigen. Zum Rumsitzen in der Schule habe er nun keine Zeit mehr. Zunehmend postet er sich selbst mit einem Maschinengewehr, manchmal schickt er auch Tonaufnahmen, in denen Schüsse zu hören sind. Dann bleibt das Handy stumm, keine Nachrichten kommen mehr an. Auf Anfragen der Klasse reagiert er nicht mehr. Als wäre Jaroslaw verschwunden. Die Befürchtungen wachsen und keiner traut sich, sie auszusprechen.

Seine Mutter sucht weinend die Schule auf, aber was sollen die Lehrer nun tun? Tobias trinkt mit ihr einen stark gesüßten Tee.

Nach etwa zehn Tagen schickt der Vermisste ohne Bild einen Aufruf an alle seine Lehrer:

„Hier ist Jaroslaw. Ich habe für die Heimat gekämpft, ich wollte beweisen, dass ich stark sein kann. Nun bin ich im Krankenhaus, mein Bein wurde angeschossen. Bitte schicken Sie mir Aufgaben! Meine einzige Chance ist es nun, zu lernen und nachzuholen, was ich im Lockdown verpasst habe. Ob und wann ich nach Deutschland zurückkommen kann, weiß ich nicht. Aber dank des Internets kann ich auch online lernen. Ich danke Ihnen für Ihr Verständnis. Jaroslaw"

Wie es mit Jaroslaw weiterging, weiß ich nicht.

Wann der Krieg – und ich meine keinen bestimmten, einzelnen, sondern den Krieg weniger Einzelner gegen die Menschen – aufhört, weiß ich nicht.

Aber ich weiß, dass da ein Frieden sein muss schlussendlich, der höher ist als alle Vernunft, weil die Frage nach dem Sinn keine Ungleichung ist, sondern eine Gleichung, die an das Leben glaubt, trotz alledem.

Ende gut, alles gut?

Ende gut, alles gut? Weil dort noch ein Fragezeichen steht, ist die ganze Sache nicht abgeschlossen.

Manchmal schaue ich Igor von der Seite an, als wollte ich in seinem Gesicht eine bestimmte Antwort finden. Er bemerkt mich nicht, der Retter. Was wäre gewesen, wenn er nicht in diesen Jahren dagewesen wäre? Vielleicht hätte auch ich klein beigegeben. Vielleicht hätte ich aber meinen inneren Turbo angekurbelt, den ich als Kind besessen habe und wäre ganz widerständig geworden wie damals in der Schule, als wir diese sinnlosen Politveranstaltungen über uns ergehen lassen sollten und ich frech opponierte und mir gar nichts Nachteiliges passierte.

Während ich Antworten in Igors Gesicht suche, was jetzt mit uns ist, wie die ganze Sache uns verändert hat und wie wir zueinanderstehen, schaut er auf diversen Kanälen Nachrichten, denn: „Wir müssen wissen, wie es weitergeht."

Auch da haben wir Diskussionen. Er meint nämlich, ich könnte sämtliche Kanäle löschen; die würden mich nur verrückt machen. Er würde mich informieren – und zwar nur mit positiven Sachen. Zweimal opponiere ich: „Na klar, der Mann erklärt seiner Frau die Welt", entgegne ich ihm. Beim dritten Mal lösche ich alles, um weiteren Auseinandersetzungen zu entgehen, mit der Bemerkung: „In ein paar Wochen kann ich alles wieder installieren."

Diesmal hat er recht: Je weniger ich von den Machenschaften, die sich in ihren Abläufen ständig wiederholen, erfahre, desto unbefangener und freier komme ich mir vor. Seit Monaten schon bleibt das Handy auf der Ablage liegen und wird nur zum Telefonieren oder dem Verschicken von Grüßen genutzt.

Igor hingegen informiert sich für mich mit, oder kommt mir das nur so vor? Manchmal bin ich eifersüchtig auf den Bildschirm, der seine ganze Aufmerksamkeit auf sich zieht.

Oft gerät unser Gespräch ins Stocken. Ich will nicht mehr so genau wissen, was vor sich geht. Irgendwie bin ich übersättigt von diesen ganzen Informationen, die auch jetzt noch mehr Grund zur Empörung als zur Freude geben.

Igor konnte mit der ganzen Sache, keine Maske zu tragen und sich nicht testen zu lassen, so konsequent umgehen, weil er quasi in keine gesellschaftlichen Bezüge wirklich mehr eingebunden war: Er hatte keinen Job zu verlieren, er musste nicht im Netto einkaufen gehen, denn das haben wir anderen von der Familie ja gemacht und er hatte auch niemand ihm Wichtigen im Krankenhaus zu besuchen. Um nur irgendwo ein Stück Kuchen zu essen, hätte ich mich auch nie testen lassen. Immer wieder muss ich mich von echten Widerständlern fragen lassen, ob die Schüler auch bei mir Maske tragen mussten, wie ich das denn zulassen konnte. Dann schaue ich sie lange fragend an und halte ihrem Blick stand. Natürlich habe ich mitgemacht, aber nicht, ohne zu wissen, wo die klare Grenze ist. Hätte ich mich bockig verweigert, hätte ich meinen Beruf unweigerlich verloren. Außerdem: Wer von diesen Kritikern weiß, wie es ist, vor einer Klasse zu stehen, in der die Hälfte richtig Angst vor einer Krankheit hat, die ihr eingeredet wurde? Schüler, die sich mit allen Mitteln, auch wenn diese unsinnig sind, zu schützen versuchen, während andere opponieren und frei atmen wollen? Ganz abgesehen von den vielen Nuancen dazwischen. Und diesen verschiedenen Ansprüchen habe ich versucht, gerecht zu werden, manchmal auch, indem ich die Regeln für andere brach. Vielleicht hätte ich mutiger sein können, aber ich habe mich nicht der Realität entzogen, ich stand mittendrin in diesen sich widersprechenden Ansichten, und ich habe meinen Standpunkt nicht verschwiegen.

Während Igor der Gewinner ist, der schon immer vorausgesagt und gewusst hat, wie es kommen würde, sitze ich manchmal allein in meinem Zimmer. Nathaniel hat seine Bettdecke, die er in Davids Zimmer gebracht hat, weil er sich dort, in Igors Bereich, vor meinen Nachfragen bezüglich der

Aufgaben sicher wähnt, erst viel später in sein Zimmer, das in meiner Nähe ist, zurückgetragen.

Einmal mehr, so fühle ich, habe ich mich ins Kreuzfeuer der Widersprüche begeben, durchaus mit Vermittlungs- absichten; aber schlussendlich habe ich mich rauskatapultiert, oder ich sitze irgendwo im Vorgarten einer Familie, die drinnen Filme schaut, isst und dieses Wir-Gefühl hat, aber ein bisschen ohne mich.

Seitdem habe ich immer mein Notizbuch dabei oder den Skizzenblock, weil Papier geduldig ist, zuhören kann und den Eindruck erweckt, mich zu verstehen.

In Gedenken

Manchmal denke ich, wenn ich beim Theater geblieben wäre, dann wäre die Versuchung, für den Job alles zu tun, viel größer gewesen, weil die Konkurrenz, die schlechte Bezahlung und die befristeten Verträge schon bedrohlich genug waren. Vielleicht hätte ich mich dann auch 'geschützt' in einem ungünstigen Moment der Verlustangst – und das Ende vom Lied wären nicht mehr in den Griff zu bekommende Zitteranfälle gewesen, wie bei der Berliner Opernsängerin. Die tritt seitdem nicht mehr auf, weil sie so zitternd nicht mehr zu gebrauchen ist. Und Jobangebote bekommt sie seither auch keine mehr.

Manchmal denke ich, wenn ich nicht unter der tiefhängenden Küchenlampe den Großteil der Aufgaben mit verstellter Schrift für die Kinder erledigt hätte, hätte es vielleicht noch richtig Ärger gegeben – wie bei der Berliner Mutter, die in den Weihnachtstagen vor dem Kinderheim singen gehen wollte. Aber bei uns sind, bis auf ein paar strapazierte Nerven, alle gesund geblieben.

Manchmal denke ich an die Familie, die jetzt tot ist. Wo die Frau Lehrerin war, deren Mann sich gut am Computer auskannte und für sie Impfnachweise gefälscht hat, was dann aufgeflogen ist. Ein Paar und drei kleine Kinder – der Mann hat sie alle erschossen. Natürlich im Osten.

Was wäre gewesen, wenn Wagner mir jede Woche im Gang aufgelauert und mich zum Testen oder gar Impfen gedrängt hätte? Ich bin froh, dass es solche Männer wie Wagner gibt, die jedem seinen Standpunkt lassen, auch wenn der eigene ein anderer ist. Gerade mit Wagner habe ich die besten Gespräche geführt, auch wenn er die Sache anders gesehen hat als ich, aber er war fair und für andere Meinungen offen.

Ich bin froh, dass sich Igor, so anstrengend es mit ihm ist, auf Versteckspiele nicht eingelassen hat, weil er weiß, dass sich ganz am Ende durchsetzen wird, was ehrlich ist.

Und ich weiß, dass die Kinder eines Tages wieder vom grauen Teppich aufstehen werden und ihre Welt kommen wird.